LE TEMPLIER DE JERUSALEM

Il y avait un siècle que, au cri de « Dieu le veult ! », ils étaient partis, hommes et femmes de toute condition, avec une ferveur inouïe, vers cette terre dont ils ne savaient rien, pour libérer le tombeau du Christ. Et ils avaient réussi. Autour de Jérusalem reconquise, ils avaient fondé un royaume, à l'image de ce qu'ils connaissaient, avec un roi et des barons, des prêtres et des évêques, et des fiefs, des châteaux, des églises — et toutes leurs querelles. Et ils avaient créé des Ordres, dont celui des Templiers.

Il y avait un siècle, et le royaume latin de Jérusalem, miné par ses divisions, menacé par Saladin, appelait à l'aide les princes et les seigneurs d'Occident. Seule, une nouvelle croisade pouvait sauver la Terre sainte. C'était le temps où Notre-Dame commençait à s'élever au cœur de Paris, le temps aussi où Henri Plantagenêt et Philippe Auguste, tout occupés à se faire la guerre, détournaient leurs regards du Saint-Sépulcre.

C'est dans ce temps-là qu'un jeune seigneur du Rouergue, Guilhem d'Encausse, était fait chevalier et héritait du serment de son père : se croiser. Il quittait sa femme, ses enfants et ses pauvres terres d'entre Larzac et Cévennes, prenait le chemin de l'Orient.

Dans les pages ardentes de ce livre, tout un monde revit : ce monde chrétien du XIIe siècle dont nous portons la nostalgie et qui, jamais, ne cessera de nous fasciner.

ŒUVRES DE PIERRE BARRET
& JEAN-NOËL GURGAND

Dans Le Livre de Poche :

LES TOURNOIS DE DIEU T. II — LA PART DES PAUVRES.
LES TOURNOIS DE DIEU T. III — ET NOUS IRONS AU BOUT DU MONDE.

PIERRE BARRET
ET JEAN-NOËL GURGAND

LES TOURNOIS DE DIEU

★

Le Templier de Jérusalem

ROMAN

ROBERT LAFFONT

PROLOGUE

Jérusalem, novembre 1183.

Le Seigneur nous prenne en pitié !

Le compte de mes jours sera d'un siècle dans deux ans. La volonté de Dieu a fait de moi le plus vieil homme d'entre les vieux hommes du royaume de Jérusalem. Certains me vénèrent comme un sage, me consultent comme un oracle, d'autres m'ignorent comme une de ces pierres qu'on dirait posées de toute éternité au bord des routes familières. On visite ma maison comme un tombeau. Mon corps est presque froid déjà et mon âme est tout occupée à louer le Seigneur de l'épreuve pour laquelle Il m'a distingué.

Quatre-vingt-dix-huit ans ! Je suis né pour la première fois au lieu-dit Corbie, dans cette lointaine Flandre dont je ne sais plus rien, que les forêts sombres où rôdait le malheur. Mon père un jour alla entendre Pierre l'Ermite prêcher le soulèvement pour délivrer le Saint-Sépulcre des mains des Infidèles. De là tout advint.

Il me sembla que nous prenions tous la croix, les chevaliers, les marchands et les pauvres, les femmes, les enfants, les vieillards, les boiteux et les aveugles, les soldats, les voleurs et les lépreux. J'avais dix ans. Dans les chemins qu'elle emplissait, notre fervente multitude était comme les vagues de la mer, comme les étoiles du ciel. Il nous fallut endurer mille tourments, la famine, le froid, l'épuisement, le mal des ardents, l'hostilité des mécréants. Mais nous étions l'armée de Dieu et il était juste que nous souffrions en Son nom.

Comme saisis de fièvre, nous avions renoncé à tout et

nous offrions nos âmes pour nos frères. De dénuement en dénuement, nous progressions de vertu en vertu. Nous vivions de signes et de prodiges. Jérusalem, nous le savions, appartenait aux pauvres et notre seul but était d'y parvenir, et d'y mourir là où était mort le Christ pour le rachat des hommes et la plus grande gloire de Dieu. Chaque fois que l'horizon nous livrait une de ces villes blanches palpitant comme un mirage dans la lumière de l'Orient, nous demandions : « Est-ce bien Jérusalem ? » et nous nous préparions à quitter la vie au bout de notre rêve immense.

Enfin, nous y fûmes. C'était au mois de juin de l'an 1099 de la Rédemption et ma vieille mémoire garde encore en elle le dessin d'or et d'ombre que faisaient les créneaux sur le ciel sans pareil de la Judée.

Eperdus de bonheur, nous pleurions de joie, baisions dans la poussière le souvenir ineffable des pas du Christ et rendions grâces à Dieu. Pierre l'Ermite nous mena au Jourdain, près de la cité nommée Jéricho. Nous lavâmes nos péchés et purifiâmes nos âmes dans l'eau même où Jésus reçut le baptême. C'est là que je vins au monde pour la seconde fois.

Nous eûmes des visions célestes qu'attesta une pluie d'étoiles et alors nous pûmes prendre Jérusalem la Sainte, autant par notre ferveur que par nos épées. En ce jour trois fois béni, le sang des païens coula comme un fleuve. Nous avions vengé la passion du Christ, nous étions au bout du voyage, au bout de nous-mêmes et nous ne demandions pas à vivre une heure de plus. Les temps pouvaient s'accomplir.

Au fil des jours et des ans, Dieu rappela à lui tous ceux qui étaient ainsi que moi venus délivrer Jérusalem et être délivrés par elle. Moi seul, après tous ces hivers et tous ces étés passés à étudier, à attendre et à prier, à vivre d'aumônes et de pénitences, moi seul, Robert de Corbie, reste pour témoigner de la pureté de notre inégalable aventure; pour dire aussi l'opprobre où s'apprête à sombrer le royaume chrétien de Jérusalem.

Partout où se portent mes regards usés, je reconnais le spectacle de la débauche et de l'iniquité. Ici les ambitieux ourdissent leurs complots jusqu'aux bords de l'horrible litière où gît notre pauvre roi lépreux; là les forts oppriment les faibles et les habiles calculent leurs intérêts; nos chevaliers se perdent sans honneur, en hommes de peu de foi qui préfèrent le luxe et les jeux au bienfait de notre sainte Eglise jusqu'au patriarche de Jérusalem qui montre à tous le chemin de la jouissance et de la dépravation.

Malheur à ceux que ne tourmente plus la hantise de leur salut!

Saint-Sépulcre, sauvez-nous!

[En Occident aussi tout a bien changé depuis que Robert de Corbie a quitté les forêts sombres de son Vermandois. Le salut de chacun reste à faire, mais l'Apocalypse n'est plus pour demain matin. Le droit de Dieu a toujours force de loi, pourtant les rois maintenant revendiquent le leur.

En France, Philippe Auguste règne depuis trois ans – il en a dix-huit. Son père, Louis VII, plus moine que roi, passant son temps en dévotions, a laissé Suger gouverner et Aliénor rêver d'amour. Quand il a répudié sa femme, elle s'est empressée de donner sa main et sa dot – l'Aquitaine – à Henri, roi d'Angleterre et duc de Normandie par sa mère, comte d'Anjou par son père (*voir carte en page 349*). C'est le début d'une guerre de six cents ans, malgré les rappels à l'ordre des papes.

A l'est et au sud de « la petite France », Lorraine, Bourgogne, Dauphiné et Provence sont terres d'Empire, mais Frédéric Barberousse ne s'en préoccupe guère. L'empereur est tout à ses démêlés avec la papauté – il a été jusqu'à faire élire des antipapes et canoniser Charlemagne par ses évêques pour assurer sa couronne.

L'Eglise veut tout régir. Contre les Sarrasins d'Espagne, elle pousse à la reconquista; contre Saladin, elle tolère l'emploi d'armes qu'elle interdit entre chrétiens. Mais entre Rome et Byzance, rien ne va plus. Les croisades n'ont pas rapproché les deux grandes chrétientés, bien au contraire : à chacun son orthodoxie.

L'Occident ne craint plus la solitude. L'Occident bouillonne, fait des enfants, éventre les forêts, court les champs de bataille et les grandes foires; cherche à accommoder les vieilles peurs collectives et la sauvegarde individuelle; pratique, entre le trop et le manque, l'excès comme une ascèse. Ce fameux « blanc manteau d'églises » qui recouvre alors la

France, c'est l'expression accomplie de l'époque. Tout s'y résume : goût d'entreprendre, progrès technique, enrichissement par la culture et le commerce, essor urbain. Avec, au cœur de tout, une double conviction : hors de l'Eglise, pas de salut; à tout péché miséricorde.

Robert de Corbie ignore que les bâtisseurs et les marchands ne pensent pas à la fin des temps.]

PREMIÈRE PARTIE

LE ROYAUME LÉPREUX

1

LA FORTERESSE ASSIÉGÉE

« ONT-ILS parlé ? »

La voix brusque de Renaud de Châtillon fit se retourner les bourreaux. L'interprète s'avança. C'était un jeune écuyer au bord de la nausée.

« L'un des deux a avoué ce qu'il savait, dit-il... Peu de choses... Que son maître Saladin entend tenir le siège jusqu'à ce qu'il vous réduise...

– Par la cervelle du Christ ! jura Renaud. Et l'autre ?

– L'autre ne savait rien, messire prince. »

Les deux Sarrasins gisaient pantelants aux pieds des tourmenteurs francs. Le sang et la sueur, mêlés à la poussière, faisaient autour de leurs plaies vives une boue ignoble où s'enivraient les mouches. On les avait pris le matin même et, depuis, on les questionnait.

Tournant en cercles patients au-dessus de la cour haute, les corbeaux attendaient qu'on leur abandonnât les suppliciés.

Renaud de Châtillon déjà s'en allait.

« Qu'on leur tranche la tête ! dit-il par-dessus son épaule.

– Messire prince, hasarda l'interprète, vous aviez fait promesse de les renvoyer à leur camp s'ils voulaient bien parler. »

Renaud, surpris, se détourna :

« Le diable t'emporte ! » dit-il.

Une colère lui venait. Pourtant, il se tut un instant, eut un sourire inattendu puis commanda :

« Qu'on tranche au moins la tête de celui qui n'a pas parlé ! Quant à l'autre fils de chien, ce qui est dit est dit. S'il faut le renvoyer, nous le renverrons... »

Le premier des prisonniers fut aussitôt agenouillé. Une épée lança son éclair glacé dans la lumière du couchant et han ! la tête roula jusque devant l'interprète qui sauta en l'air, horrifié. Les yeux du Sarrasin étaient restés ouverts et, du fond de la mort, semblaient le désigner. L'interprète fit un signe de croix.

Pendant ce temps, des aides bandaient le vieux mangonneau[1*], capable de catapulter d'énormes quartiers de roc à près de cent pas. On ne s'en était pas servi depuis le siège précédent, en 1173, et les bois desséchés craquaient sous l'effort. Le second prisonnier y fut placé tout ficelé et, sur un signe de Renaud, la puissante machine se détendit d'un coup.

« Dis à Saladin », commença Renaud...

Mais l'homme était déjà loin. Il monta très haut en tourbillonnant sur lui-même, sembla planer un moment, dispersant les corbeaux, puis disparut derrière le rempart. On ne le voyait plus qu'on l'entendait encore hurler son épouvante. Puis le cri se cassa net.

Alors les soldats rirent. L'interprète s'enfuit en courant.

En contrebas, à l'occident, la mer Morte réfléchissait en éclats superbes et tragiques la dernière lumière de ce jour-là.

A la nuit tombée, Renaud de Châtillon, seigneur d'Outre-Jourdain et maître du krak de Moab — la Pierre-du-désert, sa forteresse — allait et venait avec agacement tandis qu'on mettait la dernière main au déguisement de l'émissaire qu'il avait décidé de dépêcher à Jérusalem. Il fallait faire vite : ce n'est qu'à la faveur de l'obscurité que l'homme pourrait traverser le camp des Infidèles.

De naturel fruste et violent, Renaud de Châtillon était partagé entre deux humeurs : la rage où le mettait Saladin et l'impatience de voir commencer la fête du lendemain. C'était en effet le lendemain, 23 novembre 1183,

1* On trouvera en fin de volume les notes historiques, les cartes et un index biographique.

qu'on célébrerait au krak le mariage d'Onfroi de Toron, fils d'un premier lit de la femme de Renaud, Stéphanie de Milly, et de la petite Isabelle, sœur de Baudouin, roi de Jérusalem. Que la forteresse fût assiégée ne changeait rien au programme des réjouissances.

Les jours précédents, les invités étaient arrivés de tout le pays, barons francs, nobles syriens convertis, prélats, chevaliers du Temple et de l'Hôpital, cheiks bédouins dont Renaud partageait les rapines, marchands italiens toujours prêts à acheter et à vendre. Accompagnés de leurs écuyers et de leurs clercs, ces personnages importants avaient tiré derrière eux le peuple des jongleurs, des ménestrels, des filles et des montreurs d'ours, miséreux des foires et des fêtes. L'affaire promettait.

Mais au matin, quand l'armée de Saladin avait empli comme une lave silencieuse le creux des oueds à sec, couvert les versants et les crêtes nues des montagnes d'alentour, la multitude effarée s'était prise de panique, criant et priant dans toutes les langues, courant d'un rempart à l'autre ainsi qu'un troupeau fou.

Il avait fallu toute l'autorité de Renaud, l'un des chefs de guerre les plus craints du royaume chrétien de Jérusalem, pour apaiser la cohue. Sa Pierre-du-désert, avait-il dit, était imprenable, et ils n'avaient rien à redouter. Son assurance avait calmé les inquiétudes. Considérant l'immense étrave rocheuse qui semblait défier les hommes et les siècles, marchands, chevaliers et nobles dames en oubliaient que la nourriture et l'eau viendraient vite à manquer. Mais les foules sont ainsi faites que tout les porte à l'inconscience pourvu qu'on les commande. Rassurée, celle-ci se préparait maintenant, ainsi que l'avait promis Renaud, aux plaisirs du lendemain, allant avec excitation regarder aux créneaux, comme à un spectacle organisé pour elle, l'armée des ennemis qui prenait ses quartiers.

L'émissaire était prêt. On avait choisi un jeune chevalier brun de peau, noir de poil et qui parlait un peu l'arabe, un Rouergat nommé Milan d'Encausse qui s'était mis au service de Renaud de Châtillon : avec son turban, ses deux touffes de barbe bien séparées et son grand dolman noir, il avait tout l'air d'un capitaine de Saladin. Renaud l'entraîna avec impatience.

Ils sortirent dans la cour basse et passèrent le pont-levis, atteignant le village hors les murs, où vivaient les quelques familles de paysans qui fournissaient la forteresse en bétail, en lait, en vin et en fruits. Ils gagnèrent l'entrée d'un des trois escaliers souterrains creusés à même le rocher, qui seuls permettaient d'entrer et de sortir du krak tant les pentes naturelles étaient abruptes. La torche que portait un sergent éclairait le vaste tunnel où trois chevaux pouvaient passer de front. Dérangées, des chauves-souris s'enfuirent en effleurant les visages de leur vol inquiétant : les hommes se signèrent pour conjurer le sort. La sortie du souterrain étant sans doute gardée par des sentinelles ennemies, ils prirent un passage secret qui les mena bien plus loin au flanc de l'oued Sitt, dans un chaos de rochers.

« Ne t'arrête pas avant Jérusalem, recommanda Renaud à voix basse. Dis bien au roi que si l'armée franque ne vient pas déloger Saladin, nous devrons nous rendre avant la Noël... Dieu seul sait ce qu'il adviendrait alors de la reine douairière, de la sœur du roi, de l'évêque de Bethléem et du sénéchal du Temple... Va ! Je saurai te récompenser...

– Que la Vierge me protège ! » répondit le chevalier d'Encausse.

Il se glissa entre les rochers et son burnous noir se fondit dans l'obscurité. Tout près, on entendait le blatèrement des chameaux, les voix des Sarrasins et les mille bruits familiers des bivouacs à l'heure où les soldats s'installent dans la nuit.

Renaud remonta lentement les larges marches irrégulières du souterrain. Son cœur cognait dans sa poitrine. Non qu'il eût peur : la peur et le doute lui étaient inconnus. Mais, la soixantaine venue, il ne se sentait bien qu'à cheval. Il n'avait jamais ressenti comme ce soir le poids de son corps. Survivant de mille combats, il se prit à épier en lui ce qu'il ignorait encore et qu'il méprisait : la fatigue, la faiblesse. Le courant d'air du tunnel glaçait la sueur qui collait sa chemise à son dos. Il secoua son inquiétude et pressa le sergent.

En traversant le village, il calma les paysans; devant le pont-levis, il encouragea le chevalier Ivène, chargé, pour sa vaillance et son jugement, de la défense du bourg; il alla s'assurer à la forge que les armuriers travaillaient : ils avaient fort à faire pour équiper les soldats en épées, en heaumes et même en flèches. Là, il s'attarda un peu : il aimait la chaleur et l'odeur de la forge, le choc du fer contre le fer, les gerbes d'étincelles, les muscles luisant de sueur des forgerons à demi nus sous les tabliers de gros cuir, leurs jurons et cette manière qu'ils avaient de plier à grands ahans le métal à leur vouloir.

Il évita la cour basse, où se promenaient encore les invités d'importance, et gagna la cour haute où, à l'approche des armées de Saladin, étaient venus se réfugier par bandes apeurées les paysans, les Bédouins et les petites gens du fief. Ils campaient là dans le plus grand désordre, s'installant déjà, à la manière des pauvres cent fois chassés, comme s'ils n'en devaient plus jamais partir.

Les vaches et les chèvres étaient attachées au pied de la courtine, les ânes erraient; ici, un jongleur répétait des tours, là un écorcheur étendait des peaux à tanner, un savetier tirait son alêne; des marchands avaient monté leurs échoppes. Serrés les uns contre les autres, des hommes et des femmes dormaient autour de feux presque éteints. Sous les arcades, près des chameaux entravés, un sergent immense besognait une ombre.

Renaud maudit cette foule grouillante et vorace qui ne ferait que gêner la défense du krak. Il fit appeler le sénéchal du Temple et monta au plus haut de la tour de guet. Là, il s'assit sur la pierre froide et regarda la nuit.

Aux étoiles du ciel répondaient les étoiles qu'allumaient les feux des Sarrasins. Le vent, comme toujours à cette période de l'année, soufflait de la mer Morte et étouffait les bruits, mais Renaud reconnaissait la rumeur d'une armée qui se prépare. Tout au long de l'oued Sitt, les lances étaient si nombreuses que leurs fers assemblés faisaient comme une aube. Plus loin, sur les hauteurs d'Es-Sabha, le campement des pèlerins de Damas couvrait toute la colline. Il y avait longtemps qu'ils ne s'étaient pas aventurés jusqu'ici, où le seigneur d'Outre-Jourdain les pillait d'ordinaire sans trop de vergogne, mais la formidable escorte que leur faisait Saladin leur avait rouvert la route de La Mecque.

L'importance même de l'armée sarrasine renforçait en Renaud le sentiment qu'il avait de sa puissance. Il se prit, du haut de sa plus haute tour, à mesurer sa destinée. Il revit le pauvre chevalier de Gâtine qu'il était quarante ans plus tôt quand il arriva en Palestine avec les gens d'Aliénor d'Aquitaine; guerroyant par goût au moins autant que par devoir, se faisant connaître par ses exploits et remarquer par Constance d'Antioche, devenant du même coup le maître d'une princesse et celui d'une province.

Quarante ans! Le nez faussé, les épaules labourées par les pointes de flèches, la poitrine et le dos sillonnés de cicatrices; jusqu'au crâne où, au-dessus de l'oreille gauche, un coup de hache danoise a déformé l'os, au point que les cheveux n'y poussent plus : aux blessures de son corps, on peut lire ce qu'a été sa vie. Dans son esprit, les combats commencent à se confondre, et les femmes, et les jours, et les chevaux tués sous lui et les ennemis qui avaient juré sa perte. En quarante ans, il a tout connu, la chasse et la fuite, la rude joie de la guerre, le bonheur des pillages, l'humiliation des prisons. Ce n'est pas l'ambition qui le mène, c'est l'avidité.

Renaud de Châtillon caresse sans y songer la vilaine cicatrice de sa tempe. L'inquiétude qui, tout à l'heure, l'a pris dans le souterrain vient à nouveau le tourmenter. Mais il est peu porté à s'attendrir sur soi. Ici, au milieu de ce royaume de roc et de poussière, il est celui qui commande. Son domaine est le plus vaste de tous ceux des Francs d'Orient — courrait-on vingt journées de chameau pour aller au fond du Sinaï qu'il y est encore le maître. Il ne craint pas plus le silence effrayant du désert que les soldats de Saladin. Il est bien fait pour écumer ces espaces brûlés, surprendre quelque grasse caravane et revenir, chargé de butin, en son fidèle krak. Il n'est le vassal ni de Dieu ni du roi. Les rappels à l'obéissance et à la loyauté ne l'émeuvent guère. D'autant que le mariage du lendemain fera de lui le tuteur d'une des héritières du trône de Jérusalem. Il est Renaud de Châtillon, l'ancien prince d'Antioche aux quatre cents tours, le seigneur d'Outre-Jourdain, le maître de Moab...

« Messire Prince... »

Renaud se détourna de lui-même. Gérard de Ridefort, enveloppé du grand manteau blanc frappé de la rouge croix des chevaliers du Temple, était arrivé sans qu'il l'entendît. Tous deux regardèrent un moment le camp des ennemis et, par-delà, les masses sombres du paysage. La lune n'allait pas tarder à surgir des montagnes et le vent ne dormait plus que par à-coups. Les hommes de guerre savent le prix de ces moments-là. Avant la bataille, ils n'aiment rien tant qu'écouter le silence des choses. La nuit est leur château.

« C'est à vous, dit enfin Renaud de Châtillon, qu'il reviendra de répondre à ces païens s'ils veulent nous éprouver... Demain, je veux être en paix tout le jour...

– On dit que Saladin a juré de vous tuer de sa main...

– Que sa haine lui ronge le foie ! »

Gérard de Ridefort regardait Renaud de Châtillon de ses yeux pâles. Il n'y avait rien à déchiffrer dans l'expression de son dur et long visage à la barbe claire et à la peau blonde, mais on comprenait vite qu'une force habitait ce Templier-là, et qu'elle n'était pas de Dieu.

« Saladin, dit-il, manquerait à son honneur s'il vous laissait en paix... »

Renaud fronça le sourcil.

« Et il n'aurait pu lever une armée si nombreuse, poursuivit le chevalier flamand, si votre expédition en mer Rouge n'avait uni ce qui était divisé. »

Deux ans plus tôt, Renaud avait eu l'idée de faire transporter à travers le désert, d'Ascalon à Eilat, des galères démontées[2]. A dos de chameau ! Une fois les vaisseaux remontés et équipés, il s'était embarqué avec ses troupes et, en pleine trêve signée, avait pendant six mois répandu la terreur sur les côtes d'Arabie, abordant les ports par surprise, tuant et pillant, poussant jusqu'aux portes d'Aden. Une puissante flotte égyptienne avait fini par prendre en chasse et décimer son armée.

Renaud avait pu s'échapper et s'était vengé au retour sur une caravane descendant de Damas. C'est alors que Saladin avait fait le serment d'en finir avec lui : à quoi, par esprit de défi, Renaud de Châtillon avait répondu qu'il irait raser La Mecque, tournant contre lui, dans une même fureur scandalisée, les musulmans de Mossoul et du Caire, de Damas et de Médine...

Quand le roi Baudouin IV avait sommé Renaud de rendre au sultan le butin amassé dans les logis du krak, son turbulent vassal avait refusé. Parmi toute la noblesse franque qui s'indignait, il ne s'était guère trouvé que Gérard de Ridefort pour plaider la cause de Châtillon. C'était sans doute ce que le Templier entendait rappeler en employant ce ton de provocation. Sans doute en était-on arrivé au moment de régler la dette.

N'empêche, Renaud de Châtillon se méfiait du Templier comme de tout ce qu'il ne comprenait pas. Jusqu'à ce lourd accent du Nord qui le mettait en éveil. Il le reprit avec humeur :

« Je suis maître en ma terre, et ne supporte ni discours ni conseils... Le temps n'est pas aux vaines paroles, il est à la défense... Que vos hommes soient en place... »

Puis, comme il faudrait bien en arriver à écouter ce que voulait le sénéchal, il ajouta :

« Mangerez-vous avec moi ? »

Le chevalier Milan d'Encausse avait traversé sans encombre le camp des Sarrasins. Il se hâtait maintenant vers la mer Morte. Au lieu-dit El Lisan — ce qui en arabe signifie la langue — il savait trouver au bout de l'avancée de terre les bateliers qui le mèneraient jusqu'à l'autre rive. De là, il devrait rejoindre Hébron, où il se ferait donner un cheval. Il prendrait la route de Bethléem et ne s'arrêterait pas avant Jérusalem.

Renaud de Châtillon et le sénéchal du Temple finissaient de se dévêtir. Les baquets fumaient et la vapeur blanche qui emplissait l'étuve estompait la lumière des torches. Renaud ôta ses chausses et ses braies, les jeta sur la grande perche, se gratta longuement aux reins et entra dans l'eau brûlante en jurant d'aise.

La buée, la chaleur et la pénombre finirent d'amollir les deux hommes, qui venaient de partager le porcelet farci à l'ail et le vin parfumé des vignes d'Engaddi. Comme s'ils avaient quitté, avec leurs habits, quelque carapace de défiance, ils s'abandonnaient au plaisir du moment, à la vieille complicité des mâles au bain, plaisantant, grognant, rotant leur ail avec le beau sans-gêne des hommes de guerre.

Le barbier tailla d'abord la barbe de Ridefort, assis dans son baquet, puis s'en vint raser son maître.

« Sénéchal, demanda Renaud, aimeriez-vous une esclave syrienne pour vous gratter le dos?

– Au Temple, répondit Ridefort impassible, ce n'est guère la coutume...

– Bah! Vous vous confesserez à mon chapelain... Il est sourd... »

Pour juger de son effet, Renaud poussa le barbier : Ridefort était occupé à frotter son torse lisse avec du savon de Naplouse et une poignée d'herbes sèches. Son regard était froid. Cet homme-là pensait à tout autre chose qu'aux belles Syriennes.

« Vous m'intriguez, sénéchal, dit Renaud.

– Je dois vous parler. »

« Nous y voilà », pensa Renaud.

« Eh bien, parlez! » dit-il.

Gérard de Ridefort prit un temps, posa le savon, puis demanda :

« Sans doute savez-vous pourquoi je suis entré au Temple?

– Ma foi non, sénéchal! »

Renaud se rappela alors une vieille histoire.

« L'héritage de Botron? demanda-t-il. Il y a si longtemps. Auriez-vous fait vœu de vengeance?

– Vœu de vengeance, répéta Ridefort... Les Sarrasins disent qu'une vengeance qu'on ne mûrit pas dix ans n'est pas une bonne vengeance... Le comte de Tripoli n'a rien perdu pour attendre... »

Quelques années plus tôt, chevalier cherchant fortune, il avait voulu épouser la dame de Botron, une veuve bien dotée qui avait accepté sa demande. Mais à la veille de la noce, le régent Raymond de Tripoli avait usé de son pouvoir pour l'écarter et donner la préférence à un marchand pisan sans noblesse, un certain Plivain, acheteur de canne à sucre, qui offrait pour la veuve son poids en pièces d'or. C'est alors que Gérard de Ridefort était entré dans la milice du Christ, avec pour seule ambition de se faire élire Grand-Maître et d'être ainsi en mesure de se venger de Raymond de Tripoli.

Or ce même Raymond de Tripoli, l'un des plus puissants et des plus écoutés des barons francs, était en quelque sorte l'adversaire naturel de Renaud de Châtillon. Ancien régent du roi Baudouin IV, il avait, contrairement à la plupart des grands du royaume, un dessein politique : négocier avec les Infidèles plutôt que de les combattre. L'un des rares à se soucier d'avenir, il prétendait que le royaume chrétien de Jérusalem ne se maintiendrait pas contre les musulmans, mais avec eux. Il faisait porter des présents à Saladin et lui parlait de paix. Mais, chaque fois qu'il se croyait sur le point d'aboutir, les exactions d'un Châtillon venaient tout remettre en cause.

« Ce Tripoli est un traître ! trancha Renaud. Pour une trêve, il me livrerait aux païens ! Mais n'oubliez pas qu'il a le soutien des barons et qu'il peut être roi...

— A nous de l'empêcher », dit Gérard de Ridefort.

Et il expliqua son plan. A la mort, inéluctablement prochaine, de Baudouin le lépreux, la couronne reviendrait à son petit-neveu, Baudouinet, un enfant de cinq ans chétif et malade, qui ne lui survivrait pas longtemps. Il faudrait alors choisir entre les droits de Sibylle et d'Isabelle, les sœurs de Baudouin, et Raymond de Tripoli, l'homme fort du royaume, que beaucoup souhaitaient voir régner.

Sibylle, la mère de Baudouinet, était l'héritière la plus directe dans l'ordre de succession légitime. Elle venait d'épouser en secondes noces un nouvel arrivé, Guy de Lusignan, chevalier vain et suffisant qu'elle avait choisi sur sa belle mine. Ce Lusignan ferait un beau roi, facile à manœuvrer. Leur jeu, expliqua Ridefort, était donc de favoriser les Lusignan au détriment de Raymond de Tripoli. Par Lusignan interposé, ils seraient, eux, les vrais maîtres du royaume.

Renaud de Châtillon, plus porté aux coups de tête qu'aux longues intrigues, était fasciné. Non tant par l'ambition du projet que par la façon toute naturelle dont Ridefort entendait détourner un trône pour arranger ses affaires.

« Et comment, s'il vous plaît, comptez-vous vous y prendre ?

– Aidez-moi, répondit le chevalier avec simplicité... Aidez-moi à me faire nommer Grand-Maître du Temple... Je détiendrai ainsi l'une des trois clefs du Trésor. La deuxième, celle du patriarche Héraclius, m'est déjà acquise... Quant à celle de Molins l'Hospitalier, nous saurons bien l'obtenir... »

En effet, conformément aux Assises et bons usages du royaume, le coffre où se trouvaient les attributs du sacre était muni de trois serrures; le patriarche de Jérusalem, le Grand-Maître du Temple et le Prieur des Hospitaliers détenaient chacun une clef, de façon que les calculs ou les intérêts d'un seul ne puissent suffire à couronner un indigne.

« Par Dieu ! dit Renaud, je suis tout prêt à vous aider, mais vos Templiers ne m'aiment guère...

– Il me faut de l'or, beaucoup d'or... Je sais au chapitre des voix qui sont à vendre... »

Renaud de Châtillon était impressionné : se faire élire Grand-Maître du Temple par simonie ! Un moine qui se damne : l'idée n'était pas pour lui déplaire.

« Foi jurée ! dit-il, je vous aiderai. Toutefois, n'oubliez jamais que Renaud de Châtillon est un prince libre. Je fais alliance pour garantir ma liberté, non pour changer de suzerain ! »

Puis, l'affaire étant conclue, il chassa le barbier qui lui lavait les cheveux :

« N'as-tu donc pas fini de me frotter le crâne comme pour me l'arracher des épaules ! Appelle-moi plutôt Malika. Tant qu'à perdre la tête, que ce soit avec elle... »

Gérard de Ridefort était retourné à ses ablutions. La

flamme qui tout à l'heure était passée dans son regard froid semblait s'être éteinte. Il avait gagné ce qu'il voulait. En vérité, il n'avait pas besoin de l'or de Renaud de Châtillon. Mais en s'assurant sa complicité, il éliminait le risque de trouver sur sa route le puissant prince d'Outre-Jourdain. Sur la perche, le grand manteau blanc des chevaliers du Temple pendait ainsi qu'un étendard en berne.

Alors s'approcha Malika la Syrienne – comme dans un rêve de soldat. Elle ne portait qu'une chemise sans manches dont le voile fin jouait sur ses hanches et sur ses seins. Elle alla vers Renaud et, sans qu'un mot fût dit, commença à passer une huile parfumée sur les muscles durs de son dos. Ses gestes souples et sûrs remontaient tout au long de l'échine et s'achevaient en frôlement au creux de la nuque.

Elle connaissait bien Renaud et surveillait ses réactions. Elle était la seule qu'il ne se contentât pas de basculer sur les pierres chaudes. Elle l'avait apprivoisé.

Elle le fit s'adosser aux planches du baquet et vint devant lui, massant maintenant ses épaules et son torse. Tout son corps était animé : on eût dit qu'elle dansait quelque patient envoûtement.

C'était le moment de leur rituel qu'ils préféraient, et une secrète connivence alors les liait, l'esclave et le prince, qui les mènerait, lui à son plaisir, elle à sa victoire. Car elle éprouvait une satisfaction trouble et forte à susciter ainsi l'émotion de son maître. Elle se brûlait aux flammes sombres de sa soumission, avec cet orgueil sauvage de l'esclave jouissant de son esclavage.

La vapeur collait le voile à la chair brune de Malika, et elle jouait avec art de leur désir commun. Ses gestes se faisaient plus longs, plus lents, plus lourds. Elle creusa encore les reins, offrant au visage de Renaud ses aisselles et ses seins, se retirant dès qu'il approchait, revenant, se prenant au jeu de la volupté où ils s'entraînaient l'un l'autre.

Pourtant, cette fois, Renaud interrompit la Syrienne et lui dit à l'oreille en désignant Ridefort :

« Malika, écoute-moi... je veux que cet homme goûte

à tous tes plaisirs... Ne le laisse pas qu'il n'ait succombé... Je te donnerai un besant d'or... »

Il était de ces hommes que le péché partagé lie mieux que les serments.

Avant prime[3], Malika avait sans grand-peine gagné sa récompense. Gérard de Ridefort et Renaud de Châtillon maintenant s'habillaient.

« Templier du diable ! » dit gaiement Renaud.

II

ADELAÏS TIENT SA PROMESSE

« *Je te salue Vierge Marie, qui as mis le mal en déroute, épouse du Très-Haut et mère de l'Agneau le plus doux. Tu règnes dans les cieux, tu sauves la terre; les hommes soupirent vers toi et les démons mauvais te redoutent...* »

La chouette, une fois de plus, ulula. Une fois de plus, un chien lui répondit, appelant à la mort. Guilhem d'Encausse interrompit sa prière, épiant les voix de la nuit que déchirait le vent du Larzac. Puis le silence glacé des pierres emplit à nouveau la petite église où veillait le jeune homme.

Guilhem frissonna, attentif à ce qui se passait en lui. La chouette et le chien et le vent pouvaient bien continuer leur obscure manœuvre, il refusait avec fierté cet effroi sans nom que les nuits d'hiver mettent au cœur des hommes.

Il était là depuis hier soir, debout, face à l'autel nu, la tête droite, à prier et à songer. Depuis longtemps, Espérandieu et les amis qui l'avaient accompagné dormaient au fond de l'église, assis à même la dalle, le dos au mur, serrés les uns contre les autres. C'est qu'ils ne vivaient pas, eux, ce qu'il était en train de vivre.

En même temps qu'ils engourdissaient ses membres, la fatigue et le froid, il le savait, trempaient son âme. Il lui fallait vaincre son corps avant de gravir les douze degrés de l'honneur et de l'humilité. Alors seulement il n'aurait plus jamais, avec l'aide de Dieu, à craindre la peur ou la solitude. C'était là le sens de cette veillée, de cette épreuve. Avec la nuit s'achèveraient ses enfances.

Au matin, Guilhem d'Encausse, fils cadet du château de Roquelongue, serait, à dix-sept ans, fait chevalier.

Il reprit sa prière à Marie :

« ... *Tu es la fenêtre, la porte et le voile, la cour et la maison, le temple, la terre, lis par ta virginité et rose par ton martyre.*

« *Tu es le jardin clos, la fontaine du jardin qui lave ceux qui sont souillés, purifie ceux qui sont corrompus et rend vie à ceux qui sont morts.*

« *Tu es la maîtresse des âges, l'espoir, après Dieu, de tous les siècles, le pavillon de repos du roi et le siège de la divinité.*

« *Tu es l'étoile qui brille à l'orient et dissipe à l'occident les ténèbres, l'aurore qui annonce le soleil et le jour qui ignore la nuit...* »

Chevalier ! Guilhem mesurait son privilège. Les d'Encausse, comme presque tous les petits seigneurs de Larzac et de Cévenne, vivaient dans la gêne. Raymond, le sire d'Encausse, avait dû s'endetter pour offrir à son fils aîné Milan un adoubement sans faste. Et si Milan maintenant combattait en Terre Sainte, lui-même n'avait pu encore accomplir son vœu de se croiser. Il faut dire que Raymond d'Encausse ne savait pas garder l'argent. Le peu que lui rapportaient ses terres ou qu'il gagnait aux tournois, il le dépensait aussitôt en armes pour lui, en cadeaux pour la parenté, en bijoux pour sa dame ou ses filles — bijoux qu'il fallait bientôt mettre en gage pour préparer le prochain tournoi ou simplement acheter des chandelles...

Milan, le fils aîné, avait d'autres ambitions que la vie fruste de Roquelongue, d'autres projets que ces quotidiennes chasses au sanglier, ces journées gaies mais vaines parfois entrecoupées d'un tournoi à Nant ou à Millau et où, faute d'un bon cheval, il n'avait pas sa chance. Secret et violent, toujours prêt à tout risquer, il s'était cabré quand on avait voulu le marier à la petite Aveline de Cantobre pour arranger une vieille querelle de famille : Aveline serait belle, mais sa dot était maigre. Peu après son adoubement[4], il avait abandonné Aveline et ses droits sur Roquelongue à son cadet Guilhem. Avec la bénédiction de ses parents, il s'était joint à une troupe de chevaliers errants partant chercher fortune sur les chemins de Jérusalem. Il s'était engagé à solde, avait-on appris, sous la bannière de Renaud de Châtillon, un grand baron de là-bas.

Guilhem n'avait que peu connu Milan, de trois ans son aîné, qui avait fait son service chez le baron d'Anduze. Il avait, lui, été placé au château d'Algue, chez sa marraine Adelaïs de Roquefeuil, veuve et riche, qui tenait sa baronnie plus sûrement que n'avait su le faire son mari. La vieille Adelaïs s'était vite prise d'intérêt pour le jeune Guilhem, aussi ouvert que Milan était fermé, habile et souple, le geste sûr et délié, aimant à être le meilleur mais se le faisant pardonner d'un sourire, sachant plaire aux femmes sans déplaire aux hommes.

Curieux de tout, passionné par les récits des voyageurs, il avait appris de Guillaume de Saint-Hilaire, maître de la commanderie de Sainte-Eulalie, à lire le latin et à comprendre la géométrie. Si Milan était resté à Roquelongue, peut-être eût-on fait de Guilhem un clerc voué à l'étude. Mais, devenu héritier du fief, il s'était avec joie lancé dans l'apprentissage des armes et de la chasse : là encore, il était devenu le premier parmi ceux de son âge, et les faucons de son père lui obéissaient mieux qu'à celui qui les avait dressés.

Adelaïs, seule depuis longtemps, avait naturellement reporté sur Guilhem cette tendresse que les mères réservent à leurs fils. C'est elle qui avait décidé de le faire chevalier, c'est elle qui offrait les armes, les chevaux et l'équipage, c'est elle qui avait fixé la date — « avant le petit carême de la Noël ». Elle avait tenu parole.

Guilhem ne se méprenait pas sur sa chance. Sans doute, Adelaïs avait-elle de l'affection pour lui. Mais il savait aussi que cet adoubement faisait partie d'un dessein qui tenait au cœur de la vieille dame : unir les Cantobre et les d'Encausse en mariant Aveline et Guilhem. Ce qui avait échoué avec l'aîné réussirait avec le cadet. Pour plus de sûreté, Adelaïs, cette fois, doterait elle-même Aveline, qui apporterait aux d'Encausse le beau domaine de Vellas, en bordure de la Dourbie, avec un pré de six journées à faucher, une vigne de sept muids de vin et deux cents brebis dans la bergerie.

En même temps qu'il garantissait dans la baronnie la paix entre ses vassaux sourcilleux, le projet comblait chez Adelaïs l'espoir de ce plaisir d'amour que chantaient si bien les troubadours de maintenant et que lui avaient interdit les rudes façons de son époque. Car elle était sûre que Guilhem et Aveline étaient faits pour s'aimer.

Ils ne demandaient qu'à le croire. A quatorze ans, Aveline avait cette grâce ambiguë des adolescentes, encore enfant et déjà femme. Ils se plaisaient bien ensemble. Ils avaient passé de longs moments à chevaucher le causse, montant le même cheval, s'arrêtant parfois pour se désaltérer dans une bergerie, cueillir des fleurs qu'ils tressaient ou s'amuser au ballet des truites dans l'eau claire de la Dourbie. A mêler au vent de la course leurs chansons et leurs cheveux, le cœur battant d'un même émoi, ils s'étaient juré de vivre la même vie. Ils s'étaient même donné leur premier baiser d'amants, dont la saveur leur revenait à la bouche quand ils songeaient l'un à l'autre.

Dans l'ombre froide de l'église, Guilhem se rendit compte soudain qu'il pensait au péché. Il se signa, demanda pardon à la Vierge et finit sa prière :

« ... *Toi qui as engendré celui qui nous engendre, confiante comme une mère qui a bien rempli sa tâche, réconcilie l'homme avec Dieu. Prie, mère, le Dieu que tu as mis au monde, qu'il nous absolve et, après nous avoir pardonné, nous confère la grâce et la gloire. Amen*[5]. »

A ce qui restait du cierge, Guilhem estima qu'on devait avoir passé l'heure de laudes. Il étira ses membres pour chasser la fatigue, rejeta en arrière ses longs cheveux blonds. Bientôt son parrain Gilbert Erail viendrait l'assister en méditation et la nuit rejoindrait le matin. Puis ce serait la messe, le déjeuner et enfin l'adoubement dans la cour du château. Guilhem pensa à la joie de tous, à la fête qu'on donnerait. Au soir, il aurait son cheval, son épée, son écuyer. Aveline serait fière de lui. Il se répétait la devise orgueilleuse de la chevalerie : « Mon âme à Dieu, ma vie au roi, mon cœur à ma dame et mon honneur à moi. Mon âme à Dieu, ma vie au roi... »

La chouette et le chien le ramenèrent une fois de plus à son oraison. Son murmure fervent suffisait à emplir le silence de l'église.

Quand les cloches de Saint-Sauveur sonnèrent enfin prime dans le lointain, Guilhem s'ébroua comme s'il avait dormi et alla réveiller Espérandieu, qui était son ami et serait son écuyer. Espérandieu, le rein douloureux et le pied transi, était raide comme un chiffon gelé :

« Pourquoi, par Dieu, n'as-tu pas fait ton adoubement en mai ? bougonna-t-il. Ces nuits de novembre sont sans fin. »

Puis il regarda Guilhem :

« Tu n'as pas dormi ?

– Comment l'aurais-je pu, Espérandieu ? Cette veillée me fait ce que je serai...

– Cal pas batéja l'éfon dobont que nasco, coupa Espérandieu, il ne faut pas baptiser l'enfant avant sa naissance. »

L'écuyer avait la manie de parler par adages et connaissait tous ceux du Rouergue.

« A peine réveillé, déjà sentencieux ! Allume donc plutôt du feu devant le porche, reprit Guilhem, que mon parrain trouve où nous sommes. »

Espérandieu battit le fusil et bientôt de hautes flammes montèrent en crépitant à l'abri de l'église, repoussant l'obscurité, allumant des joyaux de givre aux branches noires des noyers et des buis. Enfin, on vit une lumière qui descendait du causse.

Pas très grand mais large d'épaules et de hanches, épais et dur comme un coffre de chêne, la voix rude, l'abord simple, Gilbert Erail, le trésorier du Temple, inspirait le respect autant par l'importance de sa fonction que par l'autorité qui émanait de lui. Quand, pour tendre ses mains au feu, il écarta son ample manteau blanc doublé de mouton, il parut à Espérandieu comme un saint venu prêcher les pauvres.

« Je vous remercie, mon parrain, dit Guilhem, d'être sorti par ce froid... »

Gilbert Erail frissonna :

« Il fait meilleur à Jérusalem, dit-il... C'est une nuit à loups... »

La marche l'avait essoufflé. Depuis qu'il avait été désigné à son nouveau poste, il manquait d'exercice. Il lui semblait que son sang s'épaississait, mais il remettait toujours au lendemain sa résolution de manger moins.

En voyage d'inspection, il arrivait de Terre Sainte et s'était arrêté quelques jours à la commanderie voisine de Sainte-Eulalie, où, enfant du pays, il avait naguère prononcé ses vœux. Jeune chevalier, il avait souvent tournoyé avec Raymond d'Encausse et avait accepté avec joie de prendre part à l'adoubement de ce filleul qu'il n'avait pas vu depuis quinze ans.

Guilhem regardait avidement le large visage rougi par le froid. « Il vient de Jérusalem », pensait-il. Sous le front sévère, les yeux calmes et clairs lui semblaient refléter toute la lumière de la Judée. « Comme j'aimerais qu'il m'emmène avec lui ! » A Sainte-Eulalie, on murmurait qu'il pourrait bien être le prochain Grand-Maître du Temple.

« Venez prier », dit Gilbert Erail.

Leur dévotion faite, Guilhem demanda :

« Devrai-je entrer au Temple ?

Le Templier sourit de tant de zèle :

« Si Dieu le veut, dit-il, il saura vous envoyer un signe...

– Mais ne dois-je pas au moins prendre la croix ?

– Vous êtes jeune, Guilhem. Votre frère Milan est déjà en Terre Sainte. Attendez. Ayez souci d'apprendre pour servir. Il est dans l'ordre que votre père parte avant vous. »

La voix grave de Gilbert Erail se tut. Le Templier sembla méditer un moment, puis reprit :

« Notre temps, Guilhem, est celui des grandes espérances. Bientôt, avec l'aide de Dieu, la sagesse et la science auront triomphé de l'ignorance et de la barbarie... Voyagez, frottez votre esprit aux esprits éclairés... Veillez seulement à ne pas vous laisser tenter par le doute qu'on professe aujourd'hui... Douter, c'est pécher... Fréquentez plutôt les bâtisseurs, c'est dans la pierre et le bois, dans les peintures et les vitraux que les hommes impriment leur foi et la marque de leur temps... Je parlerai pour vous à l'évêque Maurice, qui élève à Paris en l'honneur de Notre Dame la plus belle église qu'on verra jamais... »

Guilhem était décontenancé :

« Mais un chevalier ne doit-il pas d'abord combattre ?

– Vous êtes impatient comme l'était votre père... Un chevalier, Guilhem, doit d'abord servir. On le juge à son âme plus qu'à son coup de lance.

– On m'a pourtant enseigné que les deux tranchants de mon épée devaient châtier l'un le riche qui opprime le pauvre, l'autre le puissant qui opprime le faible...

– Méfiez-vous de ces chevaliers qui se complaisent à tirer l'épée pour le seul plaisir de la guerre et du butin. Ils disent combattre ainsi au nom de Dieu, mais quand ils croient avoir un œuf au feu, ils y ont seulement la coquille... »

Gilbert Erail posa la main sur l'épaule de Guilhem :

« Ne soyez pas triste... Je vois que vous ferez un beau chevalier... Les justes causes ne vous manqueront pas...

– Mais pourquoi, demanda Guilhem, Dieu permet-il qu'il y ait des riches et des pauvres, des puissants et des faibles ?

– C'est là l'ordre de Dieu, Guilhem. Il serait impie de vouloir le pénétrer. Il n'est pas d'explication naturelle qui soit à la mesure de Dieu.

– Mais le malheur de la terre n'est-il pas l'œuvre du drac ?

– Du drac ?

– Du diable, c'est ainsi qu'on le nomme sur le

causse. C'est lui qui tarit les sources, fait tourner le lait des chèvres et disparaître les brebis... »

Gilbert Erail sourit :

« Ah ! oui, le drac... J'avais oublié... Le diable, Guilhem, ne pourrait rien si nous ne nous abandonnions si volontiers aux forces du mal... Nous devons connaître notre indignité et nourrir une foi ferme... C'est dans l'extrême du désespoir que s'incarne l'espérance... »

Ils parlèrent longtemps. Guilhem avait encore beaucoup de questions à poser sur le magma brûlant de l'enfer et sur le ciel des cieux, au-delà du firmament et du ciel cristallin, où résident les neuf chœurs des anges et la majesté de Dieu. Mais on en vint vite à Jérusalem, et le Templier voulut bien conter quelques batailles auxquelles il avait pris part en Syrie sous la conduite de Baudouin le lépreux.

Quand ce fut l'heure de la messe et qu'arrivèrent avec le curé Massols les parents de Guilhem, la petite église semblait résonner encore du galop des chevaux de combat et des cris des Infidèles.

III

LES MANGONNEAUX DE SALADIN

La mer Morte brillait au bout du défilé où s'avançait le messager du krak Milan d'Encausse. La lune éclairait les parois de grès rouge, dessinant çà et là, parmi les blocs erratiques, des figures inconnues et des chimères d'ombre. Mais le chevalier ne se laissait pas prendre aux pièges de la nuit : il avait, enfant, assez couru les abrupts de Roquelongue pour savoir qu'il n'avait pas à craindre ces fantômes de pierre. Et puis, d'avoir échappé aux Infidèles lui gonflait le cœur de fierté. Renaud de Châtillon saurait le récompenser. Tout pénétré de l'importance de sa mission, il se répétait le discours qu'il tiendrait au roi. Soudain, surgis de nulle part, des hommes l'entourèrent : les Sarrasins.

A l'aube, la forteresse bruissait déjà de mille rumeurs. Il fallait à la fois s'apprêter pour la fête et se préparer pour la guerre. Aux cuisines, le queux se plaignait de n'être pas aidé et l'intendant houspillait une armée de serviteurs. Au logis, on parait les dames. Depuis la courtine de l'est, qu'il estimait la plus exposée — il y avait disposé le gros de la garnison — le sénéchal du Temple Gérard de Ridefort surveillait le campement des Infidèles. Il pouvait voir les mangonneaux et les pierrières, neuf au total, que Saladin avait fait assembler dans la nuit. Ayant disposé archers, arbalétriers et autres gens de pied, il attendait.

Au nord, le chevalier Ivène avait terminé la construction du plan incliné par lequel il commençait de faire descendre, meuglant, bêlant et brayant, les troupeaux du bourg dans le profond fossé qui isolait la forteresse. Ridefort ayant dégarni la défense du pont-levis, Ivène avait réparti entre les villageois le peu d'armes dont il disposait.

Renaud de Châtillon, après avoir vérifié que les postes étaient tenus, alla rejoindre sa femme, Stéphanie de Milly, qui l'avait fait demander. Il traversa la salle des chevaliers, dont les dalles étaient couvertes de tapis persans et les murs tendus d'étoffes indigo et garance; sur chaque pilier, une lampe à huile brûlait devant un miroir d'argent poli. Au logis même, où l'air sentait l'encens et l'ambre gris, des coussins, des tissus, des plateaux de cuivre damasquiné et des brûle-parfums composaient l'atmosphère d'un palais de sultan.

Stéphanie, maîtresse et héritière du krak depuis que son père, seize ans plus tôt, avait rejoint les chevaliers du Temple, préférait les raffinements de l'Orient aux façons frustes des croisés. Renaud avait beau maugréer qu'il se croyait, dans sa propre maison, à la cour du calife de Bagdad et que toutes ces odeurs lui levaient le cœur, Stéphanie ne cédait pas. Elle n'avait épousé Renaud que parce que la Pierre-du-Désert avait besoin d'un homme comme lui, mais, à quarante-deux ans, elle avait déjà connu deux sièges et trois maris, et n'avait de leçons à recevoir de personne en matière d'entêtement.

D'abord inquiète des rapines de Renaud, elle les excusait maintenant qu'elle pillait à son tour le butin de son époux, y choisissant les riches brocarts, la vaisselle de prix et les bijoux d'or fin qui meublaient tout à la fois sa forteresse et sa solitude.

Renaud la trouva prête pour la noce, toute de velours et de soie brodée, ses deux longues nattes noires encadrant un visage que le temps, déjà, commençait à marquer. Il ne put s'empêcher, une fois de plus, d'observer qu'elle ressemblait à Constance d'Antioche, sa première femme : la même distinction un peu lasse, les mêmes gestes et cette façon qu'elles avaient de refuser du regard ce que promettait la bouche.

« Vous vouliez me voir, ma dame?

– Je pensais, mon ami, faire porter quelque

offrande à Saladin... N'oubliez pas que nous avons souvent joué ensemble quand il était prisonnier au krak et que j'étais enfant... peut-être nous laissera-t-il en paix pour le mariage... »

Renaud acquiesça. Le temps était aussi précieux que l'eau. Le chevalier qu'on avait dépêché au roi n'arriverait pas à Jérusalem avant le lendemain matin. Encore faudrait-il à ce moment réunir l'armée. Toute journée gagnée était bonne journée.

C'est ainsi qu'on vit bientôt – Stéphanie avait pris sur elle de faire tout préparer – le spectacle insolite d'une cohorte de valets passant le pont-levis entre les hommes en armes et s'engouffrant dans le souterrain pour aller offrir au chef des assiégeants des quartiers de bœuf et des moutons rôtis, des boissons d'aromates et cent mets de choix.

Les envoyés de Stéphanie revinrent alors qu'on se rendait à la messe. Saladin, dirent-ils, s'était montré très touché, mais la guerre étant la guerre et Renaud de Châtillon l'ennemi le plus perfide des musulmans, il attaquerait néanmoins à son heure; il s'efforcerait seulement de ne pas atteindre la tour des jeunes époux, dont il partageait la liesse et sur qui il priait Allah de répandre ses bienfaits.

La solennité de la messe et l'occupation où chacun était de critiquer ou d'admirer les toilettes des autres fit qu'on oublia un moment le siège. Onfroi et Isabelle, agenouillés côte à côte sur les larges dalles, écoutèrent l'évêque d'Outre-Jourdain leur parler des devoirs qu'ils auraient l'un envers l'autre. Il avait quatorze ans, elle n'en avait que douze, et ils se connaissaient à peine. Ils se tenaient très droits dans leurs riches habits, lui en robe de soie blanche, elle en manteau bleu brodé d'or. Ils partagèrent l'hostie consacrée et le vin béni avec la fervente gravité des enfants jouant aux jeux des grands.

C'est le roi Baudouin lui-même qui avait décidé le mariage de sa sœur Isabelle avec Onfroi IV de Toron, fils d'Onfroi III et de Stéphanie de Milly. Il entendait ainsi honorer la mémoire d'Onfroi II, l'héroïque connétable mort les armes à la main pour la défense du royaume. Mais on ne retrouvait pas le grand-père dans le petit-fils. Jouvenceau frêle et pâle, Onfroi IV s'intéressait plus à la musique et aux échecs qu'aux épées et aux chevaux, s'attirant les sarcasmes de son beau-père Renaud de Châtillon, qui l'obligeait à boire chaque dimanche une coupe de sang de taureau.

Il n'y avait cependant pas à se tromper : au regard qu'ils échangèrent quand l'évêque les déclara unis par le sacrement de mariage, on vit bien qu'Isabelle offrait à l'enfant qu'on lui donnait pour époux toute la confiance du monde. Les barons se troublèrent, comme si la pureté était la seule chose au monde qui pût les désarmer, les dames sortirent leurs mouchoirs. On vit même Stéphanie de Milly et la reine douairière Marie Comnène, qui pourtant se haïssaient, s'adresser un sourire complice.

On allait quitter la chapelle quand un coup de tonnerre en fit trembler les murs : Saladin essayait ses mangonneaux. La foule se figea.

« N'ayez crainte, dit Renaud dans le silence atterré. N'ayez crainte : il n'est pas né celui qui prendra le krak! Allons nous abriter et gardons l'esprit en joie! »

On sortit en regardant en l'air, mais le ciel était uni et vide. Sur le parvis de la chapelle, les musiciens entamèrent un hymne et, comme à un signal, tout à nouveau s'anima. Les jongleurs jonglèrent, les acrobates sautèrent, les ours commencèrent leur lourde danse et les singes savants leurs facéties. Tous ceux qui n'avaient pu trouver place à la chapelle s'étaient postés sous les arcades pour applaudir et, selon l'usage, crier leurs vœux. Le cortège se forma, mariés en tête, pour gagner la salle du festin. Onfroi et Isabelle se tenaient la main, si légers que leurs pas semblaient ne pas toucher le chemin que leur faisaient des jonchées de palmes.

Un chevalier rejoignit en courant Renaud de Châtillon, fort occupé à donner la conversation à la reine douairière. Renaud le chassa :

« Qu'on me laisse! dit-il. Voyez le sénéchal du Temple.

– Mais ils attaquent le bourg...

– Sans doute des pillards convaincus que nous

l'avons évacué... Prenez quelques prisonniers, nous les questionnerons... »

Puis, toujours suivant la reine douairière, il entra dans la grande salle du festin. Stéphanie avait bien fait les choses. Les murs éclataient de couleurs, exaltant la blancheur des nappes et l'éclat des couverts. Les serviteurs cornèrent l'eau, appelant au lavement des mains dans les bassins d'argent, et les convives passèrent à table.

Alors survint un deuxième coup de tonnerre, puis un troisième. Il y en eut neuf. Cette fois, Saladin avait fait donner toutes ses machines. C'était terrifiant. Nul avertissement ne laissait prévoir où tomberait le prochain coup. Certains des rochers ainsi catapultés heurtaient les murs qu'ils descellaient, d'autres écornaient les créneaux avant de rouler dans la cour, emportant tout sur leur passage, hommes et bêtes. Le fracas fut long à s'éteindre. Puis on entendit, au-dehors, des cris de douleur, des appels, des galopades, des hennissements effrayés.

« Qu'on serve ! » ordonna Renaud de Châtillon.

Tandis que le bombardement occupait la défense du krak, Saladin lançait son attaque du côté nord, par le village, là où on ne l'attendait pas. Grimpant comme des chèvres noires, des milliers de Sarrasins escaladaient les pentes abruptes. Terrorisés, les paysans abandonnèrent leurs biens et leurs armes, se bousculant vers le pont-levis pour se réfugier dans la forteresse. Gérard de Ridefort, alerté, craignit une diversion et se refusa à dégarnir la courtine.

Le chevalier Ivène, resté avec une dizaine de preux, faisait front, reculant de maison en maison, accablé par le nombre. Il fut bientôt acculé au pont-levis, seul contre une meute. Des hommes tombaient dans le fossé, où les animaux éperdus les piétinaient. Tirées maintenant à bout portant, les flèches des Sarrasins crevaient le haubert du chevalier et se fichaient en lui. Il se battait toujours, faisant tournoyer sa lourde épée.

Gérard de Ridefort arriva enfin et, du haut de la poterne, jugea la situation :

« Levez le pont ! » commanda-t-il.

Une chaîne grinça puis se coinça. Le pont s'immobilisa à mi-hauteur. Le chevalier Ivène, déséquilibré, roula jusque sous la poterne avec quatre Sarrasins.

« La herse ! » dit Ridefort.

La massive grille de fer s'abattit aussitôt, clouant au sol, dans un mélange de métal et de chair broyés, le chevalier Ivène et ses ennemis.

Après les assiettes, les potages et les rôts, on en était aux entremets. Les épices et les vins échauffaient les têtes. On parlait haut, on riait, on s'interpellait comme pour afficher son courage. On applaudissait à la présentation solennelle d'un paon farci, au compliment d'un ménestrel, au bondissement d'un acrobate. On feignait de ne plus porter attention aux coups violents qui frappaient la forteresse comme un imprévisible et gigantesque boutoir.

Un troubadour avait dit la chanson de Raymond de Poitiers, prince d'Antioche et oncle d'Aliénor d'Aquitaine. Raymond était célèbre tant par sa force que par sa beauté. Capable de plier d'une seule main un étrier de fer, il s'était, un jour qu'il passait à cheval sous une voûte, suspendu à un anneau et, serrant l'étalon entre ses cuisses, l'avait empêché d'avancer. Beaucoup s'y étaient essayé, disait le troubadour, personne n'avait égalé l'exploit. Quant à la beauté de Raymond, sa nièce Aliénor avait su l'apprécier. La preuve? Un roi de France pouvait en témoigner...

L'histoire du pauvre Louis VII trompé par le très gaillard Raymond de Poitiers enchantait Renaud de Châtillon, qui se la fit raconter deux fois.

Onfroi et Isabelle avaient reçu la permission de quitter le festin. Ils avaient gagné, dans la tour qui leur était réservée, l'appartement nuptial et, après la bénédiction du lit, Isabelle avait éloigné sa dame de parage. Restés seuls, les deux enfants commençaient seulement à comprendre qu'ils étaient mari et femme. Après le gros vacarme du banquet, le silence les baignait comme une eau calme et fraîche.

Onfroi alla jusqu'à une fenêtre, d'où il vit, sur la courtine, luire les heaumes innombrables.

« Jamais, dit-il, je ne saurai vous protéger.

– Les soldats le feront...

– Au moins saurai-je vous aimer... »

Il était si pâle, dans sa robe blanche, semblait si fragile, qu'Isabelle alla vers lui :

« Je vous aime déjà », dit-elle.

Le festin se termina avec le jour. Le soleil descendait à l'horizon du désert quand Renaud sortit dans la cour basse. Les pommettes rouges et le souffle court, il visita son krak.

Créneaux ébréchés, courtines décapitées, toits éventrés, murailles lézardées, citernes crevées : on eût dit un grand vaisseau sortant d'une tempête. Des plaies béantes, la poussière montait encore. Une pierre avait roulé jusque dans l'enclos des chameaux, brisant les pattes comme fétus : on finissait d'égorger les animaux blessés. On s'efforçait d'attraper des chevaux échappés d'une écurie ouverte. On colmatait les fissures de la grande citerne. Seule la tour des jeunes mariés restait intacte, et ceux qui ignoraient l'engagement qu'avait pris Saladin y voyaient un miracle.

L'armée des musulmans était pour l'heure en prières et les mangonneaux reposaient. On avait, profitant de la pause, distribué aux hommes d'armes du vin et les reliefs du repas. Tout était cohue et désordre. Sur la courtine, des mercenaires pris d'ivresse singeaient la prière des musulmans avec tant de dérision qu'un prélat s'approcha de Renaud :

« Messire, je n'entends pas grand-chose à la guerre, mais ce ne sont pas là façons de chrétiens... Le dieu des musulmans n'est pas Dieu, mais toute prière est pure quand elle élève l'âme... »

A ce moment, une voix cria :

« Ils tirent ! Prenez garde ! Ils tirent ! »

La foule se bouscula vers les abris. Alors on vit une

masse sombre surgir de derrière la muraille. Elle montait encore vers le ciel et on ne pouvait deviner où elle allait tomber. Soudain, il sembla que des ailes lui poussaient et s'éployaient. Les cris se figèrent au fond des gorges, l'épouvante emplit les regards. Car ce n'était pas un roc de plus qui allait s'abattre sur la forteresse. C'était un homme et, à son dolman noir de capitaine sarrasin, Renaud de Châtillon reconnut l'émissaire qu'il avait dépêché la veille à Jérusalem.

Le chevalier Milan d'Encausse s'écrasa au beau milieu de la fête.

Le soir, Renaud fit allumer sur la tour du nord le plus grand feu qu'on put. Il n'était pas sûr que le signal de détresse serait vu depuis Jérusalem, mais c'était la dernière chance du krak.

Puis le seigneur d'Outre-Jourdain appela son barbier : il avait besoin d'une saignée.

IV

L'ENVOÛTÉE DES RACLE-PIERRES

La messe dite, Guilhem d'Encausse sortit de la petite église. Le jour naissant l'éblouit. Il s'arrêta sur le parvis, regarda, clignant des yeux, le paysage d'alentour, écouta comme pour la première fois le chant familier de la Dourbie. Un instant décontenancé, il s'étonna que tout fût en place, les arbres et le chemin, les vignes au flanc des gorges, le coude de la rivière, les ombres longues du matin. Il lui semblait que cette veillée eût dû changer les choses. Puis il secoua sa lassitude et rejoignit sa parenté.

On rentra à pied au château. On riait, on plaisantait. « Méfie-toi de la quintaine, disait-on au futur chevalier, on lui a farci le ventre de plomb! » Ou encore : « Tu seras trop léger pour un cheval de guerre, ne veux-tu pas l'échanger contre ma jument[6]? »

Les voix sonnaient dans l'air sec et froid. Le grand Raymond d'Encausse tenait aux épaules dame Ricarde, sa femme, pour lui éviter de glisser sur le sol gelé. Ils n'avaient pas besoin de se dire leur fierté pour la partager. Un fils en Terre sainte, l'autre aujourd'hui chevalier, tous deux vaillants et loyaux, deux filles bien mariées, un château modeste mais solide, l'amitié d'Adelaïs et de Gilbert Erail : ils n'auraient pour rien au monde changé leur place. Ce causse âpre et dur où la terre montrait ses os était le pays des hommes au cœur pur et, ce matin-là, la joie des d'Encausse était la joie de tous.

Les invités étaient venus à leur rencontre et les attendaient au bord du chemin de Revens, où deux joueurs de vielle et de gigue donnèrent l'aubade. Il y avait là Adelaïs de Roquefeuil, droite sur sa haquenée blanche, le sire et la dame de Cantobre avec leur fille Aveline dont le cœur battait très fort, des seigneurs du voisinage, des cousins, des amis. Les trois chevaliers du Temple accompagnant Gilbert Erail dans sa mission avaient revêtu leur tenue de guerre, l'épée au côté – fascinant les gens du causse par l'air qu'ils avaient d'arriver des confins de la terre.

On se salua, on s'embrassa gaiement. Le soleil finissait de chasser la brume du matin et faisait fondre les dessins de givre que leur haleine avait tissés dans la barbe des Templiers. Profitant de l'agitation, Espérandieu s'approcha d'Aveline et glissa au creux de sa main le gage d'amour que Guilhem avait préparé dans la semaine. Elle s'écarta derrière sa mère et déroula le billet :

« *M'espérance, mon cœur, ma joie*
Je tremble dès que je vous vois.
Jamais une autre amie n'aimai
Et jamais autre n'aimerai.
Votre sort à mon sort est lié.
Tels chèvrefeuille et coudrier
Ensemble peuvent bien durer,
Mais si l'on veut les séparer,
Le coudrier y perd la vie
Et le chèvrefeuille avec lui.
Qu'il en soit donc ainsi de nous,
Ni vous sans moi, ni moi sans vous. »

Aveline, qui apprenait alors à lire, mit longtemps à déchiffrer la chanson. Puis, quand elle eut fini, elle chercha Guilhem des yeux. Il la guettait. Ils se sourirent et, pour ne pas rougir, se détournèrent en même temps, feignant de s'occuper ailleurs.

La vieille Adelaïs avait suivi leur manège. Elle en fut si émue que, malgré son grand âge, elle mit sa jument au trot pour cacher ses larmes.

« Je n'ai jamais goûté de meilleur pain, dit Gilbert Erail la bouche encore pleine.

– Maurin, mon meunier des Gardies, en a tamisé sept fois la farine, répondit Raymond d'Encausse, et Valdebouze le fournier l'a cuit cette nuit. »

Les hommes prenaient une légère collation avant la cérémonie. Gilbert Erail et Raymond d'Encausse se retrouvaient avec amitié, chacun cherchant sur le visage de l'autre le reflet de sa propre jeunesse. Ils mangeaient à la même écuelle. Espérandieu, lui, malgré sa condition d'écuyer, avait été invité à manger à l'écuelle d'un Templier de l'escorte. D'abord paralysé par tant d'honneur, il dévorait maintenant une grosse andouille criblée de poivre et, observant ses voisins, buvait comme eux du vin au gingembre à même le pichet d'étain, essuyant sa bouche au tombant de la nappe.

Dans la cour étroite, les derniers invités arrivaient, se saluaient, s'interpellaient, cherchaient dans la cohue une place pour les chevaux. Les fêtes étaient rares, et certains étaient venus de loin. Même Thomassa, la fermière de la Granarié, était là, ses enfants maigres dans ses cotillons, leur disant de prendre garde aux ruades et de bien regarder ce qu'ils ne reverraient pas de sitôt.

Enfin, on se leva de table. Raymond d'Encausse et son fils montèrent à la chambre. Tandis que Guilhem quittait ses habits d'apparat, sire Raymond passa son haubert et ceignit son baudrier. Puis le père conduisit le fils sur le perron du logis où l'on avait fait un tapis de branches de buis.

Guilhem se tient très droit. Il voit que chacun le regarde, sa mère, son parrain Gilbert Erail, sa marraine Adelaïs, Aveline, ses sœurs, là, au premier rang.

Alors on s'approche de Guilhem, on l'aide à enfiler les chausses de fer auxquelles on fixe les éperons :

« Dieu fasse, dit Raymond d'Encausse, que vous gardiez votre âme blanche comme le lin de votre chemise et que ces éperons ne vous soient jamais coupés pour infamie. »

Puis Espérandieu tend à Guilhem le gambeson matelassé sur lequel il va revêtir le haubert à double maille que le défunt baron de Roquefeuil portait en Terre sainte. On lui passe aussi le capuchon de mailles de fer, puis le heaume pointu, orné de pierres sur le front et prolongé jusqu'à la bouche d'un robuste nasal.

Quand le heaume est lacé au haubert, Guilhem sent soudain le poids de son armure. Il s'inquiète de savoir s'il pourra tout à l'heure sauter, comme il convient, sur son cheval sans toucher l'étrier. D'autant que le baron de Roquefeuil devait avoir la poitrine étroite : Guilhem étouffe et peut à peine respirer. Il faudra faire retailler ce haubert.

Le silence s'est fait dans l'assistance. Adelaïs s'approche, portant avec respect l'épée de son époux. Le curé Massols bénit l'arme dans un murmure et Adelaïs la tend à Raymond d'Encausse. C'est une belle épée lourde et longue, aux quillons tournés vers la lame. On en a repoli le métal, mais elle porte encore, près de la pointe, deux petites encoches que le rémouleur n'a pu effacer et qui témoignent qu'elle a déjà connu le combat. Le gros pommeau renferme des reliques de saint Guiral : elles protégeront le chevalier pour autant que sa cause restera juste.

« Son maître la nommait Joyeuse, dit Adelaïs. Conservez-lui son nom et son honneur. »

Raymond d'Encausse ceint alors le baudrier à Guilhem. C'est le haut moment de la cérémonie. Chacun retient son souffle. Un geste simple, un cliquetis de métal, un poids soudain au côté. La vie de Guilhem vient de changer.

« Souvenez-vous, dit Raymond d'Encausse d'une voix forte, souvenez-vous qu'il n'est pas de plus grande noblesse que celle du chevalier, et que vous aurez préséance sur les fils de roi s'ils ne sont pas armés. »

On accroche aux épaules de Guilhem un long manteau de drap écarlate :

« Ce manteau rouge signifie que vous devrez verser votre sang pour le service de Dieu. »

Raymond d'Encausse s'interrompt un instant :

« Et maintenant, dit-il, approchez que je vous donne la colée. »

Voici Guilhem devant son père, presque aussi grand

déjà. Ils sont tous deux en armes et le métal semble multiplier le soleil. Guilhem pense à ce haubert qui le contraint et lui gâche sa joie. Puis il baisse la tête en signe de modestie. Raymond, alors, de sa paume ouverte, frappe si formidablement la nuque ployée de son fils – c'est le seul coup qu'un chevalier peut recevoir sans le rendre – que le jeune homme vacille :

« Soyez chevalier, beau fils, et courageux envers vos ennemis. Ne faussez pas votre lignage. N'oubliez jamais votre mère...

– Avec l'aide de Dieu, j'en fais serment », répond Guilhem.

Sa voix s'étrangle un peu. Mais aussitôt Raymond embrasse son fils, dame Ricarde sa mère l'embrasse aussi, et dame Adelaïs sa marraine. Chacun s'approche. Les Templiers viennent saluer le nouveau chevalier. Ceux qui ont connu Guilhem enfant le complimentent, les autres disent leur respect. Thomassa retient sa marmaille, qui veut aller toucher la belle épée.

Espérandieu, ému comme une fille, tend comme il peut à son maître l'écu d'azur orné d'une croix noire et la lance de frêne où flotte un gonfanon d'azur à trois langues. Puis on approche un grand cheval d'Espagne au poil gris luisant, marqué de blanc au front et aux pieds, l'oreille courte, l'œil ardent. C'est désormais le destrier de Guilhem. On le nomme Passavant et Adelaïs l'a fait harnacher comme pour un tournoi de princes.

« Nous les rejoindrons sur le pré de la quintaine, dit Gilbert Erail. Voyons d'abord cette affaire de la Couvertoirade. »

Guillaume de Saint-Hilaire, maître de la commanderie de Sainte-Eulalie du Larzac, déroula un parchemin où figurait une carte de la région. La nouvelle donation renforçait heureusement le domaine templier : on pourrait élever plus de trois mille moutons sur le causse. Il tendit à Gilbert Erail les actes de donation de Bringuier de Molnas et de Richard de Montpaon : « Moi, Richard de Montpaon, en toute bonne foi, de bon cœur et de bon gré, par amour de Dieu et pour la rémission de mes péchés, en accord avec ma femme, je vends et je donne tout ce que j'avais et pouvais revendiquer sur le mas Aymar de la Couvertoirade, à savoir la moitié du fief, à Dieu et à la commanderie de Sainte-Eulalie[7]. »

« Ce domaine est bien isolé, remarqua Gilbert Erail en étudiant la carte. Il faudra y bâtir un château. Construisez aussi un moulin, à vent puisqu'il n'y a pas de rivière. Le maître en Provence vous enverra un frère qui sait construire ces moulins sur pivot qu'on peut toujours mettre face au vent. Mais faites vite : le Temple doit percevoir des droits de mouture et non payer des banalités. »

Les écuyers préparaient la table du grand repas. La vaisselle n'était pas riche, mais, à son retour, la foule partie à la quintaine la trouverait bien garnie : pâtés de canard, d'alouette et de lièvre, truites de la Dourbie, venaisons. Benoît le cuisinier s'affairait même à préparer un brouet d'Angleterre, mêlant dans un grand mortier de pierre des foies de sanglier, des jaunes d'œufs, des châtaignes et des aromates.

Guillaume de Saint-Hilaire avait fait appeler le vieux Martin pour dire les coutumes et les droits perçus de la Couvertoirade. C'était le plus ancien prud'homme de l'endroit et sa mémoire était sans défaut. En l'attendant, le maître de Sainte-Eulalie demanda :

« On dit que le roi d'Angleterre Henri a fait un don considérable au Temple?

– Cinq mille marcs d'argent pour nous, répondit Gilbert Erail, et autant pour les Hospitaliers.

– Fallait-il qu'il ait péché!

– A la mesure de sa fortune et de son rang, dit Erail. Il a fait tuer l'archevêque Thomas Becket. Dans le chœur de son église, à Cantorbéry. »

Le trésorier du Temple se tut un moment. Il était le dos à l'âtre, jambes écartées, paumes larges ouvertes. Il ajouta sombrement :

« Certes nous avons besoin d'or, de beaucoup d'or. Mais ce n'est pas l'or qui sauvera le royaume de Jérusalem... Les chevaliers vont nous manquer, frère Guillaume... Ceux du moins qui craignent Dieu... »

L'arrivée de Martin interrompit Gilbert Erail. Le vieux salua bien bas, son bonnet à la main.

« Que sais-tu des droits du seigneur de la Couvertoirade?

– La Couvertoirade? »

Le temps de comprendre la question, et le vieux Martin commença, sans une hésitation :

« Dans chaque foyer de la paroisse Saint-Christophe, dit-il, le seigneur avait un setier d'avoine boulangère et une épaule de porc. Les droits de garantie et de justice lui revenaient aussi... »

Il était brèche-dent et, comme il parlait vite, on perdait un peu de ce qu'il disait.

« Aux Larigrignes, le seigneur du lieu avait deux parts et lui la troisième après comptes et dépenses. Dans les deux pays, tout homme qui avait engrossé une femme sans mari donnait un mouton, et la femme une paire de chausses. Ceux qui faisaient parc donnaient aussi un mouton, et dans chaque cabane, la servante prenait un fromage.

– C'est bien, retourne aux chevaux, dit Guillaume de Saint-Hilaire. Nous maintiendrons leurs coutumes, mais il nous faudra établir quelques sergents au village, pour le défendre des routiers de l'Escalette... »

L'affaire réglée, Gilbert Erail s'approcha du cuisinier Benoît et, trempant son doigt dans le mortier, goûta le brouet d'Angleterre :

« Tu devrais rajouter de la cannelle », dit-il.

Ce n'est pas encore aujourd'hui qu'il commencerait son jeûne. Puis les deux Templiers quittèrent le château et se dirigèrent vers le pré de la quintaine, juste au-dessous du village de Revens.

Aux applaudissements de tous, Guilhem avait sauté en selle sans toucher l'étrier et, en quelques galops, voltes et arrêts, s'était imposé au fier Passavant. Espérandieu avait défait plusieurs des agrafes du haubert et Guilhem respirait mieux. Il allait maintenant dans le soleil, le cheval bien à sa main, suivi d'Aveline sur sa pouliche et d'Espérandieu.

Au dernier coude que faisait le chemin avant le pré, comme ils allaient dépasser une misérable cabane adossée au rocher, ils virent la porte s'entrouvrir sur un visage large et blême, aux yeux fous, à demi masqué par de longues mèches noires. Guilhem et Espérandieu se signèrent et se détournèrent. Ils entendirent la porte se refermer.

« Qui est-elle ? demanda Aveline à Espérandieu.

– C'est Jeannette, l'envoûtée des racle-pierres.

– Que lui a-t-on fait ? » demanda encore Aveline.

L'écuyer se signa à nouveau :

« Un jour qu'elle était aux champs, dit-il, des racle-pierres lui ont jeté un caillou qui l'a toute transformée. Sept démons se sont mis à l'habiter, six qui parlaient et un qui ne parlait pas. Le curé Massols lui a donné l'exorcisme et a fait sortir d'elle les démons qui parlaient, mais il n'a rien pu contre celui qui se taisait. Alors on les a enfermés tous les deux, elle et son démon muet, dans la cabane, et Thomassa vient lui porter chaque jour une écuelle devant sa porte... »

Espérandieu ajouta encore, à voix plus basse :

« Quand on la voit, le drac n'est pas loin. »

Aveline n'osa pas se retourner. Elle se signa à son tour. « Comme Dieu la hait ! » pensait-elle.

Guilhem connaissait le maléfice. Aussi, dès qu'il fut arrivé au pré, il descendit de cheval, tira son épée et, tenant devant lui la croix formée par la poignée et les quillons, récita avec recueillement un pater et une supplique à saint Guiral. Mais ce n'était pas le jour de penser au malheur.

On finissait en riant de costumer la quintaine. Sur un fort pieu solidement fiché en terre, les écuyers avaient construit une belle apparence de Sarrasin : un sac bourré de foin en faisait le corps, qu'on avait revêtu d'une vieille cotte de mailles rouillée : sur la bûche figurant la tête, on avait posé un heaume tout cabossé et dessiné un visage grimaçant : le flanc droit était masqué d'un écu de bois fortement fixé au pieu : à son côté gauche pendait une masse d'armes.

Guilhem fit encore un galop d'essai pour régler ses

étriers et, quand il fut prêt, se porta au bout du champ, où l'attendait son père.

« Si vous frappez l'écu en plein centre, dit Raymond d'Encausse, vous serez digne de votre père. Si vous le traversez, vous serez meilleur chevalier. »

Espérandieu tendit à Guilhem son écu d'azur, qu'il passa à son avant-bras gauche, retenant les rênes dans sa main, puis il saisit la longue lance de frêne où il affermit sa prise. C'était un jeu, mais aussi plus qu'un jeu : la quintaine était pour l'heure un ennemi de Dieu qu'il fallait frapper de toute sa force et de toute sa foi. A la réussite du coup, on mesurerait la valeur du nouveau chevalier.

L'assistance se tenait sur deux rangées, priant que Guilhem ne déçoive pas.

Raymond d'Encausse fit un signe aux jongleurs, qui sonnèrent un grand coup de busine. Alors Guilhem piqua des deux sans hésiter, le buste droit, les jambes en avant, bien ferme dans ses arçons, le gonfanon à trois langues vibrant au vent de la course. De chaque côté de lui, les visages se confondaient, les couleurs vives des habits se mêlaient. A trente pas de la quintaine, il inclina le buste, abaissa la lance et éperonna Passavant, qui accéléra encore.

O-o-o-h !

Un instant, la foule avait craint. La lance frappa en plein l'écu. Le choc fut si violent que le frêne éclata comme bois mort et que Guilhem fut déséquilibré. Mais il se redressa, reprit bien Passavant et vint jeter aux pieds de son père le morceau de la lance qu'il n'avait pas lâché.

Ce fut une explosion de cris et d'applaudissements. Le sire d'Encausse embrassa avec orgueil ce fils qui faisait mieux que son père, guettant les regards d'admiration des invités, qui allaient maintenant juger le coup à la quintaine. La pointe de la lance avait traversé l'écu et démaillé le haubert pour entrer d'un bon pouce dans le mannequin de Sarrasin : on ne pouvait rêver mieux. Gilbert Erail et les chevaliers au blanc manteau firent compliment à Guilhem qui, les yeux brillants, un peu essoufflé, flattait l'encolure de Passavant.

Chacun voulut prendre part à la fête. Espérandieu démontra son adresse à l'arc : à trente pas, il ficha quatre flèches sur cinq dans la bûche grimaçante. Mais, à quarante pas, un sergent templier de Sainte-Eulalie n'en rata pas une : il est vrai qu'il avait été archer. Les enfants de Thomassa comptaient les touches en riant, au risque de se faire embrocher.

Puis Raymond d'Encausse proposa que ceux qui le voudraient tentent leur chance à la quintaine. Tandis qu'on arrachait les flèches dont le mannequin était hérissé, il ceignit le baudrier, prit l'écu et une nouvelle lance. Le cheval sur lequel il était venu n'étant guère bon à charger, il emprunta Passavant à son fils et fit un court galop. Les étriers triangulaires le gênaient un peu : il était resté, quant à lui, fidèle aux étriers ronds de sa jeunesse. Il se rendit au bout du pré tandis que l'assistance reprenait sa place.

Guilhem, voyant que l'attention s'était détournée de lui, allait vers Aveline quand il entendit des cris : Thomassa, au bout du champ, chassait vers sa cabane Jeannette la possédée. Il repensa au drac et faillit avertir son père, mais déjà retentissait le fracas des busines. Raymond d'Encausse, fier et droit comme à son propre adoubement, donna de l'éperon.

Soudain, alors qu'il approchait de la quintaine et abaissait sa lance, on vit sa chausse de fer glisser sur l'étrier et tout le pied passer dans le triangle. Il était trop près de son but pour changer sa course. Le choc fut plus rude encore que celui de Guilhem, mais Raymond d'Encausse, sans appui à gauche, bascula d'un coup.

Tous crièrent ensemble quand sa tête heurta le sol. Passavant le traîna jusqu'au chemin de Revens, dont il sauta la bordure de pierres sèches. Le corps de Raymond d'Encausse rebondit sur le muret.

Guilhem fut le premier auprès de son père. Un peu de sang coulait du nez et des oreilles. Il ne bougeait plus. Il était tout déchiré, son cœur pourtant battait encore.

On l'allongea sur le grand écu pour le porter à Roquelongue. Adelaïs envoya un chevaucheur au château d'Algue, où elle entretenait un barbier chirurgien depuis que son mari était mort en tournoi faute de soins. En faisant vite, le barbier pourrait être là à la nuit. Un écuyer partit en avant faire préparer de l'eau chaude, des linges et des médecines.

Guilhem tenait Passavant à la bouche. Il était désespéré que le mauvais sort de la Jeannette eût frappé son père plutôt que lui. Il fut près de céder à la tentation de la faiblesse, mais, lisant la détresse dans les yeux de sa mère et l'effroi dans ceux d'Aveline, il se ressaisit. Laissant Passavant à Espérandieu, il prit dame Ricarde par le bras :

« Allons », dit-il.

Le soir était venu, et le froid. On n'avait pu monter Raymond jusqu'à la chambre. On l'avait allongé dans la grande salle où le banquet était encore servi. Il gardait les yeux clos et disait dans son inconscience des mots qu'on ne comprenait pas. Il tournait la tête de gauche et de droite, déposant à chaque mouvement qu'il faisait un peu de sang sur sa couche.

On avait allumé les chandelles de cire rouge achetées pour la fête. Dans l'âtre, du bois trop vert chuintait en fumant. Une servante allait parfois, pour donner de l'air, soulever les peaux de loup qui fermaient les fenêtres étroites. On attendait le barbier. Sans doute saurait-il réduire les fractures de la jambe et de l'épaule, mais, pour la tête, on ne pouvait que prier.

Ils priaient. Beaucoup d'invités étaient restés. Dans ces pays durs et déserts, les hommes savent le prix d'une présence à l'heure de la plus grande solitude. On partageait l'affliction comme on avait partagé le plaisir. Car on comprenait bien que Raymond d'Encausse, seigneur de Roquelongue, allait passer.

Pourtant, il s'éveilla, vit sa femme à son chevet, près du curé Massols, les amis alentour.

« Maudite quintaine ! » dit-il.

Puis il rassembla sa fierté :

« Damedieu, mangez donc ! »

Alors seulement, il sembla comprendre qu'il allait

mourir. Ses traits se creusèrent. On vit la peur dans ses yeux. Il appela son fils :

« Guilhem, jurez-moi de prendre mon vœu d'aller prier à Jérusalem...

– Je le ferai, mon père, soyez en paix.

– C'est bien, dit Raymond d'Encausse. Songez aussi à faire agrandir votre haubert. Et mariez-vous, qu'il y ait des enfants ici. »

On voyait qu'il souffrait. Devant toute sa parenté, il se confessa au curé Massols. Sa voix s'affaiblissait. Le curé lui appliqua le Saint-Chrême.

Raymond d'Encausse ébaucha un geste vers dame Ricarde et dit encore :

« Je ne vous verrai plus, amie, que Dieu vous voie ! »

Il ferma les yeux. On crut que c'était la fin. Du sang lui monta aux lèvres. Quand la dame l'épongea, le mourant eut pourtant encore un gémissement, comme un sanglot d'enfant. Puis son corps se défit sous lui, et ce fut le silence, que seuls troublaient le chuintement mouillé de la grosse bûche et les oremus du curé Massols.

Gilbert Erail s'approcha et ferma les yeux de Raymond d'Encausse :

« Beau Sire Père, dit-il, prends pitié de son âme, car le corps est perdu. »

Guilhem était désormais le maître de Roquelongue. On le vit bien dès le lendemain, quand il prit la tête de ceux qui allèrent brûler dans leur cabane la Jeannette et son démon.

V

LE ROI LÉPREUX

« En songe, dit Agnès, j'ai vu une fée qui m'accordait d'accomplir un vœu...

– Il ne faut pas rêver, mère.

– Alors, je choisissais que nous partions ensemble...

– A quoi bon, mère ?

– Dans mon songe, tu étais encore un enfant...

– Taisez-vous, mère.

– Tu n'étais pas roi et je n'étais pas la mère du roi... Nous n'étions personne et nous vivions heureux...

Mère, je suis roi, et l'ambition des rois n'est pas de vivre heureux... Finissez plutôt de me panser, j'entends qu'on arrive à la salle du conseil. »

Agnès de Courtenay prit les linges et se pencha sur la litière où gisait son fils, Baudouin IV, gardien du Saint-Sépulcre et maître après Dieu du royaume franc de Jérusalem.

Chaque jour, la lèpre gagnait un peu. Les bras et les jambes étaient pris, marqués de taches et d'écailles, rouges aux épaules et aux cuisses, cuivrés aux coudes et aux genoux, gonflés et noirs à ce qui restait des pieds et des mains dont les doigts étaient déjà rongés. Le visage, déformé par les nodules et les boursouflures, était marbré de gris et n'avait plus d'humain que la flamme bleue d'un regard lumineux et pourtant inutile : le roi était presque aveugle.

C'est vers l'âge de huit ans qu'on avait décelé chez Baudouin le signe de la lèpre. On lui avait néanmoins enseigné, comme à tout fils de roi, ce qui était nécessaire à l'éducation de son corps et de son esprit. Les autres enfants avaient cessé de jouer avec lui, mais il n'avait vu, dans l'isolement où on le tenait, que le signe de sa royauté : il n'était pas comme les autres.

Il avait treize ans quand son père Amaury était mort. On lui avait alors révélé la nature de son mal, et il avait décidé de l'ignorer : un roi, disait-il, devait régner : il assurerait les devoirs du trône aussi longtemps que Dieu lui en laisserait la force.

Neuf ans durant, il avait ainsi mené l'armée, rendu la justice et tenu conseil, montrant autant d'ardeur à guerroyer que de volonté à gouverner. Il n'avait jamais accepté de ménager ce corps qu'il méprisait. Mais le mal s'était peu à peu aggravé et Baudouin avait commencé à pourrir tout vivant. Il avait dû renoncer à l'épée, puis au cheval, à la marche enfin. Toujours au cœur du combat, c'était désormais depuis sa litière qu'il exhortait ses troupes – mais il ne les voyait plus. Et l'odeur qui l'entourait comme une exhalaison de cadavre finissait d'accomplir son malheur.

Ce roi qu'il fallait porter et qu'on faisait manger ainsi qu'un nouveau-né, ce roi pourtant régnait encore; comme il vivait; avec une obstination pathétique à refuser l'inéluctable. Le courage qu'il mettait à surmonter sa malédiction faisait l'admiration de tous, même des Sarrasins. Mais dans sa terrible inconscience de grand malade, il avait perdu le sens de la réalité. Méfiant jusqu'à l'obsession, s'entêtant à ne prendre conseil que de sa mère, décidant seul, il refusait de quitter le pouvoir et même de le partager. La volonté de Dieu devait s'accomplir. Il aimait passionnément son royaume mais, comme en un défi morbide, il le menait orgueilleusement à sa perte. Il avait alors vingt-deux ans et ne connaissait de miséricorde que la tendresse de sa mère.

Agnès de Courtenay était plus proche de Baudouin qu'elle ne l'avait jamais été. Ce roi où habitait la mort était son fils, son premier enfant, et son amour pour lui était bien la seule chose qui lui fît encore battre le cœur.

Toute jeune, à peine mariée, elle avait vécu la fin du fief familial : Edesse prise et mise à sac; le même jour, elle avait vu les Sarrasins tuer son mari, crever les yeux de son père et l'emporter vers un cachot d'où il ne revint pas. Elle avait alors épousé Amaury et lui avait donné deux enfants, Baudouin et Sibylle, avant qu'il ne la répudiât, à la veille de son couronnement au trône de Jérusalem, pour épouser Marie Comnène et son trésor. On l'avait chassée, mais on avait gardé ses enfants : ils régneraient.

Quelque chose en elle s'était alors brisé. A nouveau mariée et à nouveau veuve, elle venait de quitter son quatrième époux, Renaud de Sidon, parce qu'il se formalisait de ce qu'elle fût devenue, au vu et au su de tous, la maîtresse scandaleuse du patriarche Héraclius. Elle était maintenant celle d'Amaury de Lusignan, le frère de son propre gendre. Ce qui ne l'empêchait pas de se soumettre à n'importe quel autre homme qui voulût bien d'elle.

A quarante-neuf ans, la mère du roi mettait tant d'acharnement à se perdre et tant de fierté à n'en rien cacher que seuls ses amants lui manquaient de respect. Le peuple, sachant de quelles épreuves avait été marquée sa vie, semblait lui accorder une sorte d'indulgence. Et il arrivait qu'on prît en pitié cette belle femme vieillissante dont le fils mourait et qui ne savait plus pleurer.

« Pardonnez-moi de vous avoir brusquée, dit Baudouin, mais il me faut penser au conseil... »

Il se tut un instant puis ajouta doucement :

« Et je ne crois plus aux fées... »

Agnès de Courtenay sourit pour elle-même. Elle finit d'oindre les membres du lépreux d'un onguent parfumé et posa des linges sur ses plaies. Elle savait le roi inquiet : il venait de se brouiller avec Guy de Lusignan et Saladin assiégeait le krak de Moab. Son fils prenait souvent son avis sur des questions de gouvernement, mais il ne l'avait pas fait cette fois.

« Où en est-on du jour ? demanda Baudouin en tournant dans la direction de la fenêtre son regard aveugle.

– Le soir est venu, le ciel est bas... On a vu des cigognes vers le Jourdain... C'est signe, dit-on, que l'hiver est proche... »

Elle lui parlait comme on parle à un enfant. Ces heures-là leur étaient chères. Ils y trouvaient l'occasion de partager la dernière chose en eux qui fût restée intacte : cette envie d'amour qui les tourmentait comme une détresse. Le sentiment amer et sans recours de leur solitude les liait plus sûrement que tout. Le temps qu'ils se réservaient l'un à l'autre, ils en faisaient des moments d'innocence et de paix – elle, comme s'il n'était pas lépreux; lui, comme s'il ignorait qu'elle faisait la putain.

Agnès prépara une potion à l'huile de Chaulmoogra, une médecine fétide rapportée des bords du Gange, et la fit prendre à son fils. Puis elle l'habilla d'une nouvelle robe blanche. A côté, la rumeur que faisait l'assemblée des barons passait l'épaisseur des murs.

« Faites-moi porter au conseil », demanda Baudouin.

Ce n'était plus sa voix d'enfant, c'était sa voix de roi. Agnès le regarda s'affermir comme il pouvait sur sa litière. Combien de temps encore respecterait-on son autorité? On supputait la date de sa mort pour mieux préparer une succession que plusieurs clans revendiquaient déjà. Elle n'osa pas lui rapporter le mot terrible qu'on répétait à Jérusalem : « Le royaume *aussi* se décompose... »

On n'annonça pas l'entrée du roi, mais la puanteur qui le précéda dans la grande salle du conseil fit taire le brouhaha. Deux serviteurs déposèrent la litière face à l'assemblée et allumèrent de la poudre d'encens.

Les barons, les prélats et les dignitaires du royaume – ceux du moins qui n'étaient pas, avec Renaud de Châtillon, assiégés dans le krak de Moab – étaient tous venus, certains encore en tenue de guerre. Le roi avait, disait-on, pris de grandes décisions.

« Mes beaux sires », commença Baudouin...

Il ne les voit pas, mais il peut encore se les figurer : les frères Lusignan, le sévère Raymond de Tripoli, Guillaume de Tyr et sa barbe blanche, Arnaud de Torroge, Grand-Maître des Templiers. Il sait la cour perdue d'intrigues et divisée sur l'essentiel. Il ne cède pourtant pas un instant à la tentation du renoncement. Du fond de son agonie, aux frontières indistinctes de l'espoir et du désespoir, il épuise ce qui lui reste de forces pour faire prévaloir le droit du roi.

Ceux qui lui font face honorent trop son courage et sa fonction pour lui manquer ouvertement de respect, mais il n'en est pourtant pas un qui n'attende sa mort. Sa délivrance sera la délivrance de tous.

Ce souverain, ces prélats et ces guerriers ont entre leurs mains les terres, les finances, la justice et l'armée du royaume latin de Jérusalem. La plupart des barons y sont nés. Ceux-là ont abandonné comme une défroque les noms de leurs châteaux d'origine. Les sires de Saint-Omer ou de Colombiers le sont maintenant de Sidon, de Césarée ou de Tibériade. Il en est dont les ancêtres n'avaient jamais possédé même un village et que le droit du vainqueur a faits ici maîtres d'une ville. La multiplication des mariages et des remariages a enchevêtré les familles et les intérêts : ils sont tous un peu cousins et tous un peu rivaux.

Ils aiment la guerre et la violence, construisent et dépensent pour montrer leur valeur et leur gloire. Ils sont vaillants, durs au mal, chauds de tête et de cœur. L'Orient les fascine, avec ses palais, ses fastes, ses raffinements et sa civilisation. Mais ils n'en ont retenu que l'usage des épices et le goût des langueurs. Ils ignorent la juste mesure et courent d'un excès à l'autre, dans l'amitié comme dans la vindicte, dans le péché comme dans le repentir. Leur âme est sans tourment : quand on combat pour Jérusalem, la plus grande espérance est permise aux pires d'entre les pécheurs.

Ni les papes, ni les rois d'Occident ne se mêlent de leurs affaires. Ils cultivent avec superbe le sentiment de leur indépendance : ils sont les mainteneurs de la chrétienté en Terre de Promission, les seigneurs du plus saint royaume qui soit au monde.

« Mes beaux sires... »

Le silence maintenant s'est fait. Tous regardent le roi, enveloppé de blanc dans sa litière blanche. Ils ne voient que ce regard qui ne les voit pas, cette vive flamme bleue qui semble parfois s'arrêter sur l'un ou l'autre et qui leur pèse horriblement.

« Saladin se joue de nous, dit Baudouin d'une voix ferme. A Tubanie, son armée a campé une longue semaine à une demi-lieue de la nôtre sans que vous ayez jugé bon de l'attaquer... Pis, il est parti à l'heure choisie par lui, sans même signer trêve ni traité, pour aller mettre le siège au krak de Moab le jour du mariage de notre sœur Isabelle... Nos guetteurs ont par chance aperçu le feu de détresse des assiégés... L'angoisse m'étreint le cœur à l'idée que le krak puisse se rendre... »

Les guerriers se taisent. Ils comprennent seulement maintenant que Saladin les a trompés, les retenant au nord pour mieux les surprendre au sud. Pour une fois qu'ils avaient cru avisé de ne pas se précipiter, bannières au vent, dans ce qui pouvait être un piège! La honte leur vient de ce que le peuple juge comme une défaite alors qu'ils n'ont même pas combattu.

« J'ai donc décidé, poursuit le roi, de rassembler l'ost royal et d'aller secourir le krak. Je fais serment que nous ne connaissions pas le repos avant que ces Infidèles n'aient été durement châtiés... Avec l'aide de Dieu, je vous mènerai moi-même à la bataille... »

Un murmure parcourt les rangs des barons, confondus par le courage insensé de ce moribond qui les commande. D'autant que la mer Morte est le fond du monde, le désert des déserts, sans ombre et sans eau douce. Veut-il donc mourir en ce pays maudit?

« Je garde à l'esprit, dit justement le roi, que beaucoup d'entre vous partiraient plus assurés s'ils savaient mon successeur d'ores et déjà associé à mon trône... Nous couronnerons donc dès demain mon neveu Baudouin, fils de ma sœur Sibylle et de son premier époux Guillaume Longue-Épée, qui était cousin du roi de France Philippe Auguste[8] et de l'empereur d'Allemagne Frédéric Barberousse... »

La stupeur fige l'assemblée. C'est la première fois que le roi parle de sa succession. Et chacun s'interroge sur la mention qu'il a faite du haut lignage de Baudouinet. Veut-il signifier que si les querelles de la succession ne se taisaient pas, il aurait recours, pour régler la question, aux princes d'Occident? C'est un appel à l'union en même temps qu'un rappel à l'ordre, mais ces incorrigibles, s'ils voient bien la menace, ne la craignent pas encore.

Baudouinet n'a que cinq ans et l'enfant-roi est de si faible constitution qu'il ne régnera pas longtemps. Qui sera régent détiendra le pouvoir et sans doute le gardera. Qui donc sera régent?

Deux hommes sont candidats et un troisième attend qu'ils se soient mutuellement neutralisés.

Le premier est Raymond de Tripoli, baron puissant et avisé, ancien régent du roi lépreux dont il est, par sa mère, deux fois cousin. La majorité du conseil et du peuple lui est acquise, mais Baudouin, sur le conseil de sa mère, l'a écarté de la cour en même temps que son ancien précepteur, l'archevêque Guillaume de Tyr : il fallait craindre, disait-elle, que sous leur influence on ne finît par livrer le royaume à Saladin – et c'était bien là ce que le roi, dans sa prison d'horreur, pouvait imaginer de pire.

En vérité, sans arrière-pensées ni visées personnelles, Agnès avait fait le jeu de ceux qui l'entouraient : son frère Jocelyn d'Édesse, ses amants Héraclius et Amaury de Lusignan. Avec cette indifférence de la chose publique propre à ceux qui n'attendent plus rien de la vie, elle est l'instrument docile de ce qui n'est rien moins qu'un complot.

C'est ainsi qu'elle a usé de son influence sur le roi pour faire désigner les conjurés aux postes clefs du royaume. Contre Guillaume de Tyr, Héraclius a été élu patriarche de Jérusalem : détenteur du plus haut pouvoir religieux de Terre sainte, il est si ouvertement débauché qu'après avoir couché avec la mère du roi, il a fait venir dans son palais une nouvelle maîtresse, Pâque de Riveri, une bourgeoise de Pise qu'on appelle en riant « la patriarchesse ». Jocelyn d'Édesse a été nommé intendant du royaume; c'est un ambitieux tout gonflé de lui-même qui confond avec sa bourse le Trésor dont il a la charge. Quant à Amaury de Lusignan, il a été fait connétable; bon guerrier mais homme détestable, c'est lui qui, Sibylle devenue veuve, a eu l'idée de faire venir du Poitou son frère cadet Guy, beau cavalier un peu niais dont, disait-on, tout le mérite tenait dans la fossette qu'il avait au menton.

Sibylle fut vite amoureuse. Baudouin permit le mariage, dota généreusement sa sœur – lui donnant les fiefs d'Ascalon et de Jaffa – et fit de Guy de Lusignan son régent. La manœuvre avait réussi. Il n'y avait plus qu'à attendre la mort du roi.

Moins nombreux que le parti des barons, le parti des Lusignan est déjà plus influent – sans compter l'espoir qu'on y met en Gérard de Ridefort, sénéchal du Temple et peut-être bientôt Grand-Maître. A vrai dire, la plus grande gêne de ce camp est la sottise de celui qu'ils veulent pour roi : Guy vient en effet de manquer gravement à Baudouin, et celui-ci lui a retiré la régence. Mais le mouvement d'humeur passé, la leçon entendue, on s'attend qu'il la lui rende.

Le roi se tait maintenant. Comme il est de coutume, ceux qui le désirent vont dire leur conseil.

Raymond de Tripoli, d'un mouvement de tête qui lui est familier, rejette en arrière la mèche noire qui lui barre le front. Il n'est ni bien haut ni bien large, mais il en impose par sa dignité. Il tient de son ancêtre Raymond de Saint-Gilles une extrême résolution et une vive intelligence à gouverner. Sans laisser à quiconque le temps de ruiner sa cause en la plaidant, il s'avance d'un pas et dit, toujours un peu solennel :

« Sire mon cousin, je m'associe à votre décision. Je rendrai hommage à votre neveu Baudouinet comme à vous-même. »

Puis il se retire dans l'ombre.

« C'est bien », dit le roi.

Guy de Lusignan cherche sans les trouver les regards d'Héraclius et de Jocelyn d'Édesse. Dans son incertitude, il prend le parti d'attendre. Le grand Balian d'Ibelin s'avance alors. C'est un personnage important et sa situation au cœur du pays dit bien l'invraisemblable écheveau d'intérêts et de parentés qu'est devenu en moins d'un siècle le royaume naguère taillé au nom de Dieu par Godefroi de Bouillon et les premiers croisés.

Ainsi Balian d'Ibelin, comte de Naplouse, est le deuxième époux de la reine douairière Marie Comnène, la mère de la petite mariée du krak : un de ses frères aînés, Hugues, fut le troisième mari d'Agnès de Courtenay, dont il a donc été beau-frère; son autre frère, Baudouin de Ramla, a donné sa fille en mariage à Amaury de Lusignan avant que celui-ci ne devienne l'amant d'Agnès et ne fasse obtenir à Guy de Lusignan la main de Sibylle à laquelle prétendait ce même Baudouin de Ramla ! Cette assemblée de barons et de prélats n'est qu'un embrouillement convulsif de cousins, de neveux et de beaux-frères que déchirent ou que lient, selon l'occasion, les ambitions et les ressentiments.

Pourtant Balian d'Ibelin, homme honnête s'il en fut, n'a pas d'hésitation : tant que le roi est roi, il obéit au roi. Lui aussi, dit-il, rendra hommage à Baudouinet. Derrière, les autres s'engagent de même, Gautier de Césarée, Renaud de Sidon, Baudouin de Ramla...

C'est le tour de Guillaume de Tyr, sage archevêque dont la longue barbe fut si blonde que les Sarrasins le surnommèrent Barbe d'Or. Il est l'un des hommes les plus savants du royaume et son influence était grande sur le roi avant qu'Agnès ne l'eût fait écarter.

« Sire, dit l'archevêque, nous vous savons gré du souci que vous montrez du lendemain. Mais je dirai ici ce que d'autres n'osent : puisque vous avez en votre sagesse retiré la régence à votre beau-frère de Lusignan, il vous faut nommer un autre régent... »

Il va plaider avec raison la cause de Raymond de Tripoli quand la voix d'Héraclius couvre la sienne, une somptueuse voix de bronze, assez ample pour une église, assez chaude pour une alcôve, une voix qui fascine et qu'on n'interrompt pas :

« Sire, dit Héraclius, Dieu vous a choisi pour être digne d'une grande souffrance, mais votre fermeté et les décisions que vous avez prises aujourd'hui encore montrent bien que le temps n'est pas venu de parler de votre succession... Certains ici vous voudraient déjà outre... Ne tolérez point qu'on manque ainsi à votre personne comme à votre couronne... »

Les barons restent interdits de l'impudence du patriarche, dont chacun sait bien qu'il s'apprête à profiter du roi mort comme il a profité du roi vivant. Sa manœuvre n'a d'autre but que de laisser à Guy le temps de rentrer en grâce. Balian d'Ibelin se jette en avant :

« Sire ! » s'écrie-t-il.

L'indignation l'étouffe. Il voudrait dire qu'Héraclius est un fourbe, mais il ne trouve pas ses mots. Il est plus à l'aise au combat qu'au conseil. Tous le regardent et il ne sait que faire de son grand corps. Un mauvais coup d'épée à l'épaule lui a jadis coupé les tendons et les nerfs; son bras gauche pend, inerte, à son côté.

« Sire ! » répète-t-il.

Il prend comiquement les assistants à témoin et dans les mouvements qu'il fait en se tournant vers les uns et vers les autres, son bras se balance à contretemps.

Il n'y a rien à déchiffrer dans le masque tragique du lépreux. Peut-être sait-il maintenant ce qu'il voulait savoir ? Il lève sa main tout emmaillotée de linges et c'est un geste de roi :

« Ma décision est telle que je l'ai dite. Nous couronnerons mon neveu demain, ensuite nous irons sauver le krak. »

Il n'a pas parlé de régence.

Au matin, le patriarche Héraclius, le Grand-Maître du Temple Arnaud de Torroge et le Prieur des Hospitaliers Roger de Molins furent les premiers au Saint-Sépulcre, en l'église de la Résurrection du Seigneur. Ils étaient accompagnés de chanoines et de chevaliers portant sur des coussins de velours brodés d'or les clefs du coffre royal. Les trois serrures furent ouvertes, et les attributs du sacre disposés sur l'autel : la couronne, l'anneau, le sceptre et l'épée. Puis Héraclius invita l'assistance à entrer.

On installa la litière du roi lépreux à la droite de l'autel, les prélats, les barons et les nobles dames occupèrent les premiers rangs et les galeries, suivis des bourgeois de la ville et du peuple qui se pressait en foule, toujours avide de fêtes et de fastes : le fait qu'on couronnât un enfançon ajoutait l'émotion à la solennité.

Bien des cœurs s'émurent quand Balian d'Ibelin entra, portant Baudouinet sur son bras vigoureux, le levant aussi haut qu'il pouvait pour que, comme le voulait le roi, l'héritier du trône « ne parût point petit parmi les grands ». Des sonneries éclatèrent. Balian s'arrêta devant l'autel et posa l'enfant, debout, sur un escabeau mis là exprès.

Baudouinet, blond et chétif, vêtu de blanc, semblait impressionné par le déploiement des tenues et des parures dont les couleurs chatoyaient. Il fit un sourire à Sibylle, non parce qu'elle était sa mère – elle ne l'aimait pas et le voyait rarement – mais parce qu'il connaissait son visage.

Héraclius s'approcha de lui. Avec sa lourde chasuble et son beau visage ascétique, on eût dit quelque saint de vitrail. Il y avait à peine dix ans qu'il était arrivé du Gévaudan, obscur clerc en robe de bure, pour chercher fortune à Jérusalem. Il était parvenu à ses fins parce qu'il savait tenter les hommes et faire rêver les femmes. Il poussait au péché et marchandait ses absolutions. Sans conscience ni scrupules, il faisait commerce d'indulgences, compromettait ceux qu'il ne pouvait séduire et excommuniait ceux qu'il ne pouvait compromettre, se cachant derrière Dieu avant de retourner à sa débauche.

Héraclius plaça la main droite de Baudouinet sur l'Évangile :

« Je jure, dit l'enfant à qui l'on avait donné la leçon, je jure sur les Saintes Écritures... »

La voix fluette hésita et se tut.

« ... de défendre la religion, souffla Balian.

– De défendre la religion... »

Il quêtait à chaque mot l'approbation de Balian d'Ibelin, qui hochait la tête.

« ... et de gouverner selon les coutumes établies.

– Et de gouverner selon les coutumes établies.

– Je vous aiderai », répondit avec emphase Héraclius en présentant la couronne.

L'emblème royal était trop grand et trop lourd pour la tête de Baudouinet; aussi Balian le prit-il des mains du patriarche pour le maintenir au-dessus de l'enfant, qui semblait surtout intéressé par le bras ballant du grand comte d'Ibelin.

Héraclius se tourna alors vers l'assemblée des barons, des bourgeois et du peuple et, à trois reprises, demanda d'une voix forte :

« Reconnaissez-vous Baudouin, fils de Sibylle et petit-fils d'Amaury, pour héritier légitime de la couronne de Jérusalem ? »

Par trois fois, un sourd murmure d'approbation lui répondit.

Des chanoines nouèrent au cou de l'enfant le manteau de pourpre qui lui faisait une longue traîne. Puis Héraclius célébra la messe, au cours de laquelle il marqua le futur roi de l'onction sacrée. L'office achevé, Baudouinet fut hissé sur le vaste trône, où il reçut l'anneau et le sceptre. L'anneau était trop grand et il devait maintenir sa main dressée; quant au sceptre, on le posa en travers de ses genoux.

Baudouin avait, de sa litière, suivi le cérémonial aux demandes et aux répons. Ce neveu qu'on couronnait était, ainsi qu'il l'avait voulu, celui qui lui succéderait. Rien ne transparaissait de son sentiment, mais pouvait-il ne pas penser que le rituel l'excluait comme s'il était déjà enseveli ? Dans ce même chœur où il gisait étaient enterrés Godefroi de Bouillon et son frère, premiers rois de Jérusalem...

« Vive le roi ! » cria-t-on soudain.

Alors seulement, il sembla que Baudouin tressaillit.

Pour l'hommage, Balian d'Ibelin tint à nouveau la couronne au-dessus de la tête de celui qui était devenu Baudouin V, enfant malade et triste, dérisoire image, sur ce trône trop grand pour lui, d'un royaume fragile et douloureux.

« Je promets de garder et de défendre votre personne envers et contre tous, vinrent l'un après l'autre promettre les barons en plaçant leurs mains dans les siennes.

– J'accepte votre hommage, répondait Baudouinet, et je défendrai vos terres. »

Dans la confusion des allées et venues, il en profitait parfois pour pousser d'un geste vif le bras ballant du comte d'Ibelin qui, tenant la couronne de sa main valide, était obligé à des contorsions pour arrêter ce membre qui battait comme un pendule. Balian d'Ibelin faisait les gros yeux et c'était bien la seule chose qui semblait amuser le nouveau roi.

Les dignitaires et les prélats rejoignirent la salle où avait été préparé le festin du couronnement. Selon la coutume, les bourgeois de Jérusalem avaient reçu l'honneur d'en assurer le service. C'est ainsi que l'on voyait de riches marchands lombards et vénitiens, des joailliers arméniens, des drapiers flamands ou français se disputer le privilège de porter aux barons une soupe, un gibier ou un pichet.

Le roi lépreux attendit que fût dit le bénédicité et que chacun eût pris sa place. Après quoi il demanda ses porteurs : il ne voulait pas que sa présence incommodât les convives. Il laissait en tête-à-tête, au bout de la table qu'il quittait, ceux en qui la providence avait placé la garde glorieuse du Saint-Sépulcre : Baudouin V, Sibylle et Guy de Lusignan, Héraclius, Agnès et Jocelyn de Courtenay — un enfant, une sotte et un présomptueux, un débauché, une malheureuse et un vaniteux...

L'ost royal quitta Jérusalem deux jours plus tard, le 29 novembre 1183. Depuis qu'on avait aperçu le signal de détresse du krak, le roi avait ordonné qu'on allumât chaque soir un grand feu « de façon que les assiégés ne perdissent point l'espoir ».

Les chevaliers du Temple formaient l'avant-garde et ceux de l'Hôpital l'arrière-garde. Suivant les Templiers, venaient Pierre, prieur du Saint-Sépulcre, qui portait la Vraie Croix, puis la litière du roi qu'entouraient les barons et les chevaliers, suivis des milliers d'hommes de pied dont, cette année-là, une majorité de Pisans, de Génois et de Lombards[9].

De la vallée de Josaphat, où elle s'était rassemblée, la troupe se dirigea vers Bethléem, faisant boire au passage les chevaux à la fontaine de Siloé, puis, quittant les jardins d'oliviers et de figuiers, prit le chemin malaisé qui s'enfonçait dans le lointain ocre et bleu du désert de Judée. L'innombrable piétinement levait une poussière âcre qui ternit bientôt l'éclat des armures et les couleurs ardentes des bannières.

Au deuxième jour de décembre, on campa près d'un lieu désolé que les guides appelaient Sodome : là, disaient-ils, s'élevait jadis la ville impure que Dieu avait frappée de sa colère, la détruisant d'une colonne de soufre et de feu avant de l'engloutir à jamais. C'était un pays de consternation où ne poussait nul arbre, nulle herbe, nulle fleur, que fuyaient les oiseaux et qu'évitaient les hyènes. Il fallut interdire aux soldats d'approcher les rivages mouvants de la mer Morte, qu'on nommait aussi lac d'Asphalte ou mer Renversée, et dont les ondes amères étaient trop lourdes pour le vent même. Peu d'entre tous ces preux en armes trouvèrent cette nuit-là le sommeil, tourmentés qu'ils étaient par le silence des horizons maudits.

Quand le soleil se leva, on put distinguer, en face, dans les montagnes rouges, la rude silhouette du krak de Moab. Le but de la chevauchée était proche et on s'exalta. Mais le roi voulut d'abord qu'on lui décrivît la statue de sel en quoi avait été changée la femme de Loth, celle qui, selon les Écritures, s'était retournée sur Sodome en flammes malgré l'interdiction divine. Alors seulement, il réunit son petit conseil et là, sans pompe ni cérémonial, il donna à Raymond de Tripoli le commandement de son armée :

« Sachons, dit-il, ne point nous retourner sur ce que peut-être nous quittons à jamais.

– Que Dieu nous assiste ! » pria simplement le comte de Tripoli.

Sous la mèche qu'aplatissait le heaume, son regard brillait d'une sombre fierté, dont on ne savait si elle lui venait de son retour en grâce ou de l'importance de sa charge. Confiante dans la vaillance et dans la sagesse de Raymond, l'armée marcha d'un cœur léger vers le krak et vers la bataille.

A son approche, Saladin brûla ses machines de guerre et leva le siège.

VI

PARTIR

L'HIVER avait pris Paris. La Seine, gonflée de sombres tourbillons, traversait un paysage tout engourdi de froid où pesait le silence. Les bateliers et les marchands de l'eau avaient renoncé à leur va-et-vient. On n'avait même pas, ce matin-là, baissé les chaînes qui barraient le fleuve pour la nuit. Le port au foin et le port au blé étaient figés dans la boue gelée des berges. Au Grand-Pont comme à Mibray, les roues des moulins, immobiles, s'étaient tues – et plus d'un, en se levant, cherchait ce qui manquait à Paris.

Entre les pilotis des maisons riveraines, les ateliers des tanneurs et des teinturiers étaient déserts. Les bâtisses elles-mêmes, hautes et étroites, enchevêtrant leurs balcons et leurs poutres, semblaient se blottir les unes contre les autres; leurs pieds de bois dans l'eau glacée, on eût dit qu'elles retroussaient leurs jupes pour s'enfuir.

La guette du Grand-Châtelet[10] avait depuis un moment déjà corné le jour, la fumée des âtres montait dans l'air pâle, mais la ville n'avait pas sa voix habituelle, rumeur multiple et colorée du peuple des métiers s'affairant à leur industrie. Paris grelottait.

Guilhem d'Encausse était sur le balcon de la chambre qu'il avait louée et qu'il partageait avec Espérandieu au troisième étage de la maison dite de la Cloche, rue de la Pelleterie. Serrant son manteau sur ses épaules, il regardait, place de Grève, les sergents chasser les journaliers et les foulons venus à l'aube en vain s'offrir pour un travail : on n'embaucherait pas aujourd'hui. Transis, ils s'en retournaient en soufflant dans leurs doigts vers on ne savait quel abri de misère. Ils reviendraient demain.

Guilhem avait pris l'habitude, chaque matin, de regarder s'éveiller la cité, naître l'agitation incessante qui l'avait tant surpris à son arrivée, le grouillement d'hommes et de femmes qui ne semblaient avoir d'occupation que de courir d'un endroit à un autre. Cris, appels, cavalcades, piétinements, carillons de cloches, roulement des charrois : au début, il en avait eu le tournis. Rien ne ressemblait à la vie qu'on menait sur le causse; le temps ne passait pas ici comme il passait là-bas. A Paris, les jours paraissaient toujours trop courts, les heures se bousculaient – à peine en se croisant s'arrêtait-on pour se saluer.

On défaisait dans la hâte ce qu'on avait fait dans l'urgence, on détruisait ici, on construisait là, rien ne semblait fixé, aujourd'hui et demain s'entremêlaient. Depuis maintenant six mois qu'il était à Paris, Guilhem avait même vu sa rue changer de nom et d'aspect : le jeune roi Philippe Auguste avait pris aux juifs les maisons qu'ils y possédaient et les avait données, à cens, aux pelletiers qui les avaient aussitôt transformées[11] Tout allait très vite. C'est que la population de la ville croissait follement – on eût sans doute pu y compter cent mille âmes – et que l'importance grandissante du rôle des marchands dans la cité lui donnait le goût de l'argent et la fièvre du profit.

Guilhem aussi avait changé. Il allait avoir dix-neuf ans. Il avait perdu cette tendresse de visage et de regard qu'ont les adolescents avant leur première barbe et leur première peine. Ses traits s'étaient durcis et dans ses yeux un doute passait parfois.

« Mariez-vous », avait dit Raymond d'Encausse à son fils au moment de mourir. On avait fait sa volonté. Un pauvre mariage d'hiver, sans fleurs, ni chants, ni cris de joie, où les parures de deuil tenaient lieu d'habits de fête. Au jour choisi pour la noce, le brouillard noyait le pays, et on y avait vu un mauvais signe de plus.

Guilhem et Aveline avaient eu beau faire, tenir leur

rôle et accomplir ce qu'on attendait d'eux, la vie paraissait avoir quitté le château en même temps que son châtelain. Dame Ricarde, tout à sa douleur, s'efforçait de ne pas gêner, mais sa silhouette noire, ses larmes, silencieuses, son air d'absence imposaient à Roquelongue une contrainte de tous les instants.

Guilhem était sombre et malheureux. Il se reprochait encore de n'avoir pas prévenu son père, au jour de l'adoubement, que le drac rôdait autour de la quintaine. La nuit, il revoyait le visage fou de la Jeannette parmi les flammes tordues et criait dans son sommeil. On ne pouvait rien pour lui. L'amour même l'avait fui.

Guilhem avait appris à prier et à combattre. Aveline savait filer, broder, chanter et chasser au faucon, mais à peine avaient-ils trente ans à eux d'eux, et l'événement les prenait de court. Ils avaient bien cru s'entr'aimer, mais on n'en était plus au jeu des rêves et des projets, aux courses heureuses sur le causse, aux regards qui brûlent et font battre le cœur. Sans doute, était-il trop tôt pour eux. Et dans le grand lit du père – le leur maintenant – ils se cherchaient en vain. Les gestes et les baisers qu'ils s'étaient si souvent imaginés les laissaient amers et déçus. Qu'il était loin, le temps de l'innocence et des beaux étés...

D'autant que le château était lourd à tenir. Guilhem, au jour de l'enterrement, avait ouvert les coffres et distribué tant de présents et d'aumônes pour honorer son père qu'il ne restait plus d'argent à Roquelongue – il avait même dû, avant le mariage, donner à l'orfèvre de Millau un faucon pèlerin pour la bague en or d'Alexandrie qu'il offrit à Aveline. Il ne regrettait pas ses largesses, mais s'accommodait mal de devoir compter.

Le nouveau seigneur de Roquelongue avait bien pu recevoir l'hommage des cousins et des beaux-frères, il comprenait pourquoi son frère Milan avait quitté Roquelongue et se prenait parfois à envier son sort. Il supportait mal cette existence sans éclat, ces ciels bas, ces journées sans goût, cet hiver qui, entre neige et boue, semblait ne devoir jamais finir. Partir...

Au printemps, Aveline fut enceinte, et les femmes commencèrent à compter sur leurs doigts, à chercher des signes. Peu après, un Templier d'Orient de passage à Sainte-Eulalie vint annoncer que Milan était mort au service du Christ. Pour éviter d'inutiles tortures, il ne donna pas de détails, se contentant d'ajouter que le paradis est acquis à ceux qui meurent pour la gloire de Dieu. Avec le printemps et la grossesse d'Aveline, un peu d'espoir était revenu à Roquelongue : Milan mort, on retomba dans la tristesse. Les rares visiteurs baissaient la voix, pressés de s'en aller : le malheur avait ici frappé trop fort pour qu'on n'y ressentît pas sa présence obsédante.

Guilhem passait de plus en plus de temps à la chasse, n'en revenant, fourbu et crotté comme un chien de meute, que pour s'occuper de ses armes ou adebonairir ses faucons. Il fuyait le regard éploré de sa mère, le gros ventre et les nausées de sa femme. Il lui arrivait de ne pas reparaître pendant plusieurs jours.

Où l'amour s'était-il perdu, à quoi s'était-il donc usé ? Il ne ressentait plus rien de l'éblouissement qu'on éprouve au jour du premier baiser, cette évidence paisible que rien ne pourra contrarier : nous serons heureux ensemble et nos enfants nous ressembleront. On ne songe guère alors aux embûches de la vie, à la suite mortelle des jours. A l'heure de l'épreuve, il ne reste guère des belles certitudes qu'une amère nostalgie et des cœurs en cendres.

Avec la gravité de ses quatorze ans, Aveline maintenait ce qui pouvait l'être, surveillait les servantes, soignait dame Ricarde, s'occupait de faire rentrer le bois et saler la viande, accueillait Guilhem quand il revenait, respectant le silence entêté où il se murait. Certaines fois, il lui semblait qu'il eût suffi de peu de chose pour que tout s'éclairât, pour qu'il redevînt lui-même. Mais elle n'osait parler, ou ne savait.

Au milieu de juillet, elle perdit son enfant. La chaleur de l'été, dirent les uns. Le chagrin et la fatigue, dirent les autres. Le mauvais sort, pensa Guilhem.

Enfin, un jour, arriva une lettre de Gilbert Erail : l'évêque de Paris attendait Guilhem avec bienveillance. « Ne vous précipitez pas, écrivait son parrain, vers les tentations de votre âge. Ne vous perdez pas en vaines parties de chasse ou en tournois. Etudiez, sachez qui vous êtes pour savoir ce que vous voulez. Connaissez le monde avant d'y choisir votre place. »

Il ajoutait qu'en cas de besoin, Guilhem pouvait voir à Sainte-Eulalie le frère Guillaume : le Temple lui donnerait du crédit sur ses terres.

Tout fut vite décidé. L'occasion était trop belle d'échapper à Roquelongue. Les conseils d'un personnage aussi important que le trésorier du Temple délivraient pour un temps Guilhem des engagements qu'il avait envers son père. Il irait donc à Paris. La bonne Adelaïs, navrée de ce qui arrivait à ses protégés, offrit d'accueillir Aveline et dame Ricarde chez elle, au château d'Algue. Roquelongue serait confié à la garde d'un de ses officiers. Guilhem pouvait prendre la route sans inquiétude.

Il n'eut que peu de remords, encore moins de regrets. Pour les chevaliers, tout départ est une promesse. Au fil des jours et des étapes du long voyage vers Paris, Espérandieu vit Guilhem changer peu à peu d'humeur, se laisser prendre par le dépaysement. Allant de surprise en étonnement, ils découvraient un monde tout bouillonnant en train de chercher son ordre.

Ils traversèrent l'immense forêt d'Aubrac, où rôdaient les ours, des villages misérables, des bourgades méfiantes, des villes opulentes où se tenaient des marchés – Aurillac, Ventadour, Bourges; ils contournèrent des montagnes, passèrent des rivières et même la large Loire à Orléans, chaque jour les éloignant un peu plus de ce qu'ils connaissaient.

Ils croisèrent les chemins de Compostelle et leurs pèlerins sans nombre, rencontrèrent de riches équipages, des chevaucheurs du roi portant les nouvelles aux confins du royaume, des aveugles abandonnés à leur nuit, des bandes de jeunes chevaliers cherchant cause et fortune, des lépreux agitant leur crécelle afin qu'on se détourne d'eux.

Plus ils s'avançaient vers le nord et plus ils se sentaient étrangers. Les coutumes, la forme des maisons et même la couleur du ciel changeaient d'un horizon à l'autre. Ici, la terre grasse et profonde donnait en moisson jusqu'à six fois la semence, là de lourds chevaux de trait remplaçaient au labour les attelages de bœufs. Partout on défrichait. Partout on modifiait les plans des églises et des abbayes : l'homme ne devait plus, expliquaient ceux qui savaient, courber le front dans l'obscurité des chapelles aux murs épais, mais faire monter sa prière vers la lumière de Dieu; et la lumière, c'était l'ogive. Guilhem ne se lassait pas de questionner et d'apprendre. Il revenait à la vie.

Et quand enfin ils arrivèrent à Paris, franchissant les derniers enclos de vignes qui ceinturaient la ville, ils restèrent longtemps étourdis devant cet entassement de maisons à étages, d'églises et de palais, ce dédale de rues étroites et de venelles que la première pluie transformait en cloaques puants, ce fourmillement d'humains, seigneurs, mendiants, prélats, filles folieuses, soldats, gros marchands, vignerons, clercs et détrousseurs. Pourtant, comme chacun, ils y avaient trouvé leur place et pris leurs habitudes. Six mois déjà!

Tout à sa nouvelle existence, Guilhem oublia peu à peu les jours sombres de Roquelongue, et la mort de son père, et celle de son frère, et celle de son enfant. La Jeannette et le drac disparurent de ses nuits. Il lui arrivait de juger, à ses moments de solitude, qu'il n'avait été ni bon fils, ni bon époux, mais ne s'inquiétait pas pour Aveline et pour dame Ricarde, à l'abri du besoin au château d'Algue.

Il y avait trop de monde ici pour qu'on s'intéressât à chacun et il comprit vite qu'il ne servait à rien de se pencher sans fin sur un ancien tourment. La vitalité de la cité était telle qu'elle donnait envie de vivre. Et il arrivait souvent à Guilhem, le matin, alors qu'il regardait s'éveiller Paris, de penser que sa vie n'avait pas commencé.

« Guilhem, ta soupe refroidit, tu vas te mettre en retard! » appela Espérandieu.

Guilhem rentra dans la chambre et ferma la fenêtre tendue de papier huilé.

« Le jour sera beau », annonça-t-il.

VII

LA MAISON DU PEUPLE

Guilhem partit rejoindre l'évêque de Paris Maurice de Sully. Rue de la Lanterne, il huma avec plaisir la chaude odeur familière qui montait des fours à pain de la Juiverie et du marché Palu. Devant la halle de Beauce, dont le roi avait fait présent à son échanson René Larcher, les premiers crieurs annonçaient le vin des tavernes de la Pomme-de-Pin et du Château-d'Or, soufflant leur haleine en nuages blancs. Les chalands, emmitouflés jusqu'aux yeux, se hâtaient à pas courts et prudents pour ne pas glisser sur le sol gelé : on eût dit un peuple de vieillards.

Guilhem prit par la rue des Marmousets, regardant au passage les drapiers battre la semelle au fond de leurs boutiques, les relieurs et les parcheminiers s'appliquer en gestes courts dans la lumière des lampes à huile. Il connaissait toutes ces échoppes et, bien que chevalier, il s'était pris à aimer la joie de vivre simple et chaleureuse de ce petit monde affairé. L'un ou l'autre des artisans lui demandait parfois en riant si l'on apprenait aux écoles le secret de travailler sans se fatiguer – il n'osait répondre qu'il se fatiguait, lui, à ne rien faire.

Car il n'avait pas plus de patience pour l'étude qu'il n'en avait eu pour l'amour. Il voulait tout, et tout de suite. A l'école du cloître Notre-Dame, on enseignait la théologie, science des sciences, et les sept arts libéraux : d'une part la grammaire, la rhétorique et la dialectique; d'autre part l'arithmétique, la musique, la géométrie et l'astronomie. Mais si l'on disputait beaucoup, on avançait peu, et les discours verbeux de l'écolâtre à propos d'Euclide ou de Ptolémée le lassaient aussi sûrement que la suffisance des clercs[12]. Il n'entendait pas consacrer son âge aux choses de l'esprit.

Ce qui retenait Guilhem à Paris, c'étaient l'amitié de Maurice de Sully et le chantier de Notre-Dame. Souvent, l'évêque l'invitait à l'accompagner dans ses inspections ou à assister aux discussions qu'il avait avec les architectes, les maîtres tailleurs ou les imagiers. Là, bien plus qu'à l'école, Guilhem avait le sentiment d'apprendre.

Maurice de Sully avait entrepris la construction de la grande église en 1163. On avait selon l'usage commencé par le chœur et le maître-autel venait d'être consacré[13]. Mais en cet hiver 1185, vingt-deux ans après que le pape Alexandre III eut béni l'eau du premier mortier et le roi de France Louis VII posé la première pierre au fond de la première tranchée, on n'avait toujours pas terminé la croisée du transept!

C'est qu'il avait fallu démolir les deux anciennes églises qui se trouvaient là, tailler comme une clairière dans la forêt épaisse des maisons, percer une rue nouvelle pour permettre le passage des lourds fardiers de pierres, tenir compte des humeurs du temps, de la mort du premier maître d'œuvre et des querelles des corporations. L'achèvement de Notre-Dame prendrait peut-être encore un demi-siècle, avait dit un jour l'évêque à Guilhem, qui en avait conçu un respect sans borne pour celui qui ne verrait pas l'aboutissement de l'œuvre de sa vie. Où donc trouver le courage d'entreprendre ce qu'on ne connaîtra pas?

Arrivant au palais de l'Évêché, Guilhem passa devant la grande salle de la Couche, là où l'on venait déposer dans leurs langes les enfants qu'on abandonnait — fallait-il être maudit, pensait-il souvent, pour devoir s'y résoudre. Pourquoi Dieu donnait-il des enfants à ceux qui ne pouvaient les élever, et n'en donnait-il pas à ceux qui avaient un lignage à assurer? Quand Aveline avait été enceinte, il ne s'était guère intéressé à cette promesse d'enfant. Dans l'humeur où il était alors, il y avait surtout vu le moyen de tenir l'engagement fait à son père. Il n'osait s'approcher de sa femme, toucher, comme elle l'y invitait, ce ventre distendu où, disait-elle, « il » bougeait. Mais depuis qu'il passait là chaque jour, et entendait les nouveau-nés brailler et vagir, le mystère de la naissance le tracassait sourdement. Il en parlerait à l'évêque.

Maurice de Sully l'accueillit affectueusement. Le jeune homme, avec son bon air, ses questions et son accent du Midi, le distrayait heureusement de ses soucis. Il l'entraîna vers la grande fenêtre d'où ils contemplèrent le morne spectacle du chantier figé par le gel.

« Tu vois, Guilhem, nous n'avancerons pas beaucoup aujourd'hui encore... »

L'évêque, certains jours, le tutoyait, mais Guilhem ne s'en offusquait pas. Au contraire : c'était signe qu'il était le bienvenu.

Un profond pli vertical barrait le front de Maurice de Sully. Ni accablement, ni contrariété : son dessein le dépassait trop pour qu'il se laissât aller à cette impatience qui marque les ambitions ordinaires. Et Maurice de Sully n'eût pas songé à s'insurger contre l'hiver, qui est bien dans l'ordre des choses. Ce qui le mettait en peine, c'était un regret, une mélancolie : ce chantier presque désert, ces ateliers, ces verreries, ces fours à chaux, ces forges, ces matériaux abandonnés, sans vie ni voix.

Guilhem s'efforça de le distraire :

« Comment expliquer, Monseigneur, demanda-t-il, le cycle des saisons? La Seine est aujourd'hui presque prise par la glace et avant Pâques les fleurs pousseront sur ses rives. Pourquoi la nature renaît-elle au printemps?

— Sans doute pour célébrer l'anniversaire de la création du monde », répondit distraitement Maurice de Sully.

Ils regardaient la cathédrale inachevée, et il vint à l'esprit de l'évêque que, n'était la blancheur des pierres, rien ne ressemble plus à une église qu'on construit pierre à pierre qu'une église qu'on abat pierre à pierre. Il avait soixante-cinq ans, et ce qui restait à faire était accablant. Poursuivrait-on son œuvre après lui?

« Mais pourquoi, insistait Guilhem, soufflons-nous dans nos doigts pour les réchauffer et sur le vin brûlant pour le refroidir ? Et pourquoi le soleil qui noircit la peau de l'homme blanchit-il le linge ? Si Dieu est le maître de la Nature, pourquoi fait-il l'hiver, qui gèle les plantes et casse le mortier des maçons ? »

Tous ces « pourquoi » amusaient Maurice de Sully, qui s'arracha enfin à sa contemplation.

« La Nature, dit-il, est ce par quoi tout ce qui est vit et subsiste. Elle est la preuve de la toute-puissance de Dieu, qui l'a établie et qui a fait les choses comme elles sont, avec du trop et du manque... »

Se détournant de la fenêtre, il regarda Guilhem :

« Mais vois-tu, la tentation de pénétrer les desseins de Dieu ne devrait pas t'aborder. Nous ne sommes qu'une part infime de l'univers, Guilhem, la Terre est si petite dans le corps céleste et notre présence sur Terre si brève au regard de l'éternité que seul l'insensé saurait accorder plus d'importance aux choses d'ici-bas qu'aux choses de l'au-delà... »

Contre son prédécesseur Pierre Lombard, contre les disciples d'Abélard et de Gilbert de la Porrée, Maurice de Sully était le mainteneur de la tradition chrétienne. Il interdisait toutes ces nouvelles interprétations du dogme qui fleurissaient alors dans les écoles. Parmi le foisonnement des ordres nouveaux et des théories au goût du jour, il s'efforçait de garder la voie médiane, entre le mysticisme d'un Bernard de Clairvaux et le vertige de la raison humaine où s'était perdu Abélard. « L'équilibre est de Dieu », professait-il, et sans doute alors pensait-il autant aux querelles philosophiques qu'aux proportions de sa cathédrale.

« L'essentiel, dit-il à Guilhem, est de se connaître soi-même et de connaître Dieu. »

A ce moment, un clerc entra, les joues en feu d'avoir couru :

« Un accident, Monseigneur ! Deux maçons qui travaillaient au transept...

— Encore, soupira Maurice de Sully... Faudra-t-il donc que la maison de Dieu coûte autant d'hommes que de deniers [14] ! »

Il passa par-dessus sa robe une longue cape violette doublée de fourrure et ajouta :

« Viens, Guilhem! Viens reconnaître le prix d'une église! »

Ils rejoignirent la cathédrale par le passage couvert qui la reliait au palais de l'Évêché. Maurice de Sully, dans le froissement de ses lourdes étoffes, avançait à grands pas parmi les gravats qui jonchaient encore le sol du transept. Les hommes se turent et écartèrent leur cercle.

Les deux maçons étaient tombés accrochés l'un à l'autre. Les os rompus, ils étaient morts sur le coup. On ne voyait pas leurs blessures. Le maître maçon salua l'évêque :

« Dix jours maintenant, dit-il, que nous n'avons pu travailler. Nous avons tous besoin d'argent. Eux (il montrait les corps de ses deux compagnons) avaient décidé ce matin de monter les pierres avec les pourvoyeurs... Un bloc s'est rompu par le milieu... La louve l'a lâché... Ils ont été emportés... »

Il désignait d'un geste vague le haut mur lisse dont le faîte était protégé du gel par un lit de fumier. Guilhem, levant la tête comme les autres, fut frappé une fois de plus par la pureté de la voussure, à dix-sept toises au-dessus d'eux. Il ne put s'empêcher de se demander si la mort de ces deux hommes lui en rendait la beauté odieuse ou si au contraire elle ne lui donnait pas plus de prix encore.

Le maître maçon avait ramassé un éclat de la grande pierre brisée et le tournait entre ses doigts, comme pour y chercher un secret.

« Je leur ai donné l'onction dernière », murmura un prêtre au long nez tout enrougi de froid.

Personne ne lui prêta attention. L'évêque prit le fragment de pierre des mains du maçon et le regarda longuement, songeur :

« Cette carrière de Saint-Jacques est une malédiction, dit-il enfin. La piere y manque de dureté, l'eau y pénètre et la délite...

– On ne peut la poser qu'à contre-fil », ajouta le maçon...

L'approvisionnement en pierres était l'un des graves soucis du chantier. On se fournissait surtout à Saint-Jacques, pour la proximité des carrières, à Arcueil, à Bagneux pour les contreforts, au gros banc de Montrouge pour les parements, et il fallait se rendre, au pas des bœufs, jusqu'à Tonnerre ou en Champagne pour les pierres dures des colonnes.

A chaque pierre son fil, sa taille, son emploi. Guilhem était allé voir un jour comment on extrayait sans les briser ces longs blocs étroits qui servaient pour les meneaux. Ils étaient si fragiles qu'on les transportait sur un lit de paille, et l'usage d'outils de métal aurait à coup sûr fait éclater le matériau. Alors les carriers creusaient dans les plus beaux bancs un long sillon où ils introduisaient de proche en proche des coins de frêne séchés au four. Puis, par des goulets, ils faisaient couler de l'eau goutte à goutte sur les coins qui, en gonflant de même manière, finissaient par fendre le bloc tout du long, sans éclats ni écornures.

Ces blocs rugueux et indifférents, avait compris Guilhem, étaient pour ceux qui les travaillaient une matière noble, sensible comme chair vive, et le savoir-faire des compagnons se nourrissait autant de patience que de passion. Ils mettaient une ferveur mystérieuse à prendre la pierre, à la fouiller de leurs ciseaux pour lui donner sa forme ou la fondre dans l'ensemble. Leurs mains s'y écorchaient, s'y déformaient au point qu'ils finissaient par ne plus pouvoir ouvrir les doigts ni fermer le poing – on reconnaîtrait toujours un maçon à ses mains. Mais ils savaient que leur œuvre de pierre leur survivrait et dirait aux temps futurs quels hommes ils étaient.

« Je leur ai donné l'onction dernière », répéta le prêtre au long nez.

Maurice de Sully laissa tomber l'éclat de pierre qu'il tenait à la main :

« Je paierai à votre frairie, dit-il aux compagnons. Prenez soin de leurs familles. »

Puis il se détourna et partit à grands pas, Guilhem sur ses talons. Ils entrèrent dans la loge des maçons[15] désertée par les hommes qui maintenant emportaient les deux corps. L'évêque vit l'air préoccupé de Guilhem : « Tu penses, demanda-t-il, que j'aurais dû montrer plus de compassion ? »

Il se tut un moment. Le pli de son front se creusait à nouveau, son regard semblait se perdre en lui-même. Peut-être songeait-il à l'enfant de village qu'il avait été, et qui dut mendier son pain : il savait, pour en avoir éprouvé le besoin, ce qu'était la compassion.

L'administration de l'immense domaine de l'évêché de Paris et la querelle des écoles – il avait dû aller prêcher jusqu'en Angleterre! – prenaient beaucoup de son temps et de son attention, mais son exigeante passion, c'était Notre-Dame. La tâche qu'il s'était fixée ne lui laissait plus le loisir du repos ou de la pitié. Il portait sur ses épaules l'effort de tous, la ferveur partagée du prince et du serf pour cette église qui naissait. Il fallait qu'elle soit, et il fallait qu'elle soit belle : sa splendeur témoignerait de l'ardeur de leur foi, de l'avènement de temps meilleurs.

Peut-être, à tenir ce défi, la nature de l'évêque s'était-elle durcie. Comme un défaut dans la pierre fait qu'elle se rompt, il craignait parfois qu'une défaillance de sa volonté ne vînt à le briser.

« Il m'arrive à moi aussi, dit-il à mots lents, de songer qu'une colonnette m'est devenue plus chère que la vie d'un homme... Cette église m'aurait-elle dévoyé l'esprit ? Elle hante mes jours et mes pensées, mes nuits et mes rêves... Tel était sans doute mon destin en ce monde : bâtir Notre-Dame... Celui qui supporte un tel engagement, on l'envie souvent, alors même qu'on devrait le plaindre... Son sort est de vouloir et de douter à la fois... Sa part est la solitude... L'orgueil le guette... Mais je suis sans orgueil et ma mort est proche... »

L'évêque alors tressaillit et parut découvrir Guilhem. Il le prit par l'épaule :

« Allons plutôt voir nos plans », dit-il.

Au centre de la loge était réservée une grande aire de plâtre où le maître d'œuvre avait tracé les géométries complexes qui commandaient les travaux.

Une baguette à la main, Maurice de Sully commença son explication : l'ingéniosité du nouveau maître d'œuvre, combinant les leçons de l'architecture de l'Orient et la jeune science des nombres, permettait d'édifier les voûtes selon un principe encore mal connu qu'il appelait l'arc-boutant. Le chœur avait été construit selon l'ancienne façon, qui demandait beaucoup de pierre et paraissait plus lourd à l'œil. Désormais, il ne serait plus nécessaire de contenir la poussée de la voûte par des murs de blocage dissimulés sous des toitures. Les calculs permettaient d'appuyer directement le rein des voûtes au droit des grands piliers de l'intérieur. L'arc-boutant changeait tout.

« La lumière, Guilhem, nous y gagnerons la lumière... Les fenêtres seront immenses, rien n'arrêtera le regard dans son élévation vers le ciel... Le jeu des proportions sacrées, l'harmonique des pleins et des vides doit mener à la paix de l'âme... La prière ne sera plus murmure, elle sera chant... La foi est un élan... »

L'évêque était à nouveau saisi par la fièvre de celui qui bâtit.

« Je veux que cette église soit notre Évangile de pierre... La Bible des pauvres... Ses images raconteront la vie et la Passion du Christ, sa pureté célèbrera la très douce et très sainte Vierge Marie... Ramènera le pécheur vers Dieu... Vois-tu, Guilhem, la maison de Dieu, c'est aussi la maison du peuple... Ici battra le cœur de Paris... »

Quand Guilhem dut quitter Maurice de Sully, un sentiment étrange le poignait à l'idée que l'homme, ce si faible, assujetti à la matière et à la mort, fût ainsi capable de surmonter la condition précaire de sa vie. Même achevée, la cathédrale ne serait pour lui jamais plus belle que ce jour-là.

Comme il s'éloignait, l'évêque le rappela :

« Guilhem, je dois accueillir demain le patriarche de Jérusalem Héraclius, qui vient de Terre sainte demander du secours. M'accompagneras-tu ? »

Dehors, le soleil d'hiver mettait comme de l'or sur la pierre blanche de Notre-Dame de Paris.

VIII

UN ANGE VENU DU CIEL

DANS le lourd chariot bâché qui le menait à Paris, le patriarche Héraclius, droit assis sur son banc, cramponné à sa crosse d'archevêque, dormait vaguement. Il était fatigué, furieux et transi. Ce voyage n'en finirait donc jamais ?

Héraclius avait quitté Jérusalem huit mois plus tôt en juin 1184. Dès que Saladin eut levé le siège du krak de Moab, le roi lépreux Baudouin et le conseil de ses barons avaient décidé de dépêcher une ambassade en Occident. En se jouant d'eux, Saladin avait rendu leur faiblesse évidente à leurs propres yeux; leur établissement n'avait jamais été plus fragile et seule une nouvelle croisade pourrait assurer les lendemains du royaume latin de Terre sainte. Les émissaires seraient le patriarche Héraclius, le Grand-Maître du Temple et le Prieur de l'Hôpital.

On ne s'était pas accordé sans peine sur le nom d'Héraclius, dont la vie dissolue n'était qu'une médiocre incitation au pèlerinage. Mais l'autorité quasi mystique que lui conférait sa fonction, son grand air de prince mystique de l'Eglise et la vibrante éloquence qu'on lui connaissait avaient fini par emporter la conviction de tous : du fond de leur lointaine et naïve province, ils s'imaginaient qu'il lui suffirait d'apparaître, brandissant l'étendard du Saint-Sépulcre, pour ébranler les consciences et susciter la croisade.

Le patriarche de Jérusalem, tout d'abord, tergiversa. Il n'avait nulle envie de quitter son palais, où le retenaient son ardente maîtresse et les commodités de la vie qu'il s'y était peu à peu organisée. Il voulait en outre manifester sa réprobation à la décision du lépreux d'écarter Guy de Lusignan au bénéfice de Raymond de Tripoli.

Il boudait donc avec ostentation quand Guillaume, archevêque de Tyr, son vieil adversaire au patriarcat de Jérusalem, s'était embarqué de son propre chef pour Vérone, où siégeait le pape depuis qu'on l'avait chassé de Rome. Craignant qu'il n'allât dévoiler la pauvre vérité du royaume, Héraclius avait délégué en toute hâte son barbier aux trousses du vieillard pour le dissuader. Le barbier s'était si bien acquitté de sa mission que Guillaume de Tyr avait rendu son âme à Dieu à la veille d'être reçu par l'apostole Lucius III. Il avait alors bien fallu qu'Héraclius, pour prévenir un nouveau danger, se résignât à faire préparer ses bagages.

A Vérone, il avait rencontré à plusieurs reprises le pape et l'empereur d'Allemagne Frédéric Barberousse qui avaient enfin fait la paix à Venise et étaient tout occupés par leurs retrouvailles après longtemps de conflit. Héraclius avait alors compris que l'Occident était plus soucieux de lui-même que du Saint-Sépulcre. Sous l'effet du bouillonnement des forces nouvelles, les mentalités et les comportements avaient bien changé. Les pays d'Allemagne, d'Angleterre et de France cherchaient, en s'opposant les uns aux autres, leur unité et leur équilibre. Les monarques, pour la première fois depuis des siècles, sacrifiaient la ferveur de leur religion aux ambitions de leur politique : ils n'acceptaient plus que leur couronne fût vassale de quiconque, même de l'Eglise, et Lucius s'efforçait de maintenir la prééminence du droit de Dieu sur le droit des rois.

Triste séjour. Héraclius dérangeait. Frédéric Barberousse avait bien promis de se croiser dès que le gouvernement de son Empire lui en laisserait le loisir, et Lucius avait envoyé aux rois de France et d'Angleterre des émissaires pour préparer la venue du patriarche : en réalité, on le laissait livré à lui-même. Il avait certes confiance en son art de convaincre, mais il savait déjà que la croisade qu'il allait prêcher n'entraînerait pas cette exaltante levée en foule dont rêvait Jérusalem. Il avait hâte que tout cela prît fin.

D'autant que deux autres raisons venaient aviver son impatience. La première était que l'un de ses chanoines l'avait rejoint en Italie pour lui annoncer, alors qu'il se rendait chez le pape pour concélébrer la messe, que sa maîtresse Pâque de Riveri était « enceinte des œuvres de Monseigneur ». La seconde, que le Grand-Maître du Temple était mort de maladie en arrivant à Vérone et qu'il craignait que le successeur du vieil Arnaud de Torroge ne fût élu avant son retour – Gilbert Erail alors pourrait l'emporter sur son ami Gérard de Ridefort.

De plus, séjournant et dormant dans les évêchés, reçu partout avec le faste et le respect qu'inspirait le Saint-Sépulcre, entouré d'une sollicitude qui l'accablait, il était contraint à une continence de mœurs qui finissait par lui troubler l'esprit. Aussi, ce matin-là, bercé par le pesant cahotement du chariot qui s'avançait vers Paris, le patriarche Héraclius, somnolent et hiératique, figé par le froid, roulait-il sous sa mitre à deux cornes des hallucinations lubriques et des fureurs inouïes. Ah! Jérusalem...

« Ils arrivent! Ils arrivent! »

A Saint-Marcel, où l'on était venu se porter au-devant de l'ambassade, la foule se serra autour de l'évêque de Paris Maurice de Sully, des prélats et des princes. Le chevaucheur précédait de peu le cortège. Enfin, il fut là, éclatant. Les chevaliers du Temple en tenue de guerre ouvraient la marche, suivis du chariot d'Héraclius, des dignitaires de l'Eglise montant des haquenées blanches, des clercs et des valets qui tenaient par la bride les mulets chargés de riches coffres de chêne. Enfin venaient les Hospitaliers entourant leur Prieur, Roger de Molins, tous drapés dans le grand manteau de l'Ordre, noir à croix blanche sur le cœur.

La toile du chariot fut levée et Héraclius se dressa. Deux clercs alors présentèrent un reliquaire de vermeil incrusté de rubis et d'émeraudes, renfermant dans sa niche d'or un morceau de la Vraie Croix.

Toujours prête à la ferveur, la foule s'agenouilla et Héraclius la bénit d'un geste ample. Guilhem était comme les autres bouleversé par la relique sacrée et ébloui par la sainteté que portaient sur leurs visages les défenseurs du Saint-Sépulcre. Autant que la noblesse de leur allure, le fait qu'ils vinssent de Jérusalem les parait d'une vertu inégalable.

Le patriarche descendit du chariot et l'évêque de Paris l'embrassa, lui souhaitant la bienvenue. On gagnerait Paris à pied, Héraclius n'était pas mécontent de se dégourdir les jambes, mais, avec le dégel commencé, leur piétinement levait dans les ornières une boue collante qui clappait sous leurs pas.

Passé les grands clos de vignes et les arènes romaines, aux premières maisons du chemin Moucetar, se pressait « le peuple ami », comme disait l'évêque de Paris. Les hommes et les femmes se prosternaient, les enfants se mêlaient au cortège, Héraclius bénissait.

Au lieu-dit Maubert, ils virent, clouée à la porte d'une masure, une main d'homme tranchée net au poignet. Le représentant du prévôt renseigna le patriarche :

« Un juif, Monseigneur! Nous l'avons convaincu de faux-monnayage... »

Resté à Paris malgré l'interdiction faite par le roi à ceux de sa race, le faussaire avait expié son crime : on lui avait coupé la main, crevé les yeux, puis on l'avait cuit dans un chaudron, la tête en bas, les pieds tenus par des tenailles. Les laboureurs et les vignerons de Sainte-Geneviève crachaient en passant devant la porte.

Avant d'arriver à la Cité, où attendait le roi, ils eurent encore à bénir un groupe de pèlerins partant à cheval sur le long chemin de Compostelle, puis reçurent l'ovation chaleureuse des petits pontains, les écoliers du Petit-Pont.

Philippe Auguste accueillit le patriarche avec déférence, lui donnant sur les lèvres le baiser de paix et saluant en lui « un ange venu du ciel ». Héraclius lui remit alors avec solennité les clefs de Jérusalem et du Sépulcre du Seigneur. C'était à la fois un hommage insigne et une invite à la croisade : la ville sainte l'attendait. Philippe remercia avec chaleur, et même un homme aussi averti des choses de la duplicité que l'était le patriarche ne douta pas un instant qu'il partageait l'émotion de tous.

En réalité, à cet instant précis, baissant les yeux avec dévotion, le jeune roi découvrait les robes des prélats toutes souillées de boue et décidait d'ordonner le pavement des rues de la ville. C'était une dépense énorme, devant laquelle avait reculé son père, le roi Louis VII, que sa nature, il est vrai, portait plus à la mystique qu'au progrès de sa ville. Mais pour Philippe, le souci qu'il devait avoir de Jérusalem passait après le soin qu'il avait de Paris. Son devoir chrétien, il l'accomplissait en faisant son métier de roi.

Rendez-vous fut pris pour le lendemain : après la messe à Notre-Dame, le roi recevrait Héraclius en son palais. Et tandis que Maurice de Sully installait le patriarche à l'Evêché, Guilhem courait raconter sa journée à Espérandieu : il n'en avait rien perdu.

Jusqu'à l'évangile, Héraclius n'avait pu mesurer la foule venue à Notre-Dame entendre sa prédication, mais, dans son dos, il en sentait la ferveur. Il ne distinguait, derrière l'autel, que la cathèdre où priait Maurice de Sully; le regard de l'évêque de Paris se perdait parfois au ciel de la voûte. Au-dessus du transept, il voyait passer de calmes nuages blancs. Le travail avait pu reprendre, et il partageait la fierté des ouvriers de la cathédrale qui entendaient la messe depuis leurs échafaudages, le faîte des murs inachevés ou les embrasures des grandes fenêtres encore béantes.

Gagnant l'ambon, la petite estrade d'où il prêcherait, Héraclius ne put s'empêcher d'être impressionné par le nombre et la qualité de l'assistance qui garnissait le chœur et le transept inachevé jusqu'à déborder sur le chantier lui-même. Le couple royal se tenait à quelques pas de lui, devant les dignitaires en habit d'apparat, les bourgeois et les gens du commun.

Le temps que s'apaise le remous de l'assistance, Héraclius étudie le visage de celui qu'il doit convaincre. Le roi Philippe n'a pas vingt ans – sa femme, Isabelle, n'en a que quinze. Il est assez grand et bien découplé, régulier de corps et de traits, rouge de teint comme qui pratique la bonne chère et les longues parties de chasse. Sous la broussaille des cheveux châtains – on le surnomme « le maupigné » (le mal peigné) – le front est haut et les yeux pâles sont comme éteints. Molles, les lèvres forment une petite moue boudeuse. L'ensemble est plutôt revêche. L'air du roi de France – de hauteur plus que de majesté – inspire peu de sympathie.

Héraclius cherche en vain quelque prise, le signe de quelque faiblesse. Il n'en trouve pas, et le regard du roi lui échappe. Philippe contemple la tache de couleur que pose devant lui la lumière oblique venue d'un haut vitrail : on dirait, rouge et bleue, une fleur éclatée.

« Au nom du Père, du Fils et de l'Esprit saint... »

Selon une habitude éprouvée, Héraclius commence par un murmure qui force l'attention. Sa voix, il en connaît le pouvoir, il en joue avec art, comme il joue de l'austère beauté de son visage et du feu de son regard. Tout d'abord, il va les flatter tous en disant la splendeur que promet cette église. Puis il décrira la misère du royaume franc de Jérusalem, la glorieuse pauvreté de ceux qui combattent pour le Christ, le mérite et la vaillance du roi lépreux. Enfin, il en viendra à la barbarie des Infidèles, à la menace que fait peser leur armée innombrable sur le tombeau du Christ. Sa voix alors s'enflera peu à peu et, miraculeusement amplifiée par la voûte du chœur, viendra toucher chacun au plus profond.

« Jérusalem crie sa détresse. Entendez-vous son appel ? demande-t-il soudain. L'entendez-vous ?

– Oui ! répond le murmure sourd de l'assistance subjuguée.

– Peut-il prétendre à la paix éternelle celui qui laisse en tel péril la terre de Dieu ?

– Non ! Non ! »

La foule est frémissante et généreuse, offerte. Héraclius la tient dans le lit chaud de sa voix, la berce, la force, fait d'elle ce qu'il veut.

Il rappelle la bulle pontificale *Inter Omnia* qui accorde l'indulgence plénière à qui passera deux ans à la croisade :

« Peut-on en cent ans de vie conquérir autant de gloire qu'en combattant deux ans pour le Saint-Sépulcre ?

– Non !

– Peut-il se dire chrétien celui qui se détourne du service du Christ ?

– Non ! Non ! »

La foule maintenant crie. Héraclius croit avoir gagné. Il a ému, il a troublé, il en a appelé à la pitié, à la foi, à ce désir éperdu de rédemption qui tourmente toutes les consciences. Il lui reste à se servir de l'assemblée comme d'un levier pour entraîner le roi : on ne gouverne pas contre le peuple quand il s'agit de son salut.

Philippe, impassible dans son grand manteau bleu aux lys d'or brodé de pierres précieuses, n'a pas encore levé les yeux. Il contemple sur le sol la fleur de lumière qui s'avance lentement vers lui.

Le patriarche brandit alors la menace. Tous ceux qui sont aptes au combat de la guerre, dit-il, doivent prendre la croix. Plus l'exemple viendra de haut, mieux il sera suivi. S'imagine-t-on qu'on puisse ruser avec le Christ ? Qu'on puisse promettre et ne pas tenir ?

Philippe paraît toujours indifférent. Héraclius s'emporte soudainement, la fureur le prend :

« Dieu hait ceux qui, ayant fait le serment de le défendre, restent dans leurs châteaux à opprimer le clergé et à se livrer des guerres fratricides ! Dieu hait ceux qui font pleurer Sa mère, notre Très Sainte Dame Marie ! Dieu vomit les parjures ! »

La voix vibre, immense et grave, elle se multiplie en échos qu'on dirait du ciel lui-même, elle prend dans sa houle le grand vaisseau de pierre. Dans l'assemblée des fidèles, plus d'un tremble et Guilhem est de ceux-là. Au désir ardent de tout quitter à l'instant pour rejoindre Jérusalem se mêle en lui, en eux, la terreur confuse de la malédiction :

« Que les parjures soient maudits, tonne Héraclius, vivants et mourants, debout et assis ! Que leur vie soit brève ! Que leurs biens soient pillés par leurs ennemis ! Que leur langue se dessèche dans leur gorge ! Que leurs péchés les étouffent ! »

Le patriarche se tourne ostensiblement vers Philippe. Le roi n'a pas eu un frémissement. De quel chair ce Capet est-il donc fait ?

« Qu'une paralysie incurable envahisse leurs yeux et leurs poumons ! Qu'ils vivent comme des cerfs altérés traqués par les chasseurs ! »

Un éclat de lumière alerte alors Héraclius. C'est le roi de France Philippe qui s'amuse à renvoyer vers lui, de la boucle de son soulier, le soleil de couleur qui tombe de la rosace : la fleur rouge et bleue a maintenant rejoint son pied. Un vide glacé envahit le patriarche. Sur sa lancée, il continue pourtant :

« Qu'ils soient maudits ! Que leurs enfants soient maudits ! Que leurs femmes perdent le sens ! Qu'elles forniquent avec des boucs ! »

Philippe a lentement levé la tête et posé sur Héraclius son regard terne et froid. Le patriarche y lit un défi amusé, y comprend dans l'instant que le roi connaît sa vie déshonnête et qu'il ne craint pas son anathème.

« Qu'elles forniquent avec des boucs ! » répète Héraclius.

Les mots lui manquent, son esprit s'embrouille, sa voix même le trahit. Il termine son prêche comme il peut, sans bien savoir ce qu'il dit. Mais il est trop tard pour se reprendre. L'assemblée, aussi heureuse de lui échapper qu'elle l'avait été de venir à lui, se délivre de l'envoûtement où il la tenait, elle l'abandonne à son désarroi, commence à murmurer. Héraclius semble se défaire. Le roi l'a forcé à aller trop loin. Il a perdu.

Au sortir de table, le roi Philippe avait affectueusement conduit Héraclius sous la hotte ronde de la grande cheminée. Là, assis côte à côte sur le banc de pierre, ils devisaient comme s'il ne s'était rien passé à Notre-Dame.

Héraclius était étonné du peu de luxe du palais. La grande salle du banquet venait d'être blanchie à la chaux, agrémentée de rosaces et de fleurons bleu vif en détrempe. Arrangées en panoplies, des lances et des épées étincelaient à la lumière des roues de chandelles blanches. Entre les fenêtres profondes, bannières, écus et trophées de chasse formaient un ornement continu. Mais rien là qui ne fût ordinaire, et le palais du patriarche de Jérusalem était bien plus richement décoré.

Le repas avait été simple et, hormis la saveur des sauces, sans raffinement ni ostentation : on avait même fait circuler le beurre de Vanves dans de gros pots de grès et les fromages de Brie sur leur lit de paille. Philippe, comme pour s'en excuser, avait répété à Héraclius un discours fameux qu'avait un jour tenu son père, l'humble et très pieux Louis VII : « Diverses, avait-il dit, sont les richesses des rois. Celles du roi des Indes sont de pierres précieuses, et de lions, de léopards et d'éléphants. L'empereur de Byzance et le roi de Sicile se glorifient de leur or et de leurs tissus de soie, mais ils n'ont pas d'hommes qui sachent faire autre chose que parler, et sont incapables à la guerre. L'empereur romain, qu'on appelle le Germanique, a des hommes qui savent faire la guerre et des chevaux de combat, mais pas d'or, pas de soie, pas d'autres richesses. Le roi d'Angleterre, rien ne lui manque : il a les hommes, les chevaux, l'or et la soie et les pierres précieuses, les fruits, les bêtes et tout. Nous, en France, nous n'avons rien, sinon le pain, le vin et la gaieté... »

N'empêche, Héraclius était hanté par l'idée que le roi de France trompait son monde, qu'il menait ainsi vie étroite afin que chacun crût de bonne foi que son Trésor ne saurait subvenir aux besoins d'une armée en croisade.

A un incident de table, on avait bien vu que le roi de France n'en faisait qu'à sa tête, n'écoutant les conseils que pour les mieux détourner. Comme il demandait une fois de plus qu'on lui versât du vin, son médecin, Gilles de Corbeil, s'était approché de lui :

« Sire, avait-il dit, rappelez-vous votre promesse : il faut couper d'eau votre vin ! »

Philippe avait alors demandé s'il lui était possible, au lieu de gâter son plaisir, de boire le vin d'abord, l'eau ensuite. Gilles de Corbeil avait donné son accord. Philippe avait donc fini son vin, mais avait laissé l'eau.

« Et l'eau, sire ? » s'était étonné le médecin.

Le roi avait levé sur lui son regard pâle :

« Est-ce ma faute, mon bon Gilles, si je n'ai pas soif... »

Héraclius avait compris – trop tard – que jamais un prêche n'enverrait ce roi-là sur les chemins de Jérusalem. Il ne consentirait à la croisade que s'il y trouvait son intérêt.

Sous la hotte de la cheminée, Philippe expliquait justement au patriarche pourquoi il ne pouvait prendre le risque d'abandonner son royaume. Sa couronne était sans héritier : il n'avait que des sœurs et sa jeune épouse ne lui avait pas encore donné de fils. Situation d'autant plus précaire que ses terres étaient menacées : au nord par le comte de Flandre – son propre parrain ! – qui contestait les droits de la France sur le Vermandois et l'Amiénois; à l'occident et au midi par les insatiables Plantagenets d'Angleterre qui, entre le père et les fils, tenaient la Normandie, la Bretagne, l'Anjou, le Poitou et l'Aquitaine jusqu'à Toulouse.

Avec eux, les sujets de querelle et de guerre ne manquaient pas : tout d'abord, le vieil Henri avait toujours refusé de lui rendre l'hommage qu'il lui devait; ensuite, son fils aîné, Henri le Jeune, étant mort deux ans plus tôt, les Plantagenets n'avaient pas restitué la dot de sa veuve, qui n'était autre que Marguerite, la propre sœur de Philippe; enfin – et il y reviendrait – Richard Plantagenet, celui qu'on nommerait le Cœur de Lion, ne tenait pas son engagement d'épouser la petite Alis, autre sœur de Philippe.

« J'irai à Jérusalem, dit-il au patriarche, j'irai... Mais par la lance Saint-Jacques ! il me faut d'abord arranger les affaires du royaume... Je ne puis songer à partir en laissant mes ennemis derrière moi...

– Et si les Plantagenets et vous partiez ensemble ? »

Héraclius n'était jamais à court de solutions. Le regard terne se posa sur lui, comme pour signifier que cela suffisait. C'était un regard qu'on ne supportait pas et qui mettait comme un mur entre le roi et les autres. On eût dit qu'une sorte de voile lui donnait sa matité de minéral.

« Il est trop tôt, monseigneur. »

Depuis cinq ans qu'il régnait, Philippe avait entrepris une grande œuvre : la France. Sa manière était habile et devait peu au scrupule. Il négociait, promettait, éludait, divisait ses ennemis, les dressait les uns contre les autres, les guerroyait quand il les savait affaiblis, accordait des trêves qu'il amènerait ses adversaires à rompre — bref, il gouvernait. A ses yeux, le bien du royaume justifiait toutes les manœuvres que concevait son esprit fertile et patient.

Il lui avait fallu s'imposer à sa famille. A sa mère, la reine blanche Adèle, et à ses oncles. Ceux de Champagne d'abord : il avait fait son premier conseiller de l'aîné, Guillaume aux Blanches Mains, archevêque de Reims et légat permanent du pape; il avait nommé sénéchal du royaume le second, Thibaud, comte de Blois et de Chartres; quant à ceux de Dreux, il ne manquait jamais de les consulter et de les honorer : le comte Robert et son frère, Philippe de Beauvais, évêque au sang vif qui portait plus volontiers la masse d'armes que la crosse.

Dans les premières années de son règne, groupés autour d'Adèle de Champagne, ils s'étaient tournés contre lui mais il avait su réduire ces personnages considérables et en faire les plus sûrs piliers de son royaume.

Le peuple de Paris avait appris à aimer ce jeune roi qui réussissait dans ses entreprises, préférait marier ses sœurs plutôt que livrer des guerres, avait la riposte prompte et le pardon facile. On le voyait parfois marcher au hasard des rues, parler à l'un ou à l'autre et faire distribuer des piécettes par son chambellan : « Largesse aux manants! Largesse aux manants! » Il n'arrachait de larmes à personne en spoliant les Juifs quand il avait besoin d'argent, prenait grand soin de sa ville et soutenait l'effort de Maurice de Sully dans la construction de Notre-Dame.

Il n'imaginait pas que l'ordre de la société qu'il gouvernait pût être différent — mais qui l'imaginait? Il incarnait bien les aspirations de son peuple : être fort et aimer le beau. Il craignait Dieu mais cherchait des accommodements avec le pape. Pour que les champs fussent labourés, les morts enterrés, les affaires traitées, les guerres livrées, il fallait la bénédiction de l'Eglise : il ne manquait pas de la demander. C'est ainsi qu'après l'arrivée de l'ambassade de Terre sainte, il réunirait un concile et ferait entériner par les pairs et les évêques la décision qu'il avait prise : il ne partirait pas à la croisade et se contenterait de lever une dîme légère, pour laquelle Héraclius fut bien obligé de remercier. Sans savoir à combien elle se monterait, ni quand elle lui parviendrait.

Réduit ainsi à donner la réplique, Héraclius ne réussissait guère à garder bonne figure. Il partirait de France les mains vides, ayant seulement à espérer que le roi d'Angleterre montrerait plus de compréhension — ou de docilité.

Philippe, semblant s'intéresser avec passion à la courte flamme qui montait d'un tison, contait maintenant les malheurs de ses sœurs, et le patriarche se demandait où il voulait en venir.

Marguerite, donc, était veuve d'Henri le Jeune. Marie aussi était veuve, du comte de Champagne. Quant à Agnès, elle avait dû, à quatorze ans, épouser Andronic Comnène, le meurtrier de son premier mari, et elle se désolait au sein de cette honteuse famille de Byzance qui pactisait avec Saladin...

« Et Alis ? » ne put se retenir de demander Héraclius.

Philippe prit un air consterné. Il ne savait comment dire... Un tel déshonneur... « Par la lance Saint-Jacques », à qui l'eût-on pu faire accroire... Fiancée enfant à Richard Cœur de Lion, Alis avait été confiée selon l'usage à son futur beau-père Henri Plantagenet pour être élevée à la cour d'Angleterre. Mais cet homme était pire que l'incube qui force les vierges et procrée en leur sein des enfants maudits : Alis avait à peine dix ans quand il en avait fait l'objet de son plaisir, lui vouant une passion indigne de vieillard. Depuis, il la séquestrait jalousement, refusant de rendre à Richard la femme qui lui était destinée et ne répondant aux demandes de Philippe que par des silences ou de vaines promesses.

Héraclius eut vite compris. Ce jeune roi, avec ses

« lance Saint-Jacques », était décidément bien habile. Non seulement il refusait de se croiser, mais quand il procurait au patriarche un moyen d'y contraindre Henri d'Angleterre, c'était avant tout pour affaiblir son ennemi !

L'important étant dit, le roi se leva, chauffa un moment ses mains au feu puis se tourna vers Héraclius :

« Il vous plaira d'apprendre, Monseigneur, que j'ai donné ordre à mes prévôts et baillis [16] de payer sur mes deniers vos dépenses en terre de France... »

La belle affaire ! Comme s'il ne savait pas qu'Héraclius partirait pour Londres sans demander son reste.

IV

50000 MARCS D'ARGENT

UNE légende du pays des Celtes raconte que le roi Herla se rendit un jour avec sa suite au mariage du roi des Pygmées dans son palais souterrain. Quand la fête fut achevée, le roi des Pygmées reconduisit le roi Herla et lui offrit un petit chien qu'il devait porter dans ses bras. « Que personne d'entre les tiens, lui recommanda-t-il, ne descende de cheval avant que ce chien n'ait sauté à terre. »

Après un temps de chevauchée, le roi Herla rencontra un berger. Il lui demanda des nouvelles de la reine Gwenda, sa femme, qu'il n'avait pas vue depuis quelques jours. Le berger répondit qu'il ne comprenait pas la question, qu'il ne connaissait pas de reine de ce nom. Pour ce qu'il savait, ajouta-t-il, la reine Gwenda avait vécu deux siècles plus tôt, avant que les Saxons n'eussent vaincu les Bretons.

A ces mots, des chevaliers de la suite du roi Herla sautèrent de cheval pour punir l'insolence du berger. Mais dès qu'ils touchèrent terre, ils furent réduits en poussière.

Le roi Herla rappela à tous l'interdiction qui leur avait été faite, et ils reprirent leur course. Mais jamais le petit chien ne voulut quitter les bras du roi Herla, les condamnant, lui et sa suite, à errer sans fin par les tertres et par les beauces.

En 1185, ceux qui rapportaient cette légende ne manquaient pas de lui ajouter un épilogue : les Gallois de la vallée de la Wye, disaient-ils, cessèrent d'entendre l'écho de la chevauchée maudite du jour où elle s'incarna dans la cour d'Henri II Plantagenet.

Henri était en effet la proie d'un singulier destin. Roi d'Angleterre et duc de Normandie, comte d'Anjou et duc d'Aquitaine par son mariage avec Aliénor, depuis trente ans l'homme puissant de l'Occident, il sombrait, la cinquantaine venue, dans une détresse sans repos ni répit.

Monarque ambitieux et avisé, fin lettré, cavalier infatigable, homme de sang chaud mais de décision sûre, aussi ardent à l'amour qu'à la guerre, il avait longtemps été celui à qui tout réussissait. De l'Ecosse aux Pyrénées, on le voyait, soudain surgi on ne savait d'où, réformer la levée de l'impôt, réduire l'insubordination d'un vassal, raser un château, bâtir une église, rendre la justice, offrir son arbitrage. A peine arrivé déjà reparti, passant plus de temps à cheval que dans son lit, on l'avait surnommé Henri au Court Mantel : on ne l'imaginait pas autrement qu'en tenue de voyage.

Il incarnait à leur extrême les traits de son lignage : angevin par ses cheveux de feu, ses yeux à fleur de tête, son impatience et sa vaillance, normand par son sens pratique, sa clairvoyance et l'organisation de son esprit. Pourtant, quand les épreuves vinrent assombrir la fin de sa vie, le sang du terrible Foulques le Noir, son aïeul angevin, commença à parler en lui plus fort que celui de son grand-père normand Henri Beauclerc.

Sa puissance avait fait son malheur.

Lorsqu'il n'était resté, à lui résister, que l'Eglise, il avait fait tuer l'archevêque Thomas Becket dans le chœur même de sa cathédrale : le compagnon de ses débuts avait choisi de servir l'honneur de Dieu plutôt que celui du roi. Excommunié, maudit, puni de mille remords, Henri n'avait plus jamais été le même.

Il avait perdu toute mesure, n'écoutait plus que son désir, brisait avec fureur ce qui le contrariait, semblant trouver dans l'orage et le défi une amère jouissance. Debout sur ses rêves en ruine, il n'attendait plus de secours de personne.

Epoux heureux d'Aliénor, il l'avait pourtant délaissée pour la belle Rosemonde. Mais *fair Rosamund* était morte, et Aliénor n'avait pas pardonné. Devenue son ennemie, elle avait mis autant de volonté à lui nuire qu'elle en avait mis à l'aider. Avec leurs quatre fils – Henri le Jeune, Geoffroy, Richard Cœur de Lion, Jean sans Terre – elle ne pensait plus qu'à diviser le domaine des Plantagenets, d'autant plus vulnérable qu'il était plus vaste.

Il avait alors gardé l'espoir de ramener à lui son premier fils, doué de toutes les vertus. Il avait bâti un immense projet sur son intelligence et sur son courage : Henri le Jeune lui succéderait. Mais Henri le Jeune était mort. Il avait reporté son affection et son ambition sur Jean, mais Jean était le seul qui n'en fût pas digne.

Pour finir, il avait conçu un sentiment qu'on disait dénaturé pour la petite Alis, la propre sœur du roi de France Philippe Auguste, confiée à sa garde en attendant son mariage avec Richard. La passion qui le liait à cette enfant triste le livrait à tous les chantages, mais il ne pouvait s'en arracher.

Tel était l'homme qu'Héraclius et son ambassade venaient rencontrer : un vieillard de cinquante-deux ans, douloureux d'âme et de corps, qui avait tué son seul ami, tenait sa femme prisonnière et faisait la guerre à ses fils. Naguère ardent et décidé, il était devenu brutal et forcené. Sa sagesse s'était faite méfiance; son impatience, tourment; son autorité, despotisme. Le temps qui le séparait de sa mort, Henri le vivait en enfer.

Le brouillard. La *Sainte-Marie-Mère-de-Dieu* remontait lentement la Tamise, enfonçant son ventre lourd dans l'épaisseur blanche du brouillard. Sur le pont supérieur de la nef, clercs et chevaliers écarquillaient en vain les yeux. A peine s'ils pouvaient distinguer, à quelques mètres d'eux, tout pendant à la proue, l'emblème du Saint-Sépulcre : on eût dit la navrante bannière de quelque royaume d'ombre. Le silence aussi était d'ailleurs.

Pour Héraclius et les siens, la traversée avait été rude. Les courtes lames grises de la Manche, prenant le bateau de flanc, ne leur avaient guère laissé de paix. Seuls quelques clercs avaient trouvé la force de chanter des psaumes devant le reliquaire de la Vraie Croix. Quant au patriarche, il n'avait pas desserré les dents, fermé sur l'insidieuse nausée qui lui bougeait les entrailles.

Maintenant qu'on naviguait en eaux calmes, Guilhem d'Encausse s'était approché du timonier et scrutait avec lui le mur opaque et impalpable où, lui semblait-il, la *Sainte-Marie-Mère-de-Dieu* allait tôt ou tard s'évanouir.

Il avait pu se joindre au voyage grâce à l'évêque de Paris Maurice de Sully, qui avait recommandé aux Templiers de l'ambassade le filleul de leur trésorier Gilbert Erail. Fou de joie, Guilhem était parti comme à la conquête du monde. Mais le vaillant enfant du causse avait découvert sans trop de plaisir cette angoisse inconnue de lui qu'était la mer : la sueur au front, le cœur dans la gorge, il avait dû faire appel à toute sa fierté pour ne pas se montrer sous un jour misérable. Et pour ce qui était de l'Angleterre, si le brouillard ne se levait pas, il n'en saurait guère plus à son retour qu'il n'en savait à son départ. On arrivait à Londres, disait le timonier, et Guilhem se demandait à quoi il pouvait bien le voir.

Pourtant, ils accostèrent bientôt un quai de planches humides et purent discerner, peuple de fantômes, la foule qui les attendait. Ils débarquèrent. L'ambassade se forma en procession, cortège dérisoire et transi de saints hommes au teint brouillé vaguement assemblés derrière l'or terni d'un reliquaire qu'ils ne voyaient même pas. Héraclius bénissait au hasard, sidéré que sa voix, pour une fois, s'engloutît sans échos dans le silence mou. Tout s'abolissait dans l'incertain.

C'est le maître des Templiers d'Angleterre, Richard de Hastings, qui vint accueillir le patriarche de Jérusalem : celui-ci devait, le lendemain, consacrer solennellement la nouvelle église du Temple à Londres. Il conduisit l'ambassade au roi, qui l'attendait dans son palais de Westminster.

Héraclius découvrit un gros homme au teint gris, mal accoutré dans ses riches habits. A ses tempes, à son cou puissant, sur le dos de ses larges mains, d'épaisses veines bleues semblaient toujours prêtes à se rompre.

Quant le temps, comme aujourd'hui, était mouillé, une ancienne blessure lui faisait tirer la jambe. Avec son allure rustaude, il semblait, allant et venant à la porte de son palais de brume, une sorte d'ours gardant son antre.

Pourtant, il reçut le patriarche de Jérusalem avec empressement et dévotion, lui donna le baiser de paix, s'agenouilla longuement devant le reliquaire. « Feinte ! » pensait Héraclius. Rien n'était moins sûr : Henri était capable de tous les excès, dans la mauvaiseté comme dans la piété. Tout le monde à la cour se rappelait les flagellations publiques qu'il avait demandé qu'on lui infligeât – une fois à Avranches, une fois à Cantorbéry – après le meurtre de Thomas Becket. Il était de ces pécheurs toujours en retard d'une absolution, ne calculant ni la faute ni la pénitence. On pouvait douter de sa religion, pas de sa foi.

Aussi fut-il profondément ému quand le patriarche lui offrit la clef de la tour de David et l'étendard du Saint-Sépulcre :

« Je ne saurais oublier, dit-il en remerciant, que mon grand-père Foulques d'Anjou fut roi de Jérusalem. »

Puis, tirant la jambe, il entraîna les émissaires de Terre sainte vers une salle où flambait un grand feu :

« Prenez garde à ne pas prendre froid ! Ce temps rouille les épées et les hommes... »

Héraclius crut alors bon de demander à ce lourdaud débraillé si le brouillard était à Londres chose courante.

« Non, Monseigneur, non », répondit le roi, soudain patelin.

Il roula vers le patriarche ses gros yeux à fleur de tête et ajouta :

– Il arrive aussi qu'il pleuve... »

Puis, comme pris d'un scrupule, il dit encore :

« Et même qu'il neige ! »

Après midi, imprévisiblement, la journée se fit radieuse. Une merveille de soleil vint, comme il arrive parfois en ce pays, parler du printemps au milieu de l'hiver.

Guilhem profita de la visite de la ville que Richard de Hastings fit faire aux Templiers de Jérusalem.

Londres était moindre ville que Paris, moins peuplée aussi, et un seul pont aux planches disjointes, couvert d'étroites maisons, franchissait la Tamise. Mais la foule des rues, moins dense, paraissait plus aisée. C'est qu'Henri favorisait depuis longtemps le commerce, enrichissant les manieurs d'esterlins[17] qui, à leur tour, l'enrichissaient par le jeu des concessions et des redevances.

Le port de Walbrook, du nom du ruisseau qui se jetait là dans la rivière, était considérable. Dans les entrepôts adossés aux vieux murs de la cité, on pouvait voir les pyramides de fûts juste arrivés de Guyenne ou de ballots de laine destinés aux drapiers flamands. On emplissait les bateaux de chargements d'étain à destination de la Méditerranée. Cela sentait le goudron et le poisson séché.

Montant les chevaux qu'on leur avait donnés, ils passèrent le Fleetditch sur un petit pont en dos d'âne, quittèrent l'enceinte où étouffait la ville et allèrent au pas de promenade, tant l'air était doux, voir le fort de pierres blanches qu'avait bâti Guillaume le Conquérant, et qu'on appelait la Tour de Londres.

Richard de Hastings questionnait les chevaliers du Temple sur l'état du royaume latin de Syrie : il devait lui-même y partir quelques jours plus tard parler au trésorier de l'Ordre d'un projet d'inventaire qu'il entendait faire dresser de tous les biens du Temple en Angleterre. Peut-être arriverait-il même à temps pour assister à l'élection du nouveau Grand-Maître.

En toute autre occasion, Guilhem se fût intéressé à cette ville inconnue où les gens de cour parlaient le français, les gens d'Eglise le latin et ceux de la rue une langue étrange où il ne se retrouvait pas. Mais pour l'heure, il était tout au Temple. Fasciné par les manteaux blancs frappés de la croix rouge que portaient ses compagnons, il vivait une sorte de rêve. Ce soir même, il dormirait comme eux dans la maison de l'Ordre. Un peu comme s'il était déjà des leurs.

Le matin était clair, à croire qu'ils s'étaient imaginé le brouillard de la veille. En pallium de grande cérémonie, Héraclius consacra la nouvelle église des Templiers de Londres. Construit à l'image du Saint-Sépulcre, tout comme celui de Paris, l'édifice était petit mais majestueux : colonnes de marbre noir, chevet plat percé de trois longues fenêtres en ogive, rotonde voûtée sous la coupole, dont la forme évoquait pour le patriarche les jours heureux de Jérusalem : quand donc s'en retournerait-il? Sa maîtresse Pâque de Riveri avait peut-être même déjà enfanté, et il ne savait s'il était père d'un garçon ou d'une fille.

Il prêcha sobrement, tout à la fois attendri par l'évocation qu'il faisait de la lointaine Judée et contrarié par le va-et-vient d'Henri, ce gros roi gris qui peinait à marcher et qui pourtant, même à la messe, ne tenait pas en place, allant de long en large parmi les fidèles, mûrissant sous son vaste front on ne savait quelles véhémences.

Après l'office, on retourna à Westminster, où l'on mangea. Mal. Depuis l'éloignement de la reine Aliénor, il n'y avait plus au palais ni ordre, ni règle, ni mesure. La demeure royale était mal tenue et la cour n'était plus qu'une assemblée confuse où chacun, attendant la prochaine chevauchée impromptue du roi, se sentait de passage. Prélats, princesses, filles de joie, histrions, sergents, joueurs de dés formaient un monde composite qu'agitaient les humeurs du Plantagenet.

Celui-là, Héraclius ne savait comment le prendre. Fallait-il lui rappeler la promesse de se croiser qu'il avait faite quand le pape leva son excommunication? Ses promesses ne l'engageaient guère. Lui offrir pour l'un de ses fils, comme le roi lépreux l'avait suggéré, le trône de Jérusalem? Du même coup, le projet qu'avait échafaudé le patriarche avec Guy de Lusignan et Gérard de Ridefort risquait de partir à vau-l'eau. Non, il lui fallait tirer de l'argent de cet homme en peine, beaucoup d'argent : il en retiendrait une part pour le prix de ses efforts.

Il jouerait du remords d'Henri, rappellerait le souvenir de Thomas Becket, ferait allusion à la petite Alis : Héraclius ne concevait pas que quiconque, fût-il roi, fût-il déjà perdu, pût supporter deux fois dans sa vie le tourment de l'excommunication.

Leur triste festin ayant été bâclé, les deux hommes s'isolèrent.

Pendant ce temps, on fit aux membres de l'ambassade les honneurs du palais, qui n'avait de vraiment remarquable que la salle où officiaient les comptables du Trésor. Des intendants du roi s'affairaient autour d'une grande table couverte d'un drap où était tracé le dessin d'un vaste échiquier. A divers endroits s'empilaient des lingots et des pièces, d'or ou d'argent. Tout au long des murs, des clercs faisaient des calculs sur des comptoirs obliques divisés en six bandes : un jeton sur la bande inférieure valait un denier, sur la suivante un sou, une livre sur la troisième, puis dix livres, cent livres, mille livres.

Les chiffres volaient par-dessus les têtes, les jetons claquaient sur les tablettes, les pièces ruisselaient dans les coffres de fer. Malgré l'activité qui régnait dans la salle, les visiteurs furent frappés par la calme compétence des comptables et par l'atmosphère recueillie qui présidait à leur office. De quel nouveau culte étaient-ils donc les prêtres ?

Quand ils sortirent, encore tout éberlués, on leur présenta quelques chevaliers d'Angleterre et du Poitou qui se trouvaient là, le comte de Chichester, le géant Guy de Marque, fameux pour avoir brisé d'un seul coup de poing la tête d'un cheval, Geoffroy de Lusignan, qui prit des nouvelles de ses frères cadets Amaury et Guy auprès des émissaires de Terre sainte :

« Peut-être Guy sera-t-il notre roi ! » répondit l'un d'eux.

Geoffroy de Lusignan éclata de rire :

« Si Guyon est roi, dit-il, alors moi je suis Dieu... »

L'entrevue du roi et du patriarche fut violente et brève.

Héraclius avait tout d'abord fait appel à la foi

d'Henri : il s'agissait du tombeau du Christ. S'il ne pouvait se croiser, qu'il permît au moins de lever une armée.

Le roi, les mains au dos, le front baissé, allait et venait, une enjambée plus courte que l'autre. Il ne répondait pas. Il attendait le moment où Héraclius allait parler d'Alis, reparler de Becket : c'était l'antienne de tous ceux qui venaient de Paris et qui voulaient obtenir quelque chose de lui.

Jérusalem avait besoin de secours, poursuivait le patriarche, et le devoir le plus sacré de chacun était d'aider le saint royaume à la mesure de ses moyens et pour la rémission de ses péchés.

Henri alors sursauta, comme piqué par une serpente, libérant soudain la colère qu'il couvait :

« Tais-toi ! Tu oses parler des péchés des autres ! Je te connais, faux évêque ! Je sais qui tu es et d'où tu viens ! Détrousseur de pèlerins ! Tu peux garder tes menaces ! »

Ses mains tremblaient, les yeux lui sortaient de la tête, ses grosses veines se gonflaient encore.

Pourtant, se détournant d'Héraclius, il se calma tout net. Contemplant l'âtre où montait une flamme blonde, il laissa s'apaiser la houle qui soulevait son large poitrail.

S'ils savaient ! S'ils savaient, tous ceux-là qui l'accusaient, la paix qu'il connaissait quand il était avec Alis ! Ses seuls moments de miséricorde en ce bas monde, il les lui devait. Elle était sa source d'eau vive, son oiseau au ventre lisse et tiède. Mais personne ne pouvait comprendre. On ne comprenait que la luxure et le sacrilège.

Et qui croirait que c'est elle qui l'avait séduit, qui l'avait réduit ? Sa peau si fraîche, son regard si grave, ses mots si doux. Qui croirait ?

Qui croirait qu'il avait tenté de résister, et qu'il avait dû finir par abandonner, s'abandonner – et qu'il en était heureux ? Qui croirait que la fillette gouvernait le roi, consolant ses fureurs, soulageant sa détresse, offrant un havre tranquille à sa vieillesse torturée ? Dans sa chasse errante, le roi Herla avait trouvé un repos. Dieu seul le croirait, qui savait tout de toute chose.

« Je donnerai, pour l'amour du Christ, 50000 marcs d'argent, dit Henri d'une voix sourde... Si mon conseil, toutefois, y consent... »

Un éclair avait traversé le regard d'Héraclius. La somme – suffisante pour entretenir deux cents chevaliers en armes pendant un an – était énorme. Combien pourrait-il en prélever ?

Henri fit à nouveau face au patriarche :

« Ne te réjouis pas ! Ces 50000 marcs, je les confierai aux soins du Temple. Tu n'en verras pas un denier ! »

Dans une pièce voisine, Geoffroy de Lusignan avait entraîné les visiteurs devant une peinture qui représentait un aigle et quatre aiglons : trois des aiglons, sur le dos et les ailes de l'aigle, l'attaquaient de leurs becs et de leurs ongles; le quatrième, le plus petit, était perché sur sa tête et tentait de lui crever les yeux. Lusignan rapporta alors une confidence que lui avait faite le roi quelques années plus tôt, du vivant d'Henri le Jeune :

« Ces quatre aiglons sont mes quatre fils, avait-il dit. Ils me persécuteront jusqu'à ma mort. Entre tous, celui à qui vont mes préférences est le plus jeune, et c'est lui qui me sera le plus cruel, qui me blessera le plus durement... »

Guilhem en restait muet de saisissement : ainsi donc vivaient les rois ! Quelque chose de lugubre habitait ce palais. Il se tourna vers une fenêtre proche. Le soir était venu, et de nouveau le brouillard, comme une chape. Peuplée de malheurs, la nuit était blême.

X

RENDEZ-VOUS À WINDSOR

LE 22 mars, à la Fontaine-aux-clercs, le conseil du royaume jugea inopportun que le roi prît la croix, puis approuva son projet de transférer des fonds en Terre sainte pour l'équipement futur d'une armée aux couleurs d'Angleterre. Héraclius, qui assistait aux débats des barons et des évêques, n'eut rien à redire ni à reprendre : tout paraissait décidé d'avance.

Comme pour consoler le patriarche, Henri l'invita à assister, avec son ambassade, à l'adoubement de Jean, le dernier de ses fils – celui qu'on disait « sans terre », car Aliénor gardant l'Aquitaine, Geoffroy la Bretagne et Richard le Poitou, lui restait sans rien. Peut-être par compensation, son père lui passait ses caprices et ses humeurs, fasciné par cet « aiglon » qui voulait lui crever les yeux.

Jean avait dix-huit ans. On ne savait comment le prendre. Moins grand que ses frères, moins fort, moins gai, il aimait autant choquer que séduire, ne supportait pas qu'on le contrarie, dédaignait ce qu'il avait, voulait ce qu'il n'avait pas, prenait et jetait avec autant de plaisir. Sous les sourcils épais qui se rejoignaient presque, son regard d'eau trouble était inquiétant.

Pour son adoubement, il avait demandé à son père d'organiser un tournoi, sachant pourtant que le roi n'appréciait pas ce genre d'amusement. Mais eût-il demandé une guerre que son père l'aurait faite. Henri, donc, céda et chargea son cousin Hugues de lancer les invitations. Il y mettait toutefois des conditions : le tournoi ne durerait que trois jours, les armes seraient émoussées et lui-même n'y paraîtrait pas.

L'adoubement eut lieu à la veille des calendes d'avril, juste avant la semaine peineuse du carême, dans la cour du nouveau château de Windsor. Les grands du royaume étaient tous là, à l'exception d'Aliénor, toujours prisonnière, de Geoffroy et de Richard, partis préparer Pâques dans leurs fiefs. Le printemps était en fête. Les dames, au sortir de l'hiver, essayaient leurs toilettes et leurs sourires. Pour que la cérémonie fût parfaite, il ne manquait en somme que l'essentiel : l'émotion, la chaleur qu'on réserve à ceux qu'on aime.

Jean reçut son épée comme un dû. Quand son père lui donna la colée, il voulut prendre l'air soumis mais ne réussit qu'à paraître sournois. Chaque fois qu'Henri et Jean se trouvaient ensemble, c'était comme s'ils s'attiraient et se repoussaient à la fois. De leur double présence naissait une tension mauvaise qui mettait l'assistance mal à son aise. Le banquet lui-même fut sans joie.

Enfin, le roi repartit pour Londres, suivi des prélats, d'Héraclius, des Templiers et des Hospitaliers : depuis que le concile de Latran avait condamné les tournois, foires aux vanités où l'on mourait trop, les gens du clergé évitaient d'y assister. En route, le cortège s'arrêta dans une petite église et pria pour conjurer le mauvais sort. Le roi, pour faire bonne mesure, signa même au bénéfice d'une léproserie voisine un revenu de six mille harengs sur la prévôté de Dieppe.

A Windsor, rien ne comptait maintenant que le tournoi. Il ne commencerait que le lendemain, mais, en cette veille de haute journée, on allait visiter le champ, les lices, les tribunes, on demandait aux hérauts l'ordre des rencontres, la composition des troupes. Sire Hugues avait bien fait les choses. La date avait été annoncée à cor et à cri dans toute la région, ainsi que les conditions : on jouterait à fer rebattu, peuple contre peuple, avec, pour finir, un combat à la foule d'un genre nouveau; les prix seraient nombreux.

Guilhem avait été enrôlé par un Français, Raoul de Coucy, beau-frère par les femmes de Philippe Auguste, important baron de Valois venu à Londres régler un litige mineur avec Henri II, mais qui se trouvait si bien en Angleterre qu'il remettait toujours à plus tard le moment de régler son affaire. C'était un gros homme jovial aux joues rouges et à la voix enrouée. Il avait beaucoup d'argent et le dépensait si déraisonnablement qu'on lui pardonnait d'en avoir tant. Il avait pris sous sa bannière tous les chevaliers sans emploi qu'il avait trouvés à la cour, leur fournissant les chevaux et les armes.

Guilhem, ravi, avait profité de l'aubaine. Il lui importait peu de savoir avec qui et contre qui il tournoierait. L'important pour lui était la fête, l'occasion de voir et d'être vu, la joie de se battre, le plaisir de danser – et peut-être, qui sait, le bonheur de mériter de quelque dame un gage d'amour.

Toujours soucieux de bien paraître, le baron de Coucy avait fait s'entraîner sa troupe et demandé à ses chevaliers, comme on commençait à le faire, de peindre leurs armes sur leurs écus et sur leurs cottes[18]. Guilhem, après plusieurs essais, choisit une licorne d'or dressée sur champ de sable : la licorne pour la loyauté et le fond noir en signe de deuil, qu'il gardait au cœur, de son père et de son frère.

Arrivés la veille, ils avaient monté leurs tentes au bord de la Tamise, entre le vieux village et le château – Guilhem n'avait jamais vu une herbe si verte, si drue, odorante et grasse comme un fruit. La foule était considérable : des tournoyeurs venus de tout le pays avec leurs gens, mais aussi des marchands, des amuseurs et des curieux. Une immense ville de tissus multicolores était née en quelques jours, avec ses rues et ses quartiers : ici les Poitevins, là les Ecossais, plus loin les Flamands, et les tentes des filles. On parlait toutes les langues, sous toutes les bannières. Partout, la même humeur heureuse, la même insouciance, la même attente du tournoi.

On ne trouvait pas de miséreux au rendez-vous de Windsor – les gens d'armes les tenaient à l'écart – ni de lépreux, ni de serfs accablés, ni d'enfants mal nourris, ni d'aveugles aux yeux mangés de mouches, ni de brûlants mystiques criant la fin du monde. On n'y songeait qu'à parader et qu'à plaire, à échapper le temps d'un plaisir à la monotonie des jours.

On allait s'enivrer du hennissement des grands chevaux, du vin servi partout, des chansons, du choc répété des armes étincelantes, du tourbillon des couleurs mêlées, des rêves de fortune et de renommée. On allait se brûler aux promesses et aux désirs rencontrés dans les regards, on allait... Il serait bien temps, après, de faire pénitence.

Le soir, entre le souper et les danses, le roi d'armes annonça le programme du lendemain : après la messe, les premiers jouteurs seraient les Flamands et les Aquitains, puis les Allemands rencontreraient les Poitevins; l'après-midi, on verrait les chevaliers de Galles contre les Bourguignons et les Français contre les Ecossais. Le deuxième jour, ceux que les juges auraient désignés comme vainqueurs s'affronteraient entre eux, ainsi que le feraient les vaincus. Pour le troisième jour, les Anglais défiaient tous les autres.

Ah! le bon temps que l'on s'offrit! On défila bellement devant la tribune des dames, au petit pas des destriers, pour aller prendre place, frémissant d'impatience sous les regards, derrière les cordes qu'on couperait bientôt. Cela sentait le cheval, la peinture fraîche et l'herbe écrasée. On se battit sans compter les coups donnés ni les coups reçus, on prit, on fut pris, on alla au bout de sa belle jeunesse, on joua sur une esquive ou sur une attaque son honneur et sa fortune; et quand, restant sans forces, le corps moulu, on était près d'abandonner et de se rendre, il suffisait de l'appel d'un héraut, du regard d'une dame jetant un gant, un ruban, une manche arrachée à sa robe, pour ressusciter les morts et les précipiter au plus ardent de la bataille. Le soir, après le bain, les pansements et le souper, on dansait aux torches le branle et la gigue, les plus heureux trouvant, dans la nuit parfumée des tentes de soie, la douce récompense de leurs efforts du jour.

La troupe de Raoul de Coucy gagna ses deux joutes, contre les Ecossais et contre les Italiens. Les Ecossais, vaillants en diable, teigneux, têtus, durs au mal, jamais vaincus avant la dernière sonnerie, manquaient trop d'invention dans leur façon de combattre; quant aux Italiens, au contraire, ils multipliaient les coups d'audace et les folies, arrachaient des bravos à la foule, mais se décourageaient vite quand on les attaquait de front. Guilhem avait fait trois prisonniers, un Ecossais et deux Italiens – il ne leur prit que leurs chevaux. Dans les loges, on commençait à le remarquer. Il fut choisi pour être de ceux qui, à cent contre cent, rencontreraient les Anglais.

C'était la première fois que les Anglais défiaient ainsi le reste du monde, et l'engouement du public était inimaginable. Dans la nuit, on monta et cloua des tribunes supplémentaires – et pourtant, au matin, bien avant l'heure, toutes les places étaient prises.

Affairés, solennels, les hérauts avaient l'œil à tout. Ils passaient dans les rangs prendre bonne note des encouragements et des noms que, moyennant deux deniers – c'était le tarif de ce jour de gala – ils crieraient pendant la bataille. Ils allaient vanter aux dames les mérites des chevaliers, les invitant, comme s'ils parlaient pour eux, à ne pas se montrer tout à l'heure avares d'amour. Un peu ménestrels, un peu entremetteurs, le tournoi était leur métier, et cette rencontre-là, ils en faisaient une question d'honneur.

Ils avaient bien préparé l'assistance quand, dans le fracas des cors et des busines, s'avança le cortège des jouteurs, forêt de bannières, débauche de couleurs, grelots sonnant, fers cliquetant, cuirs craquant, armée double et doublement superbe, chevaux au pas, hommes droits et fiers, sans visages, lances dressées – promesses d'éclat et de violence.

A l'avant marchait le roi d'armes, un ancien troubadour surnommé La Pibole : toujours vêtu de blanc et de noir, on eût dit une pie. C'était lui le vrai maître du jour. Sa compétence à énoncer la règle, son autorité à juger un coup, son habileté à mettre en valeur qui il voulait sans pour autant mécontenter les autres faisaient qu'on s'arrachait sa criée à prix d'or. Cette fois, sire Hugues avait failli ne pas pouvoir louer ses services : La Pibole, en effet, était parti, pieds nus, en robe de bure, sur le chemin de Compostelle. On l'avait rattrapé à Douvres alors qu'il allait s'embarquer; la somme qu'il avait fallu lui offrir pour qu'il consente à recommencer son pèlerinage après le tournoi eût suffi à nourrir cent pèlerins de Windsor à Compostelle, mais enfin, il était là, et c'était bien l'essentiel.

« Aux honneurs, beaux seigneurs, aux honneurs ! » appela La Pibole.

Tandis que les juges diseurs vérifiaient que les fers des lances étaient arrondis, que le tranchant des épées était convenablement émoussé, les chevaliers jurèrent de ne pas frapper d'estoc, de ne pas frapper sous la ceinture, de ne pas frapper un adversaire à terre ou ayant perdu son heaume, de ne pas frapper avec l'intention de tuer. Puis, passant par deux ou trois devant les tribunes, ils recueillirent les faveurs que leur lançaient les dames, étoffes précieuses que les écuyers attachaient aux lances, œillades qu'ils gardaient au cœur.

Ils allèrent prendre place derrière les cordes qui tenaient les deux camps à distance, face à face, à une portée de flèche l'un de l'autre. Quand ils y furent tous, quand ils eurent serré les sangles et les harnais, tout s'immobilisa.

« Coupe-e-e-e-e-z... »

La voix de La Pibole monta dans le silence, plana sur les têtes, s'éternisa, tenant tout en suspens. Les spectateurs retenaient leur souffle. Une femme cria. Et soudain, brusque et net comme un coup, La Pibole jeta :

« ... cordes ! »

Deux cents chevaux alors éperonnés s'ébranlèrent ensemble, deux cents cavaliers hurlèrent, affermissant lances et écus dans leurs poignes gantées. Les Anglais s'élancèrent avec une férocité folle, leurs chevaux à touche-poil, en une seule vague – on eût dit qu'ils jouaient sur cette seule charge et le sort du royaume et leur place au paradis. Le choc fut tel qu'il s'entendit, par-delà les forêts et les pays, par-delà les vallées de Galles et les montagnes d'Ecosse, jusqu'à Pembroke et Interlochin. C'est du moins ce que prétendait une chanson composée le jour même et qu'on chanta le soir.

La chanson était longue : c'est qu'il y avait beaucoup à dire – faits d'armes, coups d'éclat, déconfitures, feintes nouvelles, parades inconnues – et qu'on avait le temps. Quand on fit le compte des lances brisées, des écus transpercés, des hauberts déchirés, des heaumes arrachés, on vit bien que ç'avait été un beau tournoi. Le soir, au bal, on reconnaissait les tournoyeurs à leurs pommettes ouvertes, à leurs lèvres fendues, à leurs dents brisées, à leurs bras en écharpe – à l'air heureux qu'ils avaient. Les crieurs ne pouvaient plus parler d'avoir tant crié. Des dames un peu légères, échauffées par la bataille, avaient jeté un à un leurs atours sur le pré et il avait fallu les couvrir de bannières pour qu'elles ne s'en retournent pas nues.

Longtemps, on s'était demandé qui l'emporterait. A la pugnacité des Anglais groupés autour du cimier rouge et or de Jean sans Terre, les étrangers opposaient les qualités de leurs pays respectifs et, l'Allemand soutenant l'Italien, le Français entraînant le Flamand, une sorte d'équilibre s'installa entre les deux camps, aucun ne pouvant jamais prendre plus d'un ou deux prisonniers d'avance.

Deux fois, La Pibole dut interrompre la bataille le temps d'une prière : d'abord parce qu'un Anglais désarçonné avait été piétiné et tué par les chevaux, ensuite parce qu'un Italien, qui portait un heaume trop léger, avait reçu au front un tel coup d'épée que la tête brune éclata comme un œuf. On emporta les corps – morts en tournoi, ils ne pourraient être ensevelis en terre chrétienne – et on reprit l'affaire où on en était resté : « Hurtez bataille, beaux seigneurs ! »

Guilhem se sentait bien. Il avait supporté quelques rudes assauts mais n'en avait pas trop souffert. Il avait lui-même porté des coups qui avaient dû, en face, laisser des traces. Il devait à son habileté, mais surtout à son cheval, de rester parmi les plus dispos. Il montait un destrier pommelé, le plus grand et le plus fort qu'il eût jamais vu – un poitrail comme un mur, une croupe comme un roc. Il l'avait eu d'un seigneur hongrois contre les deux chevaux pris la veille aux Italiens. Il avait fait là un bon calcul. Ce Hanc transylvain était vieux, un peu sourd et manquait de vitesse. Mais pour une longue journée comme celle-ci, l'endurance, le courage et l'expérience comptaient plus que le nerf. Alors que, tard dans l'après-midi, quand tout allait se jouer, la plupart des combattants se fatiguaient autant à mener leur cheval fourbu qu'à lever leur épée, Guilhem n'avait à se soucier que des coups à porter ou à éviter. Hanc paraissait à peine quitter l'écurie.

Guilhem sortit d'une passe sévère, prit du champ, rengaina son épée pour reposer son bras. Du coin de l'œil, il vit, là-bas, au premier rang des loges, une dame en bliaud rouge jeter son écharpe et Jean sans Terre bousculer son cheval pour aller la ramasser. Cette dame-là, qu'on appelait Alyson, Guilhem l'avait bien remarquée, tant elle était belle – un regard très clair, deux longues tresses noires et sages, une bouche ironique et gourmande – mais Iolande, la fille du baron de Coucy, lui avait offert assez de gages d'amour – et même ses deux manches – pour qu'il ne cherchât pas plus loin. Pourtant, il y avait là l'occasion de jouter seul à seul le fils du roi. Tant pis pour qui se méprendrait. Il éperonna Hanc.

Arrivant par le travers de Jean sans Terre, Guilhem ne pensait pas pouvoir le rejoindre avant d'arriver à l'écharpe verte. Mais le vieux destrier, comme s'il avait gardé ses forces pour cette charge-là, étira son immense foulée, l'allongea encore. Il grignotait, rattrapait son retard, gagnait peu à peu.

Guilhem n'avait plus de lance et son épée était au fourreau. Il ne la tira pas. Il était si bien dans le galop de Hanc, si exactement accordé à cette course ample et souple, irréelle, qu'il ne voulait pas faire un geste qui pût en détruire l'harmonie.

Arrivant au plus fort de son élan, les rênes libres, Hanc, sans ralentir un instant, sans même tourner la tête, prit de plein flanc, de plein fouet, le cheval de Jean sans Terre.

Des tribunes, une clameur monta jusqu'au ciel.

Les chevaux et les hommes roulèrent au sol. Les deux hommes se relèvent. L'un d'eux, celui qui porte un cimier rouge et or, tient comme un poignard le tronçon aigu d'une lance brisée. Il tourne autour de l'autre et cherche à le frapper.

Selon le règlement, les chevaliers à terre sont hors jeu, mais le fils du roi se moque des règlements. Attaqué, Guilhem se défend. Il tire son épée. Il voit, par les trous du heaume, le regard étrange de Jean – tranquille et fou à la fois. Alors, il serre à deux poings le pommeau de son arme et, s'exposant un instant, en porte un coup formidable dans les côtes du prince, qui lâche sa lance et part à la renverse.

Les Anglais surgissent à la rescousse. Guilhem est vite accablé. Les coups pleuvent sur son heaume, sur ses épaules. Les chevaux le serrent de si près qu'il ne pourrait même pas tomber. Des chevaliers vêtus d'or aux lionceaux noirs se jettent dans la mêlée : des Flamands de son camp.

Qui donc parlait de courtoisie? La bataille est maintenant sauvage. La Pibole arrête le tournoi.

C'était la fin du banquet. Les coups avaient laissé des traces, mais on avait oublié les rancœurs. Sire Hugues, dont les dépenses excédaient toujours les revenus, n'aimait rien tant que traiter, éblouir, amuser. Recevant cette fois au nom du roi, il n'avait ménagé, pour plaire à tous, ni sa peine ni le trésor d'Angleterre. Les vins et les mets avaient été de choix. Les musiciens préparaient leurs instruments. L'heure était venue de juger le tournoi.

La Pibole annonça qu'il avait pris l'avis de tous les juges diseurs. Il n'eut pas besoin de forcer la voix. Le silence s'établit de lui-même. Jean Plantagenet, dit-il, fils du roi d'Angleterre Henri, avait fait honneur à sa nouvelle chevalerie; en conséquence, il recevait le prix du tournoi, qui était un brochet.

On applaudit poliment. On comprenait que la position du roi d'armes était difficile et on se demandait comment il allait pouvoir réparer ce déni de justice. Beaucoup avaient été vaillants : le comte de Chichester avait fait quatre prisonniers; un seigneur allemand, pris trois fois, avait payé trois fois rançon et gagé son château; sans parler de ce jeune Français qui, pour le foulard d'Alyson, avait osé braver Jean sans Terre...

Caressant son long nez, La Pibole attendit que le

silence se fût rétabli. Il ménageait ses effets, c'était sa coquetterie. Unanimement, dit-il, les juges diseurs avaient décidé d'attribuer un prix à un chevalier auteur d'un exploit singulier... Un étranger qui avait vu son heaume cabossé de tant de coups que les écuyers n'avaient pu le lui ôter... Comment le savait-on ? Parce qu'on l'avait retrouvé à la forge du village, la tête sur l'enclume !... Sa bravoure serait récompensée par un baiser de la dame de son cœur... C'était, ajouta-t-il d'un ton solennel, le chevalier à la licorne d'or, Guilhem d'Encausse !

Un tonnerre de vivats et d'applaudissements salua l'annonce de La Pibole en même temps que son habileté : il avait trouvé le moyen de désigner le vainqueur de Jean sans Terre sans dire que le fils du roi avait été vaincu.

Guilhem se leva. La tête lui tournait un peu, sans qu'il sût très bien si les coups du forgeron en étaient la cause, ou le vin de Cornouailles. Il était vanné, contus, mais se sentait l'esprit léger. Il vit Iolande de Coucy, sûre d'être choisie, baisser les yeux pudiquement. Il n'y réfléchit pas à deux fois. Il tira de sa manche le foulard vert de Dame Alyson et, le bras levé, en salua l'assemblée.

« Je pourrais être ta mère...

– Au moins alors je prendrais votre sein sans me cacher de votre époux !

– Laisse donc mon époux... »

Ils reposaient. Dans la presque nuit de la tente, ils parlaient à voix basse. Fourrures, parfums : Guilhem était en pays inconnu. Alyson était belle, mais d'une sorte de femmes qu'il ne connaissait pas : épanouie, impudique. Elle avait laissé la chandelle allumée pour dénouer ses tresses et ç'avait été comme si elle se déshabillait une deuxième fois.

Guilhem ne l'aimait ni ne voulait vivre avec elle. Simplement, il l'avait désirée, et elle avait choisi d'accepter l'hommage de son désir.

Alyson ralluma la chandelle. Ses yeux brillaient. Elle

caressa les contusions de Guilhem, aux côtes, à l'épaule, les baisa de ses lèvres mouillées :

« Chevalier, dit-elle, tu t'es bien battu... Laisse-moi t'aimer... »

Comme il allait souffler la chandelle, elle retint son geste :

« Je veux te voir, chevalier. »

Guilhem découvrait le monde.

Au château, quand tous les prix eurent été remis, sire Hugues avait fait apporter sur la table d'honneur un gros pâté en croûte paré de plumes de paon. On entendait, venant de l'intérieur du pâté, comme un pépiement de volière. Les convives, sidérés, se regardaient. Sire Hugues était ravi de son effet. Sa femme, Lisbeth, lui demanda, soupçonneuse :

« Auriez-vous enfermé dans ce pâté des oiseaux vivants ?

– Vous avez deviné...

– Mais mon ami... »

Dame Lisbeth était indignée. Comme chacun le savait, elle n'appréciait rien tant que la compagnie des oiseaux, ne supportant pas qu'on leur fît du mal ou même les tînt prisonniers. Alors, dans un pâté !

Sire Hugues cachait mal sa jubilation :

« Je les ai enfermés, m'amie, dit-il modestement, pour que vous ayez le plaisir de les délivrer... »

On applaudit à tant de délicatesse. Sire Hugues tendit un maillet à dame Lisbeth, qui brisa la croûte chaude et dorée. Des dizaines d'oiseaux s'échappèrent – bergeronnettes, rouges-gorges, alouettes, rossignols, cherchant d'un vol affolé les portes et les fenêtres.

C'est alors que Jean sans Terre lâcha son faucon...

Dans la confusion qui s'était ensuivie, Guilhem et Alyson étaient sortis. Et la nuit avait passé.

Guilhem quitta la tente au jour naissant. Il alla vers la rivière. Le pré du tournoi paraissait immense. Les peupliers des bords de la Tamise retenaient un voile de brume blanche. Les tribunes étaient désertes. L'herbe était arrachée, l'aube sentait le crottin. Quelle étrange aventure ! Il ne faudrait pas longtemps avant que Guilhem ne fût plus capable de faire la part du vrai et celle du rêve – tout comme, regardant le ciel par-dessus le château, il ne savait pas démêler si c'était encore la nuit, ou déjà le jour.

Croisant le chemin de Londres, il fut salué par un pèlerin, pieds nus, en robe de bure, qui quittait Windsor :

« Adieu chevalier ! dit l'homme... Beau tournoi, n'est-ce pas ? »

La Pibole reprenait la route de Compostelle.

XI

LE MAÎTRE DU TEMPLE

Acre, 28 janvier 1185. Cher frère Guillaume, je ne sais si le Ciel voudra que je te revoie sur cette terre, mais quel que soit Son arbitrage, qu'Il en soit remercié. Notre Maître, Arnaud de Torroge, avait promis de me laisser retourner finir mes jours en notre bonne commanderie de Gavarnie. Par malheur, il a rendu son âme à Dieu – qu'Il la reçoive en Sa paix! – avant d'avoir donné instruction me concernant.

La plume cracha sur le méchant papier de coton que les Templiers utilisaient pour leurs lettres privées : on réservait les beaux parchemins pour les usages officiels. Le vieux sergent Raoul d'Ibos, la tête penchée sur le côté comme un poulet en alerte, examina sa plume ébréchée, déjà dix fois taillée et devenue trop courte pour servir encore. Quittant son pupitre, il la jeta au feu et en piqua une nouvelle dans la cendre tiède le temps qu'elle s'y dégraisse. Puis il en essuya soigneusement la pointe, la tailla en biseau avec son canivet et la trempa dans le lourd encrier d'ébène. Il reprit son ouvrage.

Notre Maître est entré dans la voie de toute chair alors qu'il se trouvait au-delà des mers, en ambassade avec le patriarche Héraclius, cherchant en Occident un secours dont notre royaume a le plus grand besoin. Le sultan des Incroyants nous harcèle. Il a fait brûler la cité de Naplouse et assiégé de nouveau le krak de Moab. Beaucoup de nos chevaliers ont eu la tête tranchée par les Turcs. Notre pauvre roi lépreux est atteint, dit-on, d'une fièvre quarte. Pour moi, dans l'attente que notre nouveau Maître soit élu, je continue à m'interroger sur mon sort.

Raoul d'Ibos s'interrompit. Ce qu'il voulait dire, il ne savait comment le dire. Commandeur de la voûte d'Acre, il ne pratiquait guère en matière d'écriture que l'enregistrement des marchandises que chargeaient ou déchargeaient les vaisseaux du Temple. Plusieurs fois déjà, il avait recommencé cette même lettre à son ami Guillaume. Mais les mots qui naissaient sous sa plume l'effrayaient. Formuler les choses, les figer en phrases, c'était conférer à son humble désarroi l'angoissante réalité du péché.

A l'horizon de la fenêtre devant laquelle il écrivait, le gros soleil tout rond, tout rouge, semblait posé à même la mer. La fabrique à sucre était déjà dans l'ombre. Des oiseaux blancs se disputaient en criant des charognes ballottées par le flot. Des marins s'interpellaient. C'était l'heure où, chaque soir, on tirait sous la voûte la lourde chaîne qui barrait l'entrée du port. L'heure aussi où le vieux sergent d'Acre, son travail accompli, se laissait prendre par la rêverie.

Il n'osait avouer qu'il avait envie de quitter cette cité puante et grouillante, de rentrer au pays. Lui qui avait l'insigne honneur de servir en Terre sainte, il ne pensait qu'à revoir ses Pyrénées. Avec l'âge, la nostalgie lui en venait de plus en plus souvent, lui poignant le cœur. De lointains souvenirs traversaient ses nuits, suscitant, par quelque tour de sa mémoire, des odeurs, des couleurs, des jeux, des rires qu'il aurait juré depuis longtemps oubliés. Raoul d'Ibos était en proie au mal d'enfance. Incapable à la fois d'oublier son vœu et de le transgresser, il devait se résoudre à attendre que le nouveau Maître du Temple décidât pour lui.

Peu porté aux choses de la guerre, il n'avait jamais brigué d'autre charge que la sienne, dont il s'acquittait depuis bientôt trente ans avec une conscience toujours égale. Les soubresauts du monde n'affectaient que de loin l'organisation de sa vie, et il s'accommodait des limites d'une tâche qui ne mettait en péril ni son corps ni son âme. Mais voilà qu'il s'était pris à se languir des montagnes où il était né. Les reverrait-il jamais ? A la vérité, avec la sourde violence des faibles, il en était venu à ne plus supporter cette Méditerranée qui battait sans fin au pied des murailles. Mais qui le savait ?

Sentant que la tentation allait de nouveau le tourmenter, il se pencha sur son pupitre.

Ici, le retour de la belle saison va augmenter le commerce du port. La nature est déjà en floraison, c'est signe que l'été sera chaud. Qu'en est-il au pays ? Nous attendons avec impatience l'élection du nouveau Maître. Elle se fera selon la nouvelle règle afin d'éviter la discorde qui troublait le grand débat du chapitre et faisait la joie de nos ennemis. Que Dieu inspire le jugement de nos frères, qu'Il assiste ceux qui choisiront comme celui qui sera choisi. Tant en dépend ! Prie pour moi comme je prie pour toi.

Le sergent templier Raoul d'Ibos se relisait avec application quand on vint l'interrompre : il devait se rendre toutes affaires cessantes à la maison chevetaine du Temple, à Jérusalem.

La ville sainte paraissait tout entière prise de la fièvre qui ces jours-là agitait le Temple. Dans le dédale des ruelles sombres comme au palais du roi, dans les bains publics comme dans les échoppes, l'élection nourrissait toutes les conversations : on n'imaginait pas le royaume sans le Temple, et chacun considérait un peu comme son affaire de juger qui serait le plus digne de commander à la fois l'Ordre et bien plus que l'Ordre.

Barons, pèlerins, bourgeois francs et syriens, nobles dames, paysans venus livrer leurs légumes et leurs œufs : personne qui restât indifférent. C'est que le sort de tous en serait marqué. Aussi, on estimait, on pesait, on balançait, on exaltait, on médisait, et pour finir on élisait, avec d'autant plus d'assurance qu'on n'avait pas son mot à dire.

La règle ne prévoyait pas que quiconque pût se porter candidat : c'eût été montrer de l'orgueil là où il fallait de l'humilité. On savait pourtant que l'élection se disputerait entre le sénéchal Gérard de Ridefort et le trésorier Gilbert Erail, tous deux dignitaires depuis assez longtemps pour avoir chacun ses partisans, l'un et l'autre représentant les deux voies du Temple : l'épée et l'influence.

Lors de l'élection précédente, en 1181, le chapitre avait opté, au détriment de l'éclat que promettait Gérard de Ridefort, pour ce qu'on croyait être la sagesse d'Arnaud de Torroge, et qui n'était que de la faiblesse. Le Temple en avait pâti. S'en souviendrait-on ?

Erail ou Ridefort ? Ridefort ou Erail ? Les juifs ayant été bannis de Jérusalem, on allait jusque dans leurs retraites de Hébron ou de Safed consulter leurs augures et leurs astrologues. On étudiait les signes. Certains contaient leurs rêves aux croisements, les livrant aux supputations des amateurs. Des changeurs arméniens prenaient des paris clandestins. Beaucoup offraient leurs prières et leurs pénitences pour que leur candidat l'emportât.

En cette veille d'élection, on avait achevé la désignation des électeurs, et la ville bourdonnait de bavardages et de calculs.

La nouvelle règle, en effet, établissait que le sénéchal du Temple — à qui le chapitre avait conféré provisoirement l'autorité du Maître — nommerait le commandeur de l'élection et son adjoint, qui seraient ainsi les deux premiers électeurs; ceux-ci à leur tour, après une nuit de prière et de réflexion, en nommeraient, « ni par faveur, ni par haine, ni par amour », deux autres pour faire quatre; ces quatre-là, deux autres pour faire six; et ainsi de suite jusqu'à treize, dont un chapelain et quatre sergents, de façon que la voix de tous les frères fût entendue. Qui obtiendrait le plus de suffrages serait dit Grand-Maître.

Le sénéchal, donc, était Gérard de Ridefort. Il n'avait pas hésité, dans son iniquité, à désigner comme commandeur de l'élection un chevalier de sa propre maison, flamand comme lui, nommé Bernard de Groote; pour l'assister, il avait choisi le turcopolier Ahenric, fervent de bataille et vaillant à l'extrême. Assuré de la dévotion de Bernard de Groote, le sénéchal avait compté qu'Ahenric irait tout naturellement vers le guerrier qu'il était plutôt que vers l'homme d'administration qu'était Gilbert Erail.

Or si Ahenric rallia effectivement le parti de la guerre, ce fut pour prôner les qualités du maréchal du Temple Jacques de Maillé, beau chevalier inégalable en bravoure, mais dont la vaillance valait mieux que le jugement. Le choix d'Ahenric pesa singulièrement sur la désignation des électeurs, dont bon nombre ne furent pas ceux que Gérard de Ridefort avait prévus et, dira-t-on même plus tard, stipendiés. La confusion fut vite telle, et les avis si partagés, qu'il fallut à la fin se mettre d'accord sur les noms de frères qui, à défaut d'avoir des amis, se trouvaient n'avoir pas d'ennemis.

C'est ainsi que, arrivant à la maison chevetaine du Temple et y découvrant une foule inhabituellement nombreuse et fébrile, le sergent d'Acre Raoul d'Ibos apprit, effaré, qu'il avait été choisi comme électeur.

Son premier mouvement fut de se réfugier à la chapelle et de prier.

Là, à l'abri des regards, le calme lui revint peu à peu. Son devoir était clair : il voterait pour Gilbert Erail. Le trésorier savait gouverner, et sous son autorité le Temple s'était enrichi de nombreux revenus, domaines et privilèges. Saurait-il aussi bien combattre à la pointe du couvent, pourfendre le Turc? Le recours aux armes n'était pour le sergent d'Acre qu'une redoutable extrémité, et il craignait ces frères toujours prêts à enfourcher leur cheval de bataille. Le plaisir qu'ils montraient à tailler l'ennemi en pièces lui était suspect, et il soupçonnait que tous, dans l'affaire, n'étaient pas seulement poussés par l'amour de Dieu et la défense du Saint-Sépulcre.

Les rares fois où il avait croisé ce Gérard de Ridefort dont on parlait tant, il avait passé son chemin : cet homme-là était un violent. Des violents, certes, il en fallait. Ils étaient le bras du Temple. Mais qu'auraient-ils pu si des frères de tête froide, comme le trésorier ou comme lui, à sa modeste mesure, ne se préoccupaient de leur fournir armes et chevaux ?

Capable, comme tous les craintifs, d'arrêter son raisonnement là où il commençait à le blesser, Raoul d'Ibos égrena quelques patenôtres et, la tête penchant sur l'épaule, les yeux clos, se mit en paix avec lui-même.

Il eut soudain, dans sa nuit, conscience d'une présence proche. Bernard de Groote, le commandeur de l'élection, s'était agenouillé près de lui.

« Beau frère, demanda Raoul d'Ibos pour dire quelque chose, quand voterons-nous ?

– Demain, répondit le Flamand dans un chuchotement. Votre choix est-il arrêté ? »

Le sergent d'Acre était résolu à se montrer prudent.

« Je prie Dieu qu'il m'éclaire, dit-il.

– Prions. »

La prière dite, Bernard de Groote reprit son murmure :

« Le difficile, dans cette élection, est que nous voudrions pouvoir associer notre trésorier à notre sénéchal, tant les vertus de l'un sont les manques de l'autre... Mais le Temple n'a qu'un maître... Quel que soit notre choix, l'Ordre risque d'en souffrir... Si notre trésorier est élu, il devra s'adjoindre un bras vaillant et inlassable...

– Sans doute, dit Raoul d'Ibos.

– De même pour notre sénéchal... Il lui faudra trouver parmi les frères celui qui saura mener l'administration des biens de l'Ordre...

– Certes, dit encore Raoul.

– On me dit que vous-même, beau frère, de par votre charge au port d'Acre, êtes expert en cette fonction...

– Je m'efforce, dit Raoul, de... »

Un soupçon l'arrêta. Il était peu porté à l'intrigue, mais ces chuchotements, ces manières obliques l'avaient mis en éveil. Il regarda le gouverneur : Bernard de Groote fixait l'autel avec dévotion. Raoul, soulagé, pensa s'être alarmé à tort.

« Je m'efforce, reprit-il, de m'acquitter avec scrupule des devoirs de mon emploi. »

Le chevalier flamand se tourna alors vers lui, et Raoul d'Ibos découvrit avec épouvante qu'il lui manquait une oreille.

« Notre sénéchal aura besoin d'hommes comme vous, dit Bernard de Groote... Si Dieu veut qu'il soit élu... »

Raoul d'Ibos se signa, éperdu. Il ne s'était pas trompé : on voulait acheter son suffrage! Voilà ce qu'était devenu le Temple! Il avait bien entendu dire que le manque de chevaliers avait conduit à recevoir des indignes dans la milice du Christ, des mécréants mal repentis et même des excommuniés. Mais tant de déshonnêteté! Et dans une église! Et sur lui!

Dans le même temps que son esprit chavirait, il ne pouvait détacher son regard du petit trou noir et net qui s'ouvrait à la tempe lisse du chevalier. D'un coup, il trouva dans toute cette horreur qu'il ressentait la force de rassembler son courage :

« Sacrilège! dit-il. Arrière Satan! Dieu hait les manigances! Cette élection vous fait perdre l'honneur... »

Mais comme si, malgré tout, il eût voulu tempérer son mouvement, il ajouta :

« Sachez de plus que je suis hors de vos atteintes... Je n'ai pas d'ambition pour moi... Plutôt mon village des Pyrénées qu'une charge de trésorier...

– Cela aussi se peut », répondit doucement Bernard de Groote, qui s'abima quelques instants dans une oraison feinte et disparut.

Raoul d'Ibos était singulièrement troublé. Il resta longtemps à prier. Il ne quitta la chapelle qu'à la nuit venue, gagnant directement le dortoir des sergents.

Il y avait soixante-sept ans que, en 1118, deux croisés, Hugues de Payns et Geoffroy de Saint-Omer, avaient fondé un ordre nouveau : les Pauvres chevaliers du Christ. La mission qu'ils s'assignaient était de protéger des brigands et des détrousseurs la foule des pèlerins qui se pressaient alors sur les chemins de Palestine.

Le tout jeune royaume latin de Jérusalem, établi

moins de vingt ans plus tôt, manquait d'hommes résolus à y demeurer : une fois assuré le salut de leur âme, la plupart des chevaliers retournaient s'occuper de leurs familles et de leurs biens. Jérusalem conquise, la terre de Promission n'était plus guère qu'une terre de pénitence.

Aussi le roi Baudouin II témoigna-t-il sa reconnaissance à Hugues de Payns en lui donnant pour demeure, à lui et à ses compagnons, une partie du palais qu'il venait de quitter, aux abords du Temple de Salomon, là où s'élevait la mosquée El Aqsa. D'où le nom de Chevaliers du Temple, ou Templiers, qu'on leur attribua bientôt.

Au début, ils n'étaient que neuf. Mais leur vertu était contagieuse, et leur nombre s'accrut rapidement. Pieux et preux, ils conciliaient en eux la sainteté du moine et l'honneur du chevalier. Ils se donnèrent une règle sévère où l'on reconnaissait à la fois l'âme mystique de la Champagne et l'esprit chevaleresque de la Provence, l'une et l'autre influence se mariant idéalement dans le culte qu'ils vouaient à la Très Belle et Très Sainte Vierge Marie, dont ils exaltaient la gloire comme les troubadours exaltaient les vertus de leur dame.

Bientôt, Hugues de Payns – le premier maître – partit pour l'Occident faire connaître l'Ordre et recruter des chevaliers. Il trouva le meilleur défenseur qui fût en la personne de Bernard, abbé de Clairvaux, dont la fougue et l'austérité rayonnaient par toute la chrétienté. A Troyes, un concile fixa la règle de ce qu'on appela désormais la Milice des chevaliers du Temple de Salomon.

L'abbé de Clairvaux les donna en exemple aux chevaliers du siècle, qu'il apostrophait sans ménagement : « Vous affublez vos chevaux de soieries, vous peignez vos lances, vos écus et vos selles, vous courez à votre perte avec une furie sans vergogne et une insolence effrontée... » Par contraste, « le chevalier du Christ est vraiment sans peur et sans reproche, qui protège son âme par l'armure de la foi comme il couvre son corps d'une cotte de mailles. Doublement armé, il ne craint ni les démons ni les hommes. En mourant, il fait son salut. En tuant, il travaille pour le Christ. »

Le concile, en effet, avait étendu la mission du Temple : il ne s'agissait plus seulement de protéger les pèlerins, mais de combattre aussi bien l'esprit du mal que des adversaires de chair et de sang. Pour Bernard de Clairvaux, seuls les nouveaux chevaliers pouvaient mener de front ce double combat. Pour aider à leur recrutement, il traça d'eux un portrait sans ombre : « Ils ne restent jamais oisifs; ne vont ni ne viennent par seule curiosité; mais quand ils ne sont pas en campagne, pour ne pas manger leur pain sans l'avoir gagné, ils recousent leurs vêtements déchirés, réparent leurs armes, refont les pièces qui s'usent. La volonté du maître et les besoins de la communauté règlent leurs actions. Entre eux, pas de préférence de personnes; on juge selon le mérite, non selon la noblesse. Ils s'honorent mutuellement et, pour observer la loi du Christ, portent les fardeaux les uns des autres. Jamais une parole insolente, une besogne inutile, un rire immodéré, un murmure, si faible soit-il ne demeurent impunis.

« Ils ont les cheveux courts, car il est honteux pour un homme de soigner sa chevelure. Ils ne se peignent point et se baignent rarement. Aussi les voit-on négligés, la barbe hirsute, noirs de poussière, la peau brûlée par le soleil. Sonne l'heure de la guerre : ils se bardent de foi au-dedans, de fer au-dehors. On ne reconnaît plus leur douceur de tout à l'heure.

« Ainsi, par une singulière alliance, ces hommes plus doux que des agneaux sont plus terribles que des lions. Je ne sais s'il convient de les appeler des moines ou des chevaliers. Je crois qu'il sied de leur donner les deux noms à la fois, car il ne leur manque ni la douceur du moine ni la vaillance du soldat... »

A l'appel du véhément abbé et, un peu plus tard, du pape Innocent II, le Temple commença à recueillir une multitude de dons divers : droits sur des églises, des marchés et des foires, des revenus de terres; domaines entiers, maisons, prébendes, dîmes, rentes viagères; vilains avec leurs tênements, serfs avec leurs familles, etc. En aidant le Temple, les donateurs sauvaient leur âme.

Le Temple dut alors s'organiser, répartir les tâches selon les compétences, se constituer en provinces, édifier les commanderies chargées de faire fructifier les biens de l'Ordre. Chacun à sa manière œuvrait pour la plus grande gloire de Dieu, les uns en combattant l'Infidèle, les autres en fournissant les fonds, les hommes et les chevaux qui permettraient de maintenir la paix chrétienne en Palestine et de reprendre l'Espagne aux Maures : c'est à la défense des Pyrénées que s'illustrèrent d'abord les soldats du Christ, et dans la légende de leur naissance, Granera et Barbera chantent aussi haut que Bethléem et Jéricho.

Autorisés à se confesser à leurs propres chapelains et à bâtir leurs propres églises, ils ne devaient hommage ni serment à personne – qu'au pape. Incarnant à la fois la bonne et la mauvaise conscience du temps, ils jouaient de l'une et de l'autre pour cultiver leur singularité et leur solitude. Entre le murmure des répons et le fracas des batailles, ils vivaient avec orgueil leur humilité.

Tous les frères obéissaient au maître, et le maître obéissait à son chapitre. Pauvreté, chasteté, obéissance : leurs trois vœux de moines régissaient aussi leur vie de chevaliers. Les plaisirs de la table, du jeu ou de l'amour leur étaient interdits. Ils ne pouvaient embrasser amie, ni mère, ni sœur, ni parente. Il ne leur était permis de chasser que le lion. A la guerre, ils devaient accepter le combat à un contre trois et ne pouvaient lever l'épée contre un chrétien qu'après avoir été attaqués trois fois.

La règle de l'Ordre organisait dans tous ses détails la vie rude du Templier. Le moindre manquement à la discipline était sévèrement puni. Pour un cheval maltraité, une arme négligée, le coupable devait jeûner au pain et à l'eau, manger par terre, et si des chiens venaient à vouloir manger avec lui, il ne devait pas les chasser. Les fautes les plus graves – violation du secret du chapitre, sodomie ou lâcheté – étaient punies de la perte de l'habit et de l'exclusion.

Mais ces moines-soldats exemplaires devinrent vite par la force des choses banquiers, diplomates, navigateurs, éleveurs de chevaux, plaideurs. A mesure que la puissance, le prestige et l'emprise de l'Ordre croissaient, les tentations se faisaient plus grandes de chercher des accommodements avec la règle. Les Templiers n'étaient après tout que des hommes. Toujours aussi ardents au combat, ils commençaient dans leur vie de moines à susciter la critique. Certains dignitaires ne restaient pas insensibles au climat délétère de ce pauvre royaume de Terre sainte, parmi les barons jouisseurs et les grossiers chercheurs d'aventures. Ils n'étaient plus ni humbles ni pauvres. L'influence du Temple et sa richesse levaient jalousies et médisances. Que ne disait-on pas!

C'est ainsi qu'on cherchait dans les mystérieuses origines de l'Ordre l'explication de la bienveillance des papes et des rois à son endroit. Pour certains, Hugues de Payns et ses compagnons avaient trouvé dans le Temple de Salomon le livre des secrets égyptiens rapporté d'exil par Moïse; on en voulait pour preuve la soudaine passion de l'hébreu qui avait pris le puissant abbé de Clairvaux, ses réunions avec les érudits juifs de l'école rabbinique de Troyes.

Pour d'autres, les premiers Templiers avaient découvert le Saint-Graal, la coupe de la Cène qui avait recueilli le sang du Christ au soir de la Passion, relique si précieuse qu'on l'avait cachée dans la profonde forêt d'Orient, entre Aube et Seine — berceau sauvage de Clairvaux et du Temple.

D'autres encore cherchaient des significations secrètes au nombre magique 3, qui semblait marquer toute la vie du Temple : l'Ordre avait été fondé par 3 X 3 chevaliers, il était organisé en 3 X 3 provinces; Les Templiers prononçaient 3 vœux, communiaient 3 fois l'an, faisaient l'aumône 3 fois la semaine, célébraient 3 fêtes (Saint-Jean, Pentecôte, *Trinité),* etc.

Mais si secret il y avait, seul le maître en était dépositaire. A Hugues de Payns avaient succédé Robert de Craon, Everard des Barres, Bernard de Tremblay, tué au siège d'Ascalon, André de Montbard, Bertrand de Blanquefort, Philippe de Milly, Eudes de Saint-Amand, mort dans les prisons de Saladin après avoir refusé qu'on versât rançon pour sa libération : « Un Templier ne peut offrir, avait-il répondu, que sa ceinture et son couteau d'armes. » Eudes de Saint-Amand, chevalier violent et jaloux de l'autorité du Temple, avait poussé plus loin que tout autre son indépendance, se rendant du même coup populaire à l'intérieur et exécré à l'extérieur. Pour contrebalancer les effets de sa maîtrise, le chapitre avait cru bon de le remplacer par le vieil Arnaud de Torroge, sa circonspection et sa mesure.

Qui maintenant? Le Temple sans doute était à un tournant de son histoire. Saladin menaçait le royaume que l'Occident laissait à sa perdition. Beaucoup dépendait du nouveau maître, entre les mains de qui reposait toute la puissance de l'Ordre.

Gilbert Erail ou Gérard de Ridefort serait le lendemain le dixième maître des chevaliers du Temple de Salomon.

Dès que le jour fut clair – bien après prime en cette saison – la foule commença à s'assembler aux abords de la maison chevetaine des Templiers. Dans les murs mêmes, sur l'esplanade qu'on appelait le Pavé, on ne se rappelait pas avoir jamais vu une telle affluence de manteaux blancs : il n'était resté dans les lointaines garnisons que le nombre de chevaliers et de sergents nécessaires pour assurer la garde. Au point que dans les immenses écuries construites, disait-on, par le roi Salomon, et qui pouvaient loger deux mille chevaux, tenaient à peine leurs montures et celles des écuyers et des turcopoles.

Tous ceux qui étaient là, frères ou non, au-dedans ou au-dehors, cherchaient à reconnaître les treize électeurs – les premiers dans l'espoir de deviner leur choix à leur figure, les autres pour pouvoir dire avec vanité qu'ils les avaient vus. Mais les électeurs se tenaient en prières dans la solitude et le silence de la chapelle.

Quand vint l'heure prévue pour l'élection, on fit sortir de la maison du Temple tous ceux qui n'étaient pas de l'Ordre, fussent-ils princes comme Renaud de Châtillon, dignitaires du royaume comme Amaury de Lusignan ou simples marchands de décoctions prétextant leur commerce pour quêter des nouvelles.

Les portes furent tirées. Le Temple, comme toujours dans les moments importants de son histoire, se ferma sur lui-même. Le sénéchal Gérard de Ridefort rassembla alors tous les frères dans le grand réfectoire dont les tables avaient été tirées le long des murs et, selon la règle, exhorta les électeurs :

« A présent, beaux seigneurs frères, nous vous conjurons de par Dieu, de par Ma Dame Sainte Marie, de par Mon Seigneur Saint Pierre, par tous les saints et les saintes de Dieu et par tous les frères, sous peine de perdre la grâce de Dieu si vous ne faites en cette élection ce que vous devez faire, d'élire celui qui vous paraîtra et le plus profitable à la Maison et de la meilleure renommée. »

Même le petit nombre qui entrevoyait la fausseté de Gérard de Ridefort – en nommant son ami Bernard de Groote commandeur de l'élection, il avait bafoué l'usage de la loyauté – trouvait grand air au sénéchal. Rien dans son attitude ne pouvait laisser croire qu'il avait à l'affaire un intérêt propre. Et pourtant, il n'avait jamais été aussi peu sûr de lui. En l'absence d'Héraclius, il avait multiplié les fausses manœuvres et ne pouvait à cette heure être assuré que de quatre suffrages. Après une nuit passée à ressasser son échec précédent contre Arnaud de Torroge, il doutait. Mais son visage n'en disait rien.

Les électeurs durent encore jurer de garder le secret de leurs délibérations. Puis ils s'isolèrent pour voter. Les prières de tous les accompagnaient.

A la première élection, Gérard de Ridefort obtint cinq suffrages, Gilbert Erail cinq et Jacques de Maillé trois. Rien n'était dit. Tout restait possible, et même que Jacques de Maillé mît d'accord en les dépassant les deux principaux prétendants. Raoul d'Ibos avait voté pour Gilbert Erail.

A la deuxième élection, qui suivit immédiatement la première, Gérard de Ridefort obtint quatre suffrages, Gilbert Erail quatre, Jacques de Maillé deux et Richard de Hastings trois : le nom du maître en Angleterre, pur de toute intrigue, avait été avancé par un frère anglais qui louait à la fois son esprit, sa vaillance et son influence sur le roi Henri Plantagenet. Raoul d'Ibos avait voté pour Gilbert Erail.

Il fallut s'interrompre pour le repas et les offices de la mi-journée.

Au-dehors, le peuple comprit l'incertitude où on était. Des messagers partirent qui à la cour du roi, qui à la maison des Hospitaliers, qui même chez Saladin : chacun avait là ses espions. Les rumeurs se propagèrent d'un bout à l'autre de la foule, s'enflant les unes les autres, bourdonnant comme des guêpes folles sous la voûte de pierre des ruelles et des passages.

Plutôt que de rentrer manger chez soi, on alla rue de la Malcuisine se servir aux vastes chaudrons dont les sauces épaisses étaient d'ordinaire réservées aux pèlerins, et rue aux Herbes, où des marchands vendaient des galettes de pain sans levain qu'on farcissait d'oignons, de piments, de purée de pois chiches et de boulettes de viande. Les épices, la poussière, les mouches avivaient l'impatience de tous.

Les électeurs s'isolèrent à nouveau après l'office de none.

A la troisième élection, Gérard de Ridefort obtint six suffrages, Gilbert Erail six et Richard de Hastings un. Au cours du repas pris en commun par les électeurs, Jacques de Maillé avait fait demander qu'on ne votât pas pour lui.

A ce même repas, Raoul d'Ibos s'était trouvé voisin de table de Bernard de Groote, qui lui avait proposé, selon l'usage templier, de partager son écuelle. L'essorillé avait poussé la malignité jusqu'à s'asseoir de telle façon qu'il présentait à Raoul sa tempe sans oreille. Le sergent d'Acre avait à peine mangé.

Qu'avait-il fait pour mériter un tel tourment ? Son ferme propos du matin menaçait de l'abandonner. S'il votait pour Gérard de Ridefort, il obtiendrait de retrouver ses Pyrénées, son ancienne commanderie de Gavarnie, son ami Guillaume, le silence de la neige, l'accent oublié des paysans de la vallée...

A force d'implorer la Vierge, il avait pu chasser la tentation, faire taire ce troublant appel de l'enfance qui vient à chaque homme vieillissant. Pourtant, au moment de voter, sa résolution l'avait déserté. Il n'avait pas osé se prononcer pour le sénéchal, mais, espérant vaguement que la décision se ferait sans lui, il avait dans un vertige donné son suffrage à Richard de Hastings.

Maintenant, il faisait presque nuit. Il semblait que tout le peuple de Jérusalem se fût assemblé près du Temple, improvisant autour des torches une fête bruyante et fraternelle où s'effaçaient la fatigue et la tension du jour.

Pour la quatrième élection, il fut proposé aux frères électeurs de s'engager à ne voter que pour l'un des deux noms qui avaient jusqu'alors recueilli le plus de suffrages : Gilbert Erail ou Gérard de Ridefort. Ainsi fut fait. Ils prêtèrent serment et votèrent.

« Beaux seigneurs frères, rendez grâce et merci à Mon Seigneur Jésus-Christ, à Ma Dame Sainte Marie et à tous les saints et les saintes de ce que nous nous sommes mis d'accord. Nous avons de par Dieu élu par vos commandements le Maître du Temple. »

Bernard de Groote, le commandeur de l'élection, fait face à l'assemblée des frères, tous serrés dans le grand réfectoire décoré d'armes et d'étendards. La règle devant être respectée dans toutes ses étapes, dans toutes ses prudences, Bernard de Groote doit faire approuver par l'ensemble du couvent la décision des électeurs avant même que soit dévoilé le nom de l'élu. C'est pourquoi il les interroge :

« Vous tenez-vous pour satisfait de notre choix ?

— Oui, de par Dieu. »

La voix multiple et grave roule entre les lourds piliers.

Maintenant, Bernard de Groote doit encore faire prêter serment préalable à tous ceux qui peuvent avoir été élus. Il fait venir devant lui plusieurs dignitaires dont le sénéchal et le trésorier. Ridefort ou Erail ? Tous les regardent, car chacun sait qu'il ne s'agit que de l'un d'eux. Aussi différents l'un de l'autre qu'on peut l'être, le Flamand et le Provençal, côte à côte, présentent le même visage digne cachant le même doute.

« Frère, demande le commandeur en s'adressant à tour de rôle à ceux qu'il a réunis devant lui, si Dieu et nous vous avons élu Maître du Temple, promettez-vous d'obéir tous les jours de votre vie au couvent et de maintenir les bonnes coutumes de la Maison ainsi que ses bons usages ?

– Oui, s'il plaît à Dieu. »

Un à un, ils ont répondu.

Derrière Bernard de Groote se tiennent les autres électeurs, au nombre de douze, comme les disciples. L'un d'eux tremble, comme peut-être trembla Judas. Il voudrait tant qu'on ne fût jamais venu le chercher au port d'Acre. Il n'aura pas assez de ce qu'il lui reste à vivre pour expier sa folie d'un instant.

« Frère, dit Bernard de Groote, au nom du Père, du Fils et du Saint-Esprit, nous vous avons élu et nous vous élisons pour maître. »

Il désigne le sénéchal Gérard de Ridefort et, gonflant la voix, proclame :

« Beaux Seigneurs frères, rendez grâces à Dieu, voici votre Maître. »

DEUXIÈME PARTIE

JÉRUSALEM ! JÉRUSALEM !

I

A MOURIR POUR MOURIR

Au creux de la dune où s'adossaient les tentes de laine brune, le campement bédouin vivait la lente paix de la mi-journée. Les hommes, accroupis sur leurs talons, s'entre-racontaient dans leurs voiles d'interminables histoires d'eau et de vent. Les femmes cuisaient les galettes du soir, brodaient leurs robes noires ou encore allaitaient des nouveau-nés aux yeux clos. Assoupis, les chiens et les ânes faisaient parfois dans leur sommeil de vagues mouvements pour chasser les mouches. Au loin, des enfants en haillons surveillaient un troupeau de chèvres maigres. Des chameaux entravés paissaient ici et là des touffes d'herbes, ruminant entre leurs dents jaunes l'obscur dédain que leur espèce semble vouer au monde. Par-delà la palmeraie, on entendait la mer.

Alors le guetteur cria. Une troupe venait du nord, disait-il. Des Francs.

Des hommes se levèrent, mais leur chef, le cheikh des Bnou Ghor, leur demanda de ne pas bouger. Ils n'avaient rien à craindre des Francs depuis que le roi lépreux Baudouin, moyennant un tribut en bétail, leur concédait ces pâturages de Darun, près de Gaza, et garantissait leur sécurité. Et si ces Francs-là étaient malgré tout hostiles, il était vain de vouloir échapper à ce qu'avait fixé Allah.

En vérité, les bédouins méprisaient les façons grossières des Francs, les robes de fer dont ils se protégeaient le corps, leur peau tendre qui rougissait au soleil. Ils n'avaient rien de commun avec ces chrétiens à qui un dieu ne suffisait pas et qui en adoraient trois. Mais ils s'accommodaient d'eux comme ils s'accommodaient de tout, traitaient s'ils le pouvaient, guerroyaient s'il le fallait. Ils attendaient qu'ils s'en repartent comme s'en étaient toujours repartis les étrangers – Phéniciens, Romains ou Byzantins venus un jour édifier des empires impatients qui ne leur survivaient pas. Eux, les fils du vent, avaient appris du désert la vanité des conquêtes et des royaumes.

La troupe fut bientôt là : quatre douzaines de chevaliers en armes derrière une bannière burelée d'argent et d'azur, celle des Lusignan.

Les Francs entourèrent le campement où tout s'était figé. Sur un ordre de leur chef, ils tirèrent les épées, pointèrent les lances et éperonnèrent soudain leurs chevaux, dont le lourd galop les éclaboussait de sable.

La dune blonde but ce jour-là beaucoup de sang, le sang mêlé des hommes, des femmes et des enfants taillés, éventrés, décapités. Les Bédouins s'étaient à peine défendus : ce qui était écrit était écrit. Seuls quelques enfants avaient pu fuir.

Quand tout fut achevé, les Francs pillèrent ce qu'il y avait à piller, réunirent les troupeaux et reprirent, longeant la Méditerranée vers le nord, le chemin d'Ascalon. A leur tête chevauchait le chevalier Guy de Lusignan, prétendant au trône de Jérusalem. Depuis que le roi Baudouin, son beau-frère, lui avait retiré la régence du royaume, il voulait se venger. C'était fait. Cette expédition sans gloire et sans honneur le contentait, comme elle contenterait le nouveau Grand-Maître du Temple Gérard de Ridefort, qui la lui avait conseillée. En massacrant ces nomades dont le lépreux assurait la protection, il défiait ouvertement l'autorité du roi. Son calcul était que le roi abdiquerait.

A Darun, le silence s'était refermé sur le désert.

« Ah ! L'ensotté ! répétait Baudouin. L'inconscient ! »

Le roi se mourait. Une violente fièvre était venue aggraver les progrès de la lèpre. La puanteur qu'exhalait sa litière était telle qu'on laissait ouvertes jour et nuit les fenêtres de sa chambre, où personne n'entrait plus sans y être contraint.

Dès qu'il avait appris l'outrage de Darun, Baudouin avait convoqué l'évêque de Bethléem, seul capable, en l'absence d'Héraclius – le patriarche avait quitté Londres mais était encore sur le chemin du retour – de casser le mariage de sa sœur Sibylle et de Guy de Lusignan : il ne restait que ce moyen d'empêcher « l'ensotté » de prétendre au trône.

Le prélat tergiversait. L'accord du patriarche était nécessaire, avançait-il, et peut-être celui du pape... On ne défaisait pas ainsi ce que Dieu avait béni...

« Il en va du royaume ! » s'emportait Baudouin.

Agnès, la mère du roi, entra alors à l'improviste, suivie d'une très vieille femme vêtue de noir. L'évêque qui, sachant le roi aveugle, se bouchait le nez sans vergogne, tenta en vain de déguiser son geste, comme un enfant pris en faute. D'un mot méprisant, Agnès le chassa. Elle portait à la main une cage où voletaient deux oiseaux :

« J'ai trouvé des merles d'Ethiopie, dit-elle à son fils... De ceux que tu aimais... Ecoute comme ils parlent... »

Mais les oiseaux, inquiets, se taisaient, sautillant d'un coin à l'autre de la cage, leur œil rond en alerte.

La vieille femme en noir s'affairait déjà à préparer ses médecines. C'était une guérisseuse du quartier arménien. On disait qu'elle réussissait parfois là où avaient échoué les meilleurs mires italiens ou arabes. Agnès savait son fils perdu, mais elle s'entêtait à repousser le moment de sa mort comme s'il devait marquer, pour elle aussi, la fin de tout.

Aidée de l'Arménienne, elle dévêtit Baudouin. Le corps du roi, épais et mutilé, était grisâtre, taché çà et là de bleuissures putrides. On eût dit un de ces cadavres horribles de noyés dont les chairs se défont et que la vague rejette un jour. Pourtant, des frissons l'agitaient et le cœur, intact, y vivait de toute sa jeune force. Baudouin n'avait pas vingt-cinq ans.

La vieille posa d'abord sur la poitrine du lépreux de larges tranches de viande saignante, afin que la maladie s'y nourrît.

« O tempora ! dit alors une voix nasillarde.

— O mores! » répondit une autre voix, encore plus aigre.

La vieille sursauta, se tourna vers la cage où les merles savants s'étaient enfin apprivoisés. Elle se signa vivement puis revint à son malade, lui appliquant sur le front brûlant des linges arrosés d'urine vieillie à laquelle elle avait mêlé du musc : il n'y avait pas mieux, disait-elle, pour contrarier la fièvre.

« Mère », commença Baudouin...

Il voulait la remercier de lui avoir apporté ces oiseaux mais il se tut : il avait entendu, par la fenêtre, tinter la clochette qui précédait le convoi des morts du jour. L'hôpital hébergeait alors un millier de pèlerins malades ou miséreux. Ceux qui mouraient, on allait les ensevelir dans le « champ du potier », hors les murs, au flanc du mont Sion, un terrain naguère acheté par les Juifs avec les trente pièces d'argent que Judas, pris de remords, avait jetées dans le Temple; ainsi les deniers de la trahison servaient la charité. Chaque soir à l'heure des vêpres, le cortège funèbre des Hospitaliers longeait le palais royal, tournant dans la rue Saint-Thomas et quittant la ville par la Porte de Sion.

Baudouin suivit aussi longtemps qu'il put les lents psaumes que chantaient les clercs. A ses côtés, l'Arménienne marmonnait des prières confuses. Lui aussi allait mourir. Il ne pouvait s'y résigner : il restait tant à faire. Tout d'abord châtier ce Lusignan, puis réunir le conseil du royaume, confirmer la régence à Raymond de Tripoli — sauver Jérusalem.

Jérusalem! Le lépreux souffrait autant dans sa ville que dans sa chair. Il n'y avait plus d'ordre dans la cité de Dieu. Prélats en tête, tous couraient à leur perte, la nuit à leur plaisir, le matin à la messe, ajoutant l'hypocrisie au péché. On avait vu des sergents du Temple jouer aux dés dans les tavernes en jurant comme des routiers de Brabant, des filles publiques poursuivre les chanoines du Saint-Sépulcre jusqu'aux portes des églises. Bouffons et chiens de cour volaient les princes qui eux-mêmes rançonnaient les pèlerins. La terre de Promission n'était plus qu'un royaume de perdition.

Dans les ports de la côte, Ascalon, Jaffa, Césarée,

Acre, Tyr, régnaient les marins et les marchands. Génois, Pisans et Vénitiens y poursuivaient leurs querelles italiennes tandis que débarquaient par pleines nefs les filles de Pouilles venues, croyaient-elles, épouser les colons de Judée. La misère et l'argent facile, en ce pays de soleil et de poussière, hantaient les ruelles grouillantes où l'on aimait pour dix deniers, où l'on tuait pour moins encore.

Des hommes trahissaient : le Templier Meslier ravageait pour son compte des provinces amies; Raoul de Bénibrac s'était mis au service de Saladin, tout comme le chevalier de Saint-Alban, comme avant eux la veuve du roi Baudouin III. Templiers et Hospitaliers s'opposaient en luttes fratricides quand ils ne s'entendaient pas pour dicter leur volonté au roi ou à l'Eglise.

Les pillages de Renaud de Châtillon, les bêtises de Lusignan, les manigances de Jocelyn d'Edesse, l'arrogance du nouveau maître du Temple Gérard de Ridefort, la débauche ouverte d'Héraclius autorisaient la corruption de tous : puisque le roi n'avait su l'interdire, c'est qu'il la permettait.

Dans le même temps, Saladin rassemblait les innombrables cavaliers d'Egypte, de Syrie et d'Arabie. Il ne restait plus guère que quelques centaines de chevaliers à leur opposer.

Jérusalem ! Jérusalem ! Dieu s'était détourné de Jérusalem. Baudouin se prenait à imaginer le jour où le feu du ciel ensevelirait sa Jérusalem sous les cendres, comme jadis Sodome et Gomorrhe.

Tous les signes annonçaient le malheur. La terre manquait d'eau, et le chardon poussait là où l'on avait semé le blé. On disait qu'à la fontaine de Séphorie les poissons s'étaient battus toute une nuit : au matin, on les avait tous trouvés morts. A Chastiau-Pèlerin, on avait vu se dessiner dans le ciel une épée ardente. A Nazareth, Dieu avait montré plus clairement encore sa colère. Une fausse dévote avait coutume d'entrer chaque jour après vêpres à l'église et là, faisant mine de baiser la coupe de pierre où l'on déposait les oboles, elle attrapait adroitement une pièce dans sa bouche avant de se relever; mais la veille même, ses lèvres étaient restées collées à la coupe jusqu'à ce qu'elle eût vomi un à un tous les deniers qu'elle avait déjà volés à Dieu.

Il n'y avait pas à se tromper sur le sens des présages : Baudouin mort, Saladin allait, comme le chardon, envahir le royaume tandis que les frères d'armes se disputaient la succession. Dieu frapperait les impies de son glaive et leur demanderait des comptes.

L'esprit du lépreux vagabondait, se perdait parfois. Pourquoi avait-il fallu qu'il fût, lui qui aimait tant Jérusalem, l'instrument de sa malédiction? Peut-être aurait-il dû deviner plus tôt le complot de l'ambition qu'avaient tissé autour de lui ses familiers et ses proches, se servant de la folie de sa mère pour mieux le tromper. Mais il faut ne pas avoir de cœur pour se méfier de sa mère. Les dernières manœuvres de Ridefort et de Lusignan l'avaient éclairé, mais il était trop tard. Et il allait mourir.

Du fond de son rêve fiévreux, il entendit des oiseaux parleurs sans comprendre ce qu'ils disaient, mais leur bavardage le ramena à son enfance — le bleu de la mer au matin devant Jaffa, les patientes leçons de Guillaume de Tyr, les gestes tendres d'Agnès, Jérusalem un jour qu'il avait neigé et qu'on aurait aimé fixer à jamais tant de beauté et de silence... Des images lui revenaient, des souvenirs, par lambeaux, par bouffées... Une fois, alors qu'il y voyait encore, il avait regardé des fourmis s'attaquer à un scarabée d'or basculé sur le dos : il agitait en vain ses pattes malhabiles tandis qu'elles le dévoraient vivant...

Il avait mis toute sa foi et tout son courage à faire son métier de roi, mais il se demandait maintenant si le vrai courage n'eût pas été de quitter son trône du temps que rien encore n'était compromis. Dieu jugerait.

Il eut soudain l'impression que des milliers d'insectes envahissaient son corps, déchiraient sa pauvre chair, mordaient ses yeux morts, entraient en lui, le vidaient. Saladin, Lusignan, Héraclius, Châtillon — il reconnaissait leurs visages de fourmis... Ils lui mangeaient le cœur... Il n'allait plus rester de lui qu'une carapace d'or basculée sur le dos...

Baudouin gémit. Sa mère ôta le linge qui lui couvrait le front, y posa sa main.

« Tu as dormi », dit-elle.

Non, il n'avait pas dormi. La vieille psalmodiait toujours sa ténébreuse oraison.

« Mère, demanda le roi, faites convoquer mon conseil. A mourir pour mourir, qu'au moins je sois en paix. »

On était le 25 mars, jour où le soleil entre dans le signe du Taureau et où l'on célèbre d'ordinaire le Bœuf gras.

Mais en cette année 1185, alors que le roi était entré en agonie, les bouchers furent dédommagés et la fête fut reportée. En fait de réjouissances, des messes furent dites à Saint-Jean de l'Hôpital comme à Notre-Dame de Latran, la nouvelle église des Templiers, au Saint-Sépulcre comme à Sainte-Madeleine. On pria pour que Dieu marque de sa sagesse la dernière volonté du roi et pour qu'il adoucisse sa souffrance.

Baudouin s'était un peu reposé, veillé par sa mère. Il s'était confessé à son chapelain et avait demandé l'extrême-onction. Tôt le matin, il avait longuement reçu Raymond de Tripoli puis on avait transporté sa litière dans la salle du conseil où les barons fascinés le regardèrent entrer comme s'il était la Mort en personne.

« Beaux seigneurs, commença le roi, je vous ai... »

Sa voix était faible. Il s'interrompit, parut chercher à rassembler ses dernières forces.

« Beaux seigneurs, reprit-il avec peine, le comte de Tripoli est nommé régent du royaume... Au terme de dix ans, il abandonnera les affaires à mon neveu déjà couronné... Si l'enfant venait à mourir avant, il appartiendrait au régent et au conseil de consulter les chefs de la chrétienté... Que le pape et les rois d'Occident disent eux-mêmes qui est le plus digne de régner à Jérusalem... »

Baudouin se tut. Il semblait ne plus respirer. On savait seulement à la flamme bleue de son regard qu'il vivait encore.

Alors Raymond de Tripoli s'avança, chassant d'un mouvement de tête, pour cacher son trouble, la mèche qui lui couvrait l'œil. Comme il avait été décidé le matin, il fit préciser publiquement par le roi les conditions de la régence. Il avait été assez longtemps tenu en suspicion – et par Baudouin lui-même – pour que cette démarche fût nécessaire.

Pour ou contre Raymond, l'assemblée était divisée. Tous cependant prêtèrent serment devant Dieu, engageant leur foi à la couronne et au royaume.

« Je vous en conjure », dit encore Baudouin dans un souffle...

Il voulait leur dire de sauver Jérusalem, mais ses lèvres battirent en vain.

De chaque côté de la litière, la fumée de l'encens montait, épaisse et droite, dans l'air immobile. Onfroi de Toron, le jeune marié du krak, n'en pouvait plus. L'émotion, l'odeur, le regard bleu de la Mort. Il pensa à ces coupes de sang de taureau qu'il ne s'astreignait plus à boire, réprima une nausée, porta la main à son visage en sueur puis, d'un coup, tomba de tout son long. Ce fut comme un signal. Les barons quittèrent la salle du conseil en se bousculant presque, leurs épées se prenant en cliquetant les unes dans les autres.

Le roi fut ramené à sa chambre, où l'attendait Agnès.

« Mère », appela Baudouin...

On les laissa seuls. Elle étancha son front moite, lui baigna les tempes. Elle lui parlait doucement, répétait des mots sans importance, disait qu'elle n'aimait que lui.

Dans un coin de la pièce, les merles d'Ethiopie avaient changé de chanson ;

« Saint-Sépulcre ! lançait le premier de sa voix qui grinçait.

– Aidez-nous ! » répondait l'autre aussitôt.

Baudouin reposait. Son corps était parfois traversé d'une brève crispation. Agnès sut que son fils était mort quand s'éteignit la flamme bleue de ses yeux sans paupières.

Le soir de ce jour-là, une vieille femme quitta le palais. Ceux qui la virent passer, parlant à des oiseaux qu'elle portait dans une cage, dirent que la mère du roi avait perdu la raison.

II

LA TROISIÈME CLEF

Baudouin IV le lépreux, septième roi chrétien de Jérusalem, fut enterré selon son vœu au flanc du Golgotha, près de l'endroit où le Christ avait été crucifié. L'année qui suivit sa mort fut la plus calme que le royaume eût connue de longtemps.

A Jérusalem, le régent Raymond de Tripoli gouvernait d'une main ferme. Le petit roi Baudouinet vivait à Acre chez son grand-oncle Jocelyn d'Edesse. Guy de Lusignan et sa femme Sibylle étaient à Ascalon et ne faisaient plus parler d'eux. Le patriarche Héraclius, rentré d'Occident, avait retrouvé son palais et baptisé lui-même sans vergogne la fille qui lui était née. Le maître du Temple Gérard de Ridefort inspectait ses garnisons lointaines. Renaud de Châtillon se morfondait dans son krak, regrettant le temps superbe des pillages. Agnès de Courtenay s'était laissée mourir, indifférente à tout, dans l'anonymat d'un hospice de pèlerins. Les intrigues naguère tissées autour de la litière du lépreux semblaient s'être éteintes avec lui.

Le comte de Tripoli avait su profiter des circonstances pour imposer sa politique. Tout d'abord, le royaume aspirait à un peu de repos. Ensuite, une terrible sécheresse avait accablé le pays. Sources taries, vergers stériles, citernes à sec, bêtes efflanquées errant sur les pâturages de Judée et de Samarie rendus au désert – la disette menaçait.

Le régent en avait profité pour signer avec Saladin une trêve de quatre ans. Moyennant soixante mille besants d'or, le sultan s'était engagé à fournir – à des prix d'abondance – Jérusalem et les grands ports en vivres frais qu'il faisait acheminer du nord. Il lui eût été facile d'affamer les Francs. Mais lui aussi avait besoin de temps.

Son intelligence, son habileté et sa volonté lui avaient permis – « sans même une escarmouche entre deux chèvres », devait noter son officier Ibn al-Athir – de rassembler sous sa bannière un immense empire. Mais toutes ces années de manœuvres incessantes entre la Syrie et l'Egypte, toutes ces campagnes contre les Francs le laissaient épuisé, et il lui fallait maintenant régler les différends qui commençaient de diviser ses oncles et ses frères.

Raymond de Tripoli et Saladin avaient eu un long entretien en tête à tête. S'il n'avait dépendu que d'eux, ils seraient allés bien au-delà de la trêve. Le régent aurait volontiers permis aux musulmans de se réinstaller dans les villes franques et d'y ouvrir des lieux de culte. Saladin eût sans doute reconnu l'existence de ce royaume chrétien qui développait le commerce des ports au bénéfice de tout le pays de l'intérieur, établissant un courant permanent entre l'Orient et l'Occident. Et pour Jérusalem, la ville trois fois sainte, ils se seraient accommodés d'un compromis permettant aux fidèles des trois religions révélées, juifs, chrétiens et musulmans, d'y prier leur dieu.

Ces deux-là n'avaient pas les mêmes croyances, mais ils étaient nés sur cette même vieille terre d'Orient et avaient grandi sous le même soleil. Ils étaient hommes de patience, plus que de passion. Prêts à renoncer à l'idée même de victoire et de défaite, ils pouvaient, leur semblait-il, vivre côte à côte. Ils se sentaient, d'une certaine manière, plus proches l'un de l'autre qu'ils ne l'étaient de leurs propres extrémistes, ambitieux, fanatiques religieux, irresponsables de toute sorte.

Comme ce Guillaume de Montferrat, important seigneur lombard qui venait de débarquer et pressait le régent de reprendre la guerre sainte. Le vieux marquis en était à sa deuxième croisade. La première fois, il avait amené son fils aîné, dit Longue-Epée, qui épousa Sibylle, en eut un fils – l'enfant-roi Baudouinet – et mourut de fièvre. Cette fois, il annonçait l'arrivée d'un autre de ses fils, Conrad, de grande réputation guerrière. La tempête, disait-il – l'attrait de l'or facile, prétendaient les marins amalfitins qui l'avaient conduit – l'avait détourné vers Constantinople, mais il ne tarderait pas. En même temps qu'il faisait œuvre pieuse, le Lombard plaçait ses fils. Il voulait en faire des rois de Jérusalem.

Pour l'occuper, Raymond de Tripoli lui avait confié la garde du château de Saint-Elie, sur le mont de la Quarantaine, entre Jérusalem et Jéricho, dominant le paysage torride et nu qui descend vers la mer Morte. Mais l'impétueux vieillard venait une fois par semaine protester qu'il s'ennuyait entre les murs silencieux de la forteresse. Quand donc se battrait-on ? Une fois encore, Raymond venait de passer l'après-midi à lui expliquer, avec tous les égards qu'il devait au grand-père du roi dont il était le régent, qu'une trêve est une trêve et qu'on ne la rompt pas sans raison.

Montferrat parti, Raymond de Tripoli méditait sur l'impatience de ces princes chrétiens venus tout à la fois expier leurs péchés, conquérir des fiefs et partager le butin. A peine débarqués, ils tiraient l'épée, pressés d'en découdre, et s'étonnaient qu'on ne partît pas en guerre pour leur seul plaisir. Ils ne comprenaient pas qu'après plus de quatre-vingts ans de présence chrétienne en Orient, une réalité nouvelle avait pris corps dans ce pays qu'ils voulaient mettre à feu et à sang – quelque chose dont l'Histoire ne donnait pas d'exemple.

Ce royaume confus reproduisait en Orient l'ordre social de l'Occident, mais commençait à exister par lui-même. Ce n'était ni une population forcée à l'exode ni un corps expéditionnaire aventuré loin de ses bases. La foule composite des colons – paysans, bourgeois et seigneurs – qui y vivait n'avait plus qu'un pays : le royaume latin de Jérusalem. Il continuait certes à dépendre étroitement de l'Occident, mais les enfants des premiers Croisés, et les enfants de leurs enfants, étaient nés ici, ignorant presque tout de ce que pouvaient être la France, l'Italie ou l'Angleterre. L'influence des mariages mixtes, le brassage des communautés, l'apprentissage d'habitudes différentes avaient fini par donner naissance à un peuple nouveau, qui cherchait son unité et son équilibre.

Infime vague chrétienne dans la mer de l'Islam, les Francs de toutes origines dépendaient de l'Occident pour la sécurité. Que cessent d'arriver les deniers de la foi et les chevaliers-pèlerins, et Saladin les aurait vite balayés. Ils n'entendaient pas fraterniser avec l'Infidèle et restaient entre chrétiens. Mais puisqu'il leur semblait impossible de vivre contre l'incroyant, beaucoup étaient prêts à vivre à son côté. Dieu reconnaîtrait les siens.

C'est pourquoi la plupart des Poulains [19] voyaient d'un bon œil la démarche pacifique du régent. La guerre, ils avaient tout à y perdre. D'autant qu'un signe était venu, un miracle pour tout dire, une preuve éclatante que Dieu n'abandonnait pas son royaume d'Orient.

Alors que Jérusalem allait manquer d'eau, un bourgeois très chrétien de la ville, un certain Germain, avait fait creuser un puits profond de cinquante toises là où, prétendait-on, se trouvait jadis le puits de Jacob, près de la fontaine de Siloé, dont les eaux amères étaient elles-mêmes taries. Et Germain, à la surprise de tous, y avait trouvé de l'eau en abondance, de l'eau fraîche et pure qu'il faisait distribuer chaque jour à ceux qui avaient soif.

Le régent avait fait dire des messes d'action de grâces et accordé des privilèges au bourgeois, tant et si bien que le bon Germain ne jurait plus que par lui, répétant que cette régence était la chance du royaume.

Un bref sourire éclaira le visage austère de Raymond de Tripoli. Il aimait le pouvoir et en connaissait les contraintes. Nul n'était plus que lui soucieux d'accorder son gouvernement aux principes de rigueur et de justice qui régissaient sa vie. Pourtant, il ne détestait pas, à l'occasion, de se laisser aller à quelque manœuvre mineure, dont il jubilait comme d'autres d'une polissonnerie.

Par la fenêtre ouverte, des cris attirèrent son attention. A l'angle de la rue Saint-Thomas, une dispute opposait Grecs et Arméniens, à la limite de leurs quartiers respectifs. Six ans plus tôt, l'Arménien Katig avait pris Césarée aux Grecs. L'évêque grec de la ville ayant menacé d'excommunier tous les Arméniens et leurs descendants, Katig avait fait enfermer un chien enragé dans un grand sac et y avait fourré lui-même le prélat avec! Depuis les Grecs ne pensaient qu'à se venger. Les incidents les plus futiles dégénéraient vite. Cette fois, on n'en était encore qu'aux invectives. On allait en venir aux coups quand des hommes d'armes intervinrent sans ménagement : des Syriens jacobites.

« Quel mélange! » dit à voix haute Raymond de Tripoli. Il n'aurait pas trop des trois ans de trêve qui lui restaient pour faire régner l'ordre dans le royaume. Il priait chaque jour pour que Baudouinet, là-bas, à Acre, pût survivre jusque-là au mal mystérieux qui le minait. Sa mort remettrait tout en cause, à commencer par la régence.

Or l'enfant-roi – on ne l'apprit que le lendemain à Jérusalem – était mort ce même jour à l'heure de Vêpres. On était à la fin de l'été. Baudouin V n'avait pas sept ans.

Raymond de Tripoli partit aussitôt pour Acre. Le testament du lépreux prévoyait que les rois d'Occident devaient trancher entre les droits de sa sœur Sibylle et de sa demi-sœur Isabelle. Mais le régent, lui-même petit-fils par sa mère d'un roi de Jérusalem, Baudouin II, estimait être le plus apte à gouverner. Il ne doutait pas du soutien des barons si, comme il le pensait, les rois d'Occident ne s'opposaient pas à son couronnement.

Naplouse, Grand-Guérin, Nazareth, Séphorie : plus il avançait vers Acre, épuisant sous lui ses chevaux, et plus il était sûr de parvenir à ses fins. Son ambition n'étant que la paix du royaume, il avait la conscience nette et ne s'imaginait pas qu'on pût le contester. Quant au clan des Lusignan, il ne s'était pas manifesté depuis la mort du lépreux, et l'attitude de Jocelyn d'Edesse lui serait une précieuse indication.

Le gros Jocelyn faisait l'important, à son habitude, prenant de grands airs pour brasser le vent. Raymond de Tripoli ne l'aimait guère. Pourtant, il fut accueilli avec tant d'empressement qu'il en oublia de se méfier : ce mou, pensait-il, se ralliait tout naturellement au plus fort.

A l'étonnement de Raymond de Tripoli, Sibylle, la mère de Baudouinet, n'était pas là. Jocelyn l'avait fait prévenir que son fils était mort, mais sans doute était-elle partie directement pour Jérusalem, où le petit roi serait enterré.

Le comte d'Edesse, après qu'il eurent veillé le corps chétif et pâle de l'enfant, suggéra au régent de ne pas retourner tout de suite à Jérusalem :

« Héraclius et les Lusignan y seront, dit-il. Convoquez donc à Naplouse le conseil du royaume. Vous serez plus à l'aise pour faire confirmer votre régence en attendant l'arbitrage des rois d'Occident... »

L'idée était bonne. Jocelyn d'Edesse s'occuperait de faire acheminer à Jérusalem le corps du roi et le préviendrait de la date de la cérémonie d'enterrement.

Le régent, rassuré, partit aussitôt pour Naplouse. Quant à Jocelyn d'Edesse, il alla prendre un bain, bien que l'eau manquât, dans sa piscine de mosaïque bleue. La trahison avait été facile.

Le plan où il avait tenu sa part était simple : tandis que Raymond de Tripoli serait à Naplouse avec ses barons, à dix lieues de là, à Jérusalem, Héraclius, Ridefort, Amaury de Lusignan, Renaud de Châtillon et lui-même couronneraient Sibylle et Guy. Le seul souci qui leur restait était d'obtenir du Prieur des Hospitaliers, Roger de Molins, la troisième clef, qui, avec celles du patriarche et du maître du Temple, leur donnerait accès au trésor royal.

Déjà avait commencé, par les pistes et les chemins, l'invraisemblable carrousel des coursiers et des chevaucheurs courant en secret porter aux quatre coins du royaume des messages contradictoires, appelant les uns à Naplouse, les autres à Jérusalem.

Dès qu'ils furent réunis à Jérusalem, les conjurés s'assurèrent que Roger de Molins était bien dans les murs, puis ils firent fermer les portes de la ville de manière qu'il fût impossible d'y entrer ou d'en sortir sans un sauf-conduit. La garde en fut confiée à des hommes de Jaffa et d'Ascalon soldés par Lusignan. Les cloches des églises sonnèrent le glas pour la mort du roi et les crieurs annoncèrent l'enterrement pour le lendemain.

Un messager fut envoyé à Naplouse : il était chargé de demander aux barons leur assentiment pour le couronnement de Sibylle. Pendant ce temps, Héraclius et Gérard de Ridefort allèrent inviter Roger de Molins à prendre part au sacre. Le maître de l'Hôpital leur refusa sa clef : il attendait, dit-il, la décision du conseil du royaume.

Quand le messager des Lusignan arriva à Naplouse, Raymond de Tripoli comprit qu'il avait été joué. Il dépêcha à son tour une ambassade à Jérusalem : « Le grand conseil, de par Dieu et de par le pape, interdisait le sacre de Sibylle comme contraire aux dernières volontés de Baudouin IV et exigeait l'ouverture des portes de la ville où Dieu s'était fait chair et souffrance. »

Par ailleurs, Raymond de Tripoli envoya aussi un espion chargé d'une recommandation pour Roger de Molins, le priant de refuser sa clef, de gagner du temps.

L'espion, un certain Mestral, enfila un froc de moine jacobite et peignit sur son visage les signes de la lèpre. Puis il enfourcha sa vieille mule – qu'il nommait El Bourak, l'Eclair, du nom de la jument de Mahomet – et partit vers la ville sainte en faisant tourner sa crécelle.

Au soir tombant, il se présenta à la poterne Saint-Lazare, au nord de la ville, dont l'accès était réservé aux seuls lépreux. La maladrerie était construite de part et d'autre de la muraille, les deux constructions communiquant par un étroit passage dans l'épaisseur du rempart. C'était la seule entrée de Jérusalem qui ne fût pas gardée : qui irait donc se risquer à traverser une maladrerie ?

Une fois dans l'hospice, Mestral se lava le visage et entra dans la ville.

Jérusalem. « Malgré les Poulains, aurons roi poitevin », chantent dans les tavernes les hommes de Lusignan. Le petit peuple, lui, n'est pas hostile à Sibylle, dont le père fut un grand roi, et dont le frère a assez souffert pour qu'on la considère avec sympathie. Mais ce trop beau Lusignan les inquiète : c'est un étranger sans fortune ni puissance qui vient manger à leur écuelle.

C'est pourquoi Héraclius a pris soin de faire répandre une rumeur : on couronnera Sibylle et, s'il le faut, on lui donnera un nouveau mari.

Gérard de Ridefort et le patriarche ont tenté en vain une nouvelle démarche auprès de Roger de Molins : son Ordre, a-t-il répondu, n'a pas à se mêler des intrigues de cour.

Naplouse. L'ambassade des barons revient bredouille : on ne l'a même pas laissée entrer dans la ville.

Jérusalem. Le court cercueil de cèdre où repose Baudouin V est inhumé dans le chœur de l'église du Saint-Sépulcre, auprès de Godefroi de Bouillon, de Baudouin Ier et de Foulques d'Anjou. Cérémonie sans émotion. Sibylle n'a pas eu une larme pour ce fils qu'elle a à peine connu. La foule est peut-être venue par pitié; plus sûrement par curiosité. Le petit roi n'a pas régné, c'est comme s'il n'avait pas vécu.

L'office à peine terminé, le Prieur des Hospitaliers quitte l'église. Tout à l'heure, Mestral a pu lui transmettre le message des barons. Il retourne au couvent de l'Hôpital où il s'enfermera.

Renaud de Châtillon sort alors derrière lui, entraînant le vieux Guillaume de Montferrat, tout échauffé à l'idée d'être enfin mêlé à l'action, même s'il ne la comprend pas. Tous deux rejoignent le Prieur devant le porche de l'Hôpital, à deux cents pas de là.

Roger de Molins les mène sans un mot à la salle du chapitre. Deux chevaliers s'y trouvent : il leur ordonne de rester. Il a besoin de témoins.

« Que me voulez-vous ? demande-t-il.

– Vous le savez bien ! » répond Renaud de Châtillon.

Roger de Molins est un homme aux cheveux gris et aux rides profondes. Il reste immobile, imposant dans son grand manteau noir à croix blanche.

Renaud de Châtillon fait un pas en avant :

« Donne ! » dit-il comme il parlerait à un Bédouin du désert.

Par nature et par politique, les intérêts des Hospitaliers sont plutôt du côté de Raymond de Tripoli, mais l'Ordre se soucie peu d'entrer dans des querelles de légitimité. Sa puissance de par le monde tient justement à sa neutralité. Aussi Roger de Molins a-t-il exactement décidé ce qui va se passer : il connaît les hommes et sait que le courage consiste quelquefois à accepter de paraître lâche.

Il toise Renaud de Châtillon d'un regard où celui-ci croit voir un doute :

« Donne ! » répète-t-il, et il met cette fois la main à l'épée.

C'est ce qu'attendait Roger de Molins. Il fait un geste d'apaisement vers les deux chevaliers de l'Hôpital et jette devant lui la clef confiée à sa garde :

« Je cède à la force, dit-il, parce que notre Ordre se refuse à verser le sang des chrétiens. »

Il se retourne et disparaît. Le vieux Montferrat est sidéré. Renaud de Châtillon ramasse la clef.

Naplouse. Les barons sont réunis. Attendant le retour de Mestral pour savoir ce qui se trame à Jérusalem, ils envisagent une à une toutes les représailles possibles. Raymond de Tripoli, mèche en bataille, menace de faire appel à l'aide du sultan s'il faut reprendre de force Jérusalem à ces chrétiens parjures. Quelqu'un propose de battre les Lusignan de vitesse en couronnant l'autre héritière du trône, Isabelle, et son mari Onfroi de Toron, qui se trouvent justement à Naplouse.

« Attendons le retour de notre espion », suggère le grand Balian d'Ibelin.

Naplouse est la ville de sa deuxième femme, la reine douairière Marie Comnène, la mère d'Isabelle. Il est chez lui. On écoute son avis.

Jérusalem. Muni des trois clefs, le patriarche Héraclius ouvre le coffre aux trois serrures et en tire les attributs du sacre.

Sibylle s'avance. Il n'y a pas deux heures qu'elle a, en cette même église, enterré son fils. Tout juste a-t-elle pu changer de vêtements. Héraclius la couronne et, selon l'usage, lui suggère de choisir pour l'assister l'homme qui lui semble le plus digne de gouverner le royaume. Sibylle appelle son mari, Guy de Lusignan, qui s'agenouille devant elle :

« Sire, dit-elle, recevez cette couronne, je ne saurais mieux l'employer... »

On entend alors Gérard de Ridefort dire sans se cacher à Renaud de Châtillon :

« Cette couronne vaut bien l'héritage de Botron ! »

Le prince d'Outre-Jourdain se rappelle la promesse qu'ils se sont faite trois ans plus tôt, une nuit qu'ils prenaient leur bain dans le krak assiégé. Point par point, avec la passion froide de ceux qui ne pensent qu'à se venger, le maître du Temple a mené sa manœuvre à bien. Aujourd'hui, il triomphe. Il est en position d'abattre Raymond de Tripoli.

Alors qu'on entonne des hymnes à la gloire du nouveau roi de Jérusalem, un moine jacobite quitte discrètement l'église. Il se hâte vers la maladrerie.

Naplouse. Les barons ont entendu le récit de Mestral. Consternés, ils ont délibéré tard dans la nuit. Quand ils se séparent pour aller dormir un peu, ils ont pris une décision : désigner Isabelle comme héritière légitime et couronner Onfroi de Toron. Le pape et les rois d'Occident trancheront.

Au matin, ils cherchent en vain leur roi : Onfroi a disparu.

Jérusalem. Onfroi de Toron a galopé d'une traite depuis Naplouse. Le jeune marié du krak a maintenant dix-sept ans, mais il éprouve toujours la même aversion pour les choses de la guerre et de la gloire. Son âme est délicate. En venant, et malgré la terreur qui l'habitait, il a fait remarquer à son écuyer l'odeur des eucalyptus qu'exaltait la fraîcheur de l'aube. Lui, gardien du Saint-Sépulcre ?

Il est reçu froidement par sa belle-sœur Sibylle :

« Vous n'étiez pas à mon couronnement, dit-elle.

– Ils voulaient me faire roi, répond-il avec confusion... Je me suis échappé... »

Sibylle reste distante :

« Je vous pardonnerai quand vous aurez rendu l'hommage ! »

Onfroi IV de Toron place ses mains dans celles de Guy de Lusignan et prête serment. Pour un peu, il remercierait.

Naplouse. Les barons ont compris la désertion d'Onfroi. Ils n'ont plus que leurs armes à opposer aux conjurés. Certains parlent de rassembler leurs troupes le jour même et de marcher sur Jérusalem. D'autres veulent affamer la ville.

Mais l'intérêt prend peu à peu le pas sur la colère. De nouvelles voix s'élèvent. Elles disent que, légitime ou non, un nouveau roi est couronné, et qu'il se tient à Jérusalem. Il ne leur semble pas de bonne politique de feindre l'ignorer. Il leur faut garantir leurs fiefs sous peine de redevenir, eux les barons, de simples chevaliers errants. La sagesse commande d'aller rendre l'hommage. Leur nombre permettra de contrôler ce Lusignan.

Baudouin de Ramla, le frère aîné de Balian d'Ibelin, prend alors la parole :

« Seigneurs, dit-il, faites du mieux que vous pourrez. Pour moi, je m'en irai, car le pays est perdu. Votre roi n'écoutera que les fous qui l'entourent. »

Raymond de Tripoli se tait. Il comprend qu'il est seul. De son projet – la paix du royaume – il ne restera bientôt rien.

Jérusalem. Guy de Lusignan, radieux, a reçu l'hommage des grands du royaume. C'est un beau roi. Il se tient très droit et pointe le menton, où s'arrondit la fossette. Du regard, il quête souvent le regard de sa femme. Roi de Jérusalem !

Seul Baudouin de Ramla a refusé de plier le genou devant lui. Le voici maintenant qui s'avance et s'arrête à deux pas. Il ne peut s'empêcher de penser que, sans le complot d'Héraclius et d'Amaury de Lusignan, c'est lui qui aurait épousé Sibylle – et qui serait roi aujourd'hui.

« Mon père ne fit jamais hommage au vôtre, dit-il d'une voix tendue. Je ne serai pas votre vassal. Vous remettrez mon fief à mon fils Thomas dès qu'il sera en âge. Je quitte le royaume. Que Dieu juge ! »

C'est un affront. Renaud de Châtillon et Gérard de Ridefort s'apprêtent déjà à intervenir. Mais Guy de Lusignan, lassé d'obéir à tout le monde depuis si longtemps, lève la main :

« Laissez », dit-il...

C'est bien la première fois – crainte ? sagesse ? – qu'il prend une décision seul.

Refusant de rendre l'hommage qu'il devait à la couronne de Jérusalem pour son fief de Galilée, Raymond de Tripoli s'était enfermé dans Tibériade avec sa femme

Eschive et les quatre fils qu'elle avait d'un premier mariage. Il allait et venait des remparts au logis, restant de longues heures à contempler sans les voir les bateaux des pêcheurs qui tiraient leurs filets là-bas, sur le lac. Convaincu d'être le seul à pouvoir mener le royaume, il ne voyait qu'un moyen de chasser ces Lusignan de Jérusalem : demander l'aide de Saladin. Mais il hésitait à franchir le pas, cherchant à mesurer la part du risque.

Le comble de l'amertume, il le connut quand Guy de Lusignan, manœuvré par Gérard de Ridefort, lui fit demander des comptes sur sa régence. Offensé — il avait pris sur ses propres revenus pour assurer l'équilibre du Trésor — il répondit vertement : il était inutile d'attendre quoi que ce fût de lui tant qu'on ne lui aurait pas remis Beyrouth, que le roi lépreux, justement, lui avait donné en gage pour garantir les avances qu'il serait amené à engager au profit de la couronne.

Gérard de Ridefort n'attendait que ce refus pour pousser Guy de Lusignan à marcher sur Tibériade. Pressé d'établir son autorité, le nouveau roi convoqua l'ost royal.

Dès qu'il en fut averti, Raymond de Tripoli conclut un traité d'assistance avec Saladin. « Si l'on vient vous assiéger le matin, lui promit le sultan, je serai à votre secours avant le soir. »

Trop heureux d'accentuer la division des Francs, Saladin libéra sans rançon tous les prisonniers de Tripoli qu'il détenait et envoya même à Tibériade un renfort de chevaliers ayubides et de Mameluks pris sur sa garde personnelle. Ces derniers étaient de terribles guerriers : on les achetait tout enfants sur les marchés d'esclaves d'Anatolie et du Kipchak, près de la mer Noire; regroupés dans l'île de Roda, sur le Nil, on leur enseignait le Coran et la guerre jusqu'à ce que, à force de discipline et d'exercice, ils en viennent à mépriser la mort. Ils avaient déjà deux fois au moins, comme à la bataille de Montgisart, sauvé la vie de Saladin. Leur présence aux créneaux de Tibériade était un symbole et un avertissement : qui s'en prenait à Raymond de Tripoli s'en prenait à Saladin.

Guy de Lusignan renonça à son projet. D'autant que Bohémond d'Antioche venait lui aussi de signer un pacte avec les Infidèles : tout le nord de la Syrie franque échappait à la couronne de Jérusalem.

Saladin comprenait mieux que personne combien la situation lui était favorable. Prétextant le traité qui le liait à Raymond de Tripoli, il commença à rassembler ses troupes dispersées par la trêve. Ce qu'il savait des Francs l'engageait à se tenir prêt.

III

LA CARAVANE DU HEDJAZ

La caravane aux mille chameaux s'avançait vers Damas de son pas d'éternité. A l'avant, le chef caravanier et le responsable de l'escorte se congratulaient : ils étaient dans la journée passés au large du krak de Moab.

Il y avait des années que Renaud de Châtillon n'avait pas tendu d'embuscade aux riches marchands de Syrie et du Hedjaz, mais sa sinistre légende était telle qu'on n'approchait pas sans crainte les hauts murs de la Pierre-du-désert. Soulagés, les guides engagèrent la caravane dans un défilé de grès rouge où elle s'enfonça de son amble tranquille.

C'est là que Renaud de Châtillon l'attendait. « Mille chameaux », étaient venus lui dire des Bédouins, compagnons d'anciens pillages. Il n'y avait pas résisté. Malgré la trêve signée, malgré Saladin, malgré la promesse faite à Guy de Lusignan. Mille chameaux!

Son attaque fut rapide, bruyante, tumultueuse. Un seul des hommes du krak fut blessé : un sergent qu'un chameau mordit à la joue. Une fois tués les Sarrasins de l'escorte, Renaud de Châtillon fit faire demi-tour à la caravane et revint au krak qui, d'un coup, parut revivre. Tandis qu'on s'affairait à débâter les bêtes de somme et à entasser dans la cour les coffres de bijoux, d'étoffes et d'épices – il faudrait plusieurs jours pour en dresser l'inventaire – le seigneur d'Outre-Jourdain groupa ses prisonniers.

Ils étaient plusieurs centaines, voyageurs, pèlerins, marchands, qui gémissaient et suppliaient. Parmi eux, Renaud de Châtillon reconnut un orfèvre de Damas qu'il avait déjà rançonné une fois. L'homme était accablé.

Remarquant un groupe de femmes qui se serraient les unes contre les autres comme pour protéger l'une d'elles, il les écarta sans ménagement, s'approcha de celle qu'elles voulaient cacher. Elle était plus richement vêtue que les autres, et son regard restait fier.

« Qui est-elle ? » demanda-t-il.

Son interprète parla un instant à la femme, puis traduisit :

« Elle dit qu'elle est l'épouse d'Omar ibn Lâjîn. »

Ce nom était inconnu de Renaud de Châtillon. D'un geste brusque, il arracha le haïk qui couvrait le visage de la femme. Elle le toisa :

« Je suis la sœur de Saladin. »

IV

CHÈVREFEUILLE

A SON retour de Londres, Guilhem d'Encausse avait encore passé un été et un hiver à Paris, finissant d'y épuiser sa patience pour les querelles des écolâtres.

Il n'était resté que pour ne pas désobliger son parrain Gilbert Erail et son protecteur Maurice de Sully. Mais on le voyait plus souvent à Notre-Dame qu'à l'école du Cloître. Depuis la mort des deux maçons, l'évêque de Paris l'emmenait presque chaque jour sur le chantier, dont il était devenu un familier. Après une brève période de méfiance et de gêne — les ouvriers et les chevaliers n'avaient guère de langue commune — il avait été accepté et y passait de longues heures auprès des charrons ou des imagiers.

Il décida de quitter Paris un soir que l'évêque l'avait retenu à souper. Très tard, ils étaient allés se promener parmi les ateliers déserts. Le couvre-feu était sonné depuis longtemps[20]. Alentour, la ville dormait. Mais là, sur le chantier, parmi les appentis enchevêtrés et les dépôts de matériaux, quelque chose vivait d'une existence mystérieuse. Comme elles gardent longtemps la chaleur du jour, les pierres blanches semblaient en avoir gardé la lumière. En séchant, des bois de charpente craquaient parfois. Au creux des forges, les cendres encore chaudes rougeoyaient vaguement.

Traversant l'atelier des statuaires, qui s'adossait au mur du cloître, ils avaient rencontré un tailleur de pierre errant parmi les grands blocs.

« Ne vas-tu pas dormir ? avait demandé Maurice de Sully. N'as-tu pas de chez-toi ?

– C'est ici chez moi.

– Mais n'as-tu pas de famille ? » avait insisté l'évêque.

Immobile, ombre de chair parmi les ombres de pierre, la silhouette de l'homme se confondait avec celles, achevées ou à peine dégrossies, des rois de Juda, des prophètes, des chimères.

« Voici ma famille, avait dit l'homme en faisant un geste du bras. Je n'en ai pas d'autre. »

Il avait semblé à Guilhem vivre l'un de ces instants vertigineux où s'abolit la frontière d'entre rêve et réalité, où l'impossible s'accomplit naturellement, où les statues s'animent et parlent à voix d'homme.

L'évêque de Paris avait brisé le sortilège :

« Qui es-tu donc ? avait-il demandé.

– Qu'importe ! » avait répondu l'ombre.

Puis :

« Je suis ce que je fais... »

Rentré à sa chambre de la maison de la Cloche, Guilhem n'avait pu trouver le sommeil. La scène l'avait impressionné. Ces nuits d'été étaient riches de prodiges et de merveilles. Mais il n'oubliait pas non plus ce qu'avait dit le tailleur d'images : « Je suis ce que je fais. » L'humble artisan, sculptant des chapiteaux, bâtissait une cathédrale. Et lui, Guilhem, qu'avait-il fait ? Rien encore.

Il aurait bientôt vingt ans et n'en pouvait plus d'attendre. Sans doute, il était chevalier. Sans doute, il avait le privilège de connaître des hommes éminents, et il avait même rencontré les rois de France et d'Angleterre. Mais il avait délaissé sa dame, son cheval engraissait à l'écurie, son épée restait vaine, et vide son château. Il n'avait même pas tenu les promesses faites à son père : assurer le lignage et combattre en Terre sainte. Il avait l'âme en peine. Le temps lui durait.

Cette nuit-là, il prit sa décision. Retourner à Roquelongue, y rester le temps que lui naisse un fils et puis s'engager au Temple. En même temps qu'il ferait son devoir de fidélité, il accomplirait son destin.

Dès le lendemain, il s'en ouvrit à Maurice de Sully, ne

parlant que de son désir de se croiser. Ils avaient appris que Gilbert Erail, à qui on avait préféré un chevalier flamand comme maître du Temple, était devenu maître de l'Ordre en Provence et en Espagne. Guilhem expliqua à l'évêque qu'il se proposait de rejoindre son parrain et de s'engager là où il serait le plus utile.

Maurice de Sully n'avait pas tenté de le retenir. Il lui avait seulement demandé, avec un peu de tristesse, de ne pas oublier Notre-Dame et d'y venir prier pour lui quand Dieu l'aurait rappelé dans Sa paix.

Guilhem et Espérandieu avaient quitté Paris en août.

Guilhem prit plutôt gaiement le chemin de Roquelongue. Quand il pensait au château, il revoyait les jours de son enfance plutôt que ceux du malheur. Du temps avait passé, la plaie s'était fermée. La mort de son père, le sombre hiver de son mariage lui paraissaient être un lointain cauchemar dont il n'avait plus rien à craindre.

Paris ne lui manquerait pas. Sa jeunesse et son esprit d'aventure lui épargnaient encore la mélancolie des habitudes que l'on rompt. A peine s'il pensa, du haut de la montagne Sainte-Geneviève, à se retourner sur cette ville où pourtant il avait passé deux ans de sa vie. Partir suffisait à son plaisir. Il n'était pas à l'âge où l'on s'attendrit pour un « souviens-toi ». Il aurait bien forcé les étapes si Espérandieu ne l'avait ramené à la raison.

L'écuyer connaissait le prix des départs. Il était morose. D'abord parce qu'il laissait, rue de la Lanterne, une boulangère éplorée – elle se nommait Marguerite et il l'appelait Margot. Et puis parce que, s'il était habile à composer avec l'inconnu, il ne l'en craignait pas moins. Les projets de croisade de Guilhem ne l'exaltaient guère.

« N'aimes-tu plus Aveline ? demandait-il à Guilhem.

– Bien sûr que je l'aime, répondait-il, elle est ma femme. »

Mais il n'avait jamais dit à Espérandieu qu'il lui arrivait, au fond des nuits, de ne plus savoir retrouver le visage de celle qu'il avait épousée. Il avait encore à la bouche le goût de sa bouche, mais les traits de l'Aveline de quinze ans qu'il avait laissée au château d'Algue se brouillaient dans sa mémoire, ne composant plus, sous sa chevelure blonde, qu'une image un peu floue qui lui échappait. « Comment peut-on oublier ceux qu'on aime? » se demandait-il avec horreur.

« Alors, reprenait Espérandieu, si tu l'aimes, songe à la vie qui sera la nôtre... Songe aux fêtes que nous donnerons, songe aux beaux fils qu'Aveline nous fera... Nous courrons le causse jusqu'à la Jonte, nous chasserons le loup et le sanglier... Nous embellirons Roquelongue, nous éblouirons en racontant que nous avons vu le roi de France et le roi d'Angleterre...

– Tu ne les as pas vus! répondait Guilhem.

– Tu m'as raconté, c'est pareil! Per tout païs, las poulos gratou'n arré, dans tous les pays, les poules grattent vers l'arrière...

– Nous dirons, poursuivait Guilhem en imitant l'écuyer, les bontés qu'avait Margot pour nous...

– Tais-toi donc! » s'écriait Espérandieu.

Il avait lui aussi une femme au pays et Guilhem avait dû promettre de ne jamais parler de Margot la boulangère.

Espérandieu avait beau faire : Guilhem avait choisi, et rien ne le détournerait de ce qu'il avait décidé. A peine se demanda-t-il, alors qu'ils approchaient de Millau, si Aveline en souffrirait. Aucune femme ne peut espérer qu'un chevalier de vingt ans passe ses jours au château, comme une dame de compagnie. Il arriverait, saluerait et dirait sa volonté.

Rien ne se passa comme se l'était imaginé Guilhem. Il alla tout droit au château d'Algue, où l'accueillirent sa marraine Adelaïs et dame Ricarde, sa mère. Aveline était partie chasser au faucon. Sans doute ne tarderait-elle pas.

Dame Ricarde s'était voûtée, les larmes et les rides avaient flétri son visage. Elle pleurait à la moindre émotion, à la moindre surprise, à l'évocation du plus banal souvenir. Ce n'était plus de douleur. Elle était seulement devenue vieille.

« Mon Dieu! Comme vous avez grandi! » ne savait-elle que répéter en serrant son fils contre elle.

Guilhem retrouvait l'odeur de lavande qu'avaient toujours les étoffes de sa mère et s'en attendrissait malgré lui.

La vieille Adelaïs, cachant son affection sous des airs bourrus, fit préparer à manger bien qu'il n'en fût pas l'heure. Elle parlait déjà de donner une fête en l'honneur du chevalier d'Encausse.

Mais, tout chevalier qu'il était, on ne laissait Guilhem décider de rien : les retours appartiennent aux femmes. Elles feignaient de prendre son avis mais n'en faisaient qu'à leur tête. Dans l'intelligence qu'elles avaient des hommes, elles évitaient de lui parler aussi bien du passé que de l'avenir. Elles le soûlaient d'attentions — n'avait-il pas trop chaud? voulait-il se laver maintenant? —, lui donnaient des nouvelles des châteaux, parlaient de la grande crue qu'avait faite la Dourbie l'hiver précédent, pleuraient et riaient tour à tour, semblant partager il ne savait quel secret.

Tenté un moment de se cabrer, Guilhem était au fond ravi de se laisser choyer. Il avala une grosse omelette aux truffes puis on l'avertit qu'Aveline arrivait.

Aveline d'Encausse avait dix-sept ans et Guilhem, depuis le perron, la regardant descendre de cheval, le faucon au poing, fut bouleversé de son accomplissement. Comment avait-il pu oublier son visage? Elle était loin, l'épouse trop jeune et trop grave qu'il avait confusément reniée.

Intimidés par ce qu'ils étaient devenus — homme et femme — ils se tenaient l'un en face de l'autre sans oser s'approcher. Plus de deux ans avaient passé depuis leur mariage, mettant tant de choses entre eux qu'ils ne savaient plus bien où ils en étaient.

Cette Aveline-là, au regard sûr, aux seins durs qui tendaient le lourd brocart, cette Aveline-là n'était pas celle qu'il avait quittée.

« Vous êtes beau », osa-t-elle dire.

Mal à l'aise, Guilhem se taisait. Adelaïs et dame

Ricarde arrivèrent alors, se donnant le bras, avec des pouffements complices de nonnettes :

« Allons, les enfants, dit Adelaïs du ton de la gronderie, embrassez-vous donc ! »

Les écuyers, les valets, les servantes, tous dans la cour les applaudissaient. Déjà on jetait par brassées autour d'eux et sous leurs pas des fleurs des champs et des feuillages.

Plus tard, alors qu'il était dans la grande salle et qu'on venait encore le saluer, Aveline s'approcha du banc où Guilhem était assis et s'agenouilla près de lui. Elle tenait dans ses bras un enfant blond aux grosses joues :

« Il se nomme Guilhem comme son père, dit-elle... Il a eu un an pour l'Ascension... »

Et comme sidéré, il paraissait ne pas comprendre, elle ajouta :

« C'est votre fils... »

Au matin, ils ont fait seller très tôt leurs chevaux et sont partis tous deux, Aveline et Guilhem. Ils avaient besoin d'être un peu seuls : ils n'ont pu encore se parler. Et la veille étant un vendredi, ils n'ont même pas couché ensemble pour ne pas pécher.

Ils ont suivi la Dourbie vers le nord, quittant la rive après le gué de Saint-Véran pour monter jusqu'à Montméjean, un château ruiné par les pillards. En chemin, Aveline a raconté comment, à son départ pour Paris, Guilhem l'a laissée grosse, comment elle a porté son fils, comment elle a enfanté, comment elle a craint pour lui quand il a eu la fièvre, comment elle lui chante pour le bercer la chanson du chèvrefeuille.

Elle accordait son récit au pas des chevaux. Elle ne se plaignait ni ne faisait, comme souvent les épouses, de reproches obliques. La regardant parfois à la dérobée, Guilhem ne cessait de s'étonner de ce qu'elle était devenue. Elle avait perdu sa gracilité de naguère, cette apparence fragile et grave à la fois qui troublait les hommes et leur donnait envie de la protéger. Elle avait grandi, pris ses formes de femme. Ses cheveux avaient foncé et se teintaient de reflets qu'il ne connaissait pas. Son regard s'était assuré. Tout en elle disait que la vie ne lui faisait pas peur. Elle était tranquille et fière et le désir qui venait en la voyant, c'était de tout partager avec elle, le bon et le mauvais.

Ils étaient de même race, pensait Guilhem. Impulsifs et patients à la fois, curieux de tout, orgueilleux et jaloux, éprouvant plus de plaisir à donner qu'à recevoir, tardant à se livrer mais ne reprenant pas leur confiance, toujours respectueux du silence des autres. Elle avait comme lui ses racines ici, connaissait comme lui les saisons et les humeurs de ce causse où il se retrouvait avec une joie qu'il n'eût pas imaginée. Ils étaient du même paysage.

A Montméjean, ils ont laissé les chevaux près du donjon et ont traversé les vastes salles où leurs pas résonnaient et où le lierre déjà entrait par les plaies des murs. Guilhem allait devant, soucieux. Maintenant qu'il a un fils, rien ne le retient plus de s'engager au Temple. Mais il n'est plus si sûr de lui. Il voulait dire à Aveline sa décision de partir. Il découvre qu'on a beau tout vouloir, on ne peut tout avoir. Choisir entre deux désirs, c'est se couper d'une part de soi-même.

Ils ont trouvé, à l'abri de la muraille du midi, une petite terrasse de surplomb qu'un muret protège du vide. Ils y sont comme à la pointe d'un vaisseau. En contrebas, le soleil accroche des ombres sèches au flanc des gorges. Au-delà de la Dourbie, on voit jusqu'au Larzac. Il n'y a guère, pour troubler la paix des ruines, que le bourdonnement des guêpes dans le lierre ou la fuite d'un lézard parmi les ronces.

Guilhem a étendu son manteau sur l'herbe jaune. Aveline s'y est assise, et lui, près d'elle.

« Aveline, commence-t-il...

– Non, ne dis rien. »

A cette voix qu'il a prise, à ce regard qui soudain la fuit, elle sait bien de quoi il s'agit. Entre eux flotte un silence incertain, qui ne les oppose ni ne les rapproche.

Puis Aveline attire Guilhem à elle, lui renverse la tête sur ses genoux. Il a fermé les yeux. Le visage un peu penché, elle reste un moment immobile. D'un doigt, lentement, elle dessine ses lèvres, ses sourcils, ses pommettes, ses tempes où bat son sang. C'est un geste qu'elle a appris sur le visage de l'autre Guilhem, son fils.

Mais maintenant elle se courbe et baise sa bouche, s'allonge contre lui qui s'allonge contre elle. Et leur baiser à la fois les brûle et les noie, les mène vite au bout d'eux-mêmes. Voilà, rien n'empêchera plus qu'ils se prennent, qu'ils se mêlent, qu'ils se perdent l'un en l'autre. Il leur semble qu'ils meurent.

« Chèvrefeuille », dit enfin Guilhem, et il ne sait comment ce mot lui est venu.

Elle se serre plus encore contre lui. C'est la première fois qu'ils éprouvent du bonheur à faire l'amour, une joie un peu sauvage qui a le goût de la sueur et sent l'herbe sèche. Ils n'ont jamais rien ressenti de pareil — elle était si jeune, et lui si méfiant.

Ils restent longtemps à se taire. Ils écoutent leurs corps et s'assurent parfois d'une caresse brève que tout cela est bien vrai.

Maintenant, le grand mur a tiré son ombre sur eux, la brume bleue des fins d'été se lève déjà sur les abrupts de La Roque. Il va falloir rentrer.

Ils se donnent la main pour rejoindre les chevaux. Guilhem n'a pas parlé de Terre sainte. Il n'y pense même pas.

Les jours suivants, Guilhem eut beaucoup à faire. Reprendre possession du château de Roquelongue, l'ouvrir au vent et au soleil. Chercher un intendant à engager, et qu'il trouva à des lieues de là chez un lointain vassal d'Adelaïs : l'homme, un certain Bertram, était borgne mais compétent, et il avait bien connu Raymond d'Encausse. Voir les comptes de son domaine avec les fermiers de Saint-Sauveur, de la Granarié et du Mazel. Faire visite à ses voisins du Larzac et du Causse Noir. Assister enfin aux fêtes que donnait Adelaïs en son honneur.

Aux uns et aux autres, il devait raconter ses voyages

et ses rencontres, la construction de Notre-Dame, l'air qu'avait le roi de France, la traversée vers l'Angleterre, la vie qu'on menait ailleurs. Que mangeait-on à Londres ? Était-il vrai qu'on allait prêcher une croisade ? Que disait-on à Paris des croyances des Vaudois et des Cathares[21] ? Avait-il entendu parler d'un peuple de loups qui venait de Hongrie et ne laissait sur son chemin que mort et deuil ? Mille et une questions auxquelles il répondait de son mieux, parfois impatient mais le plus souvent flatté d'être celui qui a vu le monde et sait les choses.

Certains lui marquaient de la froideur : des chevaliers sans fortune qui s'aigrissaient à vieillir sans éclat sur leurs maigres fiefs en attendant de mourir d'une chute de cheval ou d'une indigestion : ils peignaient leurs blasons et leurs armes de couleurs éclatantes mais ne connaissaient en fait de gloire que la petite guerre qu'ils faisaient aux routiers de l'Escalette. Pourquoi ce qui était donné à Guilhem leur était-il refusé ? Ils enviaient sa chance comme s'ils trouvaient injuste de n'en avoir pas leur part.

Enfant, on avait loué son sourire, son esprit et son ardeur. On le jugeait maintenant en chevalier qu'il était. Guilhem en ressentait parfois de l'amertume, mais il lui restait assez d'amis pour n'en vouloir à personne.

Ils se réinstallèrent à Roquelongue après la semaine des Quatre-Temps de septembre. Guillem avait encore emprunté de l'argent au Temple et put offrir à ses invités un festin qui les mena, tous heureux, tard dans la nuit.

Cet hiver-là fut gai – chacun porte en soi ses hivers et ses étés. Guilhem ne pouvait quitter longtemps Aveline. Il lui arriva même de partir à l'aube pour Millau et, arrivé à mi-chemin, de faire demi-tour tant il se languissait d'elle. Il s'habituait à l'existence du petit Guilhem, qu'on appelait Guillou par commodité. Il ne le voyait guère – jusqu'à l'âge de sept ans, il serait dans les robes des femmes – mais prenait souvent de ses nouvelles. Il se demandait parfois de quel Guilhem Aveline était le plus heureuse et, comme pour s'assurer un droit, il dit un soir à sa femme qu'il l'aimait plus que tout au monde.

Les visiteurs ne manquaient pas. Chasses, veillées, jeux. Espérandieu racontait à Bertram, l'intendant borgne, des histoires inventées qu'il avait, jurait-il, vécues à Paris. Les après-midi, les servantes cousaient dans la grande salle – pour la Noël, dame Ricarde leur apprit des chansons de son temps. La vie tissait sa trame familière de bruits, d'odeurs, de rites qui faisait que Roquelongue était Roquelongue, et rien d'autre, et qu'on y était bien. On ne parlait plus jamais de Raymond d'Encausse, ni de Milan, ni du drac. Aveline fut de nouveau enceinte.

C'est alors que le vieux baron d'Anduze, de passage au château d'Algue, annonça son départ pour la Terre sainte et invita ceux qui le voulaient à se joindre à lui. Il s'autorisa de son âge et de sa noblesse pour s'étonner que Guilhem n'eût pas encore tenu le serment fait à son père.

Guilhem n'avait pas oublié, mais le bien-aise engourdit les impatiences, et il laissait passer les jours sans plus les compter. Le rappel fut brutal. Il lui fallut se résoudre à annoncer qu'il se croisait. Sans la fidélité au serment, il n'y avait plus d'ordre possible, et son honneur était en cause.

Tout préparer, encore trouver de l'argent, équiper Passavant de neuf, sortir le haubert du coffre. Jours de peine et de silence, quand tous les gestes mènent ailleurs et que l'amour fait mal.

Enfin vint le temps de partir : Guilhem devait retrouver le baron d'Anduze à Marseille pour la mi-avril.

Le chevalier d'Encausse et son écuyer Espérandieu prirent un matin la route de Jérusalem. Le printemps fleurissait la vallée. « Je t'attendrai », avait dit Aveline. Brise-cœur.

De Rochelongue, les femmes les suivirent du regard jusqu'au moulin des Gardies. Là, le chemin tournait.

V

L'ARMURE D'OBÉISSANCE

Un royaume pour mille chameaux : entre Guy de Lusignan, Raymond de Tripoli et Saladin, la Terre de Promission était en équilibre si fragile que l'embuscade de Renaud de Châtillon en fit basculer l'histoire.

La rançon que demanda l'incorrigible seigneur d'Outre-Jourdain pour la sœur de Saladin était une offense personnelle faite au sultan et, en rompant la trêve signée, il le mettait en devoir de reprendre la guerre. Pour faire bonne mesure, il allait même lui fournir un argument de mobilisation.

En effet, quand un émissaire de Saladin vint au krak exiger la restitution du butin et la libération des prisonniers, Renaud de Châtillon, avec sa morgue habituelle, répondit que « si Mahomet était si puissant, il n'avait qu'à les libérer lui-même ! » Saladin versa la rançon de sa sœur et, se servant habilement de la repartie de Châtillon, prêcha ce que les Francs avaient le plus à craindre : le « Djihad » — la guerre sainte, seule capable de rassembler sous une même bannière toutes les forces de l'Islam, musulmans du Caire et d'Alep, de Syrie et de Mésopotamie, Arabes du désert, Kurdes et Turcs des provinces du Nord.

Al-Afdal, fils aîné de Saladin, opéra la première concentration de troupes sarrasines à Ras-al-Mâ, sur le plateau du Golan, aux portes de la Galilée. On était au début d'avril.

Le jour de Pâques de cette année-là — 1187 — Guy de Lusignan réunit à Jérusalem le grand conseil du royaume. On ne pouvait plus, dit-il, éviter la guerre.

Mais l'ost était affaibli par le départ de Baudouin de Ramla, désorganisé par la défection de Raymond de Tripoli et de Bohémond d'Antioche. Il fallait absolument ramener Raymond de Tripoli à de meilleurs sentiments, quitte à lui abandonner Beyrouth. Le grand conseil dépêcha une ambassade à Tibériade.

Balian d'Ibelin fut chargé de la conduire. Avec lui, Renaud de Sidon représenterait les barons et l'archevêque de Tyr, l'Eglise; Gérard de Ridefort parlerait au nom du Temple, Roger de Molins au nom des Hospitaliers. Accompagnés d'une escorte armée, ils quittèrent Jérusalem le 30 avril, un mercredi, dans la matinée.

Ce même jour, Raymond de Tripoli, qui ignorait tout de la démarche du roi, reçut Malek-al-Afdal. Celui-ci, faisant valoir le traité qui les liait, lui demanda l'autorisation de franchir le Jourdain et de faire passer sur ses terres une colonne de reconnaissance. Raymond de Tripoli comprenait bien que les Infidèles se servaient de lui pour provoquer les Francs, mais il avait demandé leur aide et ne pouvait qu'accepter. Sa position était difficile : il était prêt à tout pour chasser Guy de Lusignan de son trône, mais il ne voulait rien faire qui pût menacer le royaume. Aussi imagina-t-il une solution qui, dans son esprit, devait sauver l'essentiel : la colonne sarrasine passerait le Jourdain au gué de Jacob le vendredi 1er mai après le lever du jour et devrait avoir repassé le fleuve au même endroit avant la tombée de la nuit. Pour éviter les incidents, il se réservait de demander aux troupes franques et aux populations chrétiennes de rester enfermées tout le jour dans les villes et les places fortes.

Al-Afdal accepta les conditions de Raymond de Tripoli et confia le commandement de la colonne à Modaffer ed-Dîn, prince de Harran et d'Edesse, qu'on surnommait le Loup Bleu – bleu pour la couleur uniforme de ses vêtements et de ses armes : loup, car il en avait la patience et la férocité.

Jeudi 31 avril. Les chevaucheurs de Raymond de Tripoli sillonnèrent la Galilée, avertissant chacun de rester chez soi le lendemain. Le seigneur de Tibériade était si inquiet que tous les habitants de son fief, jusque dans les casals les plus reculés, furent prévenus deux fois plutôt qu'une.

L'ambassade de Jérusalem, à l'exception de Renaud de Sidon, parti à l'avance, avait passé la nuit à Naplouse. Elle quitta tôt le matin la cité des Samaritains. Après deux bonnes heures de marche dans les collines, Balian d'Ibelin, qu'un pressentiment tourmentait, décida de retourner à Naplouse : il voulait demander à sa femme Marie Comnène d'envoyer leurs filles Elvis et Marguerite à Jérusalem, où, en cas de guerre, elles auraient moins à craindre que dans cette ville sans fortifications. Il confia le commandement de l'ambassade à Gérard de Ridefort, lui donnant comme consigne de camper en vue du château templier de La Fève, dans la vallée de Jezréel. Il rejoindrait le lendemain matin.

Le grand Balian s'en retourna donc, suivi de ses écuyers. Son bras mort coincé par le pommeau de son épée, il mena grand train. Il se reprochait déjà d'avoir laissé l'ambassade à la responsabilité de Ridefort. Après avoir convaincu sa femme, et alors qu'il filait à nouveau vers le nord, il se souvint que la fête du lendemain serait celle des saints Philippe et Jacques. Dans l'humeur inquiète où il était, il résolut d'aller entendre la messe à la cathédrale de Sébaste. Il y arriva peu avant la mi-nuit et envoya son écuyer Ernoul réveiller l'évêque.

A La Fève, alors que Gérard de Ridefort avait donné le signal de la halte et qu'on dressait les tentes aux abords du château, un messager de Raymond de Tripoli était venu avertir qu'une colonne sarrasine passerait le Jourdain le lendemain matin et que l'ordre était de s'enfermer dans les places fortes.

Gérard de Ridefort comprit vite le parti qu'il pouvait tirer de ce qu'il appelait la « trahison » de Raymond de Tripoli. En dispersant cette colonne, expliqua-t-il à Roger de Molins, il donnerait une leçon de loyauté au seigneur de Tibériade et le brouillerait avec le sultan : d'une pierre, deux coups. Il convoqua aussitôt à La Fève la garnison templière de Caco, alors aux ordres du maréchal du Temple Jacques de Maillé, et les quarante chevaliers du roi basés à Nazareth. A contrecœur, Roger de Molins fit venir du château voisin du Forbelet deux douzaines de chevaliers de l'Hôpital. Gérard de Ridefort ayant fait annoncer à Nazareth que « le butin serait grand », des centaines de civils mal armés arrivèrent en désordre, certains ne rejoignant l'ambassade qu'à l'aube, alors qu'elle s'apprêtait déjà à marcher à la rencontre des Infidèles.

Vendredi 1er mai. Gérard de Ridefort avait disposé ses troupes en deux batailles, commandées l'une par le maréchal du Temple Jacques de Maillé, l'autre par le prieur de l'Hôpital Roger de Molins. Il voulait attaquer les Sarrasins à l'endroit où l'ancienne route romaine venant du sud croise la piste qui mène d'Acre à Tibériade : le terrain y était propice à une charge de chevaliers avec, à cette heure-là, le soleil dans le dos.

Ils ne levèrent même pas le camp. Leur coup de main réussi, ils reviendraient à La Fève attendre Balian d'Ibelin.

Gérard de Ridefort n'eut pas le loisir de mettre son plan à exécution : le Loup Bleu, averti par ses éclaireurs, attendait les Francs en terrain découvert, à la fontaine de Creisson. Six mille hommes, en ordre de bataille. Gérard de Ridefort n'avait à leur opposer que cent cinquante chevaliers et un demi-millier d'hommes de pied.

Les troupes s'immobilisèrent face à face. Gérard de Ridefort aurait encore pu commander la retraite. Tenaillé par l'envie de nuire à Raymond de Tripoli, il hésita pourtant. Le Loup Bleu en profita pour envoyer un fort détachement couper aux Francs la route de Nazareth. Le Grand-Maître du Temple ordonna alors qu'on se préparât pour la charge.

Roger de Molins vint protester que c'était une folie, que la disproportion des forces était accablante, qu'il fallait attendre l'arrivée de Balian d'Ibelin. En vain. Ridefort s'entêta.

Jacques de Maillé s'approcha à son tour – cheval blanc, manteau blanc, haubert blanc, cheveux blonds. Lui aussi, au jour de ses vœux, avait revêtu cette « armure d'obéissance » qui contraignait tous les frères du Temple à suivre aveuglément les ordres de leur maître. Cette fois, pourtant, il ne put s'empêcher de dire son sentiment à Gérard de Ridefort. Il n'avait pas encore coiffé son heaume, et le vent du matin lui faisait des mèches folles.

« Seigneur maître, dit-il, vous allez perdre en vain les meilleurs chevaliers du Temple...

– Vraiment, coupa Ridefort. Vous aimez décidément trop votre tête blonde que vous ayez si peur de la perdre ! »

Jacques de Maillé prit alors brusquement le heaume que lui tendait son écuyer et s'en coiffa. C'était un heaume fabriqué spécialement et qu'il étrennait : percé seulement de fentes devant les yeux et de quelques trous devant la bouche, il était peint en blanc et orné de la croix rouge du Temple.

Il assura son écu et sa lance puis, avant de prendre place devant sa bataille, il apostropha le Grand-Maître :

« Je mourrai, dit-il, comme doit mourir un chevalier... C'est vous qui fuirez comme un lâche ! »

La voix, assourdie et déformée par le métal, paraissait venir de très loin.

Il cria « Pour la Croix ! » et chargea vers la forêt des lances sarrasines.

Balian d'Ibelin avait passé une partie de la nuit avec l'évêque de Sébaste, attendant qu'il fût l'heure d'entendre la messe. Les hommes dormaient tout armés dans les couloirs du cloître. L'évêque et le baron, amis d'enfance, s'étaient confié leur inquiétude sur ce que devenait le royaume. Les temps avaient bien changé. On ne pouvait plus se fier à quiconque pour suivre son devoir. Il n'y avait plus personne dans l'entourage du roi pour craindre Dieu. Ils s'accordèrent pour trouver ce Ridefort dangereux. Depuis qu'il était Grand-Maître, la division semblait avoir gagné les rangs du Temple, et il n'y avait rien de bon à attendre de son influence sur Guy de Lusignan...

Ils refaisaient ainsi le monde à leur convenance, mais Balian, de plus en plus soucieux, ne tenait pas en place. Il souffrait de son bras mort, et c'était mauvais signe. Bien avant l'aube, il décida l'évêque à faire réveiller le chapelain. La messe fut célébrée au maître-autel de la cathédrale. Balian pria comme jamais peut-être il n'avait prié — avec désespoir. Si Dieu les abandonnait, c'en était fait de tout. Derrière lui, les hommes tout sommeilleux encore se balançaient d'un pied sur l'autre sous la voûte où les courants d'air faisaient frissonner les ornements précieux offerts par les pèlerins.

Le jour n'était pas levé quand ils prirent la route du Grand-Guérin et de La Fève, où le soleil était déjà haut quand ils arrivèrent.

Le cœur manqua au baron d'Ibelin. Le campement était désert. Des feux mal éteints fumaient encore. Il compta plus de tentes qu'il n'aurait dû en trouver et s'étonna de reconnaître celle du maréchal du Temple, celles aussi des chevaliers de Nazareth. Le seul mouvement du paysage était celui d'une écuelle d'étain que le vent roulait sur le sol, l'abandonnant parfois, comme fatigué de jouer, avant de la reprendre dans ses tourbillons. Le raclement grêle du métal sur les cailloux noirs rendait plus accablant encore le silence désolé de l'endroit.

Balian fit mettre pied à terre et envoya Ernoul au château. Vide, revint bientôt dire l'écuyer. Il n'y avait trouvé que deux sergents abrutis de fièvre dont il n'avait rien pu tirer.

Balian d'Ibelin quitta son palefroi pour son destrier. Les hommes s'ajustèrent l'un l'autre les heaumes et les hauberts. Ils allaient prendre la route, suivant les traces laissées dans la poussière par le crottin et les fers des chevaux quand, devant eux, une silhouette brimbalante parut sur la colline : un sergent du Temple accroché de guingois à l'encolure d'un roncin qui n'en pouvait plus.

L'homme avait une vilaine plaie au front, d'où le sang ruisselait sur son visage et dans son cou. Une flèche dans la cuisse, une autre dans l'omoplate, il se laissa tomber de son cheval et perdit connaissance. On profita de son évanouissement pour arracher les flèches. La douleur lui fit reprendre conscience. On lui donna à boire. C'était un écuyer de Jacques de Maillé, celui qui d'ordinaire prenait soin du bagage et qui, pour son malheur, avait ce jour-là accompagné au combat le maréchal du Temple. Il raconta comme il put ce qui était arrivé.

... La charge hurlante des chevaliers chrétiens parut devoir traverser, comme souvent dans le passé, les rangs des Infidèles. Mais ceux-ci étaient cette fois si nombreux et si serrés qu'elle finit par y perdre son élan. Lances rompues, les Francs tirèrent l'épée. Le Loup Bleu, faisant alors reculer ses cavaliers, découvrit ses archers, en position à trente pas. Les Francs, surpris, criblés de flèches, cherchèrent leur salut dans le corps à corps, frappant à grands coups de taille et s'encourageant les uns les autres. Sûrs de leur victoire, les Sarrasins s'efforçaient d'épargner les chevaux.

Roger de Molins fut parmi les premiers à tomber, éventré d'un violent coup d'épieu. Des chevaliers de l'Hôpital mirent pied à terre pour relever leur prieur et furent aussitôt renversés, piétinés. Jacques de Maillé et Gérard de Ridefort combattirent côte à côte, faisant tournoyer leurs épées, jusqu'à ce que les Sarrasins, qui s'efforçaient toujours d'isoler les Francs, parviennent à les séparer. Au cœur de la mêlée, les chevaliers chrétiens tombaient un à un tandis que, à l'arrière, les cavaliers du Loup Bleu décimaient les hommes de pied.

Hennissements, cris de charge, membres épars, râles. Jacques de Maillé, sans doute le meilleur guerrier du Temple, se battait encore à son avantage quand son cheval reçut une flèche dans l'œil et se cabra soudain.

Désarçonné, Jacques de Maillé put se relever. Longtemps encore il se battit, tout hérissé de flèches, ne laissant personne l'approcher. Il était si fort et si brave, son armure blanche couverte de sang, les corps autour de lui jonchant le sol, que les Infidèles le prirent pour ce saint Georges que les chrétiens invoquaient si souvent. Chacun d'eux voulut être celui qui le tuerait.

Enfin il tomba. Un Sarrasin lui plongea aussitôt son poignard dans les yeux par les fentes du heaume.

La folie alors s'empara des Infidèles, qui se battaient entre eux pour s'arracher une relique de l'indomptable chevalier blanc. Ils déchirèrent ses vêtements, se disputèrent des morceaux de haubert, des lambeaux de chemise et de chausses, puis, quand il fut nu, commencèrent à le mutiler, cherchant le cœur et le foie pour s'approprier son courage. L'un d'entre eux l'émascula d'un geste rapide et, brandissant son trophée sanglant, courut vers son maître le Loup Bleu en criant qu'il serait invincible.

Gérard de Ridefort profita de la confusion pour quitter la mêlée. Un coup de masse lui avait brisé une jambe. Des cent cinquante chevaliers qu'il avait menés au combat, il n'en restait que deux, eux aussi blessés. Tous trois s'enfuirent au galop tandis que les Sarrasins rassemblaient, comme des chiens les brebis, le troupeau apeuré des civils venus pour la curée.

Le soir, alors que le Loup Bleu, pour tenir son engagement de repasser le Jourdain avant la nuit, longeait vers le nord les remparts de Tibériade, Raymond de Tripoli vit avec horreur, à l'avant de la colonne sarrasine, les têtes des chevaliers brandies au bout des lances. Il reconnut celle de Roger de Molins.

Samedi 2 mai. La journée fut consacrée à enterrer ces morts sans tête qui, aux abords de la fontaine de Creisson, gisaient parmi les premiers coquelicots de l'été. Nazareth était en deuil.

Dimanche 3 mai. Balian d'Ibelin rejoignit Raymond de Tripoli à Tibériade. Le comte était prostré. Ses cheveux avaient blanchi dans la nuit. Il avait renvoyé les secours mameluks et ayubides de Saladin et décidé de prendre l'initiative d'une réconciliation avec Guy de Lusignan.

Le roi et le baron se rencontrèrent quelques jours plus tard devant le château Saint-Georges, non loin de Grand-Guérin. Ils avaient fait la moitié du chemin. Guy de Lusignan, par courtoisie, mit pied à terre d'aussi loin qu'il vit l'ancien régent. Ils marchèrent ainsi l'un vers l'autre et s'embrassèrent d'égale bonne volonté : ils avaient un royaume à sauver.

Raymond de Tripoli renonçait à Beyrouth et s'engageait à convaincre Bohémond d'Antioche de rompre, ainsi qu'il l'avait fait lui-même, son pacte avec les Infidèles. Comme au matin d'un long rêve, il s'arrachait à la fascination qui le portait vers le sultan. Saladin restait pour lui ce prince d'Orient qui tenait tout l'Islam dans sa main et savait rester humble. Il retourna à la défense du Saint-Sépulcre parce que c'était le premier devoir d'un chrétien. Mais il garda toujours au cœur la nostalgie de son fabuleux mirage. Jusqu'au jour de sa mort, il se demanda pourquoi la volonté de Dieu passe par la folie de quelques-uns et les foucades du hasard. Que serait-il arrivé si Renaud de Châtillon n'avait pas attaqué la caravane du Hedjaz, si Balian d'Ibelin n'avait pas tenu à entendre la messe de Sébaste, si, si... Il ne se résignait pas à confondre l'histoire des hommes et le destin du monde.

Le royaume latin de Jérusalem avait payé cher l'union de tous, mais elle se réalisait enfin. Gérard de Ridefort mit à la disposition du roi le trésor d'argent qu'Henri II d'Angleterre avait confié au Temple. On put enrôler à solde tout ce que la Terre sainte comptait de chevaliers et de fantassins mercenaires, on vida les places fortes de leurs garnisons. A la fin de juin, l'ost fut convoqué à Acre. On dressa le camp au pied des murailles. Les tentes, groupées par bannières, couvrirent les collines jusqu'à l'horizon. Il y avait longtemps que les chrétiens n'avaient pas réuni une pareille armée.

Déjà, au gué de Sénabra, l'avant-garde du sultan franchissait le Jourdain.

VI

MAL-COURONNE

Guilhem, debout à la proue, éclaboussé d'embruns, défiait la tempête qui précipitait la *Bella* d'une vague à l'autre. Au-dessus de lui claquait la voile.

« Guilhem ! Dépêche-toi ! » criait une voix.

La *Bella* était prise de mouvements brutaux, roulait d'un bord sur l'autre. Guilhem comprenait bien qu'il devait se dépêcher, mais se dépêcher de quoi faire ?

Il ouvrit les yeux. Un instant surpris, alors qu'il se croyait en pleine mer, de reconnaître sa chambre de l'auberge du Papegaïe, il vit Espérandieu, près de lui, qui le secouait par l'épaule et pressait, pour le réveiller, un chiffon mouillé au-dessus de son visage :

« Le maestral est levé, Guilhem ! Nous allons embarquer ! »

Guilhem sauta de sa couche et jeta un coup d'œil par la fenêtre ouverte. De légers nuages blancs filaient dans le ciel. Sur les cordes tendues en travers de la rue étroite, des linges de couleurs vives claquaient comme les voiles de son rêve.

Marseille ! Ils y étaient déjà depuis plus de trois semaines. Tout d'abord ils avaient attendu, comme convenu, le baron d'Anduze. A la fin d'avril, ne le voyant toujours pas venir et n'en ayant pas de nouvelles, Guilhem avait décidé de partir seul. Il avait négocié son passage sur une nave au ventre vert, la *Bella,* qui lui paraissait plutôt propre et dont les prix n'étaient pas trop élevés. Il eût préféré embarquer sur l'un des bateaux du Temple, mais il n'y avait pas trouvé place. Sur la *Bella,* il lui en coûterait quatre livres pour lui et

Passavant, deux livres pour Espérandieu, son cheval et le mulet du bagage, quarante-cinq sous encore pour la nourriture et pour la paille. Si tout allait bien, lui avait-on promis, ils aborderaient à Acre dans moins d'un mois.

Mais alors le vent était tombé[22]. Il y avait cinq jours de cela. Le temps était humide et mou. Dans le port, des dizaines de bateaux et de barques, voiles repliées, se balançaient mollement sur leur ancre, leurs bords se frottant en grinçant au gré du clapot. Les patrons profitaient de ce répit forcé pour nettoyer les naves et compléter leur chargement. Leurs racoleurs faisaient assaut de promesses, entraînant les hésitants pour leur faire goûter du vin de Crète ou des confitures d'Alexandrie, jurant que c'était là l'ordinaire du voyage.

Marseille, ville grise et rose qu'entouraient les pins et les cyprès, vivait sous le signe de l'Orient. Les chemins de la foi y déversaient sans relâche la foule de ceux qui allaient sauver leur âme. Ces cinq jours sans départs avaient créé une cohue sans pareille. Les auberges, les églises, les hospices, les écuries dégorgeaient leur trop-plein sur le port et dans les ruelles de la ville basse. Aux portes des couvents et des hôpitaux, les pauvres se battaient pour un grabat ou un quignon de pain.

Même à Paris et à Londres, Guilhem n'avait jamais vu une foule aussi mélangée. Riches négociants, portefaix sans emploi, croisés venus de tout l'Occident – seigneurs suivis de leur équipage ou bonnes gens en haillons, rescapés de tous les traquenards de la longue route, pieds nus, besace à l'épaule et bourdon au poing, la croix de tissu rouge cousue sur leur méchante robe; marchands de tout, crieurs de vins ou de poissons, vendeurs de porte-chance ou de fausses reliques, mendiants qu'on prenait pour des voleurs, voleurs qu'on prenait pour des mendiants, aveugles que des enfants pillaient au coin des rues, clercs et moines courant à quelque office, masse humaine crasseuse et brûlante de ferveur, tourmentée d'impatience.

On jurait et on priait dans toutes les langues, des inconnus vous demandaient des nouvelles de tel ou tel, on annonçait que le vent serait pour demain, ou qu'il n'y aurait plus jamais de vent, et que c'était la volonté de Dieu, ou une manigance des aubergistes. Tout se disait et se contredisait, on était prêt à croire n'importe quoi. Un singulier mélange d'espoir et de résignation fermentait sous ce soleil aimable qui sentait l'ail, la poix et la mer.

La mer, Espérandieu avait été déçu de la découvrir si terne et, entre les coques des bateaux, si sale, ballottant des charognes et des immondices. « Pourquoi, demandait-il, la mer était-elle bleue de loin et grise de près ? Il vaudrait mieux ne jamais s'approcher de ce qui attire par sa beauté... » Il s'était consolé en goûtant des épices et des poissons inconnus, en détaillant des vêtements jamais vus, en allant regarder sous leur nez des Infidèles en turban, des Juifs marqués de la rouelle jaune; il était allé visiter, pour une piécette, des esclaves nubiens – des pieds aux cheveux, ils étaient noirs comme des créatures du diable. On disait même, mais que ne disait-on pas ? que des hommes *jaunes,* des marchands venus de Chine, étaient dans la ville !

La veille, Guilhem et Espérandieu avaient suivi l'immense procession qui, l'archevêque en tête, monté sur une mule blanche, s'était rendue du port à l'abbaye de Saint-Victor, où cent moines noirs servent Dieu et vénèrent les corps de sept vierges martyres, une côte de saint Laurent et un bras de sainte Marguerite. Sous les pas du cortège, les gens jetaient depuis les fenêtres de leurs maisons des fleurs et des feuillages. La foule reprenait pieusement les psaumes et les oraisons qu'entonnaient les clercs pour faire se lever le vent.

Pour beaucoup, ce contretemps était un drame de plus : s'il leur fallait continuer de payer leur place dans les auberges, ils ne pourraient garder assez d'argent pour le voyage. Certains, dans le dénuement le plus total, attendaient depuis un an et plus qu'un patron de bateau voulût bien leur faire l'aumône d'un passage, qu'un seigneur ou qu'un bourgeois leur demandât d'aller prier pour eux en Terre absolue. Guilhem craignait de devoir vendre son mulet, ou même le cheval d'Espérandieu...

Mais la procession avait tant et tant chanté, tant et

tant brûlé de cierges que la Bonne Mère, dont on gardait à la cathédrale un morceau de la robe, avait intercédé pour les pèlerins arrêtés dans leur voyage. Et, cette nuit, le vent s'était levé.

Espérandieu avait déjà préparé le bagage. Tandis qu'il allait sortir les chevaux de l'écurie, Guilhem chercha le patron de l'auberge pour lui payer ce qu'il lui devait. Il le trouva devant sa porte, occupé à regarder dans la rue le spectacle d'un homme qui avançait en titubant, pressé par le fouet d'un sergent à cheval; la langue de l'homme, traversée par un épais clou de forge, lui sortait de la bouche, sa salive sanglante lui coulait sur la poitrine; des enfants couraient autour de lui, lui jetant des détritus et des cailloux, riant et se moquant.

Le patron du Papegaïe, son torchon à la main, s'esclaffait bruyamment :

« En voilà un, disait-il, qui n'est pas près de recommencer à blasphémer! »

Guilhem fut surpris de la sévérité du châtiment : à Paris, l'homme en aurait été quitte pour une amende, et, à Millau, pour une pénitence...

Il compta son dû et, suivi d'Espérandieu, rejoignit le port par la rue des Femmes-Payées[23]. Le quai, où les bateaux se disputaient les meilleures places, disparaissait sous un immense et tumultueux grouillement qu'agitaient des courants contraires. Du haut de leurs chevaux, ils durent donner du pied pour s'y frayer un chemin. Enfin, ils arrivèrent à la *Bella* et Guilhem put se faire reconnaître de l'écrivain du bord, avec qui il avait traité son passage.

Au moment de franchir l'huis ouvert dans la coque au ras du quai, Passavant se cabra. Espérandieu eut toutes les peines du monde à le faire s'avancer sur la passerelle mouvante qui donnait dans l'entrepont sombre et fétide. Il parvint enfin à calmer le destrier et choisit ses places près du gros mât, attachant les bêtes dans les sangles qui les maintiendraient durant la traversée. Un marin lui donna une botte de paille fraîche et il s'en fit une litière sous l'encolure de Passavant. L'écuyer n'avait pas droit au pont.

Quand Guilhem alla trouver l'écrivain pour se faire désigner son poste de couchage, l'homme eut une mimique telle que Guilhem sortit deux sous de sa bougette. L'écrivain, sans un merci, enfouit prestement les pièces dans sa manche et lui attribua un bon cadre, à l'arrière, à l'abri de la pluie et des maladresses des malades.

Un homme s'y trouvait déjà assis. Il était long et maigre, avait les pieds nus et une pauvre robe grise. Son regard était calme, plutôt amusé. Il se présenta : on le nommait, dit-il, Mal-Couronne car, du temps où il avait été moine, il ne lui restait que la tonsure. Il était souriant et mystérieux. Guilhem n'insista pas. Puisqu'ils allaient partager un mois durant le même poste, ils auraient le temps de faire meilleure connaissance.

L'embarquement prit toute la matinée. La confusion était telle que certains ne retrouvaient pas leur bateau et s'affolaient tandis que d'autres achetaient à prix d'or les places des retardataires. Des échauffourées éclataient un peu partout. Une grappe d'aveugles mendiant un passage était tombée à l'eau – on en avait repêché quelques-uns. Sur le quai, la foule chantait des psaumes.

Deux des naves templières avaient déjà mis à la voile et les barques des pêcheurs rentraient au port quand les charpentiers de la *Bella* refermèrent enfin l'huis aux chevaux, le chevillèrent et le calfatèrent. Les matelots s'affairaient sur le pont. Avec leurs cheveux ras, leurs cottes à manches étroites et leurs chausses collantes, ils tranchaient sur les autres voyageurs : ils prenaient un air suffisant pour faire sentir aux pèlerins, en les bousculant ou en les ignorant, qu'ils ne seraient jamais, en mer, que des hommes de la terre.

« Etes-vous prêts? » cria le patron, un gros et fort Italien qui se tenait à l'arrière.

Les matelots prirent leurs postes, aux cordages et aux treuils. Les pèlerins se groupèrent au pied du mât. La *Bella* dérapa à la rame, quittant lentement l'embarcadère. Quand le patron estima qu'on s'en était éloigné, il cria de nouveau, de sa voix à dominer les tempêtes :

« Faites voile, de par Dieu! »

Aussitôt, les poulies grincèrent, les cordages filèrent

et la lourde voile triangulaire s'abattit. Maintes fois rapiécée, faite de lés de couleurs différentes, toute cousue d'écussons et d'oriflammes, marquée d'une immense croix au rouge fané, elle prit le vent et se gonfla d'un coup, tendant les haubans. La *Bella* gîta, craqua et parut soudain se libérer de quelque entrave.

Les pèlerins bouleversés entonnèrent d'une seule voix le *Veni Creator*. Ils regardèrent la ville rose et grise s'estomper peu à peu dans son écrin d'arbres et de fleurs. Beaucoup avaient les larmes aux yeux, de tristesse et de joie à la fois : tout départ est une promesse en même temps qu'un arrachement. Quand le brun de la côte et le bleu de la mer eurent fini par se confondre, ils cessèrent de contempler ce qu'ils quittaient et se tournèrent vers le large – vers Jérusalem.

On était un mercredi, le sixième jour de mai, veille de l'Ascension du Seigneur.

Le premier soir, Guilhem ne put s'endormir. Mal-Couronne et lui s'étaient couchés tête-bêche dans leur cadre, à peine large de deux pieds[24]. La nuit était belle. La mer paraissait sombre et blanche à la fois, vaguement lumineuse. Le haut du mât se balançait parmi les étoiles. Guilhem avait le mal de Roquelongue, et d'Aveline, et du petit Guillou, et de l'autre enfant à naître, tranquilles et tendres attaches soudainement rompues.

Comme il changeait une nouvelle fois de position, Mal-Couronne lui demanda :

« Regretteriez-vous le pays, beau chevalier ?

– Mon fils aura deux ans demain », répondit Guilhem.

Mais c'était à Aveline qu'il songeait.

« Alors soyez heureux, si vous avez un fils !

– Il ne me connaîtra pas quand je reviendrai...

– Laissez donc la tristesse à ceux qui n'ont où revenir... A ceux que personne n'attend nulle part... »

Guilhem et Mal-Couronne se redressèrent et s'assirent côte à côte. Ils parlèrent, ainsi que faisaient beaucoup d'autres pèlerins autour d'eux.

Le vent portait vers l'Orient, l'étrave ronde repoussait

régulièrement la vague et le voyage était heureux. Mais les croisés de la *Bella* sentaient peser sur eux l'angoisse des immensités qui les entouraient – la mer, la nuit, ce ciel aux étoiles sans nombre.

Ayant laissé derrière eux leurs murs et leurs femmes, ils restaient sans repères. Leurs habitudes leur manquaient, leurs humbles certitudes. Quand le bateau avait quitté son ancrage, quelque chose en eux s'était déchiré. Arrachés à leur passé, à la seule part d'eux-mêmes qu'ils connaissaient, ils étaient comme des arbres aux racines coupées.

Alors ils parlaient, parlaient de tout, de rien, racontaient des histoires qu'ils avaient vécues, des histoires qu'ils avaient entendues, ou encore des histoires qu'ils inventaient – pas tant pour dire qui ils étaient que pour conjurer tous ces mystères. Quand les hommes, du fond de leur détresse, rassemblent ainsi des souvenirs épars et des rêves confus, c'est pour se convaincre qu'ils vivent, et que non, ils n'ont pas peur.

Mais bientôt, expliqua Mal-Couronne à Guilhem, ils passeraient ce cap d'inquiétude, oublieraient même de se tourmenter et ne penseraient plus qu'à Jérusalem. Un jour, ils apercevraient la côte de la Terre Promise et plus rien d'autre ne compterait.

Mal-Couronne parlait d'expérience : c'était là son quatrième passage. Il n'avait partagé que peu de temps, raconta-t-il, les chasses sanglantes, les saccages, les viols, les ripailles de boudins et les beuveries où se complaisaient les rudes hommes de sa parenté, petits seigneurs d'Artois bâfreurs et teigneux. Il s'était fait moine et avait prononcé ses vœux. Mais il avait découvert tant d'injustice, de morgue et de mensonge chez ceux qui se disaient les serviteurs de Dieu qu'il avait fini par s'enfuir du couvent comme d'un lieu de perdition.

Il était allé une première fois en Terre Sainte chercher son absolution. Depuis, il y retournait au nom de barons ou de bourgeois assez riches pour le mandater et lui payer le voyage, faisant ainsi le salut de leur âme sans risques pour leur corps. Il était en somme devenu pèlerin de profession, comme d'autres sont marins ou mercenaires. Cette vie-là lui plaisait. Il y avait appris beaucoup, disait-il, sur les hommes et sur les choses. Il était sans impatience ni regret, en paix avec lui-même. Comme il ne s'arrêtait jamais assez longtemps pour que la mort l'attendît quelque part, elle le prendrait par surprise, et c'était bien ainsi.

Peu à peu, autour d'eux, les murmures se taisaient. A leur tour, ils se recouchèrent. Guilhem était apaisé. Cette fois, il s'endormit.

Au matin, jour de l'Ascension, une messe fut dite. Une messe « aride et torride », selon l'usage imposé par le pape. Au pied du mât, devant un crucifix et un missel posés sur son coffre, un prêtre lut les textes de l'office mais s'abstint de consacrer le pain et le vin : il ne fallait pas faire prendre au corps et au sang du Christ les risques d'un naufrage. Cela ne fit qu'ajouter à la ferveur de tous et vint rappeler à propos que la valeur d'un pèlerinage se mesure aux périls qu'on y court et à son inconfort autant qu'à la piété.

Il n'était pas un voyageur de la *Bella* qui se fût plaint des conditions de la traversée. Pourtant, à quarante sur le pont, ils ne pouvaient guère bouger et devaient, la nuit, enjamber les corps des dormeurs pour se rendre aux poulaines de l'arrière; ils n'avaient à manger que des biscuits presque noirs qu'ils faisaient ramollir dans de l'eau vinaigrée, des maquereaux salés et des fèves sans goût, dures à s'y casser les dents; au fil des jours, la *Bella* et ses passagers devenaient plus maigres et plus sales, la vermine se multipliait : les pèlerins devaient s'entre-épouiller – c'était d'ailleurs là leur passe-temps principal avec les prières en commun.

A l'entrepont, c'était pire encore. Les écuyers, les valets et les chevaux marinaient, presque sans air et sans lumière, dans la puanteur âcre de leurs déjections. Là, régnaient de gros rats aux yeux rouges, qui ne craignaient personne et terrifiaient les hommes et les bêtes. Les matelots avaient lâché quelques petits animaux souples et silencieux qu'ils appelaient des chats, mais les rats se groupaient à plusieurs pour leur faire face, allant parfois jusqu'à les attaquer. Espérandieu, nauséeux, à moitié asphyxié, se demandait ce qu'auraient fait à la place des chats les belettes domestiquées qu'il avait vues à Paris chasser les rats du port-au-blé.

Mais l'odeur, les rats, les poux, la promiscuité n'étaient que moindres maux. Ils pouvaient de surcroît craindre une tempête ou une attaque de barbaresques...

Le patron italien, seul maître à bord après Dieu, était autoritaire, injuste et fort en gueule. Il maltraitait l'équipage et tout prétexte lui était bon pour humilier les pèlerins. On le surnommait « Bernuncio » – c'était là son juron favori[25].

Il avait fouetté au sang le matelot chargé de surveiller l'horloge : une ampoule de verre à deux bulbes dont le contenu – de la coquille d'œuf finement pilée – s'écoulait en une heure exactement d'un bulbe dans l'autre; il fallait alors retourner l'horloge et tenir le compte à jour. L'homme de garde avait été surpris à demi assoupi, et Bernuncio avait exigé que tout le monde assistât à la punition qu'il lui infligea en grognant de plaisir.

Le lendemain, il avait fait jeter dans la barge que traînait la *Bella* un des valets de l'entrepont qui, ayant laissé tomber sa gourde dans le purin de la sentine, avait bu à la réserve d'eau douce. Depuis le plat-bord, Bernuncio allait de temps à autre l'insulter, énorme, véhément, éructant des menaces, montrant son poing à assommer un bœuf, promettant au pauvre homme de le laisser au soleil jusqu'à ce qu'il y pourrisse.

Il n'y avait guère que les éclats de Bernuncio pour ponctuer des jours égaux et mornes. Le vent avait faibli mais restait fidèle à la *Bella*. Mal-Couronne et Guilhem s'étaient pris d'affection l'un pour l'autre et le défroqué, le soir, racontait l'Orient au chevalier du causse. Villes aux toits plats et blancs, lions, girafes, palmiers empanachés, vastes demeures où chantent des fontaines, éblouissements. Une fois, il était allé à Constantinople, la plus grande et la plus riche cité du monde, avec tous ses palais, ses coupoles, son immense muraille tombant à pic dans la mer. Mal-Couronne, l'enfant des brumes, parlait de la Corne-d'Or, de la tour de Galata, de Sainte-Sophie, comme s'il les avait vues en rêve. Même la lumière, disait-il, était d'or.

« Irons-nous à Constantinople ? demanda Guilhem.

– Laissez donc, beau chevalier, les légendes aux conteurs !

– Mais toutes ces merveilles...

– Les merveilles cachent souvent des péchés. Les chrétiens de là-bas ne sont pas comme nous. Leur façon est rusée et cruelle... »

Il dit ainsi comment Isaac l'Ange, vainqueur de l'empereur Andronic Comnène, avait deux ans plus tôt livré celui-ci aux femmes du peuple, et comment elles l'avaient dépecé tout vivant, arrachant sa chair et s'en repaissant, raclant ses os un à un...

Mal-Couronne s'attardait en digressions, faisait des détours, semblait s'égarer dans son histoire puis en retrouvait le fil alors même qu'on le croyait perdu. Il parlait bien, et ils étaient de plus en plus nombreux ceux qui, le soir, venaient l'écouter.

C'est pourtant par l'une de ses histoires que le malheur arriva.

Le défroqué racontait cette fois-là la vie tourmentée d'un faux moine qu'il avait connu et qui, devenu roi d'un lointain pays après maintes abominations, avait un beau jour quitté son trône pour se faire pénitent, allant pieds nus par les chemins d'infortune, vivant de charité. A ce moment du récit, Bernuncio vint se mêler aux pèlerins qui, fascinés, bouches bées, en oubliaient de se gratter.

Mal-Couronne poursuivit :

« C'était un grand pécheur, mais Dieu lui accorda la grâce du repentir car il était resté quelque chose de bon en lui...

– Est-il venu en Terre de pardon ? » demanda une voix dans l'obscurité.

Mal-Couronne prit l'air navré :

« J'en connais, dit-il lentement, qui font le voyage trois fois l'an et dont l'âme est plus noire que celle des païens...

– De qui parles-tu ? gronda Bernuncio.

– Je parle par exemple de ces patrons de nave qui n'hésitent pas à vendre comme esclaves aux Infidèles les croisés dont ils ont la charge. »

Bernuncio ricana :

« On ne te vendrait pas cher ! »

Mal-Couronne prit soin de laisser le dernier mot au gros Italien, mais l'escarmouche avait mis les pèlerins mal à l'aise. Ils allèrent se coucher tôt, d'autant que le vent fraîchissait.

Au matin, ils furent éveillés par les éclats de voix de Bernuncio, qui braillait à tous les échos. La voile était carguée, la *Bella* immobile sous le ciel bas. Le patron, l'air mauvais, groupa au pied du mât tous les passagers du pont. On avait volé, dit-il, la pierre d'aimant.

C'était une pierre noire qu'on trouvait à Magnésie. Il fallait en frotter une aiguille de fer qu'on posait sur un roseau flottant dans un gros bocal; elle indiquait alors la direction de l'étoile du nord, celle qui reste immobile dans le ciel. Ainsi pouvait-on se diriger – sauf quand l'aiguille était troublée par la proximité d'une armure, d'une épée, d'une femme enceinte ou d'un parjure.

Une tempête s'annonçait, menaça Bernuncio en montrant l'horizon qui se plombait, et sans la pierre d'aimant, la *Bella* courait au naufrage. Comme les passagers s'entre-regardaient avec effroi, le patron annonça que les matelots étaient en train de fouiller les bagages, et que le coupable serait sévèrement châtié. Mal-Couronne, appuyé au plat-bord, contemplait la mer – elle virait au gris, les vagues courtes se frangeaient d'écume. Ce qu'il paraissait y voir lui donnait un air étrangement grave. Il frissonna, puis haussa les épaules et retrouva son éternel et mystérieux sourire.

Bientôt, un cri : un matelot brandissait d'une main la pierre noire et de l'autre une modeste besace au cuir brillant d'usure :

« A qui est ce bagage ? demanda Bernuncio qui triomphait déjà.

– C'est le mien », dit Mal-Couronne.

Bernuncio, énorme, les poings serrés, le dos gonflé, s'approcha lentement du frêle défroqué.

Alors Mal-Couronne eut un regard désolé à l'adresse de Guilhem puis, sans un mot, sauta à la mer. Guilhem fut le premier à se précipiter vers la lisse : Mal-Couronne avait déjà disparu.

Tandis que les pèlerins, horrifiés, continuaient de fixer des yeux le flot immense et vide, Bernuncio fit mettre à la voile. Presque aussitôt, la tempête éclata. La mer se creusait, verte et grise, écumante. La *Bella* tanguait, roulait, glissait par le travers, escaladait des crêtes vertigineuses, tombait dans des gouffres glauques, craquait à se démembrer. Les croisés, la tête vide, le cœur aux lèvres, s'agrippaient comme ils pouvaient sur le pont que balayaient les vagues. Un clerc, entourant le mât de ses deux bras, les yeux au ciel, criait dans les déferlements les prières de la dernière heure.

Après un jour et une nuit, ils trouvèrent l'abri des côtes de la Crète et purent gagner Candie, petit port ocre et blanc aux maisons basses. La *Bella* était en piteux état : pont ravagé, voile déchirée, cordages épars, haubans rompus.

Quant aux pèlerins, hâves, défaits, lamentables, ils avaient des regards traqués de survivants et prirent terre en tremblant sur leurs jambes, cherchant leurs appuis comme s'ils avaient désappris à marcher. Un clerc et un chevalier avaient été emportés par la tourmente, ainsi que le matelot de la hune. Mais c'est sans doute dans l'entrepont qu'on avait le plus souffert. Aux affres de la tempête, il fallait ajouter les débordements infects de la sentine qui noyaient le fond de la nave, la contagion de la peur, l'irrépressible panique qui avait pris les chevaux et les mulets dans leur étouffante prison de planches et de goudron. Espérandieu se rappellerait longtemps les hennissements de terreur — plus déchirants encore que les appels des hommes.

Il faudrait plusieurs jours pour remettre la *Bella* en état. Bernuncio, toutefois, refusa qu'on fît sortir les chevaux épuisés et meurtris. Tandis que les matelots rapiéçaient, clouaient, calfataient, épissaient, les croisés refirent leurs forces — longues promenades dans les bois de pins, agréables repas de poissons grillés, de pain chaud et d'oignons, de fromage de brebis arrosé de vin frais.

Ils restèrent bien quinze jours à Candie avant que la nave fût prête. A la veille du départ, Espérandieu vint dire à Guilhem ce qu'il avait appris dans une auberge du port : la *Bella* se déroutait vers Constantinople ! Bernuncio, en effet, moyennant une petite fortune en pièces d'or, avait accepté d'embarquer un riche seigneur byzantin dont le bateau avait été endommagé par la tempête. Ce Grec, on l'apercevait quelquefois, un faucon blanc au poing, traînant son ennui parmi ses serviteurs et ses lévriers.

Guilhem, qui gardait en lui comme une blessure le souvenir de Mal-Couronne, et pour qui Constantinople restait lié à ce qu'en disait le doux défroqué, décida de donner une leçon à Bernuncio. D'autant qu'il avait la conviction que son ami avait été victime d'un traquenard du gros patron.

Le soir venu, alors que Bernuncio était à son habitude descendu à terre, il réunit les croisés et les matelots, expliqua comment on les trompait et comment certains d'entre eux devraient rester à Candie pour faire place à ce seigneur byzantin. C'était là, dit-il avec force, une chose qu'ils ne devaient pas accepter. Ce Bernuncio leur en avait assez fait voir. Ils avaient payé leur passage pour Acre et n'avaient rien à faire à Constantinople. C'est à Jérusalem qu'ils feraient leur salut, non chez les Grecs !

Les hommes commencèrent par hésiter.

« Un patron est seul maître à son bord ! dit un matelot.

– A son bord, oui ! répondit Guilhem. Mais justement, en ce moment même, il n'est pas à son bord ! »

En vérité, bien que craignant les représailles de Bernuncio, ils étaient tous tentés par l'idée de se venger de lui. Guilhem, qui en imposait par sa résolution, n'eut guère de mal à les convaincre d'accepter son plan. Il en prenait, jura-t-il, l'entière responsabilité.

Tard dans la nuit, quand l'Italien, lourd de vin et de mangeaille, apparut sur le port, rotant et titubant, il fut aussitôt ceinturé, assommé, ligoté, jeté enfin dans la barge. Profitant du vent de terre, la *Bella* quitta le port avant l'aube et mit à la voile. L'un des matelots s'était dit capable de rallier Acre, et Guilhem en avait pris le risque.

Quand il s'éveilla, Bernuncio entra dans une fureur inouïe, tenta de rompre ses liens, cria, menaça, puis, au contraire, se mit à promettre ce qu'on voudrait, à cajoler, à rire de la bonne farce qu'on lui faisait. Du plat-bord, les pèlerins et les matelots le fixaient sans un mot, sans un geste, tribunal sans pitié. Quand il comprit qu'était venue pour lui l'heure de la justice, Bernuncio tomba dans une sorte de prostration. Le lendemain, il déparlait – oui, il avait vendu des croisés aux Sarrasins, oui, il avait caché lui-même la pierre d'aimant dans le bagage de Mal-Couronne, oui, il voulait les détourner vers Constantinople...

La nuit suivante, une ombre traversa le pont endormi de la *Bella*. Au matin, la barge n'était plus en remorque. Le cordage avait été tranché au ras du plat-bord. Dans son état, sans eau sous ce soleil, Bernuncio ne survivrait guère. Il n'eut pas d'oraison funèbre. Guilhem fit dire une messe aride et torride pour que repose en paix l'âme de Mal-Couronne, son ami le pèlerin aux histoires.

Aux dires des matelots, on n'était plus qu'à quelques jours d'Acre quand retentit l'appel du veilleur de hune. D'autres bateaux apparaissaient à l'horizon, se précisant peu à peu. Ils semblaient danser un étrange et lent ballet d'approches et d'esquives. On comprit bientôt : c'était un combat entre deux naves aux voiles marquées de la croix et deux galères barbaresques.

Guilhem, qui était devenu le vrai chef de la *Bella,* ordonna qu'on s'arme pour aller secourir les chrétiens. Aussitôt les chevaliers sortirent des coffres les hauberts et les heaumes, tirèrent les épées; les matelots dressèrent la catapulte, préparèrent les projectiles et les distribuèrent aux valets et aux écuyers : des pots de poussière et de chaux pour aveugler l'ennemi, d'autres remplis d'un mélange d'étoupe, de soufre et de résine pour incendier les galères. Un mousse, les mains et les bras protégés par d'épais gants de cuir, tira d'un panier d'osier des serpents venimeux qu'il enferma dans de fragiles récipients de terre : on les jetterait parmi les rameurs.

Mais, à l'arrivée de la *Bella,* les barbaresques rompirent le combat et s'enfuirent à vives rames : à deux contre trois, ils perdaient toute chance.

A la proue de la plus grande des deux naves chrétiennes se tenait un seigneur fier et richement vêtu. C'était Conrad de Montferrat, qui venait de Constantinople. Il remercia dignement Guilhem d'Encausse et invita ceux de la *Bella* à voyager de conserve. Il allait au secours de la Terre sainte où, dit-il, les armées étaient déjà sur le pied de guerre.

VII

LA SAINT-MARTIN-DE-SANG

La guerre. L'inexpiable guerre sainte. Par-delà les péripéties politiques qui ont rendu inévitable l'affrontement des chrétiens et des musulmans, on en revient à ce qui, au fond, les a toujours séparés et qui les jette les uns contre les autres quand tout le reste est dit : ils n'ont pas le même dieu.

Peut-être, sur le tracé d'une frontière, sur la réparation d'un outrage, pourraient-ils encore malgré tout s'arranger. Mais ce qui va se jouer entre eux dépasse singulièrement les querelles de territoires ou de traités. On ne transige pas sur l'au-delà. Nés de la même nuit inconnaissable, ils ont conçu pour en supporter le mystère des sacrés qui s'excluent. Plongeant ses racines dans l'obscur remuement des consciences, défini au nom de dogmes intangibles, le conflit est irréductible : il oppose un ordre du monde à un ordre du monde, une vérité absolue à une vérité absolue.

Comme s'il suffisait, pour nier le dieu des autres, d'en supprimer les fidèles, ils vont se parer, le temps d'une bataille, des couleurs du Bien et des couleurs du Mal pour s'entre-tuer avec exaltation. Il leur est interdit de douter : douter, c'est tout perdre. Leur salut est au bout de leurs armes.

La volonté de l'Eternel s'accomplira dans la haine et dans l'horreur. Il n'y aura ni héros ni victimes : seulement des martyrs. Quand l'homme combat pour sa foi, la mort donne un sens à sa vie. Ils gagneront donc des paradis concurrents — mais la même vieille terre de Galilée, déjà gorgée de sang, comme maudite d'avoir enfanté tant de dieux et de croyances, recouvrira leurs os brisés après tant d'autres os brisés. Ils n'auront pour tout linceul qu'une prière posthume, des jurons de soldats et la chanson du vent dans les chardons. Pourquoi donc Jérusalem fut-elle promise à tous ?

A la fin de juin, les deux armées ont fini de se regrouper. Les chrétiens ont dressé leurs tentes dans la plaine d'Acre; les musulmans, à deux jours de là, sur le Golan, entre Damas et Tibériade. Il ne leur reste plus qu'à marcher l'une contre l'autre.

Les chrétiens sont plus de vingt mille : deux mille chevaliers, quatre mille turcopoles[26], quinze mille hommes de pied. Ils ont même formé un corps d'arbalétriers italiens : le concile de Latran a interdit, comme mortel à trop bon compte, l'usage des carreaux et des viretons entre chrétiens, mais contre l'Infidèle, tout est bon qui tue.

La force des Francs : ces rudes chevaliers aux robes de fer qui font corps avec leurs lourds chevaux; ils sont braves, aguerris et aiment la bataille. Leur tactique est simple : convaincus que la qualité l'emporte sur le nombre et que l'élan prime la manœuvre, ils chargent de front, à plein galop, à pleine voix sous les bannières; dans les brèches qu'ils taillent s'engouffrent les fantassins. Leur mission est sacrée : écarter la menace qui pèse sur Jérusalem, chasser les païens pour longtemps. Leur secours : la Vraie Croix, qu'ils dressent au cœur du combat; elle les protège, elle les exalte, elle leur rappelle que le Christ est mort pour eux et que Dieu est à leurs côtés. La victoire leur vaudra des indulgences et du butin. Guy de Lusignan les commande; il est jeune, courageux, mais ne voit guère plus loin que le bout de son sceptre; il aimerait que tout fût clair et beau, prend pour bien faire l'avis de tous mais n'entend que le dernier; il doit trop à trop de gens pour pouvoir encore dire non; pourtant, il ne doute ni de sa couronne, ni de lui-même, ni de la victoire.

Saladin connaît bien les chrétiens. A leur force, il va opposer sa foule : près de quarante mille hommes, guerriers légers, mobiles, patients. Il sait son armée prompte au découragement, mais irrésistible si elle mène le combat à sa façon. Il devra tout faire pour éviter l'affrontement masse contre masse. Sa tactique : manœuvrer, faire porter ses points forts contre les points faibles de l'ennemi. Son but : Jérusalem, la reconquête. Son avantage sur Guy de Lusignan : il est Youssouf Salah al-Din, le maître unique et reconnu, le protecteur de la religion, celui par qui Allah va frapper les chrétiens. A cinquante-trois ans, le chef kurde a le corps sec et vif, l'esprit aigu; il laisse paraître son humeur à la manière dont il traite sa barbe à deux pointes : la lissant quand tout va bien, l'arrachant presque dans son poing aux moments de doute et d'énervement.

Cet été-là est accablant, sans une tendresse, sans une complaisance, sans un nuage attardé, sans une brise qui s'égare. Dans le ciel blanc, le soleil est blanc. C'est un été où tout se réduit à son essentiel.

En passant le Jourdain, Saladin a franchi la frontière du royaume chrétien de Jérusalem. Il n'ira pas attaquer les Francs dans leur camp d'Acre. Il veut les faire venir là où il a décidé de les attendre : sur le plateau nu, brûlé, brûlant, d'entre Séphorie et Tibériade – rochers éclatés, ravins, basaltes noirs, herbes sèches, désert. Il s'adossera au lac et attendra que le soleil et la soif aient accompli leur œuvre.

Saladin a quitté Damas un vendredi, jour saint. Si son calcul est juste, tout se jouera aussi un vendredi, dont la nuit sera celle d'Al Qader, nuit de la Prédestination et des mystères ineffables.

En ce 22e jour du mois de rebi second, an 583 de l'Hégire, le sultan regarde, depuis les pentes du Golan, son armée passer le gué de Senabra, au sud du lac de Tibériade. L'aîné de ses dix-sept fils, Malek al-Afdal, se tient près de lui – il lui ressemble tant qu'on dirait son double.

En contrebas, ils voient l'immense coulée des chevaux, des chameaux de bât et des hommes s'étrécir au moment de traverser le Jourdain puis reprendre son ample cours pour remonter vers le nord. Sous la houle des étendards jaunes, on dirait un fleuve qui en traverse un autre. A l'avant-garde, Modaffer ed-Din, le Loup Bleu. A l'arrière-garde, Kubkuri. Saladin lui-même commande le centre.

Déjà le Loup Bleu a envoyé des éclaireurs vers Séphorie et des espions loin sur la route d'Acre.

Ce même jour, mercredi 1er juillet 1187, on apprend à Acre que les Sarrasins ont franchi le Jourdain. Sous l'influence des chevaliers du Temple et de l'Hôpital, pressés de venger le désastre de Creisson, Guy de Lusignan choisit d'aller à leur rencontre. Mais sur le conseil de barons plus circonspects, il décide qu'on s'arrêtera à Séphorie, à mi-chemin de Tibériade : l'eau y est abondante et on y sera bien placé pour suivre les mouvements de Saladin.

Guy de Lusignan n'a jamais vu une armée plus nombreuse que celle dont il est le chef. Le ban et l'arrière-ban du royaume ont été convoqués : il ne reste dans Jérusalem que deux chevaliers malades. Tous ont répondu à l'appel, barons, petits seigneurs, et même marins scandinaves profitant d'une escale, et même Bohémond d'Antioche, qui a envoyé cinquante chevaliers avec son fils Raymond, filleul de Raymond de Tripoli. Tous, sauf deux : Baudouin de Ramla, qui s'entête dans son exil, et Héraclius, dont le devoir de patriarche est de porter la Vraie Croix mais qui, se prétendant souffrant, a fait dire qu'il rejoindrait quand il le pourrait.

Cet ost immense, un seul ordre du roi va l'ébranler, l'organiser en bannières, en échelles, en batailles, le mettre en route. Sa propre puissance éblouit Guy de Lusignan, qui n'a jamais rêvé bien haut. Il ne se lasse pas d'écouter la rumeur du camp, de contempler l'océan des tentes. Il est grave et impatient à la fois, comme au jour de son premier cheval. Il avertit les dignitaires du royaume et les maîtres des Ordres qu'on partira à l'aube du lendemain jeudi, fête de la Visitation de la Vierge – qu'elle les prenne tous en sa sainte garde!

Pour tromper leur attente, les chevaliers organisent une dernière course au cochon. C'est un jeu qui fait fureur depuis que, en cette veille de bataille, on a interdit les tournois. Sous les murailles d'Acre, un champ clos a été délimité. A un bout, on attache un cochon. A l'autre bout, on amène deux femmes, les plus vieilles et les plus décrépites qu'on ait trouvées : le cochon sera à celle qui l'attrapera. On présente solennellement les pauvresses, chacun parie sur celle qui lui paraît la plus alerte, deux camps se forment. Au signal des busines, les vieilles commencent en trébuchant leur pauvre course, tombant, se relevant sous les rires et les vivats tandis que le cochon éperdu couine et cherche à rompre sa longe...

Puis, quand même, il faut bien songer à préparer les armes et les bagages.

La troupe des chrétiens parcourt en six heures les sept lieues qui séparent Acre de Séphorie. Poussière, chaleur, mouches, mirages d'arbres posés à l'horizon qui tremble. Les chevaux et les hommes arrivent fatigués à Séphorie. Après la rude marche, l'ombre, l'eau. On se bouscule aux citernes et aux bassins.

« Ils se sont mis en route en avançant d'un pied et en reculant de l'autre, tant leurs cœurs sont pleins de doute », est venu rapporter à Saladin un espion couvert de poussière blanche.

A Séphorie, le sultan sait les Francs bien retranchés. Pour leur faire quitter l'abri des murailles et des arbres, il part assiéger Tibériade avec ses archers, ses mameluks et ses machines de guerre. Le Loup Bleu et ses cavaliers restent en réserve.

Depuis la forteresse de Tibériade, dame Eschive, l'épouse de Raymond de Tripoli, voit les Sarrasins disposer leurs mangonneaux, combler les fossés, saper les murailles. Avant de rejoindre l'ost, Raymond lui a recommandé, en cas d'attaque, de se réfugier sur le lac. Mais Eschive, qui n'a jamais approuvé les avances que

Raymond a faites à ces mahométans, choisit d'organiser la résistance avec les sergents et les valets qui restent. Elle a envoyé des messagers sur la route d'Acre demander le secours de l'armée des chrétiens.

Dès que les messagers d'Eschive sont passés, le Loup Bleu prend possession du plateau qui sépare Séphorie de Tibériade et divise ses troupes en détachements légers.

A Séphorie, les Francs ont dressé leurs tentes sous les murs de la ville. L'ordre du camp est immuable. Au centre, le vaste tref rouge du roi de Jérusalem et, sous un dais de toile brodée d'or, la Vraie Croix et le Saint-Sacrement – en l'absence d'Héraclius, ce sont Rufin, évêque d'Acre, et Bernard, évêque de Lidda, qui en ont la charge. Autour, les tentes des dignitaires du royaume et des hauts barons, puis celles des chevaliers bannerets. Plus loin, celles des chevaliers soldés avec l'argent d'Henri Plantagenet et qui arborent des bannières rouges aux armes d'Angleterre. Celles des turcopoles et des hommes de pied. Celles enfin des filles de plaisir, des diseurs d'histoires, des dresseurs de chèvres. Les chevaliers du Temple et ceux de l'Hôpital se sont hébergés un peu à l'écart, sur des hauteurs.

L'humeur du camp a changé. De nombreux chevaliers sont allés prier à l'église des saints Anne et Joachim, les parents de la Vierge Marie, qui vécurent ici. Beaucoup ont même sollicité des évêques Rufin et Bernard une hostie consacrée : ils l'ont placée dans un petit ostensoir qui leur bat la poitrine. Il n'est plus question de course au cochon. Saladin est à moins d'une journée de marche.

La nuit est venue, et la lune, grosse aux trois quarts. Moins brûlante, la chaleur paraît plus étouffante encore. On a relevé les pans des tentes pour qu'un peu d'air y circule. La plupart des hommes ont quitté le haubert; en chemise ou torse nu, ils cherchent en vain un coin frais sur leurs couches moites. Les marins, peu habitués aux longues marches, pansent les plaies de leurs pieds. Des joueurs de dés cherchent des partenaires. Des vétérans tentent de vieilles plaisanteries, autant pour évoquer d'anciennes campagnes que pour oublier cette angoisse qui les prend tous et dont seul le combat les délivrera. On sait que Tibériade est assiégée, et le roi tient conseil.

Sous le tref où trône Guy de Lusignan, la lumière dansante des torches plaque aux parois de toile rouge des ombres fantastiques. Serrés les uns contre les autres, les barons étouffent et mijotent dans leur sueur âcre. Le conseil du royaume est une fois de plus divisé sur la conduite à tenir. Attendre, dit l'un. Courir sauver Tibériade, dit l'autre. Brouhaha, confusion. Venus des sources voisines, les moustiques les harcèlent.

Hugues, l'aîné des quatre fils d'Eschive et beau-fils de Raymond de Tripoli, vient de prier le conseil qu'on secoure sa mère. Le roi se tourne alors vers Raymond de Tripoli, qui n'a pas demandé à parler. A l'invitation de Guy de Lusignan, il s'avance d'un pas :

« Sire, dit-il, je vous dirai volontiers ce que je pense, mais je sais qu'on ne me croira pas. »

Sous la mèche maintenant blanche, le teint paraît jaune. La réputation du comte et l'inquiétude de sa voix sont telles que les barons se taisent.

« Parlez, dit Guy de Lusignan.

– Sire, je conseille qu'on laisse perdre Tibériade... »

Exclamations, murmures.

« Je vais dire pourquoi, poursuit Raymond de Tripoli en haussant soudain le ton... Tibériade est à moi, et ma femme s'y trouve. Si la ville est perdue, personne n'y perdra plus que moi... Mais il n'y a pas d'eau d'ici au lac. Nous ne pourrons faire boire les hommes ni les bêtes. En moins d'une journée, nous serons hors d'état de nous battre... La chaleur, la soif, la fatigue nous livreront aux Sarrasins... Nous serons tous tués ou pris... La Vraie Croix tombera aux mains des Infidèles... »

Il s'interrompt le temps de se signer puis reprend, la voix plus fervente encore, appuyant ses mots :

« Le seul moyen de vaincre Saladin est de lui refuser

le combat. Il ne pourra longtemps tenir tant d'hommes sous les armes...

– Et Tibériade ? » demande le roi.

Le comte remonte sur son front la mèche qui lui bat l'œil :

« Mieux vaut perdre Tibériade et sauver le royaume ! Je paierai la rançon de ma femme... Et ma cité, je la r'aurai quand je pourrai... »

Autour de la tente royale, les chevaliers se sont attroupés dans l'ombre. Ils écoutent Raymond de Tripoli qui répète :

« Mieux vaut perdre Tibériade et sauver le royaume... »

Une autre voix s'élève alors, dure, méprisante. Renaud de Châtillon s'est avancé face à Raymond de Tripoli, qu'il domine d'une tête :

« Faut-il que vous aimiez ces païens pour vouloir ainsi les protéger ! Ils sont nombreux ? Tant mieux ! Moi je dis qu'abondance de bois ne nuit pas au feu ! »

Et Gérard de Ridefort, à ses voisins :

« Le comte de Tripoli est trop lié avec les Infidèles... Il a beau faire le mouton, on voit passer le poil du loup... »

Mais quand Gauthier d'Arsuf, qui a remplacé Roger de Molins à la tête de l'Hôpital, dit que le conseil du comte lui semble sage, la plupart des barons l'approuvent. Gauthier d'Arsuf, comme eux, est un Poulain. Lui aussi se méfie de ce Châtillon, de ce Ridefort, de ce Lusignan, de ce Montferrat : ils ne sont pas nés au royaume.

Guy de Lusignan lève le conseil. Il a décidé. On reste à Séphorie.

Saladin a investi Tibériade sans grand effort. Ses hommes sont déjà aux remparts. Il rassemble les troupes inutiles et les envoie rejoindre celles du Loup Bleu.

Tard dans la nuit, on a servi son souper à Guy de Lusignan, mais il n'a pas le cœur à manger. Il étouffe sous son habit de roi mais ne veut pas s'en défaire. Gérard de Ridefort entre alors sous la tente sans se faire annoncer. Le maître du Temple boite et ne peut s'appuyer longtemps sur sa jambe vilainement brisée deux mois plus tôt. Il s'assied sur un escabeau :

« Ainsi, dit-il, vous avez cru ce traître! Ne voyez-vous pas qu'il cherche à vous faire haïr? Jamais un roi de Jérusalem n'a laissé prendre une de nos villes sans courir à son secours... »

Le roi fixe son écuelle, où se fige une sauce.

« Sachez, continue Ridefort, que les chevaliers du Temple préféreraient jeter leurs manteaux blancs plutôt que de ne pas venger la honte de Creisson... Pourquoi pensez-vous que je vous aie remis le trésor d'Angleterre? Pour que nous prenions ici nos quartiers? Allons, faites crier qu'on s'arme!

– Soit! » répond Guy de Lusignan sans même discuter.

Il se donne une gifle pour écraser un moustique puis, marquant son droit de roi, il ajoute avec suffisance, comme si c'était la décision principale :

« Mais nous marcherons de nuit pour éviter la grosse chaleur. »

Les busines et les tabors sonnent le ban royal. Les barons se précipitent : ils croyaient acquise la décision d'attendre. Balian d'Ibelin à leur tête, ils veulent protester, savoir au moins si quelque fait nouveau justifie ce revirement.

Les écuyers du roi ont déjà à demi démonté le tref rouge et Guy de Lusignan est en selle, entouré du connétable Amaury, son frère, du sénéchal Jocelyn, de Renaud de Châtillon, de Gérard de Ridefort. C'est le maître du Temple qui interpelle les barons rhabillés à la hâte :

« L'ost et la Vraie Croix, dit-il, partent au secours de Tibériade. Les malades et les lâches pourront rester à garder les bagages. »

Balian s'étouffe, comme toujours quand il s'indigne. Il ne peut répondre. C'est Raymond de Tripoli qui s'adresse au roi :

« Sire, je regrette que vous ne suiviez pas mon

conseil. Je crains qu'il n'arrive ce que j'ai dit... Mais puisque l'ordre est donné et que nous entrons sur mes terres, je fournirai la pointe avec ma chevalerie. »

L'ost est long à s'ébranler. Les hommes sont réticents. Une mauvaise rumeur traverse le camp : un écuyer vient de voir en rêve un aigle planer au-dessus de l'armée des chrétiens; il portait sept flèches dans ses serres et criait : « Malheur! Malheur à la cité de Jérusalem! » On se répète que Dieu va demander des comptes et châtier les crimes impunis.

Le chemin est difficile, serpente au fond des ravines, grimpe au flanc des oueds, tourne, tourne encore. En tête, escortés par la cavalerie légère des turcopoles, marchent Raymond de Tripoli, ses quatre beaux-fils, les chevaliers de Tibériade et la troupe de Raymond d'Antioche. Amaury de Lusignan les suit avec le premier corps des chevaliers du roi. Jocelyn d'Edesse commande le deuxième, le roi Guy le troisième, où se trouve la Vraie Croix. Balian d'Ibelin est en arrière-garde avec les chevaliers du Temple. Les chevaliers de l'Hôpital gardent les flancs. Les hommes de pied ont été répartis entre les diverses chevaleries.

Raymond de Tripoli a quitté Séphorie depuis longtemps quand vient le tour de Balian d'Ibelin. Il ne laisse derrière lui que les filles et les bateleurs. Ses hommes sont les seuls qui aient eu le temps d'aller remplir leurs outres.

A peine sont-ils en marche qu'un sergent débusque derrière une colline une vieille femme montée sur une ânesse. Que fait-elle ici à cette heure? Un interprète l'interroge en vain. Elle est ridée, sans dents, mais garde une longue chevelure noire de jeune fille. Les hommes la jettent à terre. L'un d'eux lui écrase la main sous son talon de fer. La vieille geint, appelle. Les espionne-t-elle? Elle ne répond pas. On la frappe à coups de pied, on lui écrase les doigts entre des pierres. Enfin, elle parle. L'interprète traduit.

Elle dit qu'elle est l'esclave d'un Syrien de Tyr, qu'elle connaît les sorts et que son maître l'a prêtée à Saladin pour qu'elle lie les chrétiens par ses enchantements. Elle a pu faire deux fois le tour du camp. Si elle avait pu terminer le troisième et achever sa malédiction, aucun des Francs n'aurait réchappé de la bataille qui va se livrer.

Balian fait demander si elle peut encore les délier du sortilège. Oui, mais il leur faut pour cela retourner à Séphorie et se placer dans leurs tentes comme ils étaient quand elle a commencé à les lier.

« Qu'on la brûle ! » décide Balian d'Ibelin.

Il tient dans sa main, en signe de conjuration, le petit ostensoir d'or où l'évêque de Lidda a déposé l'hostie sainte.

Avec le bois qu'on emportait pour le bivouac, un bûcher est vite improvisé. Aux premières flammes, on y jette la sorcière qui récite des formules et s'enveloppe de sa chevelure. Stupeur, elle ne brûle pas. Elle est sanglante et déchirée par les coups, mais le feu ne la touche pas. Elle quitte maintenant le brasier, en sort tout simplement. Les hommes, pris d'épouvante, se reculent. Elle va vers eux comme s'ils n'étaient pas là. Un sergent s'approche d'elle par-derrière, lève sa hache et, d'un coup, la fend jusqu'à la poitrine. On jette son corps en travers sur l'ânesse qui part au petit trot dans la nuit.

Tous se signent. Balian ordonne qu'on rejoigne. L'arrière-garde se reforme. Les hommes sont silencieux, déjà presque résignés au malheur.

Marche accablante. La poussière dessèche les gorges. Ceux qui ont gardé leur gambeson matelassé sous le haubert suent toute l'eau de leur corps en enviant ceux qui portent les mailles à même la peau – mais ceux-ci, dont le fer mord la chair, regrettent d'avoir quitté leur protection. Les pieds des chevaux roulent sur les cailloux. Jusqu'où faudra-t-il aller ? Sous la lumière blanche de la lune, l'armée sans fin racle le désert.

Puis, quand ils se sont assez éloignés de Séphorie, le Loup Bleu attaque.

Ici, là, sans que rien ne l'annonce, une averse de flèches tombe du ciel sur l'une ou l'autre bannière. Quand on entend la vibration particulière des traits, il est trop tard pour s'en protéger. La grêle des impacts, un galop qui s'éloigne derrière les collines, des chevaux touchés qui se cabrent, des hommes qui tombent et appellent. Il faut relever les blessés, arracher les flèches, reprendre la marche, épier la nuit – jusqu'à la prochaine fois. Les cavaliers pressent l'allure, mais les fantassins les retiennent. Ils savent tous qu'ils ne peuvent combattre les uns sans les autres, mais ils s'insultent pourtant.

De l'arrière-garde, certains ont essayé de rebrousser chemin vers Séphorie. Ils ont été pris par les Sarrasins, qui coupent maintenant toute retraite.

A l'aube de ce vendredi, l'avant-garde des Francs sort de l'oued Rûmâna, près d'un casal abandonné qu'on appelait la Maréchalerie. Le lac est à deux heures. Les chevaux, déjà, sentent l'eau et leurs naseaux frémissent. Mais les éclaireurs de Raymond de Tripoli reviennent au galop : immense, compacte, immobile, l'armée des Sarrasins est là, en face, le dos au soleil levant.

Le terrain, malaisé, chaotique, ne se prête pas à une charge de chevalerie, ni même à un regroupement. Raymond de Tripoli attend le roi.

Guy de Lusignan fait dresser son tref et convoque le conseil.

Les Francs se rangent comme ils peuvent, archers et arbalétriers à l'extérieur. Les hommes sont rompus – la marche, la chaleur, l'inquiétude. Ils épargnent le peu d'eau qu'il leur reste. Ils tendent des manteaux sur des faisceaux de lances, dressent des écus : tout est bon qui leur donne de l'ombre. Certains s'assoupissent entre les jambes des chevaux. Les mouches. Le soleil brûle déjà.

Le conseil délibère.

Dès que les Francs sont arrêtés, Saladin les encercle. Il resserre son dispositif, assure sa prise. Il donne l'ordre qu'on interrompe les tirs de flèches jusqu'au soir : il ne veut rien faire qui puisse pousser Guy de Lusignan à l'attaque. Plus le roi attendra, plus son armée sera faible. On ne se bat pas contre le soleil. Ces chrétiens, le sultan va les laisser se dessécher.

Saladin passe l'après-midi à visiter ses troupes, à les exhorter. Il s'occupe de tout, vérifie que rien ne manque. Cent chameaux font depuis le lac la navette de l'eau, soixante-dix autres portent les réserves de flèches, outre les quatre cents charges qui ont déjà été distribuées. Les archers l'ovationnent en frappant de leur arc à double cintre la gaine de métal qui leur protège l'avant-bras gauche.

Saladin n'interrompt sa tournée que pour les prières. Celle du soir, pour l'Al Qader, est solennelle. Elle commémore la nuit sainte au cours de laquelle l'archange Gabriel vint éclairer Mahomet de la lumière divine. « Allah est grand, il n'y a de Dieu que lui. Allah est grand, et Mahomet est son prophète. »

Le conseil du royaume a décidé de ne pas bouger. Gérard de Ridefort voulait foncer vers Tibériade, Renaud de Châtillon regagner Séphorie. Raymond de Tripoli, inexplicablement, a convaincu le roi qu'il valait mieux attendre le matin suivant : ainsi l'armée reprendrait-elle ses forces pendant la nuit.

A certains, Raymond de Tripoli a paru étrange, en proie à une exaltation inhabituelle chez lui. L'œil fiévreux, la mèche en bataille, il semblait vivre une autre aventure que le reste des barons, comme si quelque tourment intime le poussait vers le pire. Cette fois, pourtant, on l'a écouté. Pas tant que son avis fût sage – il ne l'était pas – mais parce que l'armée était prise d'accablement. L'histoire de la sorcière a fait le tour du camp, et on dit que Dieu, aujourd'hui, va juger. Aux heures les plus cruelles, la résignation est toujours une tentation – quand l'envie de vivre est plus forte que l'envie de vaincre. Attendre ménage au moins l'instant qui vient.

Le jour a passé, interminable, irréel. Le temps qui tourne en rond dans ses propres traces. Le soleil arrêté pour toujours au plus haut du ciel. Et cette armée ennemie qui ne bouge pas, qui guette, qui attend – fers étincelants, chevaux piaffants aux robes luisantes, comme si la poussière, la chaleur et la fatigue n'étaient que pour les chrétiens. Les archers sarrasins n'ont même pas répondu quand les arbalétriers d'Italie, par rage, par impuissance, les ont accablés de leurs carreaux mortels.

On a somnolé, on a soigné les blessés, on a prié. Aux outres maintenant plates, on a tété les dernières gouttes d'eau chaudie.

Le soir, enfin. Le gros soleil devenu rouge s'enfonce à l'horizon de Séphorie.

Alors le vent se lève. Il est brûlant, mais vient du lac. Il sent l'eau et l'arbre, il parle de la vie.

Presque aussitôt, les Sarrasins allument cent foyers dans l'herbe sèche. Les premiers rangs des Francs refluent en désordre. La fumée les aveugle, les étouffe. Les flammes courent sous le ventre des chevaux qui se cabrent et bousculent tout. Les archers de Saladin tirent flèche sur flèche, sans relâche, sans pitié, sans même viser. Appels, fuites, ordres contraires. Le camp des chrétiens, c'est l'enfer. Nul n'est à l'abri. Une flèche s'est fichée dans le bois de la Vraie Croix, d'autres ont percé la toile du tref royal. On voit dans l'incendie Renaud de Châtillon se battre comme quatre avec, aux lèvres, une écume blanche de forcené. Un moment, le vieux Montferrat l'a suivi, mais pris de faiblesse, il s'est réfugié au plus profond de l'armée. Onfroi de Toron a édifié de ses mains fines un rempart de pierres entassées : il s'y cache et ferme les yeux. Les flammes font aux guerriers des silhouettes hallucinantes. La mort règne sur ce sabbat de damnés.

Ainsi de la nuit, ainsi jusqu'au jour.

Quand enfin dans le ciel les premières déchirures roses et jaunes de l'aube repoussent les étoiles, les chrétiens se reprennent, cherchent leurs bannières, forment les batailles. Ils attendaient le matin comme, la veille, ils avaient attendu la nuit. Ils ont beaucoup de tués, hommes et chevaux, dont les corps gisent épars. Les blessés appellent en vain, demandant de l'eau. Il n'y a plus d'eau. Personne n'a bu son content depuis Séphorie. La soif épuise les forces, l'angoisse de la soif obsède les esprits. Qui survivra ?

Le soleil se lève, par-delà le lac, au-dessus du Golan. Ce samedi 4 juillet, on célèbre Saint-Martin-le-Bouillant, le patron de l'armée des chrétiens. L'ordre a couru le camp : on va charger.

Les Sarrasins rapprochent encore leur cercle. Les

djalichieh, archers d'avant-garde, se tiennent à quelques pas seulement, indifférents au danger qu'ils courent. Leurs carquois de cuir sont maintenant garnis de courtes flèches à barbillons, de portée moindre, mais assez lourdes pour crever les hauberts – et on ne peut les arracher sans arracher la chair.

Au signal des dignitaires et des barons, les chevaliers serrent la sous-ventrière des chevaux qui renâclent. Ils se calent dans les troussequins. Ceux qui portaient une hostie communient avec ferveur. Les évêques et les chapelains ont encore tant d'hommes à confesser qu'ils donnent une absolution générale. Le courage revient aux chrétiens. Tous crient : « Pour la Croix! » et la charge s'ébranle.

Ils chargent en hurlant, de toute leur foi, de toute leur soif, de toute leur peur. La terre en tremble. Ils chargent pour Dieu, pour le royaume, pour la rémission de leurs péchés, pour l'eau du lac, pour ceux qui sont morts depuis deux jours sans avoir pu combattre. Ils chargent pour détruire ces païens, ils chargent parce qu'ils aiment charger.

Ils chargent vers Tibériade, au plus épais des bataillons sarrasins. Ils chargent et sont près de passer. Mais les hommes de pied ne peuvent plus suivre, et les chevaux sont épuisés. Les chevaux, Saladin a cette fois donné l'ordre de les tuer, malgré leur prix. Des volontaires armés d'épieux et de fauchards crèvent les poitrails à bout portant, tailladent les jarrets; des archers décochent à vingt pas des flèches dont les fers chauffés à blanc s'enfoncent dans les crânes des bêtes en grésillant. Les grands destriers s'abattent avec des cris d'agonie.

Les Francs sont arrivés jusqu'aux Cornes de Hattin, deux fortes collines, restes d'un volcan érodé, qui dominent la plaine. Mais ils n'en peuvent plus, ils sont au bout de leur élan. Il leur faut s'arrêter, se regrouper. Ils sont couverts de poussière et de sang, de suie et de sueur. Haletants, ils cherchent à reprendre leur souffle. L'un ou l'autre parfois tombe d'une masse, frappé d'insolation. Les plus avisés sucent des cailloux pour éviter que leur bouche ne se dessèche. Ils savent tous que, sans eau, ils mourront avant le soir.

La charge a profondément ébranlé les rangs des Sarrasins – beaucoup plus qu'ils ne le croient. S'ils pouvaient repartir sans attendre, ils les débanderaient à coup sûr. Mais les chevaux pantelants tremblent sur leurs jambes, et les fantassins sont loin.

Saladin tire nerveusement sur sa barbe et rabroue son fils. Ces chrétiens sont des démons. Où trouvent-ils encore la force de combattre ? Le sultan comprend que rien n'est joué, qu'à ce moment même le sort des armes hésite entre les deux camps. Une seule action peut décider de tout. Il appelle Mansouras, un jeune mameluk de sa garde personnelle, le plus beau et le plus brave des guerriers de l'Islam. Il lui promet des fiefs et le paradis.

Alors Mansouras s'élance, seul, avec une intrépidité inouïe, de toute la vitesse de son cheval gris. Il n'a même pas dégagé son cimeterre, qu'il porte en bandoulière comme le faisait le Prophète. La tête haute, au mépris de tous les coups, avec la joie sauvage de qui a été choisi, il fonce vers la Vraie Croix. Il va l'atteindre quand Ahenric, le turcopolier du Temple, lui porte par le travers un tel coup d'épée qu'il le coupe presque en deux. Aussitôt, dans le sillage qu'il a tracé, on vient le venger. Rufin, l'évêque d'Acre, qui portait la Croix, tombe mort, la poitrine défoncée par une masse d'armes. Bernard de Lidda saute à terre, fixe sur son heaume sa mitre d'évêque et ramasse le Saint Bois qu'il brandit à bout de bras. Richard de Hastings, le maître du Temple en Angleterre, venu à Jérusalem parler de son inventaire, veut crier à l'aide : un javelot lui entre par la bouche et lui troue la gorge. Enfin, les chevaliers des Ordres peuvent dégager la Croix.

Mais Saladin a réussi : occupés à se défendre, les chrétiens ne peuvent lancer une nouvelle charge. Au contraire, ils tournent et s'affolent comme des bêtes dans un piège. La terre se couvre de morts et de blessés.

Midi. Le roi Guy, aidé de son frère Amaury, se taille un passage vers la plus haute des deux collines d'Hattin. Ceux qui gardent la Vraie Croix veulent le suivre. Ils se coupent un moment du reste de l'armée. Aussitôt, les Sarrasins chargent en criant le nom de Mansouras. La bataille est féroce. C'est une guerre dans la guerre. Jeté à bas de son cheval, l'évêque de Lidda veut enterrer la relique sacrée. Il pose près de lui la grande croix de sycomore où, parmi les rubis et les émeraudes, est serti un morceau de la croix sur laquelle, il y a plus de mille ans, est mort Dieu fait homme. Il fouille de ses ongles le sol brûlant, s'arrache les doigts aux pierres noires, ne creuse qu'un sillon dérisoire. Il est piétiné, laissé pour mort. Les derniers Templiers qui le protégeaient tombent autour de lui. C'est le Loup Bleu lui-même qui s'empare de la Vraie Croix[27] avec un cri de triomphe et la traîne derrière son cheval.

Sur la colline, Guy de Lusignan a fait monter son tref rouge afin qu'on s'y rallie. Il est hébété. Cette guerre n'a rien de commun avec celles qu'il a menées en Occident, pour ou contre le roi d'Angleterre, pour ou contre le roi de France, selon les humeurs et les saisons. Là-bas, le but était de prendre vif et de rançonner; là-bas, les deux camps observaient des règles courtoises, et la mort d'un chevalier au combat ne survenait que par accident, ou par maladresse. Ici on tranche, on éventre, on étripe, on étête. Ici, on tue.

Guy de Lusignan bat des lèvres, cherchant son souffle, comme un poisson dans l'herbe. D'un côté, il voit le lac, promesse calme et bleue, miséricorde. De l'autre, c'est un tourbillon furieux d'hommes et de chevaux, un tournoiement de bannières mêlées, un chaos, un carnage.

Pris de folie, des chrétiens se précipitent sur l'ennemi comme pour mourir plus vite, d'autres, la bouche ouverte, la langue gonflée, se laissent aller sur le sol brûlant, des images glauques plein la tête. Des chevaliers se jettent sur leurs chevaux abattus et boivent le sang à même leurs blessures palpitantes; puis ils se relèvent et crient et frappent et titubent. Des hommes de pied se rendent par centaines aux Sarrasins qui, de loin, les attirent en laissant couler l'eau de leurs outres. Un sergent du Temple a pu s'emparer d'un chameau chargé d'eau et éventre à coups de couteau les peaux de chèvres gonflées; il s'éclabousse, se vautre dans la boue, et rit, rit.

Pour une fois unis, les chevaliers du Temple et ceux

de l'Hôpital se battent avec fureur : ils savent qu'ils n'ont pas de merci à attendre. Autant que leur détermination, leur discipline les rend redoutables. Gérard de Ridefort, cette fois, ne s'enfuit pas; le front ouvert, la voix cassée d'avoir tant crié, il est terrifiant. Manteaux blancs, manteaux noirs, leurs chevaux hennissant de douleur et d'épuisement, les chevaliers à la croix chargent, reviennent, se reforment, repartent, leurs étendards confondus.

Guy de Lusignan, le visage sali, son habit déchiré, debout sur la colline près de son cheval abattu, regarde son armée, appelle en vain et crie qu'il voit le lac...

Les chrétiens apprennent bientôt que la Vraie Croix est perdue – c'est comme si l'ost avait perdu son âme. Dieu n'est plus avec elle. Les présages l'avaient dit. Les rangs se mettent à flotter. Guillaume de Montferrat se rend en même temps qu'Onfroi de Toron, le terrible vieillard et l'enfant qui a peur aussitôt liés à la même corde. Des turcopoles jettent leurs armes : Ahenric, leur chef, les abat de sa main.

Pourtant, là-haut, se dresse encore la tente du roi. Rien n'est fini. Raymond de Tripoli et Balian d'Ibelin, se trouvant par hasard s'entendent en deux mots : tandis que Balian attaquera pour faire diversion, Raymond de Tripoli chargera le Loup Bleu pour reprendre la Vraie Croix.

Balian s'éloigne pour rassembler ses hommes. Une flèche se fiche dans son bras mort. Il repousse un écuyer qui voulait la lui arracher. Raymond de Tripoli groupe autour de lui ses quatre beaux-fils, le Prieur de l'Hôpital Gauthier d'Arsuf, qui a le ventre ouvert, Raymond d'Antioche et les rescapés de son contingent, Plivain, le Pisan qui enleva naguère à Gérard de Ridefort l'héritière de Botron, Renaud de Sidon, Hugues Gibelet le boiteux, dit le Buffle. Chacun avec les siens, ils sont peut-être trois cents.

Au signe de Raymond, ils éperonnent, crient de toutes leurs dernières forces. Leur charge fait peur à voir. A cinquante pas des rangs sarrasins, ils affermissent leurs lances dans leurs poings et baissent les bois pour un dernier combat.

A leur stupeur, les Sarrasins s'écartent. Ils perdent leur élan dans le vide. Seuls les derniers de la charge, Plivain et Hugues le Buffle sont pris par les piquiers qui accrochent leurs montures au passage. Décontenancé, Raymond de Tripoli s'arrête et se retourne sur sa selle. L'enfer est derrière eux. Le masque tragique, les lèvres blanches, l'ancien régent n'hésite qu'un instant. Ce qui arrive, il l'avait prédit. Il laisse sa femme prisonnière, son roi en déroute et la Vraie Croix aux mains des païens. Il va sauver ce qui peut l'être. A la tête de sa troupe hagarde, il reprend son galop vers le nord, vers Tyr.

« Ils fuient ! Ils fuient ! s'écrie Malek al-Afdal. Nous les avons mis en fuite !

– Tais-toi ! répond Saladin avec agacement. Nous ne les aurons pas vaincus tant que cette tente-là ne sera pas tombée. »

Il désigne, sur la colline d'Hattin, le grand tref rouge des rois chrétiens de Jérusalem.

Le combat, là-bas, fait rage. A l'épée, à la hache, au cimeterre, à la masse. Corps à corps furieux, halluciné. Les cadavres couvrent les flancs de la colline.

Puis la tente prend feu et s'écroule d'un coup.

Saladin alors met pied à terre et se prosterne devant la majesté d'Allah.

VIII

UN SORBET À LA PISTACHE

Derbas le Kurde n'avait fait qu'un prisonnier, mais quel ! L'homme à moitié nu qu'il traînait derrière son cheval, qui se déchirait aux cailloux, se relevait et courait en trébuchant, cet enragé à demi mort qui criait des insultes et menaçait encore n'était autre que le seigneur d'Outre-Jourdain, le maître haï du krak de Moab, l'ennemi juré de Saladin, le maudit de l'Islam – Renaud de Châtillon, le prince qui ne craignait rien ni personne et voulait raser La Mecque.

Parmi les rires et les quolibets, Derbas tira son prisonnier jusqu'au pavillon de commandement et arrêta son cheval d'un roulement de langue. Des gardes relevèrent Renaud de Châtillon et le jetèrent, les mains toujours liées, sous la grande tente, où se trouvait déjà Guy de Lusignan.

Le neuvième roi chrétien de Jérusalem, souillé, meurtri, le regard vide, hébété dans ses parures en guenilles, était au bout de lui-même. Il comprenait enfin qu'il avait perdu d'un coup l'armée, la Croix et le royaume. Avant que les premiers secours arrivent d'Occident, Saladin aurait reconquis Jérusalem et le tombeau du Christ. C'en était fait de tout.

Guy de Lusignan avait chaud, avait soif, avait peur. Il aurait voulu oublier, dormir, mourir peut-être.

Il ne savait même plus depuis combien de temps il était là. Quand sur la colline son tref en flammes s'était abattu, quand les ennemis l'avaient entouré, il s'était rendu. Depuis, il attendait il ne savait quoi, suivant vaguement, aux bruits, l'agitation du dehors.

Vaincus qu'on rameute et qu'on encorde, blessés qu'on achève, cadavres qu'on dépouille, trophées qu'on s'arrache : aux Cornes d'Hattin, c'était l'heure où les vainqueurs, courbés sur leur moisson sanglante, glanent parmi les corps épars le butin qui fera leur gloire et peut-être leur fortune.

Les musulmans se pressaient. Ils voulaient en finir avant la nuit. Demain, il leur faudrait partir pour d'autres batailles et peut-être d'autres butins. Demain serait ici le jour des mouches grasses, des corbeaux, des chacals, des vautours au cou nu, des hyènes aux yeux sales. Demain, il ne resterait de ce combat pour Dieu qu'un festin de charognards pataugeant dans les humeurs.

Déjà les chairs se défaisaient sous le soleil. Une odeur fade et douceâtre, insistante, montait comme une brume de ces vagues de gisants – l'haleine atroce de la mort.

Guy de Lusignan essayait en vain de ne pas se laisser prendre par l'horrible fascination que c'était, quand on jeta devant lui le corps pantelant de Renaud de Châtillon. La sueur et le sang se mêlaient sur le visage du vieux guerrier, sur son dos déchiré, dans les poils gris de sa poitrine. Il se releva pourtant, sur un genou d'abord, puis debout, chancelant. Il haletait, mourait de soif, mais une force mystérieuse, sauvage, l'armait encore, un instinct de vie plus violent que tout :

« Chiens !... Fils de truies !... Tous crever !... »

A l'ombre du grand pavillon, Saladin avait fait dresser une petite tente et s'y était isolé. La fin de la bataille le laissait épuisé, sans volonté, presque amer. Il venait pourtant de dicter à son secrétaire une lettre qu'on recopiait maintenant, où il annonçait la grande victoire d'Allah et de son capitaine; des messagers partiraient le soir même porter la nouvelle à tous les tugur – les villes frontières de l'Islam.

Al-Afdal écarta un pan de toile et se glissa sous la tente. Il s'agenouilla près de son père sur le tapis de prière :

« Tout est en ordre », dit-il.
Saladin ne répondit pas. Al-Afdal ajouta :
« Le maître des Templiers voudrait vous parler. Il jure que c'est important... »
Comme Saladin se taisait toujours, Al-Afdal dit encore, à la fois pour rompre le silence et pour montrer son zèle :
« Je n'ai jamais vu autant de prisonniers ! Celui qui ne verrait qu'eux ne croirait pas possible qu'il y ait aussi des morts... »
Saladin se leva enfin. Ils sortirent ensemble. Sur la hauteur où flottaient les bannières jaunes et vertes du sultan étaient aussi piqués, en forêt, tous les étendards, gonfanons, oriflammes pris aux chrétiens; le soleil, maintenant bas, y allumait des éclats dérisoires.
Sur la plus haute des deux collines d'Hattin, les mameluks se partageaient ce qui restait de la toile rouge du tref des rois de Jérusalem. Vers Tibériade, on faisait boire les prisonniers : ils n'avaient de valeur qu'en bonne santé. Plus loin encore, on abattait les turcopoles; coupables d'avoir renié Mahomet pour le Christ, on les tuait sur place, sans honneur ni pitié — ceux des jeunes soldats qui n'avaient jamais encore versé le sang trouvaient là l'occasion de s'exercer un peu.
Des corps partout, d'Hattin à l'horizon, hommes et chevaux mêlés. Des corps, des corps, des corps.
Saladin se pencha vers son fils et dit sombrement :
« Celui qui ne verrait que les morts ne croirait pas possible qu'il y ait aussi des prisonniers ! »
Puis il ajouta :
« Va me chercher le maître du Temple ! »
Il entra dans la grande tente, où Al-Afdal avait fait amener Guy de Lusignan et Renaud de Châtillon. La plupart des dignitaires et des commandants de l'armée sarrasine s'y trouvaient déjà, occupés à regarder les deux chrétiens comme, aux ménageries de Damas ou de Samarra, ils emmenaient leurs enfants contempler des animaux rares. Ils commentaient à mi-voix les invectives de Renaud de Châtillon, du ton tranquille et amusé de ceux qui ont l'Histoire avec eux.

Saladin salua puis, voyant l'état de prostration où se trouvait Guy de Lusignan, ordonna qu'on le fît boire. C'était important : la coutume voulait en effet qu'un prisonnier eût la vie sauve si son vainqueur lui offrait à manger ou à boire.

Un valet ouvrit une caisse, écarta de la paille et puisa à une vasque tenue au frais dans de la neige tassée une grande coupe d'eau glacée qu'il présenta au roi chrétien[28]. Guy de Lusignan, un moment incrédule, prit la coupe et la but d'un coup. Puis il la tendit au valet, qui l'emplit à nouveau. Lusignan alors la donna à Renaud de Châtillon qui, malgré le geste que fit Saladin pour l'en empêcher, s'en empara et la vida à longs traits heureux, à grandes goulées bruyantes qui l'apaisaient, le soûlaient, qui le sauvaient peut-être.

Saladin, mécontent, dit quelques mots et quitta le pavillon.

« Ce n'est pas notre Sultan qui a offert à boire à cet homme », traduisit l'interprète.

Chacun comprit ce que cela voulait dire.

Au-dehors, Saladin marcha un peu, l'air préoccupé. Quand Al-Afdal revint avec Gérard de Ridefort, il alla au-devant d'eux et conduisit le maître du Temple dans sa petite tente, où ils s'isolèrent.

Le soleil se couchait quand le sultan revint au grand pavillon. Il paraissait de meilleure humeur. Il s'arrêta devant Renaud de Châtillon, appelant l'interprète d'un geste :

« Tu sais, dit-il après un moment de silence, tu sais que deux fois au moins j'ai fait le vœu de te tuer moi-même...

– On me l'a dit.

– Tant de fois tu as juré, tant de fois tu as trahi ! Toujours à demander des trêves pour pouvoir piller en paix ! Qui n'as-tu pas trompé ? Même tes amis, même ton roi... »

Trahi ? Trompé ? C'est à peine si ces mots avaient un

sens pour Renaud de Châtillon. Il ne connaissait de loi et de foi que celles de sa puissance et de son plaisir. Le bien, le mal, la justice, le péché : des idées de chanoines, de femmes, de pleutres. On avait voulu se servir de lui contre Raymond de Tripoli ? Il s'était servi de ceux qui voulaient se servir de lui. La belle affaire !

Toute sa vie, on lui avait répété les mêmes reproches, on lui avait refait la même leçon. Il sourit. Il se rappelait comment, bien des années plus tôt – il venait de conquérir le lit de Constance d'Antioche –, le patriarche Aimeri de Limoges avait entrepris de le sermonner pour quelque bousculade. Il lui avait fait raser la peau du crâne et l'avait enduite de miel avant d'exposer le prélat solennel sur les remparts de la ville, offert à la gourmandise des mouches et des guêpes. Ah ! le bon temps ! Et le pillage de Chypre ! En pleine trêve signée, il avait, avec l'aide des Arméniens, dévasté l'île dégarnie de défenseurs. Une mise à sac comme on n'en faisait qu'une dans sa vie ! Bien sûr, il avait dressé contre lui tout l'empire byzantin, et l'empereur Manuel Comnène l'avait obligé à d'humiliantes postures de repentir, les pieds nus, à genoux, le visage dans la poussière, Mais quel butin !... Et la mer Rouge, les bateaux dans le désert, Médine ! Il regrettait seulement de ne pas être allé piller La Mecque... Ce Saladin ferait moins le fier aujourd'hui ! Et la caravane aux mille chameaux ! Si c'était un tel péché, pourquoi Dieu avait-il permis qu'elle passât si près du krak ?

« Tu ris ? s'étonna Saladin.

– Je pense à ta sœur ! »

Saladin tira son cimeterre. Le silence se fit sous la tente.

« Te repens-tu ? demanda encore Saladin.

– De quoi donc voulez-vous que je me repente ? Je n'ai fait que suivre sur ma terre la coutume des rois sur la leur... Je suis maître chez moi ! »

Il se tourna vers Guy de Lusignan et eut une moue méprisante pour ce roi dont le menton tremblait.

« Qu'as-tu encore à dire ? demanda Saladin.

– Vive Dieu ! »

Quand ils voient venir leur mort, certains ferment

les yeux, d'autres gémissent et supplient. Renaud de Châtillon, lui, le mécréant, appelait le Sire Père à son secours comme, en bataille perdue, on crie à la rescousse.

« Vive Dieu ! » répéta-t-il d'une voix forte.

Les mains toujours liées, il put tout juste lever l'épaule pour se protéger le cou du formidable moulinet que fit le cimeterre du sultan. Il eut le bras coupé et le fer glissa, crevant une artère dont le sang jaillit. Aussitôt, un mameluk trancha du cou de Renaud ce qui restait à trancher et, le poing crochant les cheveux gris, leva la tête bien haut pour la montrer à tous. Un moment encore, les paupières de l'irréductible seigneur de Moab battirent, ses lèvres bougèrent – dernier défi aux hommes ou première prière pour le pèsement des âmes.

Guy de Lusignan, hagard, contemplait le corps sans tête qui gisait à ses pieds : ç'avait été son vassal et, l'avait-il cru, son ami. Quand Saladin lui mit la main sur l'épaule, il sauta en l'air, prêt à défaillir.

« N'aie pas peur, dit le sultan. Un roi ne tue pas un roi ! »

Puis il appela son secrétaire et fit ajouter à la lettre dictée dans l'après-midi que Renaud de Châtillon, le plus barbare des barbares francs, le loup du krak, l'ennemi d'Allah, avait expié ses crimes.

Derbas le Kurde promenait dans tout le camp, fichée sur une lance, la tête grise. Sur le charnier d'Hattin, le soir venait.

Le lendemain dimanche, Saladin, installé à Tibériade, livra au gouverneur de Damas, En-Naci, les prisonniers de haut rang. Il se fit remettre un reçu en échange et regarda s'organiser le troupeau des vaincus – Amaury de Lusignan soutenait son pauvre roi de frère et Onfroi de Toron exhortait le vieux Montferrat à se reprendre. Derrière était le tout-venant des prisonniers, encordés par trente ou quarante. Ils étaient tant que, les jours suivants, sur les marchés aux esclaves, les cours devaient tomber au plus bas qu'on ne les eût jamais vus : un jeune soldat vendrait même un solide archer d'Ecosse pour une paire de sandales!

Quant aux Templiers et aux Hospitaliers, Saladin les racheta à ses émirs pour cinquante pièces d'or chacun. Il les savait intraitables. Avec la guerre sainte comme raison d'être, ils refuseraient aussi bien de payer rançon que de se convertir. Chaque fois qu'il en avait tenu en captivité, il l'avait, pour une raison ou pour une autre, regretté. Aussi décida-t-il de les exécuter. « Je veux, dit-il, délivrer la Terre de ces deux races maudites. »

Il réunit donc les trois cents chevaliers et sergents qu'il avait rachetés – les survivants de la bataille, mis à part le petit nombre qui avait pu s'enfuir avec Raymond de Tripoli ou Balian d'Ibelin – et les donna aux hommes saints qui accompagnaient l'armée : soufis, oulémas, savants initiés à l'ascétisme et à l'intuition mystique. On mit des sabres et des cimeterres à la disposition des dévots et, vers midi, la cérémonie commença. Les saints hommes étaient plus habiles à dire des prières qu'à trancher des têtes, et il fallut aider les plus maladroits. Toute l'armée était là, autour de Saladin, à crier des encouragements, à applaudir ou même à rire. Le sultan paraissait heureux. Il lui semblait qu'en sacrifiant ces soldats marqués de la croix, il se débarrassait, symboliquement, de l'ensemble des chrétiens.

L'un des derniers Templiers à mourir fut Bernard de Groote, le chevalier flamand à l'oreille coupée, le commandeur de la dernière élection, l'ami et le complice de Gérard de Ridefort. Quand ce fut à son tour de s'approcher, il demanda à parler. Il savait que le maître du Temple n'était pas homme à se laisser décapiter – peut-être même avait-il passé quelque marché avec Saladin. Aussi voulait-il le rejoindre, dût-il pour gagner du temps annoncer qu'il était prêt à se convertir. Mais son bourreau, comme pour se faire la main, lui trancha net l'oreille qui lui restait : les rires furent tels qu'on n'entendit pas ce qu'il disait.

Or à ce moment même le Grand-Maître du Temple Gérard de Ridefort était allongé dans une salle du château de Tibériade. Il avait été pansé, vêtu de propre. Il écoutait, au pied des murs, les vivats et les acclamations. Il regardait le plafond nu, attendant qu'on lui apporte le sorbet à la pistache qu'il avait demandé. Il était tranquille et calme, sans émotion. Ce n'était pas, il est vrai, sa première trahison.

IX

L'OTAGE

Le matelot de hune avait crié. Ils s'étaient précipités à l'avant. « Terre ! Terre ! » Ils s'étaient précipités à l'avant comme pour se rapprocher encore de cette bande indistincte qui barrait l'horizon, et ils étaient tombés à genoux, la gorge serrée, Dieu au cœur.

La Terre promise, c'est à travers leurs larmes qu'ils la virent sortir du rêve, venir à leur rencontre. « Un jour, avait dit Mal-Couronne, vous apercevrez la côte, et plus rien d'autre ne comptera. » Et plus rien d'autre ne comptait. Il ne restait rien de leurs peurs, de leurs doutes ou de leurs pauvres regrets. Car la terre où ils allaient aborder, le pays dont ils sentaient déjà l'odeur et dont les oiseaux venaient les saluer, Dieu s'y était fait homme, le Christ y était né, y avait souffert et y était mort, et ils allaient fouler le sol qu'Il avait foulé, de Bethléem à Nazareth, de Nazareth à Tibériade, de Tibériade à Jérusalem, suivre les chemins de Sa passion et de Sa gloire.

Celui qui n'a jamais vu, par-delà la mer, sortir peu à peu du néant les remparts, les tours et les clochers d'Acre, celui-là ignore l'émotion qui brise le pèlerin au bout de son voyage, au bout de son attente, le brise et le fait rire, et pleurer, et prier – mourir et renaître à la fois.

Comme ils doublaient le cap des Tempêtes et la vieille tour carrée qui gardait Acre à l'ouest, le vent mollit et tomba presque. Sur leur erre, ils gagnèrent la passe de la Tour des Mouches et s'immobilisèrent, voiles pendantes.

La ville, immense et blanche, paraissait morte. La chaîne était tirée, le port fermé. Contrairement aux usages, personne n'était sorti accueillir les nouveaux venus. La *Bella* s'amarra à la nef de Conrad de Montferrat. D'un bord à l'autre, Guilhem rejoignit le marquis.

Montferrat, soucieux, le sourcil froncé, humait l'air comme pour trouver dans l'odeur de la cité le secret de son silence. Brusquement, il donna l'ordre aux chevaliers en armes de se cacher dans les entreponts. Guilhem et lui revêtirent de grands manteaux dissimulant leurs hauberts. Le Piémontais était si sûr de lui, de son nom, de sa valeur, de son épée, que l'idée qu'on voulût l'offenser, ou simplement qu'on l'ignorât, ne l'avait même pas effleuré : si les cloches des églises n'avaient pas sonné en son honneur, c'est que les chrétiens n'étaient plus maîtres de la ville.

« Nous allons savoir, dit Guilhem. Regardez ! »

Il désignait une barque qui, sous la voûte, quittait le port et venait vers eux. Ils purent vite distinguer que les rameurs portaient des turbans, ainsi que l'homme qui se tenait debout à l'arrière.

« Les Sarrasins ! dit Montferrat. Laissez-moi faire. »

Dès que la barque fut à portée de voix, il appela :

« Cosa succede ? »

L'homme au turban répondit longuement, en italien lui aussi. Malgré son étrange accent de gorge, Guilhem comprit à peu près. « Je vous salue, avait-il dit, au nom de Saladin et de son fils Malek al-Afdal, seigneur de la ville d'Acre. »

Devant l'air stupéfait des voyageurs, il raconta comment l'armée franque avait été battue dix jours plus tôt près de Tibériade, comment les chevaliers du Temple et de l'Hôpital avaient été décapités et comment Saladin avait conquis au nom d'Allah presque toutes les villes du royaume.

« Et Jérusalem ? » ne put s'empêcher de demander Guilhem.

Non, Jérusalem n'était pas prise. Saladin, dans sa grande sagesse, avait d'abord réduit les villes de la côte : Jaffa, Césarée, Caïffa, Acre... Il allait maintenant assiéger Tyr, et quand Tyr serait prise à son tour, alors

Jérusalem tomberait d'elle-même, comme une figue mûre.

Conrad lança un regard à Guilhem, puis s'adressant au musulman :

« Peu nous importe de savoir qui commande ici... Nous venons pour le commerce, pas pour la guerre...

– Que vendez-vous ?

– De l'étain, contre du sucre et des épices... Mon ami amène des femmes... »

L'homme répondit que les bateaux étaient à partir de ce moment sous la sauvegarde du sultan et invita les « Italiens » à débarquer. Ils pourraient, comme par le passé, s'installer au fondouk de Venise, où leur consul était resté.

En haut du mât, les pavillons pendaient toujours, sans un frisson. Pas le moindre souffle d'air. Il fallait gagner du temps, tenir jusqu'au retour du vent.

Conrad de Montferrat chargea le Sarrasin d'un message pour Malek al-Afdal : il le saluait et l'assurait de toute sa considération, mais il demandait pour débarquer une lettre de garantie du consul de Venise. Il y avait tant d'autorité dans sa voix que les musulmans firent demi-tour sans insister.

Conrad et Guilhem ne surent jamais si le consul leur avait donné sa garantie. Le vent s'étant enfin levé, ils purent mettre à la voile. Ils n'avaient pas eu besoin de se consulter pour choisir de rallier Tyr, puisque Tyr était encore aux chrétiens.

A Tyr, les cloches sonnèrent pour eux, et des dizaines de barques vinrent leur faire aux abords du port une conduite chaleureuse. Les ancres furent mouillées. Sur le quai, la foule les acclamait comme des sauveurs. Mais Conrad de Montferrat, malgré les impatiences, interdit qu'on mît pied à terre. Bien sûr, expliqua-t-il à Guilhem, bien sûr, ils allaient sauver la Terre sainte, la reprendre des mains des païens, mais pas sans avoir négocié au mieux le prix de leur concours.

Les délégués des communes italiennes rejoignirent Conrad et Guilhem. Ils étaient au bord du désespoir et parlaient tous en même temps en faisant de grands gestes. Il était bien vrai, disaient-ils, que l'armée chrétienne avait été écrasée à Hattin, que le roi Guy de Lusignan était prisonnier et qu'il ne restait personne à Jérusalem pour défendre le Saint-Sépulcre.

Des rescapés du désastre, aucun n'était prêt à organiser la lutte, comme si d'avoir traversé l'enfer leur avait ôté à jamais le goût de se battre, et même, eût-on dit, de vivre. Raymond de Tripoli, hagard, brûlé de fièvre, avait abandonné Tyr pour son comté. Balian d'Ibelin ne quittait guère la chambre où il restait couché des journées entières, sans même prendre de nourriture, en proie à une seule obsession : faire sortir sa femme et ses filles de Jérusalem avant l'assaut de Saladin. Renaud de Sidon, avec un entêtement sans faille, essayait de convaincre Simon de Versigny, le seigneur de Tyr, de livrer sa ville aux musulmans pour qu'au moins soient épargnés les gens et les biens. Ils avaient même envoyé un émissaire à Saladin, qui lui avait remis ses deux bannières, l'une verte, l'autre jaune : à l'arrivée du Sultan, il suffirait de les hisser sur les remparts.

Conrad de Montferrat écoutait passionnément, ne perdant ni un mot ni un détail. La gravité de la situation paraissait combler son attente. Guilhem était frappé de son expression : à la fois dure et attentive, patiente, glaciale. « Un rapace », pensait-il, et cela tenait autant à son air qu'à son regard aigu ou à son nez busqué. Rien n'empêcherait cet homme-là d'arriver à ses fins.

Montferrat posa beaucoup de questions. Oui, lui fut-il répondu, de nombreux réfugiés étaient arrivés et continuaient d'arriver. Oui, les communes détenaient assez de nourriture et de marchandises pour équiper et entretenir une troupe. Non, le fer, ni le bois, ni la poix ne manquaient. Oui, on pourrait forger autant d'épées et de lances qu'il le faudrait, construire des pierrières, fabriquer du feu grégeois. Oui, il y avait dans Tyr assez d'or, de perles, de soie des Cyclades pour payer tous ceux dont les services étaient à vendre. Non, Saladin n'avait pas encore assiégé Beyrouth...

Les réponses semblaient le satisfaire. Pourtant, il restait distant, comme d'un autre monde. Aux Italiens qui le suppliaient de prendre le commandement de la ville, il répondit qu'il voulait réfléchir et leur demanda de revenir avant le soir. En attendant, il partit en barque avec Guilhem inspecter les défenses de la ville. De ce côté-là au moins, il n'y avait rien à craindre. Tyr était reliée au rivage par une étroite jetée, de cinquante pas de large, qui prolongeait un promontoire naturel : il suffisait de la couper pour que Tyr redevînt une île – comme il en était autrefois, avant qu'Alexandre le Grand ne fît construire cette digue pour assiéger les Phéniciens. Les murailles étaient épaisses et hautes. Le port, en partie voûté et puissamment fortifié, était, à chaîne haute, inaccessible.

Le soir, quand les délégués des communes italiennes revinrent à bord, Conrad de Montferrat leur dit sa décision : lui, le lieutenant des rois d'Occident, était prêt à sauver Tyr, à condition d'être reconnu comme le nouveau seigneur de la ville et des fiefs dépendants. Ceux qui en détenaient les droits s'étaient disqualifiés, d'abord en se laissant battre à Hattin, ensuite en négociant avec les païens, et il n'y aurait pas à y revenir. Pour sa part, il ne les recevrait pas. Ses conditions étaient à prendre ou à laisser. Il attendrait une réponse le lendemain matin.

Guilhem était sidéré, du ton comme des exigences. Qui était-il donc, ce marquis moitié d'Allemand et moitié d'Italien, qui parlait comme du haut d'un trône quand il n'avait pour le soutenir que l'effectif de deux bateaux affrétés ? Mais l'Histoire aime ceux qui ne doutent pas : Renaud de Sidon et Simon de Versigny s'enfuirent dans la nuit, par mer, et rejoignirent Tripoli. Au matin, hommes et communautés prêtèrent le serment d'hommage à leur nouveau seigneur, Conrad de Montferrat, enfin descendu à terre.

« Ce que j'ai fait là, dit-il à Guilhem entre l'allégeance de la corporation des portefaix et celle de la communauté grecque, ce que j'ai fait là, allez donc le faire à Beyrouth en mon nom... »

Et, comme Guilhem levait le sourcil, il ajouta :

« Les villes, chevalier, se donnent à qui les prend! »

Ordonnant, promettant, flattant, contraignant, Conrad de Montferrat eut tôt fait de relever Tyr de son abattement. Il commença par s'assurer de la fidélité de tous. Ceux qui ne voulaient pas s'engager n'avaient qu'à quitter la ville. C'est ainsi que tous jurèrent, même les juifs et les musulmans, qui n'avaient pas le droit de porter les armes dans les cités franques : ils pourraient aider à la défense en tant que pourvoyeurs, citerniers ou interprètes. Les Juifs jurèrent donc sur la Thora, les Samaritains sur les cinq livres de Moïse, les musulmans sur le Coran, les Arméniens, les Grecs, les Syriens et les Francs sur les saints Evangiles – mais tous devant Conrad.

Puis il nomma châtelain un Génois, Ansaldo Bonvicini, accorda à Pise et à Venise un quartier et des casals, partagea entre Barcelone, Marseille, Saint-Gilles et Montpellier les bans de fours, de moulins, d'étuves, les droits de mesurage et de jaugeage. Tout ce qui pouvait être concédé – boucheries, marchés, instruments – le fut : l'or afflua. Il en fallait pour lever et armer les troupes mercenaires, fabriquer les armes, emmagasiner les vivres.

Enfin, il réunit les chevaliers et sergents de l'Hôpital qui s'étaient réfugiés à Tyr, débris errants du grand couvent. Il les exhorta à désigner leur nouveau prieur. En effet, Gautier d'Arsuf, devenu maître de l'Ordre après que Roger de Molins eut été tué à Creisson, avait lui aussi répondu au commandement de Dieu : il avait pu, bien qu'éventré, perdant ses tripes et son sang, s'échapper d'Hattin avec Raymond de Tripoli, mais il était mort en chemin, resté si droit sur sa selle qu'on ne s'en était aperçu qu'à l'étape, quand son cheval s'arrêta et qu'il tomba, froid et raide déjà. Deux prieurs ainsi tués en moins de trois mois : on ne se bousculait pas pour leur succéder. Conrad sut pourtant convaincre un certain Ermangard d'Aps, qui se porta candidat et qu'on élut dans la même journée. Il fut chargé de l'entraînement de tous les civils valides, marchands, changeurs, marins ou artisans. L'idée était bonne : ceux qu'indisposaient la morgue de Montferrat ou qui doutaient de son désintéressement furent sensibles à la vertu de cet Ermangard, un moine-chevalier modeste et brave dans son grand manteau noir à croix blanche.

Tyr était méconnaissable. A peine avait-il fallu quelques jours à son nouveau seigneur pour donner au peuple le goût de résister et les moyens de le faire. On taisait les divisions et les chicanes, on oubliait dans les affaires de prendre son profit. Parmi les plus exaltés, on trouvait ceux qui, il n'y avait pas si longtemps, étaient les premiers à vouloir se rendre.

« Tont val lo pastre, tont val lo tropel, dit un jour Espérandieu à Guilhem, tant vaut le berger, tant vaut le troupeau...

– Que veux-tu dire ? »

L'écuyer n'aimait pas Conrad. Tout comme Guilhem, il considérait avec circonspection ce Lombard ambitieux qui profitait de la misère où était la terre de Dieu pour s'y tailler des fiefs.

« Je veux dire », répondit Espérandieu...

Il soupira et parut retenir une méchanceté :

« Je me demande seulement qui y gagne le plus... Le chef qui n'avait pas de troupes, ou les troupes qui n'avaient pas de chef... »

N'empêche, quels qu'aient été les buts et les manières de Conrad de Montferrat, il fallait bien reconnaître que la gageure avait été tenue. Et quand les espions annoncèrent l'arrivée des Sarrasins, la foule courut aux remparts comme à une fête promise, faisant cliqueter ses armes bien avant qu'il fût l'heure de s'en servir.

Conrad lui-même était monté au plus haut de la citadelle. Il se fit apporter les deux bannières que Saladin avait envoyées pour qu'elles fussent arborées en signe de reddition. Il attendit que Modaffer ed-Dîn, le Loup Bleu, menant l'avant-garde des Infidèles, s'avance sur la jetée. Alors seulement Conrad jeta les deux étendards, l'un après l'autre, le jaune puis le vert, dans la boue des fossés. Ses gens criaient de joie.

Les jours qui suivirent, Saladin tenta quelques manœuvres d'intimidation. En vain : on n'intimide pas ceux qui viennent de découvrir leur force. Puis, un matin, il envoya un émissaire à Conrad : si les défenseurs se rendaient, ils auraient « vies et bagues sauves » et seraient autorisés à rester à Tyr; les chevaliers pourraient rejoindre Tripoli; et Guillaume de Montferrat, le père de Conrad fait prisonnier à Hattin, serait libéré sans rançon. Sinon, la ville serait assiégée et le vieux Guillaume décapité sous les murailles avant la tombée du jour.

Pour accréditer ses paroles, l'émissaire entraîna Conrad sur les remparts. En bas, sur la jetée, à une courte portée d'arbalète, deux mameluks encadraient Guillaume de Montferrat. Le vieillard était bien vêtu, la barbe peignée. Mais, à une infime voussure, à une lassitude qui lui tirait les épaules, on comprenait qu'il devait faire effort pour se tenir droit, la tête haute. Il n'était plus l'impatient seigneur toujours prêt à plier le monde à son caprice. Lui aussi avait laissé à Hattin une part de lui-même — la coquille était vide.

Derrière lui, parmi les piquiers et les archers sarrasins, se tenait un homme mince vêtu de blanc, robe et turban. « C'est Saladin! C'est Saladin! » La nouvelle courut vite les rangs des défenseurs massés aux créneaux. Quoi, cette mince silhouette blanche, cet homme parmi les autres, qui se caressait la barbe d'un geste machinal, c'était là celui dont le nom, Saladin, sonnait comme un glas jusqu'au fond de l'Occident chrétien? C'était là le prophète de l'Antéchrist, l'ennemi de Dieu? Celui qu'il suffisait d'évoquer pour ramener les pécheurs à la vertu et faire tenir les enfants sages? Dans les récits, le sultan des païens était bien plus imposant, bien plus terrifiant. Ils se l'imaginaient sous des dais d'or et de pierreries, ou montant une chamelle blanche dans les mirages du désert, ou parmi ses femmes voilées et ses eunuques noirs... Ils étaient déçus, comme si, de voir que Saladin était un homme comme eux leur enlevait de leur mérite.

« Es-tu Saladin? » demanda Conrad de Montferrat.

Il n'avait pas eu un signe ou un mot pour son père.

« Es-tu Conrad de Montferrat ? fit demander en écho Saladin par l'interprète.

– Je suis Conrad de Montferrat, seigneur de Tyr et lieutenant des rois d'Occident... Tu apprendras à me connaître ! »

Saladin ne répondit pas. Il regardait attentivement, là-haut, sur la poterne, cet adversaire d'un nouveau genre.

« Ton marché est digne d'un vendeur de chèvres ! Tu ne peux rien ni contre Tyr ni contre moi ! »

Saladin se taisait toujours, lissant sa barbe.

« Sache que je n'échangerai pas une pierre de ma ville contre une goutte de sang de mon père ! »

Puis, après un silence :

« S'il doit mourir, que ce soit de ma main ! »

Rejetant son manteau en arrière, Conrad saisit alors une arbalète et, sans plus attendre, l'arma. A tous ceux de son camp, la manœuvre paraissait un peu grosse, mais peut-être suffirait-elle à convaincre Saladin.

« Pardonnez-moi, mon père, cria Conrad... Je me ferai gloire de descendre d'un martyr ! »

Ces Italiens ! Même les plus ardents soutiens de Conrad hochaient la tête : il n'avait pas su s'arrêter à temps. L'emphase ruinait la menace.

Conrad visa soigneusement son père et... dzonng ! la corde se détendit violemment. Deux hommes tombèrent : Guillaume de Montferrat et l'un des deux mameluks qui l'encadraient. Le mameluk avait la poitrine transpercée. Quant au vieux Guillaume, l'émotion lui avait coupé les jambes.

Un murmure d'horreur courut les remparts. Le marquis se releva, les yeux écarquillés, la bouche ouverte, hébété. Conrad engageait déjà un nouveau carreau dans la gorge de son arme. Guilhem s'approcha de lui : il lui fallait intervenir d'une manière ou d'une autre, et il était l'un des rares que le Lombard, en souvenir de leur arrivée commune, voulût bien écouter.

« Laissez ! dit Conrad entre ses dents. Par le Saint-Sang ! ils céderont bien !... »

Il visait à nouveau son père. L'expression de Saladin était impénétrable.

Guillaume de Montferrat tendit les mains devant son visage, autant sans doute pour se protéger que pour ne pas voir son propre fils le menacer.

« Conrad ! appelait-il. Conrad ! Non, Conrad ! Non ! »

Dzonng ! La deuxième flèche passa en sifflant à moins d'un pied de ses cheveux.

Saladin donna un ordre. Les Sarrasins se retirèrent, soutenant aux aisselles Guillaume de Montferrat, qui était pris de faiblesse. Une formidable ovation monta des remparts de Tyr.

A la nouvelle de l'arrivée du sultan devant la ville, Balian d'Ibelin s'était enfin levé et avait même pris un repas. Suivant la retraite des musulmans, il sortit de Tyr et alla rencontrer Saladin dans son camp. Le sultan lui accorda la faveur qu'il demandait : un sauf-conduit pour se rendre à Jérusalem et en faire sortir sa femme et ses filles. Saladin y mettait trois conditions : Balian n'aurait d'autre escorte que son écuyer Ernoul, il ne resterait pas plus d'un jour et d'une nuit à Jérusalem et il devrait rejoindre directement Tripoli. Balian demanda alors de pouvoir se faire accompagner d'un jeune chevalier de France qui cherchait la tombe de son frère. En vain :

« Vous autres, chrétiens, je vous connais, répondit Saladin en souriant... Tu viens me demander à partir seul, je te donne mon accord. Je te donne aussi mon accord pour ton écuyer. Alors tu viens me parler d'un ami. Si je te laisse l'emmener, tu viendras me parler de l'écuyer de cet ami, puis de l'oncle de l'écuyer, de l'écuyer de l'ami de l'oncle et de l'oncle de l'ami de l'écuyer... Au bout du compte, une armée complète, et la guerre pendant des années encore... Non... Ou tu pars avec ton seul écuyer, ou tu restes à Tyr... »

Balian d'Ibelin ne chercha pas à comprendre pourquoi Saladin était de si bonne humeur. Il jura sur l'Evangile et prit la route.

Guilhem d'Encausse, le « jeune chevalier » qui voulait

l'accompagner, le regarda partir avec déception. Il n'était pas venu en Terre sainte pour rester enfermé dans une ville imprenable et servir les ambitions d'un Lombard – il avait refusé la proposition de Conrad d'aller prendre Beyrouth en son nom.

Il voulait, lui, aller à Jérusalem. Et tant mieux s'il fallait se tailler un passage dans les rangs des Infidèles : au bout du chemin, la grâce est à la mesure de la peine.

Sans doute la vie qu'il avait menée depuis son débarquement était agréable, et les découvertes remplissaient ses journées. Il n'en finissait pas de s'émerveiller du goût des oranges, de l'odeur des eucalyptus, du dessin des palmiers sur le ciel presque blanc de l'été. Le matin, souvent, il montait Passavant – le destrier, trop longtemps confiné dans l'entrepont de la *Bella,* avait des galops à rattraper – et, par le bord de mer, courait jusqu'à Akhziv, qu'on appelait aussi Casal Imbert, un village franc à la grâce miraculeuse où l'on servait aux visiteurs des poissons aux herbes et du vin blanc frais. Il devait aller chasser la gazelle, quand Saladin était arrivé – il ne fut plus question de sortir de la ville.

La maison qu'il habitait avec Espérandieu était vaste et calme; bâtie en carré autour d'un patio de mosaïque où coulait une fontaine, elle était toujours fraîche, même aux heures des lourdes chaleurs. Quelque chose en elle – ses proportions? sa forme? son ordonnance? – procurait une indicible paix. Mais à quoi bon la paix et la beauté : il s'y sentait prisonnier.

Il eut d'autant plus à regretter de n'être pas parti avec Balian d'Ibelin que le grand comte, pour la première fois de sa vie, trahit sa parole. Quand, renonçant à prendre Tyr, Saladin alla mettre le siège à Jérusalem, il trouva, là encore, toute une ville aux remparts : Balian n'avait pu se résigner à laisser aux païens la cité de Dieu.

X

LA FIANCÉE DE L'ISLAM

Au voyageur égaré gravissant les dernières pentes qui mènent à Jérusalem, la ville pourrait paraître banale – peut-être devinerait-il seulement, à l'épaisseur des murailles, qu'on a dû souvent l'attaquer, puisqu'il faut si bien la défendre.

Mais pour la foule des chrétiens qui, cet été-là, fuyant l'avance des armées de Saladin, accouraient de toute la Palestine, Jérusalem était sans pareille : là s'était accompli l'ineffable, le mystère qui donnait un sens à tout, là battait le cœur de la chrétienté et là seulement ils seraient sauvés.

Ils venaient de Ramla ou de Nazareth, de Naplouse, d'Acre et de Jéricho : ils y étaient paysans, artisans, commerçants. Ils avaient tout perdu, laissé derrière eux ce qui faisait leur vie. Les plus riches s'étaient enfuis vers les villes du nord, où on les acceptait pour leur argent, mais eux, qui n'avaient pu prendre qu'un balluchon, une jarre, une volaille ou deux, quelques têtes d'échalote[29], où pouvaient-ils aller, sinon à Jérusalem ? Il y a du désespoir dans la foi des pauvres gens.

Ils montaient. Il n'y avait pas un de ces désemparés pour s'étonner qu'il faille monter si longtemps avant de voir Jérusalem, là-haut, là-bas, ocre et or, tout contre le ciel – mais peut-être était-ce le commencement du ciel. Tapant leurs bourricots pelés, poussant des chèvres au pis sec, chassant à coups de pierres les chiens jaunes du désert, ils avançaient en longues files silencieuses dans les vallées brûlantes, levant parfois les yeux pour chercher, au loin, l'étoile Jérusalem.

Au bout du chemin, ils le savaient, les affamés trouveraient quelques dattes, et les assoiffés de l'eau fraîche. Mais Jérusalem serait aussi la consolation de l'affligé, l'apaisement du tourmenté, le recours de l'abandonné. A chacun selon sa prière, et le salut pour tous.

Quand Balian d'Ibelin, venant de Tyr avec son écuyer Ernoul, arriva à Jérusalem, il dut pour entrer pousser son cheval parmi la foule qui se battait aux portes. La ville était en proie aux réfugiés. Hospices surpeuplés, hôpitaux débordés, rues encombrées d'immondices, boutiques pillées, étals ravagés. Confusion, désordre. Le manque menaçait, et la maladie.

Tous les dignitaires et les notables de la ville, les chevaliers et les prélats avaient trois mois plus tôt rejoint l'armée du roi : ils pourrissaient aujourd'hui dans les rochers d'Hattin ou, captifs, attendaient en vain qu'on payât rançon pour leur liberté. Il n'y avait plus d'autorité dans la ville, et tout allait à l'abandon. Le seul à n'avoir pas quitté Jérusalem, le patriarche de Terre sainte Héraclius, s'était enfermé dans son palais avec sa maîtresse et sa fille : il n'y avait rien à tirer de tous ces pèlerins-là.

Une délégation de bourgeois s'était rendue à Ascalon, où se trouvait Saladin, pour négocier la reddition de la ville. Mais alors que le sultan exigeait une capitulation sans conditions, une éclipse de soleil avait fait la nuit en plein jour. Pris d'épouvante, ils s'étaient enfuis : nul doute que Dieu, par ce signe, ne leur ait interdit d'abandonner Jérusalem.

Balian fut accueilli en sauveur. On lui demanda d'organiser la défense. Il refusa : il avait juré sur l'Évangile de ne pas s'attarder. On le pria, on le supplia. A peine le laissa-t-on rencontrer sa femme et ses filles. Héraclius le délia de son serment. Balian finit par accepter. Toutefois, il écrivit au sultan, lui expliquant qu' « il n'eût renié sa parole pour aucune autre cause au monde », et que, « s'agissant de Jérusalem, lui-même comprendrait ».

Il fit mettre un peu d'ordre dans la cité, organisa l'approvisionnement, adouba lui-même tous les fils de chevaliers et même de bourgeois âgés de plus de seize ans et qui voulaient se battre. A défaut d'être de vrais guerriers, à défaut même d'être armés, tous les hommes de la ville étaient prêts à mourir pour Jérusalem. Ils avaient retrouvé quelque chose de la ferveur exaltée des premiers croisés, ceux qui avaient conquis la ville sainte.

On le vit bien le 20 septembre, quand Saladin, ayant renoncé à assiéger Tyr, lança une première attaque sur la porte Saint-Etienne. Aussitôt, l'avant-garde des Sarrasins fut débordée, étouffée, refoulée par la horde hurlante des défenseurs aux mains nues.

Saladin prit alors un peu de recul et installa son camp, par-delà la vallée de Josaphat, sur le mont des Oliviers. Il fit monter ses mangonneaux et envoya un corps de spécialistes saper la muraille près de la tour de Josaphat. Etayant à mesure qu'ils creusaient, les Sarrasins excavèrent le rempart sur plus de six toises en deux jours puis, le troisième jour, entassèrent des fagots dans la sape et y mirent le feu. Les étais brûlèrent et la muraille s'écroula dans un grondement de tonnerre, faisant se lever un nuage de poussière jaune qui couvrit la ville. Les Sarrasins s'engouffrèrent dans la brèche : ils ne furent repoussés que de justesse.

On passa la nuit à délibérer. La plupart des nouveaux chevaliers, plutôt que d'attendre l'ennemi à l'abri des murs, voulaient tenter une sortie : ils chargeraient à outrance, feraient aux païens tout le mal qu'ils pourraient et peut-être même les mettraient-ils en fuite. Balian, qui n'avait pas pris de repos depuis plusieurs jours, se rangea à leur avis.

Ils savaient tous qu'ils n'avaient aucune chance, mais ils étaient parvenus à ce point d'exaltation et de fatigue où, à défaut d'une impossible victoire, seule la mort était à la mesure de leur détermination. Attendre encore, composer, et même survivre, c'était trahir.

Héraclius, le seul qui gardait la tête froide – il est vrai qu'il pensait à ses vieux jours – parvint à les dissuader : il ne s'agissait de rien de moins, dit-il, que d'un suicide collectif. Et avaient-ils songé à ce que deviendraient les veuves et les orphelins des héros ? Les uns vendus sur les places publiques ou convertis à l'Islam, les autres dans les harems des émirs ! Non, mieux valait encore tenter d'obtenir des conditions honorables pour une reddition. Quand des renforts arriveraient d'Occident, il serait temps de se battre : qu'ils gardent leurs forces et leurs armes pour la reconquête !

Balian, donc, sortit au matin de Jérusalem et rejoignit Saladin au Jardin des Olives. Le sultan l'accueillit avec courtoisie, l'assurant qu'il ne lui tenait pas rigueur d'avoir manqué à sa parole :

« Mais, ajouta-t-il, ta démarche est sans objet. Ou Jérusalem capitule de gré, sans conditions, aujourd'hui même, ou je la prends de force et la noie dans le sang, comme firent jadis les chrétiens. »

Saladin, déjà, s'était assis, jambes croisées, à même un tapis rouge à motifs réguliers. Il fit signe à Balian de l'y rejoindre, mais le comte d'Ibelin, pâle d'épuisement, resta debout, son bras mort coincé contre sa hanche par le pommeau de son épée :

« Tu te méprends, dit-il, Jérusalem n'est pas Acre et je ne suis pas Jocelyn d'Edesse !... Ici même, dans ce jardin, le Christ a passé la nuit d'avant sa mort, abandonné de tous, trahi par Judas l'Iscariote, renié par Pierre avant le chant du coq... »

Balian se signa. Il était au comble de l'émotion. Sa voix tremblait :

« Je vais te dire ce qui se passera si tu ne m'écoutes pas. »

Il prit une profonde inspiration pour se débarrasser du trouble qui l'étranglait :

« Moi, Balian, comte d'Ibelin, je jure que vous ne tirerez de Jérusalem ni rançons, ni esclaves, ni butin !... Nous tuerons nous-mêmes nos femmes et nos enfants !... Nous brûlerons nous-mêmes nos maisons et nos biens !... Nous égorgerons nos prisonniers, nous abattrons vos mosquées !... El Aqsa brûlera... Alors nous sortirons au-devant de ton armée et avec l'aide de Dieu chacun d'entre nous tuera dix des tiens avant de mourir ! »

De tous les barons chrétiens de Palestine, Balian était

considéré comme le plus pondéré, le moins sujet aux emportements : Saladin comprit qu'il y avait tout à craindre d'un tel fanatisme.

« Assieds-toi, dit-il, nous allons parler... »

Sur les remparts, les combats avaient repris.

Tandis que les hommes se battent, les prêtres disent des messes solennelles, les moines et les nonnains parcourent pieds nus, certains même à genoux, les rues du Chemin de Croix. La foule des pèlerins les suit, reprenant les prières et les psaumes. Beaucoup pleurent.

D'où ils étaient, Saladin et Balian distinguaient parfaitement, par-delà la vallée de Josaphat, les combats qui se déroulaient sur les remparts et même, en certains endroits, à l'intérieur de la cité de Jérusalem. Selon les sautes de vent ils entendaient le choc des armes ou la voix multiple des répons. Quand son armée semblait prendre l'avantage, Saladin se faisait plus exigeant, mais quand les chrétiens avançaient, c'est Balian qui durcissait sa demande.

Le sultan avait fait apporter de la pastèque et des raisins, mais Balian refusa d'y goûter.

Dans l'enceinte du Temple, frère Thierry, le seul de la hiérarchie templière à être encore à Jérusalem, s'active à mettre de l'ordre dans les affaires du couvent. Commandeur de la maison chevetaine, simple intendant en fait, il est sans pouvoirs ni prérogatives : il ne peut que distribuer des armes.

Il a écrit aux rois d'Occident et au pape combien il se sent seul : tous les Templiers de Jérusalem ont été tués, et le Grand-Maître a disparu. Maintenant, il prend sur lui de trier comme il le peut dans les archives et les secrets du Temple pour le cas où Saladin permettrait de sortir de Jérusalem et d'emporter des biens.

Mais si on lui demandait une rançon ? Selon la Règle,

il n'a pas le droit d'ouvrir les coffres sans une décision du chapitre. Il n'y a plus de chapitre.

Balian et Saladin négociaient depuis trois jours. Ils s'étaient mis d'accord sur plusieurs points importants. Tout d'abord, les chrétiens reconnaissaient la victoire de Saladin. Tous ceux qui paieraient une rançon quitteraient libres Jérusalem; ils pourraient emporter avec eux tous leurs biens. Ceux qui n'auraient pas acquitté leur rançon dans les quarante jours seraient abandonnés à la discrétion du sultan.

On ajouta que les combattants seraient dispensés de se racheter; que ces dispositions ne concernaient que les chrétiens venus d'Occident ou nés de familles elles-mêmes venues d'Occident : les chrétiens grecs ou syriens pourraient, s'ils le désiraient, demeurer dans la ville. Par ailleurs, un délai d'un an était laissé aux frères hospitaliers pour soigner ou évacuer les malades dont ils avaient la charge.

Il ne restait qu'à fixer le montant de la rançon — combien vaut un chrétien ?

Une procession de jeunes filles en robes blanches s'arrête au pied du mont Calvaire, où de vastes bacs ont été remplis d'eau. Les jeunes filles entrent dans les bacs. Leurs têtes seules émergent de l'eau. Alors leurs mères, épouses des notables et des bourgeois de la ville, leur coupent leurs nattes, leur rasent le crâne.

Accroupies sur les seuils, encoignées sous les porches, les femmes et les filles des réfugiés se cachent le visage dans leurs voiles noirs et se lamentent en longues plaintes aiguës. Les vieillards psalmodient d'antiques litanies.

Jérusalem expie ses fautes.

La rançon des chrétiens serait de dix besants d'or par homme, cinq par femme, un par enfant. Cet accord concernait environ quarante mille personnes. Trente mille au moins ne pourraient pas payer.

« Que le Temple paie pour eux ! » jeta Saladin à Balian.

Balian d'Ibelin passa la journée du lendemain à tenter de convaincre ceux qui le pouvaient de payer la rançon des pauvres.

Héraclius refusa : il ne pouvait disposer, disait-il, de l'argent de l'Eglise, et il ne fallait pas compter sur lui pour enrichir les Infidèles.

Des Hospitaliers, Balian obtint qu'ils versent trente mille besants : la contrepartie de la somme que Gérard de Ridefort avait donnée à Guy de Lusignan pour équiper l'armée – pas moins, mais pas plus.

Au Temple, il eut affaire au commandeur de la maison chevetaine, un certain frère Thierry, qui refusa net d'ouvrir les coffres dont il avait la garde : la Règle le lui interdisait. Balian insista, proposa des subterfuges, des malices, des excuses : on peut toujours tourner une règle qu'on se refuse à transgresser. En vain. Frère Thierry était de ces zélés au front étroit qui sacrifient l'esprit à la lettre sans même comprendre ce qu'ils font. Il se comportait exactement comme s'il ne fût venu au monde que pour dire non, ce jour-là et pour cette raison-là, à Balian d'Ibelin.

Le lendemain, jour où l'accord devait être rendu public, Balian arriva au Jardin des Olives accompagné d'un vieillard si frêle dans sa robe immaculée, avançant à pas si légers qu'on eût dit quelque menu fantôme enveloppé de son suaire. On aurait pour un peu retenu son souffle de crainte de le renverser. Sous le châle qui lui couvrait la tête, dans l'entrelacs des rides innombrables, étincelait un regard sombre.

« Vois ! dit Balian à Saladin... Ce chrétien a plus d'un siècle d'âge... Il vivait déjà à Jérusalem quand ton propre père n'était même pas né !... Et tu le chasses ! Il n'a rien et vit d'aumônes... Qui paiera sa rançon ?

– Comment s'appelle-t-il ? » demanda Saladin.

Alors une voix monta du suaire. Elle était incroyablement claire et jeune.

« Je m'appelle Robert de Corbie, disait le spectre. Et je ne quitterai pas Jérusalem ! »

Puis se tournant vers le seul Saladin, il lui adressa en arabe une harangue enflammée que personne ne songea à interrompre.

« Que dit-il ? demanda Balian à l'interprète.

– Il dit qu'il avait treize ans quand il a pris Jérusalem avec les troupes du duc de Lorraine Godefroi... Il dit que le plus difficile n'est pas de conquérir des royaumes, mais de les garder... Il dit que la colère de Dieu sera terrible... Que ceux qui ont par leurs péchés perdu la Jérusalem de la terre ne connaîtront pas la Jérusalem du ciel... Il dit qu'un grand vainqueur ne rançonne pas les pauvres... Il dit que s'il avait seulement soixante-dix ans de moins... »

Le sultan, amusé, accorda que pour les trente mille besants de l'Hôpital, sept mille pauvres seraient quittes. Puis il invita Robert de Corbie à demeurer à Jérusalem « aussi longtemps qu'il le désirerait » : il pourvoierait lui-même à ses besoins.

Tout était dit. Le lendemain, 2 octobre 1187, les défenseurs déposèrent les armes et Saladin entra dans la ville par la porte de David.

Au jour fixé pour l'évacuation – le « mettre-dehors » – le patriarche Héraclius fut le premier à se présenter aux contrôles, avec sa maîtresse, sa fille, ses chanoines et les six chariots où s'entassaient les trésors des églises. Derrière, venaient les chariots du Temple et de l'Hôpital. Frère Thierry surveillait lui-même ses coffres; il était inquiet, hanté par l'idée qu'il avait pu méjuger l'importance de tel ou tel reliquaire, de tel ou tel écrit d'archive, dans le tri qu'il avait dû faire. La Règle n'avait prévu ni la défaite ni l'exil.

Après eux sortirent les nobles et les combattants, puis la reine Sibylle, la reine douairière Marie Comnène, les veuves des chevaliers morts à Hattin – à qui Saladin offrit des présents – et les épouses des prisonniers... Puis venaient les bourgeois et leurs filles aux crânes rasés, les marchands, et tous ceux qui avaient acquitté le prix de la rançon...

Des trente mille pauvres qui restaient dans la ville, on compta les sept mille premiers à se présenter aux portes. Ils s'étaient battus pour entrer, ils se battaient maintenant pour sortir, se bousculaient, se piétinaient les uns les autres; on en vit tomber du haut des remparts.

Quand avaient été connues les conditions de la reddition, tous ceux-là, qui n'avaient même pas de quoi manger, s'étaient mis à calculer : comment trouver dix besants? Et encore cinq pour la femme? Et un de plus pour chaque enfant? Avec dix besants, toute la famille aurait pu vivre un an! Aucun d'entre eux pourtant ne s'était résigné. Ils avaient vendu, volé, pillé, échangé, soudoyé les officiers chargés de percevoir les rançons; certains même avaient tué.

Quand sept mille pauvres eurent été comptés, Saladin et son frère offrirent eux-mêmes de payer la rançon de deux mille autres. Mais, tandis que le patriarche Héraclius frappait le sol de sa crosse d'or pour qu'on se dépêchât, tandis que frère Thierry recomptait ses coffres, ils étaient peut-être encore vingt mille chrétiens à ne pouvoir acheter leur liberté. On isola les trop vieux et les trop jeunes – ils ne supporteraient pas la longue route d'Egypte – et, comme ils ne voulaient pas quitter leurs familles, on les libéra de force.

Ce soir-là, tandis que les chrétiens libres, répartis en trois groupes et escortés de soldats sarrasins, s'éloignaient vers Tripoli, ils étaient seize mille à partir en sens inverse, seize mille esclaves chrétiens qui prenaient le chemin du désert, lamentable caravane qui n'en finissait pas de disparaître à l'horizon du sud.

Balian fut le dernier à quitter Jérusalem. Il salua Saladin et s'en fut, la gorge nouée. Longtemps, il résista à l'envie qu'il avait de se retourner. Les musulmans avaient abattu la haute croix dorée que les chrétiens avaient plantée quatre-vingt-huit ans plus tôt pour qu'on pût la voir de tous les coins de la ville. Ils l'avaient arrachée comme on arrache un arbre. Ils y avaient accroché de longues cordes et des chaînes, et tous ceux qui le voulaient pouvaient venir tirer, ho... ho... ho... Et tous étaient venus, se remplaçant, se relayant, et tous pourraient ainsi dire qu'ils étaient de ceux qui avaient arraché la croix des chrétiens, ho... ho... ho... Et la croix tremblait, et la croix pliait, se tordait, s'abattait enfin...

Balian ne voulait pas se retourner.

Toutes les églises avaient été condamnées, les cloches fondues, les statues brisées, les peintures cachées. Les mosquées avaient été rouvertes; la sœur de Saladin, l'ancienne prisonnière de Renaud de Châtillon, ayant envoyé de Damas cinq chameaux chargés d'eau de rose, le sultan avait lui-même, à genoux, lavé le sol de la Sakhra, qui abritait le rocher sacré d'où Mahomet avait quitté la terre.

Balian rejoignit le convoi. Il pleurait : Jérusalem n'était plus Jérusalem. Jérusalem était devenue Al Quds la Sainte, Al Sharif la Noble, la sœur de La Mecque, la fiancée de l'Islam.

Balian n'y tint plus, et il se retourna. Contre toute raison, contre tout espoir, il chercha des yeux la grande croix dorée. Mais le ciel était vide.

TROISIÈME PARTIE

LA CROISADE DES ROIS

I

LE SERMENT DU CHAMP SACRÉ

« La croix ! La croix ! »

Il avait neigé toute la nuit, et il neigerait sans doute à nouveau avant le soir. Le ciel était uniformément bas, blême et morne, un ciel à corbeaux. L'appel s'y perdait vite, la clameur pourtant vibrante de toutes les voix mêlées :

« La croix ! La croix ! »

Au loin se dressait le château de Gisors, hérissé de fumées droites. Dans la plaine, sous le grand orme aux branches nues et sombres, un petit homme en noir bondissait d'un coin à l'autre de l'estrade qu'on avait construite pour l'occasion : Josse, archevêque de Tyr, venu prêcher la croisade.

De part et d'autre de l'estrade, chacun dans son faudesteuil, siégeaient les rois de France et d'Angleterre, Philippe Auguste et Henri II Plantagenet, entourés de leurs grands vassaux, pairs du royaume, prélats, et de la foule des moindres seigneurs, petits barons, chevaliers bannerets, moines et clercs, bonnes gens accourus malgré le froid, malgré la neige.

A l'arrivée de Josse, on avait interrompu la guerre qui avait repris une fois de plus entre la France et l'Angleterre, à propos de ce Vexin que chacun voulait pour soi. Les armées campaient chacune d'un côté de l'Epte, attendant, transies, qu'une décision fût prise. Allait-on faire la paix et s'unir contre Saladin ?

Josse trépignait d'indignation sur son estrade. Il avait dépouillé ses riches habits de soie violette et s'était vêtu de laine noire : il portait le deuil de Jérusalem.

« Quoi ! criait-il. Je vous vois ici prêts à vous entretuer pour quelques arpents de neige... A verser le sang des chrétiens pour une querelle de famille... Alors même que les païens traînent dans les égouts de Bagdad la croix où mourut Jésus-Christ !... Malheur à qui oublie Jérusalem !

– La croix ! La croix ! »

« Ecoute-les ! Ils crient tellement qu'ils finiront par y croire...

– Qu'est-ce que ça peut te faire, tant qu'ils ne t'obligeront pas à partir aussi... »

A la lisière de la forêt, là où il avait fallu, pour l'exemple, pendre quelques braconniers, deux des mercenaires de Philippe Auguste, routiers sans aveu suivant le plus offrant, attendaient que leur soupe fût chaude. Assis dos à dos sur un fagot à côté du feu de braises, les genoux relevés, blottis sous une unique couverture brune où ils avaient fait un seul trou pour leurs deux têtes, ils regardaient, là-bas, autour du grand orme, la foule agglutinée. Le camp des routiers sentait le graillon et la fumée. Les corps des pendus, nus et bleuis par le froid, étaient immobiles, un peu de neige sur les épaules.

« Fessedieu ! Tu ne comprends donc pas ?

– Quoi ? Que le roi Philippe n'aura plus d'argent pour nous solder ?

– C'est pas l'argent qui va manquer, c'est la guerre !

– La guerre ?

– Ils vont faire la paix et prendre la croix ! Ecoute-les, je te dis... Ils vont partir là-bas, dans les pays... Et nous on restera le cul dans la neige à attendre que les étangs dégèlent pour manger des grenouilles...

– Tais-toi donc ! La guerre n'a jamais manqué. Pourquoi tu voudrais que ça tombe juste sur nous ! »

« La croix ! La croix ! »

Tout d'abord, Josse avait lu l'interminable épître de Grégoire VIII : « Grégoire, évêque et serviteur des serviteurs de Dieu, à tous les adorateurs de Notre Seigneur Jésus-Christ à qui ces lettres parviendront, salut et bénédiction apostolique... »

Au début, c'est un peu parce qu'ils avaient froid et s'engourdissaient qu'ils avaient repris le cri de l'un d'entre eux. Mais l'appel s'était fait plus fervent, plus pressant. Comment avaient-ils pu oublier Jérusalem ? Laisser ce Saladin souiller le Saint-Sépulcre ? Comment pouvaient-ils attendre un seul jour de plus ? Jérusalem, chacun en avait la garde.

Les deux rois suivaient avec attention l'humeur de l'assemblée. Ils allaient devoir décider, et aujourd'hui même, et maintenant. Il y avait assez longtemps qu'ils tergiversaient.

Dans son vaste siège, Philippe Auguste s'enfouissait au creux de ses fourrures comme au fond d'un lit : on ne voyait, entre le manteau de martre et l'épais bonnet de zibeline, que le regard éteint, le nez de cire et la petite bouche rouge. En face de lui, accoutré dans une couverture de castor mal fermée, son large visage violacé et ses yeux striés de veinules rouges, Henri était assis à la façon des gros, jambes écartées, pieds à plat, le ventre posé sur les genoux. Sa respiration courte faisait un nuage blanc autour de lui, tandis que des lèvres chiches du roi de France ne sortait qu'une maigre buée.

Ils n'avaient pas cessé un instant de se surveiller.

« Eh bien moi je te dis qu'ils ne partiront pas !

– Et moi je te parie que si ! Tu ne sais pas ce que c'est, pour eux, Jérusalem !

– Combien ?

– Combien quoi ?

– Combien tu paries ?

– Ce qu'il me reste du sac d'Issoudun.

– Tu dis qu'ils partiront ?

– Par les seins de la Vierge ! S'ils ne partaient pas, ils iraient tous dans leur enfer ! »

Cette fois, Henri et Philippe ne s'en tireraient pas comme avec Héraclius, par de l'argent et des promesses. Cette fois, Jérusalem était bel et bien perdue.

On avait appris la nouvelle deux mois plus tôt, en novembre et, depuis, rien n'était plus comme avant. Dans tout l'Occident, c'était comme si la terre avait tremblé. Entre eux, après boire, les hommes parlaient encore de faucons et de femmes, mais ils avaient beau faire les fiers, ils n'empêchaient pas les nuits d'être plus noires.

A Rome, le pape Urbain était mort de chagrin, et son successeur Grégoire l'avait presque aussitôt suivi dans la tombe. Des signes étaient apparus, des menaces encore confuses qui terrifiaient les pécheurs – et qui n'avait pas péché ? Des prophètes de malheur annonçaient que les enfants conçus depuis la chute de Jérusalem n'auraient que vingt ou vingt-deux dents, que les loups allaient se reproduire comme des lapins, que les poules couveraient des serpents. On disait que les trois fléaux de l'ange exterminateur allaient ravager le monde, la guerre, la famine et la peste, lâchées comme des chiens sauvages dans un troupeau.

Pour tenter d'apaiser la colère de Dieu, on faisait des vœux, des sacrifices, on disait des prières, on évoquait des magies. Chacun promit d'être le premier à se croiser, offrit en expiation ce qu'il avait de plus cher, jura d'accomplir ce qui lui était le plus coûteux. C'est ainsi que les cardinaux s'engagèrent à ne plus recevoir de présents de ceux qui avaient une affaire en cour de Rome, que les évêques jurèrent d'aller à pied tant que les païens n'auraient pas été chassés de Jérusalem. Pisans et Génois se réconcilièrent même.

Richard Cœur de Lion, l'impétueux, prit la croix à Tours et l'empereur d'Allemagne Frédéric Barberousse commença à lever des impôts et des troupes. Seuls Philippe Auguste et Henri Plantagenêt n'avaient encore rien dit.

Tout semblait réussir à Philippe – un héritier lui était enfin né, le petit Louis. Rien de bon n'arrivait plus à Henri – après Henri le Jeune, son deuxième fils,

Geoffroy, venait de mourir, tué en tournoi. Le roi de France était à l'âge où l'on espère, le roi d'Angleterre à celui où l'on attend. Mais entre eux survivait cette vieille querelle, comme si rien ne changeait alentour. On eût dit qu'ils ne souhaitaient pas la voir finir.

Ils se craignaient, s'épiaient. Leur devoir de roi était de mesurer le risque qu'il y avait à laisser derrière soi des royaumes ouverts à tous vents, mais ils se comportaient comme ces manants des ports qui n'osent se tourner le dos. Dans leur entêtement, ils faisaient passer Gisors avant Jérusalem.

Josse, dressé sur la pointe des pieds, bras au ciel, voix tendue, admonestait les rois de toute sa ferveur, de toute son autorité :

« Celui qui n'est pas pour moi est contre moi, a dit le Christ ! Qui ne prend pas sa croix sur ses épaules pour me suivre n'est pas digne de moi ! »

Les regards des deux rois se rencontrèrent alors, et chacun d'eux sut que le moment était venu. Ils se levèrent ensemble.

« La croix ! La croix ! » reprit la foule.

Mais cette fois, c'était un cri de joie.

Henri, tirant pourtant la jambe, fut plus prompt que Philippe à s'agenouiller devant l'archevêque. Aussitôt, l'évêque de Beauvais, toujours à chercher noise à l'Anglais, intervint : vassal du roi de France pour la Normandie, l'Anjou et l'Aquitaine, le roi d'Angleterre devait passer après son suzerain. Mais Philippe, encore empêtré dans ses fourrures, leva la main :

« Laissez, mon oncle, laissez... Il ne sera pas dit que j'aurai fait attendre un vieil homme malade... »

A la suite des rois, toute la noblesse prit la croix. Baudouin de Cantorbéry, primat d'Angleterre, Gautier, archevêque de Rouen, Hugues de Nonan, évêque de Chester... Les pairs de France Philippe de Flandres, Hugues de Bourgogne, Henri de Champagne, Philippe de Beauvais... Les comtes de Blois, de Dreux, de Nevers, oncles de Philippe, et ceux de Perche, de Clermont, de Beaumont, de Bar, de Soissons, de Vendôme... Une ovation toute particulière fut réservée aux meilleures épées d'Occident : Guillaume des Barres l'invaincu, Jacques d'Avesnes, les frères de Montmorency, les frères Drogon de Mellot. Ceux-là, il valait mieux les avoir avec soi.

Ils étaient tant et tant à vouloir prendre le chemin de Jérusalem que, pour les différencier les uns des autres, on donna des croix vertes aux Flamands, rouges aux Français, blanches aux sujets d'Henri.

Tous, « après bonne confession et sans autre pénitence », recevraient l'indulgence plénière à leur arrivée en Terre sainte. Aucune dette de qui se croisait ne serait exigible ni ne porterait intérêt jusqu'à quarante jours après le retour : l'Eglise s'en portait garante. Enfin, on allait lever un impôt spécial, et qui serait à la charge exclusive de ceux qui ne partaient pas : ils verseraient chacun au moins le dixième de tous leurs revenus et biens mobiliers. Cet impôt, pour ne jamais oublier à quoi on le destinait, on l'appellerait la « dîme saladine ».

Pendant ce temps, l'un des chanoines venus avec Josse, un terrible vieillard à la barbe tressée, parcourait les taillis où campaient les routiers. Laissant derrière lui les arbres aux pendus, il s'enfonça dans le bois vers l'endroit où les filles avaient leurs tentes. On entendait, derrière les peaux de moutons, l'écho confus des ruts, des jurons et des toux.

Là, le chanoine commença à crier :

« Dehors pouacresses ! Putains ! Juments du diable ! Et vous, chancreux, vérolés ! Montrez-vous si vous l'osez ! »

Des pans de tentes s'écartaient, des visages apparaissaient. Toujours fulminant, le chanoine brandissait au-dessus de sa tête une grande peinture où l'on voyait le Messie, couvert de sang, coiffé de la couronne d'épines, livré aux païens en turbans :

« Voici Dieu que vous humiliez ! Prenez la croix, pécheurs que vous êtes, prenez la croix ! Dieu a besoin de tous ! »

Au loin, dans la plaine, on entendait la clameur assourdie des nouveaux croisés :

« Dieu le veut ! Dieu le veut ! »

Entre les rois, il ne fut pas question de paix. Ils décidèrent seulement une trêve : on ne parlerait pas de Gisors avant d'avoir repris Jérusalem. Pour bien marquer l'importance de ce jour, le vingt et unième du mois de janvier 1188, on baptisa « Champ sacré » l'endroit où avait été pris solennellement l'engagement de partir à la croisade, et l'on y dressa aussitôt une grande croix de bois.

Le routier regarda le ciel et estima qu'il allait bientôt neiger. De ses mains crevassées, il arrangeait les tisons quand son compagnon revint : il était allé aux nouvelles. Il s'assit, l'air important, sur le fagot et resserra les chiffons autour de ses pieds nus.

« Alors ?

– Je l'avais bien dit !

– Quoi ? Ils ne se croisent pas ?

– Si, ils se croisent.

– Alors j'ai gagné !

– Non ! »

Le routier tendit ses doigts gercés vers le feu :

« Ils ont bien juré de partir, dit-il... Mais ils n'ont pas dit quand ! »

II

LA GUETTE

ON attendait. Au début, dans tous les ports de Palestine, aux créneaux de toutes les forteresses côtières, sur les plages de tous les villages de pêcheurs, des guetteurs s'étaient relayés, de jour comme de nuit, pour surveiller la mer. Ils prenaient l'air important, et il ne faisait pas bon les déranger : musulmans ou chrétiens, ils devaient annoncer, les uns la craignant, les autres l'espérant, l'arrivée des rois d'Occident.

A Tyr, Guilhem d'Encausse avait ainsi passé aux remparts plus que son temps de veille. Ils étaient quelques chevaliers à partager la même impatience, et qui enrageaient de voir Saladin assurer tranquillement son emprise sur le pays.

Chaque jour, après l'exercice, ils se trouvaient sur la courtine de l'ouest, celle qui donne vers la haute mer. Là, pour tromper le temps, ils allaient et venaient, jouaient aux échecs, devisaient, inventaient des chansons, combinaient la reconquête. On les appelait pour rire les chevaliers du large. Ils s'en moquaient. Ils voulaient être les premiers à accueillir la croisade. Ils voulaient reprendre Jérusalem aux païens.

Conrad de Montferrat maintenait sur la ville une autorité cassante dont les bourgeois et les clercs s'accommodaient avec reconnaissance : elle préservait l'ordre et leurs privilèges. Mais le marquis avait refusé avec hauteur de prendre la tête d'une marche sur Jérusalem. Son heure n'était pas venue.

Guilhem se désespérait. Prisonnier, il eût sans doute moins souffert que de cette liberté pour rien. Parfois, à force de regarder la mer, il croyait voir s'y former le visage revêche du roi de France, ou la silhouette d'ours d'Henri Plantagenet. Ils s'étaient, disait-on, entendus pour se croiser. Alors ?

Les jours s'étaient enchaînés aux jours, les semaines avaient passé, et les mois. Soudain, cela fit un an déjà que Saladin était maître du Saint-Sépulcre. Un an ! Les guetteurs s'étaient usé les yeux en vain : ils laissèrent leurs postes aux vieillards et aux enfants. On s'était demandé : « Quand viendront-ils ? », on s'inquiétait : « Pourquoi ne viennent-ils pas ? »

Les musulmans avaient eu le temps de consolider leur victoire. Saladin se sentait en sécurité : considérant la guerre sainte comme terminée, il avait mis au repos le gros de ses troupes régulières, dont les chefs commençaient à rechigner. Il est vrai qu'il n'avait plus grand-chose à craindre. Loin au nord, Antioche et Tripoli n'étaient encore aux Francs que parce qu'il n'avait pas eu le temps d'aller les assiéger. Il n'y avait plus guère à lui résister que la ville de Tyr et, ici ou là, une forteresse isolée.

Ainsi le krak de Moab.

Partant rejoindre l'ost, Renaud de Châtillon avait laissé la Pierre-du-Désert à la charge de son connétable, le fidèle et terrible Couderc. La garnison avait appris tout à la fois le désastre d'Hattin, la mort de Renaud et la captivité du nouveau maître du krak, Onfroi de Toron, ce pâle chevalier qui avait refusé d'être roi. Couderc jura de tenir, quoi qu'il advienne, jusqu'à l'arrivée de la prochaine croisade : jamais Saladin n'entrerait chez Renaud de Châtillon.

Un jour, Stéphanie de Milly, la dame du krak, s'était présentée avec son fils Onfroi de Toron devant le pont-levis. Ils étaient accompagnés d'une escorte de Sarrasins. « Si Couderc livrait le krak, avait expliqué Stéphanie, Onfroi serait libéré par Saladin. » Le connétable avait demandé à réfléchir. Non qu'il n'ait su *quoi* répondre : il cherchait *comment* le dire. Qu'aurait fait Châtillon ? Finalement, et sans autre forme de discours, il avait commandé une volée de flèches sur l'escorte. Onfroi était retourné en prison.

Malik al-Adil, le frère de Saladin, était alors venu mettre le siège à Moab. Il avait brûlé le village hors les murs, jeté pour en pourrir l'eau quelques charognes dans la grande citerne du midi et dévasté la campagne d'alentour : champs ravagés, vignes arrachées, pommiers et dattiers abattus...

La garnison se composait de deux centaines d'hommes et de leurs familles. Ils avaient de quoi manger pendant quatre mois, peut-être cinq, en blé et en viande. Mais pas de fruits, pas de légumes, et pas de fourrage pour les bêtes : elles moururent de faim presque toutes ensemble, et il fallut se résoudre à jeter les carcasses par-dessus les remparts.

En détruisant les jardins et les vergers, Malik avait certes coupé l'approvisionnement du krak en vivres frais, mais il avait du même coup mécontenté les Bédouins de l'endroit, les Bnou Zouher. En compensation, il les autorisa à commercer avec ceux de la forteresse, à condition de partager avec lui ce qu'ils en tireraient. Ils en tirèrent tout.

Tous les butins amassés par Châtillon, tous les trésors de Stéphanie, souvenirs de tant et tant d'embuscades et de pillages, miroirs, tapis, coffres précieux, tentures, bijoux, Couderc échangea tout, au fil du temps, pour un peu de blé noir, pour quelques vieux chameaux, pour du lait de chèvre. Le plus singulier était que les Bédouins qui déménageaient le krak étaient ceux qui, avec Renaud de Châtillon, l'avaient rempli. « Youm assal, youm b'sal », disaient-ils avec fatalisme — un jour du miel, un jour de l'oignon.

Au milieu de l'été, la forteresse était vide. Il n'y avait plus rien à troquer. Alors, froidement, pour un cheval et deux setiers de blé, Couderc vendit aux Bédouins les femmes et les enfants du krak, y compris les siens.

Aux défenseurs, il avait expliqué qu'au moins leurs enfants ne mourraient pas de faim. Mais en vérité, avec la logique effrayante des fanatiques, il avait seulement voulu diminuer le nombre des bouches inutiles. Son unique regret était de n'avoir pas pensé à le faire plus tôt.

En septembre, les défenseurs mangèrent les derniers

chardons arrachés aux murailles, mâchèrent jusqu'à vomir leur bile les dernières étrivières de cuir de cerf. Certains se couchèrent et attendirent la mort. D'autres perdirent l'esprit, s'écriant soudain qu'ils voyaient, par-delà la mer Morte, la poussière que levait l'ost immense des rois d'Occident. Comme les guetteurs d'un bateau perdu croyant apercevoir la terre, ils montraient à grands gestes le rude horizon de pierre où, sur les pitons, veillaient les sentinelles sarrasines.

Les hommes ne supportaient plus le poids de leurs armures. Ceux qui pouvaient encore marcher erraient, hâves, décharnés, la fièvre aux yeux, dans la grande forteresse vide où le raclement de leurs pas levait dans le silence des échos démesurés. Réduit à ses murs comme à un squelette, le krak se mourait.

Malik attendait. Il savait la garnison hors d'état de se défendre, mais il ne l'attaquait pourtant pas. Il comprenait que Couderc avait passé le moment où il pouvait encore changer d'avis et décider de se rendre. Une sorte d'accord étrange les liait, comme s'il fallait absolument que ce jeu lugubre s'accomplît jusqu'à son terme.

Peut-être Couderc s'était-il imaginé dans son délire qu'il serait le dernier à mourir et que la terre alors s'ouvrirait pour l'engloutir avec le krak – mais on trouva un matin son corps sur sa couche, un couteau dans le cœur.

Le chapelain de Moab – ce confesseur sourd qu'avait choisi par commodité Renaud de Châtillon – écouta un à un les survivants sans les entendre et leur donna l'absolution à tous. Celui qui avait tué Couderc avait sauvé les autres.

C'est le chapelain qui livra à Malik la Pierre-du-Désert.

Saladin se montra particulièrement généreux avec les rescapés, qu'il libéra, qu'il soigna, à qui il renvoya leurs femmes et leurs enfants : il les avait lui-même rachetés aux Bédouins. De plus, il rendit sa liberté à Onfroi de Toron.

Ce qu'apprirent alors les héros du krak leur fit mesurer la vanité de leur sacrifice. Non seulement la croisade n'était pas arrivée, mais partout, sauf à Tyr, les chrétiens s'étaient débandés. Partout régnaient la lâcheté et l'égoïsme. Dans la « Terre de salut » des chrétiens, c'était le sauve-qui-peut.

Devant Ascalon, on avait vu le roi Guy de Lusignan supplier les défenseurs de livrer la ville en échange de sa libération : ils avaient refusé – pour se rendre quelque temps après. A Gaza, à Darun, devant les places templières de Palestine, c'est Gérard de Ridefort, le Grand-Maître de l'Ordre, qui s'était présenté au milieu d'une escorte sarrasine et avait donné l'ordre aux défenseurs d'ouvrir les portes aux Infidèles. Liés par leur vœu, les chevaliers du Temple n'avaient pu qu'obéir. Gérard de Ridefort avait alors été libéré, mais avait disparu.

Au nord, le seigneur de Néphin et la chevalerie de Tripoli avaient, comme de vulgaires routiers, détroussé les réfugiés de Jérusalem. Il est vrai que le comté était en pleine anarchie. Raymond venait de mourir.

L'ancien régent était entré en agonie au lendemain d'Hattin. Non qu'il fût blessé, ou malade : il n'avait plus envie de vivre. Il ne s'intéressait plus à rien, semblait ne voir personne, ne disait pas un mot. Autour de lui, on se battait encore, pour l'accuser ou pour le défendre : il ne répondait pas. Puis un jour, comme on quitte une maison, comme on laisse un jardin à l'abandon, il cessa de se nourrir. Sous la longue mèche blanche, le visage jaune et maigri était celui d'une momie. Hattin le hantait; sans doute y pensait-il encore en rendant son âme à Dieu. L'union de l'Occident et de l'Orient, le grand dessein de sa vie, n'avait pu se faire que dans un charnier. Il ne survivait pas à son rêve.

Certains dirent avec respect qu'il était mort de peine. De honte, répondirent les autres. Ses ennemis ne désarmèrent jamais. Et comme ceux qui firent sa toilette mortuaire dévoilèrent qu'il était circoncis, on en profita pour affirmer qu'il s'était converti à l'Islam et qu'il trahissait depuis longtemps. On ne trouva guère que les Hospitaliers pour le défendre : le comte Raymond, révélèrent-ils, était confrater de leur Ordre. Ils l'inhumèrent, malgré les cabales, dans leur cimetière de Tripoli.

Quand il n'eut plus rien à tirer de ses prisonniers de

marque, tels Guy et Amaury de Lusignan, quand il fut certain que personne ne viendrait payer leur rançon, Saladin les libéra en leur faisant jurer de ne plus porter les armes contre lui.

On salua la générosité du geste. Il eût fallu saluer aussi la subtilité du calcul : Guy de Lusignan, le roi sans royaume, était en quelque sorte l'ennemi naturel de Conrad de Montferrat, qui représentait la seule menace chrétienne en Terre sainte. En lui lâchant dans les jambes l'encombrant Poitevin, Saladin espérait bien forcer l'Italien à prendre des risques – au moins à sortir de sa ville.

Guy n'eut en effet rien de plus pressé que de venir se présenter devant Tyr, d'où Conrad le fit chasser. Il y revint pourtant, au printemps 1189. C'était un peu avant le coucher du soleil et tous les chevaliers étaient aux remparts.

Conformément aux ordres qu'il avait, Obertus Népos, le sénéchal de Conrad de Montferrat refusa d'ouvrir les portes. L'Italien, averti, se montra lui-même à la poterne :

« Qui es-tu donc ? demanda-t-il.

– Je suis le roi de Jérusalem.

– Qu'as-tu fait de ton royaume ? Tu n'es plus rien ! »

Guy de Lusignan n'était accompagné que de quelques chevaliers. Le soleil du soir dorait sa chevelure blonde et, le visage levé vers la poterne où paradait Montferrat, il paraissait mystérieusement humble et beau.

Ceux qui assistaient à la scène étaient gênés par l'arrogance du marquis. Sans doute Guy de Lusignan avait-il perdu Jérusalem, mais, des deux, il était le roi.

« Que tei lo coutel coupo lo cantel », souffla Espérandieu à Guilhem, qui tient le couteau coupe le pain...

En bas, Guy de Lusignan insistait :

« Il en va du royaume... Il nous faut nous parler...

– Tyr est à moi, et tu n'y mettras jamais les pieds ! »

Guilhem se tenait à un créneau, tout près de la poterne. Il se pencha :

« Sire roi ! »

Guy de Lusignan, déjà prêt à faire demi-tour, s'arrêta,

plissant les yeux pour chercher, à contre-jour, qui donc lui donnait encore son titre.

« Sire, reprit Guilhem, allez-vous reprendre Jérusalem ?

— Dès que j'aurai une armée...

— J'en suis ! » cria Guilhem.

Derrière lui, les « chevaliers du large », Jean des Douzes, Hugues de Tibériade, Gauché de Coulommiers, tous ses compagnons d'impatience, joignirent leurs voix à la sienne.

Conrad de Montferrat vint s'interposer entre Lusignan et eux. Il avait la lèvre mauvaise :

« Si vous partez, ne revenez jamais ! »

Il tourna le dos. C'était la première fois qu'on le quittait.

La petite troupe des chevaliers de Tyr rejoignit le camp de Guy de Lusignan, installé non loin de là, dans les dunes. Tentes, feux dans la nuit, rites et rires de bivouac : Guilhem ne se décidait pas à mettre pied à terre. Cette fumée qui sentait la graisse de mouton, ce sable qui volait partout et croquait sous la dent, il n'en aurait laissé sa part à personne. Enfin, tout commençait.

Au matin, les nouveaux arrivés découvrirent que la troupe de Lusignan était plus nombreuse qu'ils n'avaient osé l'espérer : quelques centaines d'hommes déjà, et tous résolus. Parmi eux, Geoffroy de Lusignan, l'un des frères du roi, que Guilhem avait rencontré en Angleterre et qui, pour avoir assisté au banquet de Windsor, se rappelait fort bien le « chevalier à la licorne » :

« Ah ! chevalier, dit-il gaiement, vous avez fait ce jour-là bien des envieux !

— Sur le pré ? » demanda Guilhem.

Il se rappelait le galop du grand cheval, le foulard vert, le fils du roi, le choc, la mêlée d'Anglais et de Flamands...

Geoffroy éclata de rire :

« Non, chevalier ! Pas sur le pré... Sur la dame ! »

Durant les semaines qui suivirent, ils allèrent partout où ils purent, cherchant des hommes et de l'argent, annoncer que le roi partait en guerre. En juillet, Balian d'Ibelin les rejoignit, puis Hugues Gibelet dit le Buffle, puis Onfroi de Toron... Puis les Templiers du nord... Puis deux cents chevaliers normands de Sicile envoyés par le roi Guillaume... Ils rallièrent aussi les Pisans de l'archevêque Ubaldo et la flotte génoise de Guido Spinola...

Le 23 août 1189, ils étaient trois mille quand Guy de Lusignan alla mettre le siège devant Acre. Sa détermination faisait oublier sa médiocrité et personne ne discuta une initiative qui paraissait pourtant aventureuse : les assiégés étaient trois fois plus nombreux que leurs assiégeants !

Le roi Guy ne se croyait ni meilleur ni plus fort qu'un autre, mais il entendait montrer aux puissants monarques d'Occident – ils ne sauraient plus tarder ! – qu'on ne les attendait pas pour avoir du courage.

A nouveau, on regarda vers la mer.

III

L'ORME DE GISORS

Henri II Plantagenet ne verra pas Jérusalem. Vêtu de bure, étendu sur un lit de cendres devant le maître autel de l'église de Chinon, le roi d'Angleterre attend un chapelain : il va se confesser pour la dernière fois.

Allongé sur le dos, un coussin sous la tête, il respire bruyamment à grands coups irréguliers. Son visage est gris. Il garde les yeux clos et ses doigts parfois se crispent sur le tissu rêche de sa robe. Malgré l'été, il sent monter en lui le froid des dalles – sous les dalles, la terre. Pour la première fois de sa vie, Henri s'abandonne.

Il avait connu assez d'excès et de tourments pour se croire capable de survivre à tout. Il se trompait. Henri Plantagenet, l'ours, le forcené, le roi le plus puissant de l'Occident, se meurt de chagrin.

Il n'aura pas fallu deux ans...

Après avoir solennellement pris la croix à Gisors, les rois de France et d'Angleterre, toujours se surveillant du coin de l'œil, avaient commencé à lever la Dîme saladine et à faire les préparatifs du grand voyage.

Soudain, Richard Cœur de Lion était entré à la tête de ses routiers dans le comté de Toulouse, dont le seigneur était vassal du roi de France. Philippe Auguste fut obligé d'intervenir contre Richard. C'était, à nouveau, la guerre.

Richard brûla Moissac. En représailles, Philippe envahit ses terres, força ses places, pilla ses villes – Châteauroux, Buzançais, Argenton, Montrichard, Châtillon, Montluçon...

Henri reprit les armes à son tour. Pour soulager son fils, il lui fallait attirer Philippe en Normandie : il brûla donc Dreux et, pour faire bonne mesure, tous les villages d'entre Dreux et Gisors. Quand Philippe arriva avec ses mercenaires, Henri lui envoya un émissaire qui l'arrêta à Chaumont-en-Vexin pour lui proposer une trêve.

Les rois se rencontrèrent entre Gisors et Chaumont – là même où, six mois plus tôt, l'archevêque Josse avait prêché la croisade. Philippe Auguste avait planté son dais de toile bleue frappée de lys d'or à une portée de flèche du gros orme sous lequel se tenait Henri. Entre les deux camps, des clercs faisaient la navette.

Le temps était lourd, une chaleur à taons qui les énervait tous. Les chiens haletaient, les hommes buvaient trop. Les rois étaient venus parler de la paix, mais ils commencèrent vite à se dire des sottises. Au bout de trois jours, ils en étaient à se provoquer comme des enfants querelleurs.

Soudain, alors qu'on allait une fois de plus se séparer sans avoir avancé, Philippe jeta un ordre à ses soldats :

« L'arbre! »

Les Anglais eurent juste le temps de déguerpir.

Cet arbre, l'orme de Gisors, était pour Henri plus précieux qu'un château. C'était un arbre immense, au tronc comme un donjon – il fallait compter neuf hommes à bras tendus pour en faire le tour. Il était si vieux et si gros, il portait tant de branches, et si feuillues, si lourdes, qu'on avait dû, au temps des pères des pères, en cercler le tronc de larges anneaux de fer et de cuivre.

Aussi loin que portait la mémoire des vieux du Vexin, on avait entendu parler de l'orme de Gisors. Les rois s'y rencontraient, les amoureux s'y retrouvaient, les braves gens y faisaient des vœux, les conteurs, les soirs d'été, y commençaient leurs histoires par « Il y a mille fois longtemps, cet arbre en est témoin... »

Les routiers de Philippe brisèrent un à un, à partir du sol, les anneaux qui maintenaient l'orme. Quand ils en furent au dernier, à peine eurent-ils le temps de s'écarter...

Sous le poids énorme de ses branches, le tronc se déchira jusqu'à son pied, parut se défaire comme une chair qu'on écartèle.

Cela fut si horrible que même les routiers de France ne crièrent pas. L'orme était tombé depuis longtemps qu'ils se taisaient encore. Ils regardaient, consternés, au centre exact de l'immense corolle de feuillage, le cœur blanc, éclaté, du grand arbre.

Quelle idée avait donc eue le roi de France ? Peut-être avait-il envié l'ombre où se prélassait l'Anglais. Peut-être avait-il voulu peiner le Plantagenet, qui était bien homme à aimer les arbres. Ou peut-être, simplement, avait-il fait à l'orme ce qu'il aurait voulu faire au roi.

Naturellement, la guerre avait repris.

Henri se confesse. Il n'a près de lui que son chapelain et l'un de ses bâtards, Geoffroy, le seul de ses enfants qui ne l'abandonne pas à l'heure de sa mort.

La confession d'Henri est faite de crimes extrêmes, de flammes, de violence, de sang. Mais puisqu'il faut peser le bien et le mal, il voudrait dire que s'il n'a pu toujours s'empêcher d'être un mauvais homme, il a essayé d'être un bon roi.

La guerre avait repris malgré la colère des peuples qui voulaient, eux, reconquérir Jérusalem, malgré les rappels à l'ordre répétés qui parvenaient de Rome. Destructions, pillages, représailles. A bout de patience, le pape Clément envoya son légat, Jean d'Anagni, amadouer les rois.

A La Ferté-Bernard, le prélat parla avec éloquence de Dieu, de la croisade et de la paix nécessaire. On l'écoutait avec un tel recueillement qu'il croyait bien avoir réconcilié l'eau et le feu. Puis Philippe Auguste, l'air plus chagrin que jamais, jura que, pour sa part, la paix était ce qu'il désirait le plus, et qu'il était tout prêt à la faire. A la condition, ajouta-t-il de sa voix légale, qu'on lui rende le Vexin, qu'Alix épouse Richard Cœur de Lion et que Richard soit investi comme héritier de toutes les possessions françaises du roi d'Angleterre.

Henri déjà ricanait quand, à la stupeur de tous, Richard se leva et vint tout bonnement courber sa haute et puissante stature devant Philippe. Tandis qu'il rendait l'hommage au roi de France, ses yeux gris riaient. C'était un bon tour qu'il jouait là à son père.

Le roi d'Angleterre, sidéré, pris de court par la trahison, demeurait sans réaction. Avec prudence, le légat suggéra que peut-être les choses pourraient en rester là jusqu'au retour de la croisade. Mais Philippe ne voulait pas risquer que le prélat vînt gâcher l'aboutissement de ses patientes manœuvres : il se mit en devoir de le chasser, le poursuivant jusqu'à sa mule et le couvrant d'injures. Jean d'Anagni, dépassé, n'osa ni excommunier le roi de France ni mettre son royaume en interdit. Les évêques de sa suite fulminèrent de terrifiantes malédictions en piétinant des cierges, mais prirent soin de ne nommer personne.

Ce soir-là, Richard resta au camp du roi de France qui, comme c'était l'usage en pareil cas, l'invita à partager sa table et son lit. Seul Jean sans Terre, le dernier des fils d'Henri et d'Aliénor, accompagnait encore le vieux roi.

On a transporté Henri au château de Chinon. Dès que son bâtard Geoffroy s'est éloigné, des clercs s'approchent. Ils viennent régler un vieux compte. « Souviens-toi de Thomas Becket! » disent-ils au moribond, « A chacun son agonie! »

Des écuyers les rejoignent, des serviteurs. Ils font cercle autour de ce gros homme gris qui cherche parfois son air et se griffe la poitrine. Ils l'ont vu tout à l'heure essayer une colère et renoncer. Ses derniers mots ont été pour maudire ses fils. Ils ne le craignent plus. Ils parlent comme s'il ne pouvait plus les entendre. Ils se réjouissent de voir de leurs yeux que les rois sont des créatures comme les autres – peut-être un peu plus seules.

Les forces conjuguées de Richard Cœur de Lion et de Philippe Auguste avaient vite eu raison de l'armée d'Henri II. Le roi d'Angleterre, pris de fièvre, un fer rouge dans la poitrine, leur abandonna Le Mans, mise à sac un beau jour de mai, puis Tours, à la veille de la Saint-Jean.

Henri demanda alors à rencontrer le roi de France. Ils allèrent l'un vers l'autre le 2 juillet 1189, entre Amboise et Tours. Le ciel était noir, lourd d'orages et d'éclairs. Les hirondelles rasaient la Loire presque à sec.

Il n'y eut pas de négociation. Philippe Auguste dicta ses conditions : le roi d'Angleterre devait se reconnaître « l'homme lige du roi de France, à merci et miséricorde »; il cédait le Berry à la France et toutes ses possessions françaises passaient à Richard.

Henri n'était pas en position de refuser. Il accepta tout, se promettant seulement une revanche dont on parlerait longtemps. Il ne lui restait qu'un fils, Jean sans Terre, mais en celui-là, au moins, il avait confiance... Il se soignerait, referait ses forces, et...

Au dernier moment, on ajouta au traité qu'il s'engagerait à ne pas inquiéter ceux qui l'avaient trahi, même en secret. Dès qu'il aurait signé, on lui donnerait la liste de leurs noms. Par lassitude, par curiosité aussi, il signa, et après lui tous les témoins – on n'en finissait pas de chauffer la cire et d'apposer les sceaux...

Quand tout fut fini, on lui remit le parchemin. La liste des traîtres était longue de noms, mais il n'en lut que le premier : c'était celui de Jean, Jean sans Terre, Jean l'aiglon, son fils préféré.

Dans son vaste poitrail de guerrier, quelque chose se déchira. Il parut s'affaisser et plus d'un pensa à l'orme de Gisors. On dut le remmener en chariot jusqu'à Chinon.

Henri est mort. Geoffroy le Bâtard est allé dépêcher un émissaire à Tours, où Philippe Auguste, Richard Cœur de Lion et Jean sans Terre font des projets.

Quand il revient, le corps de son père est nu. Les serviteurs l'ont dépouillé de sa robe, ont arraché ses bagues, ont même pillé le logis.

Geoffroy devra payer à prix d'or ceux qui mettront Henri dans son linceul et mèneront les chevaux jusqu'à Fontevrault. Mais il ne pourra décider les gardiens du trésor de Chinon – Henri les avait pourtant nommés lui-même... – à donner les bijoux royaux pour parer le corps.

Il faudra passer un anneau de cuivre au doigt raidi et froid d'Henri II Plantagenet, roi d'Angleterre, poser sur sa poitrine un vieux sceptre sans valeur et serrer sur son front, en guise de couronne, la frange d'orfroi d'un bliaud de femme. C'est un cadavre de carnaval qu'on ensevelira.

Mais qui va plaindre un roi ?

IV

DERRIÈRE LA MONTAGNE

COMME un dormeur cherche son aise dans son lit, les chrétiens en étaient encore à chercher leur meilleure place dans la plaine d'Acre, entre les remparts de la cité, les hauteurs de la Mahoméria qui leur faisaient face, un marais presque asséché et une petite rivière qu'on appelait le Belus. Ils avaient le temps. Puisqu'ils n'étaient pas de force à prendre la ville, ils se préparaient à un long siège sous les quolibets des assiégés (*voir carte p.351*).

Soudain, au matin du troisième jour, tous les guetteurs appelèrent à la fois : ceux de la plage, qui surveillaient la mer, et ceux des collines, qui gardaient les arrières du camp.

D'un côté, surgies de l'horizon, d'innombrables voiles blanches : la croisade!

De l'autre, immobile sur la ligne de crête, noire à contre-jour, menaçante, l'armée des Sarrasins.

Sous l'effet des émotions et des ordres contradictoires, le camp prit en quelques instants l'aspect d'une termitière renversée : dans la confusion la plus totale, ceux qui, jetant leurs armes, se précipitaient vers la plage, bousculaient au passage ceux qui finissaient d'enfiler leurs hauberts pour rejoindre les postes de combat. Sous sa tente, Guy de Lusignan triomphait : Acre, c'était son idée. Il demanda son armure et sa couronne – l'une pour s'imposer à ses ennemis, l'autre à ses alliés.

Mais ce qu'on voyait des Infidèles n'était que leur avant-garde, et ils n'attaquèrent pas ce jour-là. Attendant Saladin, sans doute contemplèrent-ils aussi le spectacle saisissant que composait, entre ciel et mer, le jeu lent et silencieux des voiles et des coques. Il y avait tant de bateaux que l'horizon lui-même, comme pour une féerie, paraissait s'avancer vers le rivage.

Des Italiens sortirent en barques au-devant des arrivants et les firent aborder sur les grèves d'entre Acre et Caïffa. Les hommes qui quittèrent alors les naves multicolores étaient pour la plupart grands, blonds et halés : des Danois et des Frisons. Au bout de leur long voyage, ils tombèrent à genoux dans le sable, s'y roulèrent comme de jeunes chevaux; ils se lançaient pour rire de longues poignées d'or et criaient leur plaisir à mots rugueux. Ils étaient des milliers, et bien équipés. Ils voulaient reprendre Jérusalem et se mirent aux ordres de Guy de Lusignan.

Saladin arriva le lendemain et fit tirer un rideau de troupes autour du camp des chrétiens : il assiégait les assiégants.

Il fallut s'organiser en conséquence, débroussailler, creuser des fossés, édifier des talus, construire des barricades avec le bois de bateaux sacrifiés, se retrancher de manière à faire front aux deux dangers à la fois.

Le roi Guy avait choisi de monter son tref sur le Toron Saint-Nicolas, une colline qui faisait face à la Tour maudite, le point le plus avancé de la muraille d'Acre. Tout autour, selon l'usage, s'installèrent les grands barons, puis les chevaliers non soldés, dont étaient Guilhem d'Encausse et ses amis des remparts de Tyr. Les Italiens tenaient le Nord jusqu'au faubourg de Montmusard, et les Danois le Sud, là où ils avaient abordé.

L'approvisionnement ne pouvait se faire que par mer, et il fallut aussitôt commencer les navettes avec Tripoli et même Chypre et Antioche, puisque Tyr continuait d'ignorer Guy de Lusignan. C'est aussi par mer que les renforts arrivaient, et ils se succédaient maintenant sans interruption, comme si tous ceux qu'intéressait Jérusalem s'étaient donné rendez-vous là au début de septembre.

C'est ainsi qu'on vit arriver, parmi une foule de pèlerins anonymes, le patriarche Héraclius, seul, sans sa maîtresse ni ses chanoines. Personne ne l'attendait plus et le dernier à l'avoir vu était Balian d'Ibelin, deux ans plus tôt, lorsqu'ils avaient quitté Jérusalem. Il s'hébergea, sans grand faste, auprès du tref royal et dressa sous un dais une réplique de la Vraie Croix.

Le teint gris, des cernes sous les yeux, la bouche maintenant plus amère que gourmande, il se contenta de dire qu'il était venu là où son devoir l'appelait. Il commença par délivrer de leur promesse de ne pas combattre tous les chevaliers qu'avait libérés Saladin et qui étaient jusqu'alors obligés de jouer sur les mots : Guy de Lusignan, par exemple, ayant juré de ne plus porter son épée, l'avait suspendue à l'arçon de sa selle – c'est son cheval qui la portait...

Ceux qui connaissaient la répugnance du patriarche à s'exposer se demandèrent pourquoi il était ainsi venu se jeter au milieu des combattants. Il fut dit que le pape l'avait puni, ou encore que sa maîtresse s'était enfuie avec le trésor du Saint-Sépulcre. Sa présence était en tout cas de bon augure : qu'il fût venu expier ses fautes ou refaire fortune, ce chrétien-là n'était pas homme à s'embarquer sur un bateau qui prend l'eau.

Quelques jours plus tard, une grande rumeur embrasa le camp : « Les Templiers ! Les Templiers ! » On se précipita vers la grève. Leurs bateaux étaient là, rangés comme des chevaux à l'écurie. Chevaliers, sergents, écuyers, turcopoles descendaient en bon ordre, aussi frappants par leur silence et par leur discipline que par le sillage de légende qui suivait les grands manteaux blancs. Au premier rang d'entre eux, blond et dur, marchait le Grand-Maître Gérard de Ridefort. Il boitait, et cela ne faisait qu'ajouter, à son air hautain, quelque chose d'inquiétant.

On sut vite qu'il avait rassemblé les frères de toutes les garnisons du Nord et qu'il ramenait un fort contingent de chevaliers arrivant d'Occident. En moins de deux ans, l'Ordre avait reconstitué sa chevalerie et sa hiérarchie. Les nouveaux dignitaires avaient à cœur de faire oublier les fautes et le laisser-aller d'avant Hattin. Le couvent avait été repris en main et on y observait désormais la Règle comme aux premiers temps du Temple.

Ceux qui connaissaient le rôle funeste de Gérard de Ridefort dans la chute du royaume et la perte de Jérusalem s'efforçaient de l'oublier : ils avaient été ou complices ou complaisants. A peine si l'on se demanda pourquoi le Grand-Maître avait été le seul survivant des Templiers d'Hattin, et à quel prix il avait acheté son salut. Il aurait eu, il est vrai, beau jeu de répondre que, dans le désastre général, il était le mieux placé pour sauver ce qui pouvait l'être.

En réalité, personne ne douta de sa nouvelle vertu : comment ne pas accepter le rachat des autres quand on veut croire à son propre salut ? En tout cas, Gérard de Ridefort n'intrigua plus autour du tref royal et, pour tous ceux qui ne le connaissaient pas, il apparaissait comme le chef prestigieux, à la vertu presque inhumaine, de l'armée des moines-chevaliers.

Ils avaient tous changé, pensait Guy de Lusignan — ceux, du moins, qui avaient survécu. Mais tant et tant étaient morts... Baudouin le lépreux, et Agnès sa mère, et le petit Baudouinet... Guillaume de Tyr, l'archevêque à la barbe d'or... Le Prieur des Hospitaliers Roger de Molins et le maréchal du Temple Jacques de Maillé... Renaud de Châtillon et Raymond de Tripoli... Dieu les garde en Sa paix !... Ils n'étaient plus guère, de l'ancien conseil du royaume... Baudouin de Ramla était resté en exil, Jocelyn d'Edesse avait comme tant d'autres disparu... Il ne restait qu'Amaury de Lusignan, Gérard de Ridefort, un Héraclius méconnaissable, un Balian d'Ibelin inconsolable... Seul Onfroi de Toron restait fidèle à lui-même, et on l'entendait jouer de la viole pour sa femme quand les autres fourbissaient leurs épées...

Guy lui-même se sentait différent. Il se rappelait avec honte comment, deux ans plus tôt, les chrétiens avaient, sous son commandement, établi leur camp à Acre avant de marcher vers Tibériade et ce qui devait être leur malheur. Quel désordre, quelle inconscience ! La nuit du départ, on avait eu toutes les peines du monde, alors qu'allait se jouer le sort du royaume, à interrompre une course au cochon !

Cette fois, tout était différent. Etait-ce parce qu'on vivait sous le regard de Saladin, ou sous celui de Dieu? Le camp dans son ensemble paraissait avoir adopté la Règle du Temple. Ardeur, rigueur, religion : chacun faisait de son mieux ce qu'il avait à faire, chevaliers, maréchaux-ferrants ou cuisiniers; on entendait la messe chaque matin, on priait, on chantait des psaumes. On supportait sans se plaindre la chaleur lourde de la fin d'été, les mouches de la journée, les moustiques du soir, la puanteur des charognes que les païens jetaient dans le Belus.

Guy de Lusignan, dans l'épreuve de la défaite et de la captivité, s'était forgé un caractère. Il était devenu plus grave, enfin conscient qu'il ne lui suffisait pas pour vaincre de croire à la victoire. Sa façon aussi avait changé : il ne prenait plus le conseil de personne. Ses bévues, il les décidait seul. C'est ainsi que sentant son armée se renforcer chaque jour, il la fit parader pour frapper l'imagination des musulmans.

On eût dit que Saladin suivait très exactement l'humeur des chrétiens. Il attendait de les voir ainsi s'exalter et se prendre d'impatience. Alors, imprévisiblement, il attaqua.

Le Loup Bleu, qui commandait l'aile droite de l'armée sarrasine, fondit soudain, des collines de la Mahoméria, sur le champ des croisés. Il rabota les avant-postes italiens, les bouscula sans s'attarder à les détruire, n'insistant que ce qu'il fallait pour leur laisser le temps de le prendre en chasse. Alors seulement, son grand dolman bleu flottant au vent comme un trop bel appât, il s'éloigna vers le nord, poursuivi par les trois frères Lusignan, Guy, Amaury et Geoffroy, à la tête de leurs troupes déchaînées. Ne restaient pour défendre le cœur du camp que quelques chevaliers de confiance, dont Guilhem d'Encausse...

Saladin avait réussi la première partie de son plan : jouer de l'ardeur des chrétiens pour les éloigner de leur base. La deuxième fut aussi facile : contre le camp, il ne fit donner ni son centre, passablement dégarni, ni son aile gauche, immobilisée face aux inquiétants Danois, mais les soldats de la garnison d'Acre, les assiégés eux-mêmes ! Les chrétiens surent plus tard que le sultan les avait fait prévenir par des nageurs entrés de nuit sous la chaîne du port. Ils débouchèrent soudain de derrière la Tour maudite, prenant les Francs à revers.

Guilhem comprit vite que tout était joué. Devant, des Sarrasins. Derrière, des Sarrasins. Il n'avait aucune chance. Il allait mourir ici. Soit, la vie est ainsi faite. Tout juste peut-il encore choisir de quel côté tomber. La rage au cœur, la joie aussi, car c'est une grande joie de combattre en un juste combat, et un grand péché de ne pas le faire, il appelle Jean des Douzes qui, comme lui, se trouve sans cheval – partis chercher les destriers, les écuyers reviendront trop tard.

Guilhem et son compagnon s'adossent l'un à l'autre et chacun lève son épée.

Les païens chargent et brusquement, pour Guilhem, tout s'arrête. La marée des visages et des armes qui va le submerger paraît s'immobiliser et, pour un peu, il entendrait la mer. Guilhem regarde les Sarrasins et pense avec un étrange détachement qu'ils ne sont pas aussi terrifiants qu'il se les était imaginés – plus petits, moins noirs, moins sauvages peut-être. Mais ils sont si nombreux ! Il a le temps de remarquer des détails sans importance : toutes ces bouches ouvertes, dont il n'entend pas les cris, la peur dans les yeux de ce grand archer, le pansement à la jambe de ce cheval, un sabre qui tombe à terre... En un éclair, Guilhem se revoit, enfant, au château d'Algue, s'essayer à sa première quintaine... Et soudain reprend le tonnerre des galops. Ils sont là, Guilhem abat son épée.

Guilhem et Jean des Douzes frappèrent et taillèrent autant qu'ils purent et, se protégeant l'un l'autre, tinrent plus longtemps qu'ils n'auraient cru pouvoir le faire. Guilhem tua ce jour-là ses premiers païens – dont un qu'il eut la chance de décapiter net.

Puis les cavaliers ennemis s'écartèrent et il découvrit en face de lui une rangée d'archers en position. Il vit distinctement le geste qu'ils firent pour décocher leur tir. Il se baissa derrière son écu et entendit la grêle des traits qui s'y fichaient. En même temps, il ressentit une brûlure au bras et, stupéfait, vit sa main s'ouvrir, son épée tomber au sol. Il eut à peine le temps de comprendre qu'il avait le bras traversé. Il fut pris dans des cordes qui sentaient le poisson, jeté à terre, traîné sur le sable...

Les Lusignan, ayant enfin flairé le piège, étaient revenus à temps pour éviter l'anéantissement du camp : seuls quelques chevaliers manquaient. Mais Saladin avait atteint son objectif du jour : en dégarnissant le nord des lignes des chrétiens et en semant la confusion au centre, il s'était ouvert un chemin vers la ville assiégée, dont la garnison avait été renouvelée, renforcée même d'un bataillon de mameluks. De plus, il y avait fait entrer un gouverneur qui avait toute sa confiance, un egyptien nommé Karakoush[30], aussi célèbre pour ses qualités de guerrier et d'administrateur que pour ses défauts d'homme – il était retors, irascible et grossier. De plus, la nature l'avait fait bossu.

Saladin, par défi, ou pour donner du courage à ses hommes, avait accompagné Karakoush au cœur d'Acre et s'était même fait voir sur les remparts, prenant le temps de regarder Modaffer ed-Dîn, le terrible Loup Bleu, déjà s'installer dans les anciens postes des Italiens.

Guilhem avait été jeté sans ménagement dans l'un des cachots de l'ancien fondouk de Gênes, près du port. A peine, en entrant, avait-il pu entrevoir une dizaine d'autres captifs. Mais la porte refermée, l'obscurité revenue, il n'y avait plus rien à voir.

« Jean, appela-t-il, Jean des Douzes est-il ici ? »

Ils avaient été faits prisonniers en même temps, dans ce même maudit filet qui sentait le poisson. A ce moment, en vérité, il souffrait plus dans son amour-propre que dans sa chair. Comme des sardines ! Depuis quand capturait-on des chevaliers avec des filets de pêcheurs ?

Des voix lui répondirent en italien. Jean n'était pas dans le cachot. Guilhem s'assit, s'adossa au mur lisse et froid. Le sang coulait entre ses doigts. De sa main gauche, il explora sa blessure. La flèche avait traversé l'avant-bras un peu sous le coude et s'y était brisée. Il n'en dépassait qu'un tronçon.

Il se rappela ce que lui avait dit son père, un jour qu'ils étaient à la chasse dans le ru de la Granarié et qu'ils regardaient s'enfuir en grognant, un épieu dans le corps, un gros sanglier presque noir :

« Rappelez-vous toujours que la peur du mal est plus douloureuse que le mal... S'il craignait de souffrir, ce sanglier se coucherait... »

Guilhem, d'un coup, arracha la flèche.

Sa seule crainte était que tout son sang ne s'écoulât par sa blessure. Il ne se rendait pas compte s'il en perdait beaucoup. Il entendait, proche, le bavardage des Italiens : ils parlaient de la madonna. Guilhem croyait déjà sentir le froid de la mort prendre ses mains et ses pieds, monter dans ses membres. Les yeux fermés sur lui-même, il tenait son bras droit dans sa main gauche et ne pensait à rien.

La porte s'ouvrit en grinçant. On fit sortir les chevaliers pour les dépouiller de leur armure. Guilhem avançait difficilement. La tête lui tournait. On le conduisait dans une vaste salle où deux rangées de piliers tenaient la voûte. Là, un sergent du Temple vint lui demander son nom et l'inscrivit avec application sur un parchemin. C'était un vieil homme au dos rond, la tête inclinée sur l'épaule. Son habit, usé, s'effrangeait aux manches. Voyant que Guilhem vacillait, il revint vers lui :

« Seriez-vous blessé, chevalier ? »

Guilhem ne répondit pas. Il glissa à terre. Il eut encore le temps de voir la croix du sergent se pencher sur lui puis perdit connaissance.

Il faisait nuit quand Guilhem revint à lui. Ou peut-être l'avait-on mis dans un cachot sans fenêtre. Sa tête le brûlait, il avait soif. Il était allongé sur une planche, le long d'un mur. On lui avait ôté son haubert. Son bras était emmailloté de linges.

« Jean ! voulut-il appeler. Jean des Douzes est-il ici ? »

Mais sa voix resta dans sa gorge. Il aurait pourtant bien aimé savoir s'il était seul. Il n'entendait rien. Où étaient passés les Italiens ? Il tremblait de fièvre, froid et chaud à la fois. Depuis combien de temps était-il là ?

Par moments, il se sentait presque lucide, seulement très faible. « Pourquoi me soignent-ils ? se demandait-il alors. Qu'ont-ils besoin de moi ? Des assiégés ne s'embarrassent pas de bouches inutiles... A moins qu'ils n'aient encore vaincu les chrétiens ?... Ils vont nous emmener en servitude... Ils nous vendront comme esclaves sur les places des villages... A tourner la roue d'un puits dans le désert, un homme coûte moins qu'un âne... Ils nous enchaîneront sur leurs galères... Où donc est Jean des Douzes ?... Pourquoi me soignent-ils ?... Ils vont vouloir me faire renier ma foi... On dit qu'ils libèrent ceux qui abjurent... Jamais je ne trahirai Dieu... »

Puis il glissait dans des abîmes où il se voyait lui-même, seul, éperdu, se débattre parmi les flammes et les cris, se tordre comme un possédé pour échapper aux bêtes immondes qui soufflaient sur lui leur haleine torride. Suffoquant, il appelait. Alors un ange s'approchait de lui. C'était un ange au dos rond, la tête penchée sur l'épaule, et qui portait une croix à sa robe, une croix pattée couleur de sang.

« Regarde ! » disait l'ange.

D'un geste du bras, il montrait devant eux un chemin de charbons ardents entre deux vallées brûlantes. Au-dessus d'un lac de feu se convulsaient les corps blêmes et nus des pécheurs. A droite, on embrochait des femmes à des branches pointues comme des lances, et des serpents leur suçaient les mamelles :

« Ces femmes, dit l'ange, ont refusé d'allaiter des orphelins, ou elles ont fait semblant... Elles souffriront ce tourment pendant trois ans...

– Mais moi, dit Guilhem, je ne suis pas une femme !

– Regarde ! »

A gauche, les injustes et les impies s'accrochaient en hurlant à une échelle de fer rougi; ceux qui ne pouvaient s'y tenir tombaient dans un chaudron plein d'huile et de poix bouillantes. Plus loin, des suppliciés trempaient jusqu'aux lèvres dans une fournaise de soufre :

« Voici les homicides, expliqua l'ange. Ils portent au

cou un esprit malin à la ressemblance de ceux qu'ils ont tués... Ils devront le garder trois ans...

– Mais moi, dit Guilhem, je n'ai jamais tué de chrétiens!

– Regarde! »

Dans une chaudière sans bords, tant elle était vaste, bouillonnait un mélange de bronze, de résine et de plomb. Un cheval de feu y dressait la tête, ses énormes lèvres bleues retroussées sur des dents de braise. Les âmes arrivaient par une petite porte et attendaient en gémissant leur tour d'être martyrisées. Tous ceux qui entraient en ce lieu étaient condamnés à traverser le ventre du cheval et à en ressortir avec son fumier :

« C'est un tourment réservé à ceux qui entendent l'office d'un prêtre qu'ils savent parjure, adultère ou excommunié, dit l'ange.

– Mais moi...

– Regarde! »

Les grincements et les supplications emplissent les ténèbres d'une vallée sans fond. Il fait noir, mais on voit pourtant un ver d'une taille infinie, attaché à une très longue chaîne dont l'autre extrémité est fixée à l'enfer. Le ver ouvre sa gueule immense comme un gouffre et gobe dans sa respiration les âmes comme des mouches. Quand il les rejette, elles sont brûlées et réduites en cendres.

« Ici sont Judas, Anne, Caïphe et Hérode, explique l'ange. Pour toi, regarde ton tourment! »

Les ténèbres sont ici épaisses et vides, sans une lueur, sans un souffle, sans une respiration.

« Je ne vois rien, dit Guilhem.

– La nuit vient du diable, dit l'ange, et la lumière vient du Christ... Elles s'opposent comme la vérité et le mensonge... Les pécheurs qui sont là ne seront pas jugés. Ils périront sans jugement... Ils erreront jusqu'à la fin des siècles...

– Mais qu'ai-je fait contre Dieu? » demande Guilhem.

L'ange alors se tourne vers lui. Des flammes soudain jaillissent de ses orbites creuses. Sa voix est terrible :

« Tu es mort sans confession! »

L'ange disparaît, toujours un peu voûté, la tête penchée.

« Sans confession ! Sans confession ! » répètent en écho tous les puits de l'enfer.

Guilhem essaya de s'éveiller. Il flottait entre la conscience et l'inconscience. C'était comme s'il n'avait plus de volonté. Ou comme s'il n'y avait plus assez de vie en lui. Sa vie avait coulé avec son sang, voilà, et il n'en restait plus assez dans son corps. Pourtant, il lui fallait absolument appeler quelqu'un, demander à boire. Il réunit toutes ses forces – à peine s'il put lever une paupière avant de s'évanouir à nouveau.

Une autre fois qu'il s'éveilla, l'ange à la croix était penché sur lui et lui versait de l'eau entre les lèvres.

« Confession ! put dire Guilhem.

– Mais je ne suis pas chapelain ! »

Le Templier regardait autour de lui avec horreur.

Guilhem ne savait plus où il en était des jours et des nuits. Il lui semblait tantôt que la fièvre l'abandonnait, tantôt, au contraire, qu'elle le reprenait et l'emportait dans ses vagues brûlantes. Il en émergeait haletant, tourmenté par des rêves confus. « Je vais mourir deux fois, pensait-il. Une fois quand les païens vont me couper la tête et une fois quand mon bras aura pourri... Je vais mourir deux fois et personne ne veut m'entendre en confession !... Sire Père, et toi, Sainte Marie toujours vierge qui règnes dans les cieux et qui sauves la terre, prenez pitié... »

A d'autres moments, des images tranquilles s'étiraient quelque part en lui... Dame Ricarde quand il était enfant et qu'elle le prenait tout contre son cou, où la peau était si douce... Le ciel, un soir qu'il s'était attardé et qu'il avait couché dans une bergerie du Larzac... Des étoiles plein la nuit, la musique du vent dans les haies vives... L'odeur de l'été quand l'herbe sèche craquait... Cette fois, à Montmejean, où Aveline était nue... Et Notre-Dame de Paris... Ces pierres, toutes ces pierres... Les pierres ne meurent pas... « Par saint Guiral et par saint Georges, par notre miséricordieuse mère Marie... Sire Père, prends pitié de mon âme... Sire Père, je ne veux pas mourir avant d'avoir vu Jérusalem, là même où

Ton fils est mort sur la croix. Guéris-moi et je Te servirai. Redonne-moi la force, et je Te reprendrai Jérusalem !... Je n'ai pas peur des païens... Sire Dieu, j'ai juré à mon père d'aller pour lui à Jérusalem... Si je guéris, je me ferai chevalier du Christ et je Te servirai... »

Il ne comprenait pas pourquoi il n'était jamais entré au Temple. Il en avait tant rêvé. Il se rappelait Gilbert Erail, au jour de son adoubement. Le Templier était descendu du causse, la barbe toute engivrée, et avait, pour tendre ses mains au feu, ouvert son grand manteau... Guilhem aurait tant voulu lui ressembler... « Ne vous précipitez pas, avait dit son parrain. Laissez faire Dieu. Le jour où il aura besoin de vous, il saura vous faire un signe. A vous de le reconnaître. » Cette flèche, cette épreuve, Dieu les lui avait envoyées. C'était le signe.

« Frère Templier, dit-il au sergent qui le soignait, je voudrais entrer au Temple... Pouvez-vous me conseiller ?

– Je peux prier pour vous, mais je ne peux vous aider... Je suis moi-même prisonnier ici... »

Le vieux Templier parla un peu de lui. Il avait été pendant plus de trente ans commandeur de la voûte d'Acre et le Grand-Maître lui avait promis de le laisser retourner finir ses jours dans la commanderie de Gavarnie... Ses chères Pyrénées... Mais voilà que Saladin avait pris la ville... Les Sarrasins l'avaient gardé parce qu'il savait mieux que personne tenir les livres du port... Mais il était prêt à n'importe quoi pour s'échapper... Si Guilhem recouvrait un jour la santé et la liberté, puisse-t-il se souvenir de lui et intercéder de quelque manière... Il était frère Raoul, Raoul d'Ibos...

« Mon parrain, dit Guilhem, est votre maître en Occident... Peut-être pourrait-il... C'est Gilbert Erail... »

Le vieux sergent pâlit, soudain assailli par le cauchemar familier qu'était devenu pour lui l'élection de Gérard de Ridefort... Sa trahison... Le chevalier à l'oreille coupée... Il roula des yeux épouvantés et disparut en se cognant aux murs.

Guilhem allait de mieux en mieux. Il souffrait un peu de son bras, mais la fièvre l'avait quitté. Il commençait à pouvoir faire quelques pas quand on vint le chercher. On le conduisit dans une cour où la lumière crue lui brûla les yeux. Il était seulement vêtu de ses braies et de sa chemise déchirée. On l'envoya rejoindre d'autres captifs chrétiens qui se trouvaient là. Parmi eux, Jean des Douzes qui, le sourcil froncé, le regardait comme s'il hésitait à le reconnaître. Enfin son ami vint l'embrasser et le prit dans ses bras pour l'empêcher de tomber. Il lui apprit la bonne nouvelle : on allait les échanger contre des prisonniers sarrasins qu'avaient faits les chrétiens.

Les frères Lusignan n'étaient pas rentrés bredouilles de leur poursuite dans la plaine d'Acre : ils n'avaient pu prendre le Loup Bleu, mais avaient capturé deux de ses émirs. Après quelques jours de négociation, ils avaient accordé à Saladin de les échanger contre les prisonniers du fondouk de Gênes.

Espérandieu était dans tous ses états, si amaigri, si négligé qu'il paraissait avoir lui-même passé ces dix jours en cachot. Guilhem le lui dit en riant, mais les larmes de l'écuyer le bouleversèrent. Ils tombèrent dans les bras l'un de l'autre, secoués par les sanglots heureux des retrouvailles.

Guilhem se laissa dorloter quelques jours. Aux nouvelles, le siège continuait. Il semblait que Saladin connaissait des difficultés avec certains de ses capitaines. Du côté des chrétiens, les renforts ne cessaient d'affluer : les Flamands à la croix verte étaient tout d'abord arrivés, conduits par Jacques d'Avesnes, la meilleure épée de Flandres; puis des contingents français avec Robert de Dreux et son frère l'évêque de Beauvais, les comtes de Bar, de Brienne et de Chalon; ensuite l'évêque Alelard de Vérone et le landgrave Louis de Thuringe, conduisant mille chevaliers et plus de vingt mille piétons!

Conrad de Montferrat lui-même avait débarqué trois jours plus tôt, le 24 septembre. Il avait évité le camp de

Guy de Lusignan pour s'héberger tout au nord du siège, avec les communes italiennes. Avec Montferrat arrivaient les chevaliers de l'Hôpital et leur nouveau Prieur Ermangard d'Aps... On disait que l'empereur d'Allemagne Frédéric Barberousse avait pris la route à Ratisbonne avec cent mille hommes... Que les rois de France et d'Angleterre – mais depuis combien de temps ne le disait-on pas ! – ne sauraient plus tarder.

Beaucoup venaient sous sa tente saluer Guilhem et prendre de ses nouvelles. A ses amis, il avait confié sa décision d'entrer au Temple, et il s'était alors aperçu que d'autres que lui y songeaient; Espérandieu, qui n'oubliait jamais Roquelongue, était le seul à avoir formulé des réserves : « Quau vai darrièr lo serre sa pas de qué vai querre – celui qui va derrière la montagne ne sait pas ce qu'il cherche... » Mais il n'avait pas insisté, de peur de s'opposer à la volonté de Dieu. Il avait seulement, pour contrarier le projet, cousu une tête de serpent dans la doublure du manteau de son maître.

Mais pour Guilhem, il n'y avait plus de doute. D'abord parce qu'une promesse est une promesse. Ensuite parce qu'il voyait bien, dans le camp, que les chevaliers du siècle n'étaient pas dignes de Jérusalem.

Ils se partageaient entre Montferrat et Lusignan, se querellaient, oubliaient la belle et unanime ferveur des premiers jours du siège. Ils s'installaient comme à un tournoi, commençaient à boire, à jouer. Le roi avait fait venir sa femme Sibylle. Les marchands étaient arrivés, et les filles, et les pieds poudreux de toutes les foires. Où le siège ? Où la guerre ? Et le tombeau du Christ ? Dans les conversations de ces chrétiens-là, il n'était question que d'hommes coupés en deux, de double-six et de putains culbutées.

Guilhem n'était plus de leur monde – et comment avait-il pu en être ? Il s'était, lui, brûlé à l'enfer. La douleur, le péché, l'inquiétude : les choses avaient pris un sens. Il ne connaîtrait plus la paix que sous le manteau blanc des chevaliers du Temple.

V

CRACHE SUR LA CROIX ! »

Sous l'auvent de la grande tente ronde qui faisait office de chapelle, Guilhem attendait de comparaître devant le chapitre. C'était l'aube et le camp d'Acre bruissait de sa rumeur habituelle. Guilhem, écoutant les guetteurs se répondre, ne pouvait s'empêcher de s'étonner que tout continuât à l'ordinaire alors que pour lui, aujourd'hui, la vie changeait : il allait être fait chevalier du Temple.

Mal guéri de sa blessure, mal remis de sa captivité, il avait néanmoins, tenu à passer cette nuit en veille et en prières, rêvant dix fois sa réception :

« Frère, lui demanderait-on, êtes-vous prêt à tout souffrir pour Dieu ?

– Je souffrirai tout pour Dieu, répondrait-il.

– Beau et doux frère, vous serez serf et esclave de la Maison tous les jours de votre vie... Y êtes-vous décidé ?

– Je serai serf et esclave de la maison pour toujours. »

Des frères s'étaient relayés pour faire son éducation, prier avec lui, lui expliquer les usages du couvent, l'avertir des questions qu'on lui poserait lors de la cérémonie d'admission. Le plus âgé d'entre eux, frère Ivo, était chargé de l'instruire de toutes les obligations qui réglaient la vie du Templier dans tous ses détails – comment dormir, comment manger... La rigueur de la discipline était extrême et tout manquement sévèrement repris. Une fois ses vœux prononcés, répétait frère Ivo à Guilhem, on ne lui demanderait plus que d'être soumis, d'âme comme de corps. Frère Ivo avait une longue tête de cheval, d'épais sourcils gris et la voix bourrue, mais il se montrait très amical, soucieux surtout que Guilhem ne se méprît pas en entrant au Temple. C'est lui qui l'avait conduit à la chapelle, lui demandant d'attendre.

Machinalement, Guilhem lisait une inscription brodée au bas de l'une des bannières entreposées sous l'auvent : *Memento finis.* Il se demandait comment la traduire : songe à ta fin ? N'oublie pas ton but ? Mais n'était-ce pas devenu la même chose ? Au bout des peines humaines, la mort est le salut. Par sa mort, le chevalier du Temple venge la mort du Christ. *Memento finis. Memento finis.*

Le matin était frais et une légère buée sortait des lèvres de Guilhem. Amaigri, fatigué, le regard fiévreux, il s'exaltait vite. Tout ce qu'il savait du Temple, tout ce qu'il en voyait lui paraissait merveilleux : la discipline et la courtoisie des frères, l'ordonnancement du camp et jusqu'à la couleur des tentes. Il aimait que l'Ordre fût aussi généreux dans ses buts que pratique dans sa vie. Ce qu'il ressentait, le sceau du couvent l'exprimait parfaitement à ses yeux : deux chevaliers sur le même cheval, partageant humblement la même monture mais pointant orgueilleusement leurs deux lances vers le même ennemi. *Non nobis, Domine, non nobis, sed tuo nomini da gloriam* – Non pour nous, Seigneur, non pour nous, mais pour ton nom donne la gloire...

Enfin le vieil Ivo revint, forçant son rude visage en une sorte de sourire :

« Frère, demanda-t-il, êtes-vous de bonne volonté ?

– Oui, frère.

– C'est bien. Vous allez donc paraître devant le chapitre. Vous vous agenouillerez devant le Maître, vous joindrez les mains et vous répondrez comme vous avez appris à le faire. »

Gérard de Ridefort est plus imposant encore quand on le voit de près. Avec sa charpente épaisse, sa barbe rare et son regard pâle, il donne à Guilhem l'impression d'une dureté peu commune. S'il n'était pas Maître du Temple, il pourrait être l'un de ces seigneurs brutaux et taciturnes qui plient le monde à leur caprice et brisent ce qui leur résiste. Parmi les douze frères qui sont assemblés là, Guilhem ne voit que lui. Il s'incline et s'agenouille.

« Sire, dit Guilhem le cœur battant, je suis venu devant Dieu et devant vous et les frères vous prier de m'accueillir en votre compagnie et de me donner part aux bienfaits de la Maison.

– Beau frère, répond Gérard de Ridefort, n'oubliez pas que, de notre Ordre, vous ne voyez que l'écorce qui est au-dehors : de beaux chevaux, de beaux harnais, de beaux manteaux. Mais vous ne savez pas les rudes commandements qui sont au-dedans... »

Guilhem connaît le moindre mot de l'exhortation du Maître. C'est la dernière mise en garde, solennelle et grave, qu'à prévue la Règle. Tout autour de lui, les silhouettes des frères – manteaux blancs, robes blanches, ceinturons noirs – et la lumière des cierges lui donnent l'impression qu'il a déjà quitté le siècle.

– ... Beau frère, termine le Maître, vous ne devez attendre de la Maison ni richesse, ni honneur, ni plaisir... Quitter le monde et son péché, servir Notre-Seigneur, faire pénitence : voilà ce que vous devez attendre du Temple... Ainsi vous sauverez votre âme... Voulez-vous être désormais, tous les jours de votre vie, serf et esclave de la Maison ?

– Oui, sire, s'il plaît à Dieu.

– Veuillez sortir et priez Notre-Seigneur qu'il vous conseille. »

Ultime précaution de la Règle. S'il est pris de peur ou simplement de doute, Guilhem dispose encore d'un peu de temps pour s'interroger. Il peut même encore renoncer. Mais non. Il a décidé.

Sa seule tristesse est de n'avoir pu prévenir Aveline. Quand il pense à Roquelongue, il se sent malheureux pour sa femme et pour sa mère. Il reste pourtant sans regret. « Quiconque abandonna sa maison, son père, sa mère, son épouse, ses enfants et ses champs à cause de moi recevra le centuple et possèdera la vie éternelle. » Aveline aussi connaît l'Evangile, elle comprendra.

Il lui a écrit une longue lettre pour lui faire ses

adieux et lui expliquer qu'elle devrait donner au Temple les terres du Mazel et de la Granarié en remboursement des dettes qu'il avait naguère contractées auprès de la commanderie de Sainte-Eulalie. Le domaine restait assez grand pour qu'elle vive à l'abri de la gêne.

Depuis combien de temps avait-il quitté Roquelongue ? Plus de deux ans déjà... Il ne savait même pas si son deuxième enfant était un garçon ou une fille... Il aurait voulu écrire dans sa lettre un mot pour chacun, mais il avait craint de faire plus de peine que de plaisir et s'était borné à dire qu'il leur souhaitait à tous une longue et belle vie – et qu'Aveline jamais ne le réclame au Temple... Quand même, il avait acheté à un marchand syrien un minuscule coffret de bois de cèdre qui contenait une rose de Jéricho, une petite plante séchée qui possède la vertu merveilleuse de refleurir chaque fois qu'on l'arrose. Il avait remis la lettre et le coffret à son ami Jean des Douzes, qui, ayant accompli le service de trois ans qu'il avait promis de faire, allait retourner au pays.

Roquelongue... Guilhem songe fugitivement à ce que dure la vie d'un homme, à ce qui l'emplit, quand frère Ivo vient le rappeler.

Guilhem s'agenouille à nouveau devant Gérard de Ridefort.

« Etes-vous bien décidé, beau et doux frère, à être serf et esclave de la Maison, à laisser votre propre volonté pour toujours et à faire celle du couvent ? »

La question, dans la bouche de Ridefort, sonne comme une menace.

« Oui, sire, répond Guilhem, s'il plaît à Dieu.

– Etes-vous prêt à souffrir toutes les duretés qui sont d'usage dans la maison, à exécuter tous les ordres qu'on vous donnera ?

– Oui, sire, s'il plaît à Dieu. »

Le chapelain alors s'approche. Il est le seul dont l'habit soit noir. Il tend à Guilhem le Livre des Ecritures. On va à nouveau lui poser toutes les questions. Ses réponses, cette fois, seront des serments.

« Que Dieu vous garde de mentir », murmure le chapelain.

Le Maître enchaîne l'une à l'autre la longue série de questions – c'est la troisième fois qu'on les pose à Guilhem. Non, il n'a jamais appartenu à un autre couvent, n'a fait ni vœu ni promesse. Oui, il est marié, mais jamais sa femme ne viendra le réclamer par droit de sainte Eglise. Non, il n'a pas de dettes qu'il ne puisse payer lui-même. Non, il n'a pas de maladie dont il ait caché l'existence. Non, il n'a pas versé d'argent pour se faire admettre au Temple. Oui, il est bien fils de chevalier et de dame, de noble lignage et né de mariage loyal. Non, il n'est ni prêtre, ni diacre, ni sous-diacre. Non, il n'est pas excommunié.

Gérard de Ridefort se tourne vers les frères du chapitre :

« Y a-t-il autre chose à demander ?

– Non sire », répondent-ils l'un après l'autre.

Alors, s'adressant à Guilhem :

« Beau frère, promettez-vous à Dieu et à Madame Sainte-Marie que désormais et tous les jours de votre vie vous obéirez au Maître et au commandeur que vous aurez ?

– Oui, sire, s'il plaît à Dieu.

– Promettez-vous aussi à Dieu et à Madame Sainte Marie que vous vivrez chastement de votre corps ?

– Oui, sire, s'il plaît à Dieu.

– Que vous vivrez sans rien avoir en propre ?

– Oui, sire, s'il plaît à Dieu.

– Que vous observerez les bons usages de notre maison, ceux qui y sont et ceux qui seront ajoutés ?

– Oui, sire, s'il plaît à Dieu.

– Que vous aiderez à conquérir la Terre sainte de Jérusalem ?

– Oui, sire, s'il plaît à Dieu. »

Et ce serment-là, plus encore que les autres, Guilhem le fait de tout son cœur.

« Que vous ne quitterez jamais cet Ordre pour un autre sans avoir congé du Maître ?

– Oui, sire, s'il plaît à Dieu. »

Le Maître s'interrompt un instant. Il va maintenant prononcer l'admission de Guilhem parmi les Pauvres chevaliers du Temple de Salomon :

« De par Dieu et de par Notre-Dame Sainte Marie, dit-il, et par Monseigneur saint Pierre, et par notre Père le pape, et par tous les frères du Temple, nous vous admettons à tous les bienfaits de la maison... Nous vous promettons du pain et de l'eau, la pauvre robe de la maison, beaucoup de peine et de travail... »

Voilà, Guilhem est Templier. Le chapelain vient reprendre le livre sacré et entonne le psaume *Ecce quam bonum* – Voici qu'il est bon, qu'il est agréable d'habiter tous ensemble en frères... Frère Ivo relève Guilhem, lui pose sur les épaules le glorieux manteau blanc des chevaliers du Christ. Gérard de Ridefort s'approche de lui et lui effleure la bouche d'un baiser glacé, le baiser d'hommage.

Le chapelain sonne une clochette à petits coups. Guilhem ne peut s'empêcher de regarder, là, sur son cœur, la croix brodée de laine rouge.

Réfectoire, draperie, infirmerie, armurerie, sellerie : toute la journée, frère Ivo mène Guilhem parmi les tentes du camp, le présente aux uns et aux autres, continue à lui expliquer les coutumes de la maison et ce qu'il en coûte de ne pas les observer. Tous les frères le saluent avec joie. A complies, on chante même en son honneur.

On lui attribue une tente, on lui coupe les cheveux ras, on lui constitue un fourniment et un trousseau. Comme il a, selon l'usage, fait don au Temple de son cheval et de son épée, on les lui prête en retour. Mieux, étant donné les conditions du moment, on l'autorise à conserver Espérandieu comme écuyer soldé.

Journée irréelle, qui passe comme un songe. Le soir, il est encore, avec Espérandieu, occupé à détailler les vêtements qu'on lui a donnés, à ranger ses trois couteaux, à faire sonner son chaudron de campagne. Tout lui paraît nouveau, merveilleux. Frère Ivo vient alors l'appeler et le conduit à la chapelle. Gérard de Ridefort s'y trouve seul avec le chapelain. Guilhem les voit se faire un signe, puis le chapelain, soulevant une tenture, entraîne Guilhem dans un réduit où brûle un seul cierge de cire rouge. De l'encens fume dans la pénombre en lourdes volutes.

Guilhem se retourne pour chercher des yeux frère Ivo – mais celui-ci a disparu. Il ignore ce qu'on peut bien vouloir de lui. Personne ne l'a prévenu. Le chapelain lui tourne le dos. De l'autre côté de la toile, passe un cavalier, si près qu'on entend craquer les cuirs de son harnais. Les guetteurs se répondent au loin.

Gérard de Ridefort entre à son tour et laisse retomber le pan de toile derrière lui. Le chapelain tient dans ses mains un grand crucifix de bois sculpté.

« Beau et doux frère, commence Gérard de Ridefort, vous allez maintenant être initié. Gardez à l'esprit que vous avez juré le secret. Si vous veniez à le trahir, vous perdriez la Maison et, comme parjure, iriez en prison avant d'aller en enfer. »

Il prend le crucifix des mains du chapelain et le présente à Guilhem :

« Croyez-vous que c'est Dieu ?

– C'est le Crucifié, répond Guilhem.

– Vous mentez ! Ce que vous voyez là n'est qu'un morceau de bois sculpté par un imagier. Notre-Seigneur est dans le royaume des cieux ! »

Guilhem, interdit, reste muet.

« Seuls les païens adorent les objets ! reprend le Maître. Un morceau de bois n'est pas Dieu !

– Mais la Vraie Croix...

– Si des brigands avaient pendu ton père, coupe sèchement Ridefort, adorerais-tu la corde qui l'a tué ? »

Le tutoiement claque comme une gifle. Guilhem ne comprend pas ce qu'on veut de lui. On ne l'a pas préparé à de tels débats. Le Maître reprend son ton de courtoisie :

« Beau et doux frère, dit-il, cet homme sur la croix, il vous faut maintenant le renier.

– Renier Dieu ?

– Ce n'est pas Dieu ! Auriez-vous déjà oublié votre serment d'obéissance ? Vous n'avez plus d'autre maître que moi ! »

Guilhem se tourne vers le chapelain pour chercher un secours.

« Auriez-vous assez d'orgueil, demande celui-ci, pour vous prétendre meilleur chrétien que saint Pierre, qui renia le Christ par trois fois?

La voix du Maître tranche, celle du chapelain adoucit, cajole, console déjà. Mais les deux hommes restent froids comme des murs. Guilhem se demande s'il rêve. L'odeur de l'encens lui monte à la tête. Il a juré d'obéir, c'est vrai. Sans doute veut-on le mettre à l'épreuve. Il s'entend dire, très vite et d'une voix très lointaine :

– Je le renie...

– Trois fois!

– Je le renie, je le renie, je le renie...

– C'est bien, dit le Maître. Il vous reste maintenant, beau frère, doux frère, à cracher sur cette croix. »

Guilhem hésite à comprendre. Ce cauchemar n'aura donc pas de fin!

« Vous devez, explique le chapelain... Comme tous ceux qui entrent dans l'Ordre... »

Malgré son désir de se conformer aux usages, Guilhem renâcle encore. Pourquoi tout le chapitre n'assiste-t-il pas, comme ce matin, à la cérémonie?

Ridefort alors tonne :

« Sache que tu ne t'appartiens plus! Tu appartiens au couvent! Tu n'as plus de volonté, je suis ta volonté! Tu as juré d'obéir en tout, et si tu ne le fais pas, tu te parjures! Je t'ordonne de cracher sur cette croix! »

Mais Guilhem se bute. Tout est devenu trop inquiétant. Cette pénombre rouge, cet encens trop épais, la disparition de frère Ivo.

– Tu n'existes plus! jette encore le Maître. Tu as déjà renié le Christ! D'avoir si facilement trahi ton seigneur devrait t'inciter à l'humilité...

– Je n'ai renié que l'image, dit Guilhem. Et je l'ai fait des lèvres, pas du cœur. »

Le chapelain approche la croix de Guilhem, dont le visage va du corps du Crucifié aux grosses lèvres du chapelain :

« Crachez à côté, dit-il gentiment, mais crachez... »

Guilhem crache sur le sol. Gérard de Ridefort quitte la chapelle sans un mot – il boite lourdement.

Guilhem rejoint sa tente. La nuit est installée sur le camp. Guilhem est seul, perdu, abandonné. Son secret l'étouffe. A peine s'est-il allongé qu'il se relève et vomit longuement, en hoquets douloureux qui le secouent jusqu'au fond des entrailles.

VI

LE BOURDON BRISÉ

Enfin, ils partaient. Tous deux vêtus de simples robes – bleue pour Philippe, rouge pour Richard – le roi de France et le roi d'Angleterre gravissaient lentement, la main dans la main, la Rue-Grande de Vézelay. Ils entendraient la messe à la Madeleine puis, chacun à la tête de son armée, iraient ensemble reconquérir Jérusalem.

Dans toute la région, c'était fête. Vézelay avait l'habitude de voir partir les troupes des pèlerins de Compostelle[31], mais aucun souverain n'y était venu depuis que Louis VII, quarante ans plus tôt, bouleversé par les prêches brûlants de Bernard de Clairvaux, y avait pris la croix. Alors, pour deux rois à la fois, les curieux avaient afflué de loin, vidant les villages, désertant les échoppes et les champs.

La ville s'était parée comme pour un sacre. Les maisons disparaissaient derrière les étendards, les tentures multicolores, les guirlandes accrochées aux fenêtres. Un tapis de verdure couvrait le sol raviné. La foule s'enivrait du battement redoublé des cloches, de ses propres vivats et de l'odeur puissante des feuillages piétinés. Tassée d'un bord à l'autre de la rue, elle ne s'ouvrait que ce qu'il fallait pour laisser un passage au cortège doublement royal.

Richard, heureux, souriait, saluait, répondait aux acclamations comme un vainqueur de tournoi devant les tribunes. Grand, large aux épaules, mince aux hanches, souple et puissant à la fois, il incarnait idéalement le chevalier et, sous sa chevelure au roux ardent, ses yeux gris posaient sur le monde le regard confiant et gai de qui se sait aimé. A con côté, Philippe semblait, par comparaison, réduit à ses seuls défauts. Revêche, la bouche triste, la paupière baissée, il avait pris un air de pénitence pour faire croire à sa dévotion. A peine si, de temps à autre, il levait les yeux pour regarder, à mesure que le chemin montait, s'élargir ce superbe paysage où la nature, mystérieusement, s'accorde à l'âme. Sur les bois de Ferrières et de Maulay, l'été lui-même parlait de paix.

La paix, les deux rois se l'étaient jurée, à Gisors encore une fois. Et s'ils n'étaient pas partis plus tôt, c'est qu'ils avaient l'un comme l'autre soigneusement préparé leur affaire.

Dès la mort de son père, Richard avait rejoint à Winchester sa mère Aliénor, enfin libérée, et s'était fait couronner roi d'Angleterre. Ce pays où il était presque étranger – il parlait à merveille le français et le provençal mais n'entendait pas un mot d'anglais – il l'avait séduit puis conquis par ce mélange de charme et de fougue auquel on ne résistait pas.

Ayant assuré son succès personnel, il en profita pour rançonner proprement le peuple dont il était le nouveau roi. Henri II, il est vrai, avait dépensé la Dîme saladine à faire la guerre aux Français et les fastes du couronnement avaient fini d'épuiser le Trésor. Richard alors fit argent de tout, vendit les évêchés aux plus offrants, restitua pour dix mille livres au roi d'Ecosse les châteaux et les droits difficilement gagnés par son père; il fit même annoncer que le sceau royal avait été perdu et que seules les chartes portant sa nouvelle marque seraient tenues pour valides : la confirmation de leur fiefs coûta cher à ses grands vassaux, et certains commencèrent à renâcler. Peu importait à Richard : « Je vendrais Londres, dit-il un jour, et je trouvais un acheteur ! »

Dans le même temps, en véritable chef de guerre, il faisait armer une flotte de nefs et de buzzes – gros bateaux qui pouvaient tenir quatre-vingts chevaux et plus de trois cents passagers. Dans tout le pays, on abattit des arbres, on tissa des voiles, on forgea des fers pour les chevaux et des flèches pour les archers, on tanna des cuirs, on façonna des selles. Quand enfin tout fut prêt, il laissa le royaume à la vigilance de sa mère, à l'évêque de Longchamp et à Guillaume de Durham – à charge pour eux de le protéger de la convoitise de son frère Jean sans Terre.

En décembre, il fit ses adieux à l'Angleterre – sa flotte le rejoindrait à Marseille. En juin, il alla saluer dame Aliénor à Chinon, dans ce même château où, un an plus tôt, Henri avait maudit ses fils au moment de mourir. Puis il rejoignit Vézelay où l'attendait le roi de France.

Philippe aussi avait confié son royaume à sa mère, Adèle, qu'aiderait Guillaume aux blanches-mains, l'archevêque de Reims. La jeune reine Isabelle était morte en accouchant de jumeaux – on avait enseveli leurs trois cercueils derrière le maître-autel de Notre-Dame – et le roi avait pris des précautions redoublées pour qu'on s'occupât de son seul enfant, Louis, l'héritier de France. Il avait rendu public un testament tatillon, fait garder la frontière de Normandie et posé la première pierre du rempart dont il avait décidé d'entourer Paris. Quant à son avoir personnel, il avait jugé prudent de le déposer à la maison du Temple.

Enfin, à Saint-Denis, il s'était incliné devant les tombeaux de ses ancêtres les rois de France et avait prié sur les saintes reliques qui s'y trouvaient assemblées : la couronne d'épines de la Passion, l'un des clous qui avaient transpercé la chair du Christ et un bras de saint Siméon[32]. Il avait pris solennellement les insignes du pèlerin, la pannetière et le bourdon, avait reçu de multiples bénédictions. N'empêche, il ne partait pas de gaieté de cœur.

Il était convenu que les rois se rendraient ensemble jusqu'à Lyon. De là, Philippe longerait les Alpes tandis que Richard irait s'embarquer à Marseille. Ils se retrouveraient à Messine et rallieraient Acre avant l'hiver : Frédéric Barberousse, allant de son côté, devait y parvenir à peu près en même temps. C'était la première fois depuis Charlemagne que l'Occident était aussi uni – il est vrai qu'il s'agissait de Dieu.

Richard et Philippe quittèrent donc Vézelay ensemble, les Français allant devant. Corbigny, Moulins-Engilbert, Toulon-sur-Arroux, Sainte-Marie-le-Bois, Belleville-sur-Saône. Les deux armées – dix mille Normands et Poitevins avec Richard, quatre mille Français avec Philippe, dont la moitié des troupes étaient déjà parties – s'augmentaient à chaque ville traversée d'une foule de pauvres, pèlerins vrais ou faux, empressés à sauver Jérusalem ou à profiter de l'armée. Ils étaient tant et tant qu'il fut décidé, à Lyon, de les chasser : ils ne pouvaient que distraire ou gêner les soldats. On rejeta donc sans distinction les voleurs et les pénitents, les filles folles et les épouses. De femmes, on ne garda, comme lavandières ou chercheuses de poux, que celles qui avaient passé l'âge « où l'on pouvait en avoir de mauvais soupçons ».

Une croisade sans pauvres ! S'il en fallait encore un, c'était bien là le signe que les temps changeaient : cette « croisade des rois » n'était qu'une expédition militaire comme les autres, seulement plus ambitieuse.

L'entreprise ne rappelait en rien la tumultueuse surgie du premier départ, un siècle plus tôt, quant toute une humanité s'était précipitée sur les chemins, déchirée entre ses ferveurs et ses terreurs, tourmentée de signes et de songes, sourdement travaillée par le ferment de son salut. On voyait des moines s'échapper par-dessus le mur des abbayes pour courir délivrer le Saint-Sépulcre, des pères ferrer leurs bœufs à la hâte et entasser leurs enfants dans les chariots. Fabuleuse émotion populaire où s'entremêlaient, avec la force d'un instinct partagé, le besoin du départ, la quête du salut, le vertige de la pénitence. Il n'y avait guère alors, pour ébranler les hommes, que l'inquiétude ou l'espérance.

Maintenant, les rois remplaçaient la foi par le calcul, la foule par l'armée. Leur souci n'était pas d'assumer le destin des pauvres gens. Ils ne partaient libérer Jérusalem que parce qu'ils y trouvaient leur intérêt : eux les rois, voici qu'en se croisant, ils ajoutaient à leur couronne les joyaux de l'au-delà. Ils se mettaient du côté de Dieu pour que le pape fût du leur. Mais, voulant détourner la piété populaire, en canaliser le désordre, en assagir l'ampleur, ils la dénaturaient du même coup, l'asséchaient de son foisonnement prophétique, la vidaient de son sens.

Et les humbles, à qui on demandait depuis si longtemps d'attendre, regardaient, désemparés, cette croisade trop bien rangée qui partait sans eux. Ils restaient avec leur misère, le goût insurpassable qu'ils avaient pour les mirages de l'Orient et au moins une certitude : seuls les pauvres sont purs, et Jérusalem appartient aux pauvres. Aux carrefours, des ermites, des prêcheurs à besace commençaient d'attiser les braises qui brûlaient au fond des consciences. Et, en attendant que prenne forme leur obscure révolte, les pauvres guettaient les signes.

Et les signes ne manquaient pas. A Lyon, à peine l'armée française avait-elle franchi le Rhône que le pont s'écroula sous les Anglais. On se rappela alors qu'à Tours, un mois plus tôt, quand Richard s'était appuyé sur le bourdon qu'on venait de lui remettre, le gros bâton s'était brisé net. Le Cœur de Lion avait choisi d'en rire... Non seulement la croisade partait bien tard, mais elle s'engageait bien mal.

Philippe et Richard se retrouvèrent à Gênes. C'est là qu'ils apprirent la mort de Frédéric Barberousse : le vieil empereur venait de se noyer dans un torrent de Cilicie, et son armée épouvantée s'était débandée. C'était, plus qu'un signe, un sinistre présage.

Les rois de France et d'Angleterre arrivèrent trop tard à Messine pour profiter des derniers bons vents. Ils durent y passer cet hiver 1190, à se quereller et à se demander pardon. Il y avait trois ans déjà que Saladin avait pris Jérusalem.

VII

L'ENLISEMENT

IL pleuvait sur Acre depuis des jours et des jours. Le ciel, la mer, le cloaque où s'engluaient les armées, tout était glauque et morne. La boue couvrait tout, tout s'y dissolvait, les gens, les choses, l'avenir. Accroupis sous leurs tentes détrempées comme des bêtes au fond de leurs trous, les croisés immobiles avaient froid jusqu'au cœur. La pluie, la faim, l'ennui : ce siège n'en finirait-il donc jamais ?

Le manteau souillé, la barbe ruisselante, guidant entre les cordes des tentes un palefroi crotté jusqu'au ventre, un chevalier du Temple allait dans le crachin oblique qui lui fouettait le visage. La peau tannée, le regard lointain, le visage sans expression, il avait cet air d'insensibilité que montrent les nomades et les mystiques pour les désagréments du corps. Pourtant, sa façon de garder tête haute sous un ciel pareil ressemblait à du défi – c'est qu'un an de Temple n'avait pas éteint l'impatience de Guilhem d'Encausse et il lui arrivait d'éprouver jusqu'au vertige l'amère inutilité de tout cela.

On était le 25 novembre 1190 et le Templier Guilhem venait de porter à Conrad de Montferrat, marié du jour et nouveau prétendant au trône de Jérusalem, les vœux du chapitre spécialement réuni pour l'occasion. En un an, que d'événements ! Et que d'événements pour rien !

Guilhem avait été reçu au Temple le 3 octobre 1189. Au lendemain de son initiation, encore éperdu, il chercha avidement sur les visages des frères la marque de l'épreuve : avaient-ils eux aussi renié le Crucifié ? Mais tous restaient courtois et distants à leur habitude. Ayant juré le secret, il n'avait pas le droit de leur poser de questions. Sans doute se fût-il résolu, comme la Règle l'y autorisait, à interroger le Maître sur le sens de la cérémonie, mais ce jour-là, 4 octobre, les chrétiens attaquèrent Saladin.

Divisée en quatre corps de bataille, l'armée d'Occident se rassembla et s'admira : il suffisait que Dieu restât neutre, disait-on, et la victoire était sûre. Mais, une fois de plus, les chrétiens fêtaient Pâques avant les Rameaux. Ils attaquèrent avec violence, bousculèrent les défenses de Saladin – le comte de Bar parvint même jusqu'à la tente du sultan, qui dut au sacrifice de sa garde mameluk de pouvoir s'enfuir. Mais, dès ce moment, les soldats commencèrent à échapper aux ordres et à piller au lieu d'assurer leur victoire.

Saladin, qu'on croyait déjà loin, revint avec le Loup Bleu et fondit sur les arrières de l'armée chrétienne. Surprenant les croisés en plein butin, il en fit un carnage. Dans le désordre général, les flux se mêlant aux reflux, le pire faillit arriver. La confusion était telle qu'André de Brienne fut piétiné et tué par le cheval de son frère Erard et que, désarçonné au milieu d'une mêlée, Conrad fut remis en selle par Guy de Lusignan lui-même, qui aurait dû se trouver à l'autre aile de l'armée. Ce furent les chevaliers du Temple et de l'Hôpital qui sauvèrent la situation.

Le soir, non seulement l'attaque avait échoué, mais sanglants, affaiblis, les chrétiens durent se résoudre à attendre pour investir Acre l'arrivée des rois d'Occident. On prit ses quartiers d'hiver.

Le Temple avait perdu de nombreux chevaliers, son maréchal et son Maître. Gérard de Ridefort avait en effet disparu dans la bataille – en combattant, rapportèrent les uns, et ils prétendirent l'avoir vu tomber; fait prisonnier, affirmèrent d'autres, qui juraient avoir assisté à la scène. On ne sut jamais. Gérard de Ridefort ne reparut pas, et l'on ne retrouva pas son corps. Chacun des frères dit deux cents patenôtres pour le repos de son âme.

Guilhem, mal guéri, n'avait pas participé au combat.

Il avait pourtant insisté pour rejoindre sa bataille mais le règlement le lui avait interdit. Pouvant à peine tenir son épée, il se fût mal battu, et le Temple était aussi avare de ses chevaliers que de ses deniers.

Dans le camp en deuil, les rescapés eurent beaucoup à faire et peu à peu la routine des jours surmonta l'inquiétude qui tourmentait Guilhem. Il arriva qu'il put s'endormir ou saluer frère Ivo sans penser au crucifix de bois sombre, à cette pénombre rouge, à cette voix qui disait : « Crache sur la croix! Je t'ordonne de cracher sur la croix! » Alors il se persuada que l'homme, avec ses tourments et ses rêves misérables, n'est qu'une force de désordre. Courtois et appliqué, il se fondit dans la communauté anonyme, Templier parmi les autres.

Etrange hiver. Le camp des chrétiens, toujours entouré par celui des Infidèles, était devenu une immense ville de tentes disparates et d'abris improvisés où s'entassaient pêle-mêle des centaines de chevaux, d'ânes et de chèvres, trente mille croisés, quarante mille peut-être, et au moins dix mille clercs, pèlerins et marchands, et encore des milliers de femmes, épouses, pucelles de bordelage. Ce rassemblement insensé de quartiers, d'échoppes, d'écuries, de marchés, c'était , à cinquante pas d'écart, Bruges, Pise ou Cologne. Les changeurs et les interprètes faisaient fortune : les premiers parce qu'ils troquaient toutes les monnaies d'Occident contre les pièces de maigre aloi frappées à l'effigie de Guy de Lusignan; les seconds parce qu'entre le nord et le sud du camp on parlait au moins vingt langues différentes. C'était Babel.

On ne se battait guère. Saladin avait demandé des renforts en Egypte et les chrétiens espéraient toujours la croisade. Partageant la même attente, les ennemis commencèrent à s'approcher, à se parler, à commercer même : une épée de Thuringe contre une fourrure, une bannière italienne contre quelques planches de bois sec. On en vint vite, entre seigneurs des deux camps, à s'inviter, à se faire des cadeaux, à s'offrir des fêtes. On s'était combattus, on se combattrait, mais puisque les circonstances offraient un répit, autant valait en profiter. On tournoya, on donna des duels d'enfants : un musulman contre un chrétien; les enfants, que leurs parents envoyaient pour un peu d'or, s'affrontaient au bâton. Tout s'achetait, tout se vendait, tout se trafiquait; les princes chrétiens et les émirs s'échangeaient putains blondes et esclaves nubiennes. C'était Sodome.

Tandis que les seigneurs comparaient leurs femmes, leurs faucons et leurs meutes – car on nourrissait même des meutes dans ce bazar! – les pauvres, eux, passaient un rude hiver, à se partager un peu de bois et de rares couvertures, à se battre pour un chou ou pour un rat crevé. Les marchands pisans avaient fait monter les prix d'un œuf à six deniers, celui d'une poule à douze, celui d'un muid de blé à cent besants; pour un denier, on n'achetait plus que treize fèves – et qui avait un denier? Parmi les chevaliers eux-mêmes, beaucoup en furent réduits à manger des chevaux que, de toute façon, ils ne pouvaient plus nourrir. La faim faisait plus de victimes que la guerre. Les dents des chrétiens tombaient, leurs membres gonflaient, ils déliraient et mouraient. On les enterrait au pied du Toron Saint-Nicolas.

Quand, lorgnant toujours du côté des hautes tentes, ils furent las de mourir pour rien, les plus humbles des croisés allèrent demander à Guy de Lusignan d'attaquer les Infidèles. On les renvoya : il n'était pas temps. Plusieurs centaines d'entre eux trahirent alors et abjurèrent. Saladin, qui ne savait qu'en faire, leur donna des navires pour qu'ils aillent, à butin partagé, piller les côtes de Chypre.

A la fin de l'hiver, Conrad de Montferrat calcula que le moment était venu de se faire connaître de tous : il vida enfin les greniers de Tyr et, forçant le barrage des galères égyptiennes, vint livrer aux assiégeants assiégés le chargement de cinquante bateaux de vivres. Un peu de nourriture, un peu de soleil : les chrétiens retrouvèrent un peu d'espoir. Réunissant tout le bois qu'ils purent trouver, ils construisirent trois tours immenses, assez hautes, avec leurs cinq étages, pour surplomber les murailles d'Acre et y déverser chacune deux cent cinquante combattants.

Quand, au printemps, elle furent prêtes, on les protégea du feu grégeois en les tapissant de peaux de bêtes fraîchement écorchées et enduites d'une couche d'argile au vinaigre, on les bénit solennellement et, les fossés ayant été comblés, toute l'armée halant et poussant sous une averse de flèches, on les roula contre le rempart.

Mais Karakoush avait eu le temps de prévoir une riposte. Il inonda les tours d'un mélange inconnu qui s'enflamma comme de l'étoupe[33]. Le brasier brûla toute la journée, les peaux se consumant avec une fumée noire et puante. Au soir, l'armée regardait palpiter encore, parmi les dernières braises, ce qui restait de trois mois de travail et d'attente.

Il fit à nouveau faim, et il n'y avait plus cet espoir qui permettait de supporter le dénuement. A cette époque, Modaffer ed-Dîn, le redoutable Loup Bleu, partit vers le nord préparer la défense de ses terres d'Edesse contre la croisade allemande. L'occasion parut bonne aux plus pauvres des chrétiens, sergents, piquiers, frondeurs. Ils se groupèrent, s'exaltèrent et, bravant l'interdit de Guy de Lusignan, attaquèrent à dix mille les lignes dégarnies de l'ennemi.

C'était le jour de la Saint-Jacques. Ils étaient sans chevaux et sans épées. Derrière eux, les poussant, les pressant, courait la foule des valets, des mendiants, des pauvresses, des enfants aux yeux de misère. Ils avaient si faim qu'ils faisaient peur – ainsi des loups. Du côté de Montmusard, ils submergèrent en hurlant les avant-postes de Malik al-Adil.

Le frère de Saladin avait vu à Moab ce que la famine faisait faire aux hommes; il donna aussitôt l'ordre d'évacuer son camp, sacrifiant ses réserves et ses tentes pour sauver ses hommes. Le peuple des pauvres s'abattit sur le butin sans comprendre que c'était un appât qu'on lui laissait. Les Sarrasins les encerclèrent et les massacrèrent patiemment, à l'arc, au cimeterre, à la masse. On compta qu'il en mourut plus de cinq mille, et les plus heureux furent encore ceux qui tombèrent la bouche pleine.

Ni le roi, ni les princes, ni les chevaliers des Ordres n'intervinrent : les sergents révoltés avaient désobéi. Il ne se trouva qu'un homme, un prélat, pour se lancer à leur secours, et encore était-il sans arme : l'archidiacre de Gloucester Raoul de Hauterne, un homme juste et bon, s'enfonça dans la mêlée comme s'il entrait dans la mer, lentement, brandissant une croix à bout de bras. Il fut tué là, parmi les pauvres gens, et son corps pourrit où il était tombé.

On était en juillet. Le lendemain, on apprit la mort de Frédéric Barberousse, et on se lamenta. Le surlendemain, Henri de Champagne débarqua, avec une partie de l'armée de France, des vivres, des armes et même des chevaux. On se réjouit d'autant plus qu'il annonçait enfin la croisade.

L'été puait. Les cadavres des sergents faisaient entre les deux camps un immense charnier où régnaient les rats, les mouches et les grands oiseaux de charogne. Les vautours, et même les mouettes, étaient devenus si gras et si arrogants qu'on pouvait s'en approcher à deux pas sans les effrayer : ils vous défiaient de leur œil rond, de la chair d'homme au bec.

On avait beau faire brûler de l'encens partout, parfumer les aliments de musc, il fallut s'habituer à vivre dans l'odeur de la mort. La pourriture et la pestilence amenèrent de nouveaux maux, firent de nouvelles victimes. Le premier jour d'octobre, Sibylle, la femme du roi de Jérusalem Guy de Lusignan, mourut comme étaient mortes ses filles quelque temps plus tôt.

Alors on vit surgir de sa tente un personnage qui n'en sortait plus guère : Balian d'Ibelin. Le grand baron de Naplouse n'avait jamais pardonné à Guy d'avoir usurpé le trône et perdu le royaume. Sibylle morte, dit-il, Guy de Lusignan n'avait plus aucun droit sur la couronne de Jérusalem, qui revenait à l'autre sœur de Baudouin le lépreux, Isabelle, la petite mariée de krak, l'épouse d'Onfroi de Toron.

Mais une fois déjà les Poulains avaient voulu couronner Onfroi, et il s'était enfui : cela non plus Balian ne l'avait pas oublié. Restait donc à démarier Isabelle et à la donner comme épouse à Conrad de Montferrat : celui-là ferait un bon roi. Comme il fallait un prétexte, Marie Comnène jura que sa fille Isabelle avait été promise à Onfroi alors qu'elle n'avait que huit ans; le légat du pape, Ubaldo, et l'évêque de Beauvais Philippe convinrent qu'on ne pouvait tenir pour valide le consentement d'un enfant.

Guy de Lusignan demanda alors l'arbitrage du patriarche Héraclius. Mais Héraclius fit répondre qu'il était malade et délégua son pouvoir à l'archevêque Baudouin de Cantorbéry. Le prélat, comme les Anglais, prit le parti de Lusignan. De sang bouillant, il s'emporta quand il vit qu'on ne l'écoutait pas, tempêta, cria que Montferrat était déjà bigame, qu'il avait laissé une épouse en Italie et une autre à Constantinople... Il excommunia par avance tous ceux qui se prêteraient à la manœuvre du remariage, fulmina des anathèmes... et mourut le soir même sans avoir pu reprendre son calme. « Dieu montre bien là sa volonté ! » conclut benoîtement l'évêque de Beauvais.

Il n'y avait plus, pour s'opposer à la dissolution de leur mariage, que les mariés eux-mêmes. Isabelle, à près de vingt ans, était devenue l'une des plus belles femmes de Palestine, et personne ne comprenait l'attachement qu'elle vouait à ce pâle chevalier qui ne lui faisait pas d'enfant et ne la défendait même pas.

« Ne me quittez pas, demanda-t-elle à Onfroi.

– Amie...

– Ne me quittez pas...

– Vous savez bien comme ils sont... Ils vont venir, avec leurs grands mots, leurs épées, leurs menaces... Un trône pour eux justifie tout... Ils m'entoureront, me toiseront... Amie, pardonnez-moi... Je ne veux pas vous quitter, et pourtant il le faudra bien... »

Onfroi s'agenouilla devant sa femme, lui prit les mains :

« Je voudrais tant ne pas pouvoir vivre sans vous !

– Je vous aimerai toujours », dit-elle.

C'est le bouteiller de Philippe Auguste, Guy de Senlis, qui se chargea d'écarter Onfroi de Toron. Il le provoqua en combat singulier. Il était haut, large, rouge. Onfroi se déroba.

Le mariage d'Onfroi et d'Isabelle fut alors déclaré nul et Isabelle fut conduite à la chapelle, mi-toile mi-planches, de l'évêque de Beauvais. Là, devant l'autel, regardant en face ce mari hautain qu'on lui imposait, elle dit bien haut qu'on pouvait la forcer à l'épouser, qu'on ne l'obligerait jamais à l'aimer. Puis elle tendit la main pour qu'on y mît l'anneau.

Au sortir de la chapelle, Conrad de Montferrat était devenu prétendant au trône de Jérusalem. Comme tout semblait lui réussir, beaucoup rallièrent son camp, rejoignant les Italiens et les Hospitaliers. Le Temple soutenait encore Guy de Lusignan, mais un chapitre avait pourtant décidé de faire porter à Conrad les vœux du couvent : le Temple n'oubliait jamais de ménager l'avenir. Comme Guilhem avait naguère bien connu le marquis de Montferrat, c'est lui qu'on avait chargé de la mission.

Guilhem guidait son cheval entre les coulées de boue qui glissaient vers la mer. Il offrait son visage à la pluie et y trouvait une sorte d'apaisement. Le camp était immobile, noirâtre, embourbé. Là-bas seulement, du côté des Danois, on voyait les hommes, comme des insectes, finir de nettoyer la carcasse d'un bateau couché. L'horizon était liquide. On venait d'apprendre que les rois passeraient l'hiver en Italie.

Chez Conrad de Montferrat, on donnait une fête. Sous une vaste tente parquetée, la table était dressée et les musiciens avaient déjà pris place. Nappes, cruchons de vin, vaisselle d'argent et de vermeil – tout juste y manquait-il des fleurs. Les hommes se pavanaient devant les dames qui faisaient des effets de toilette : elles portaient des bliauds collants dont les manches évasées touchaient le sol dès qu'elles laissaient pendre les bras. Et ces rires, aussi, qu'elles avaient quand les chevaliers les soulevaient pour leur éviter de salir leurs chaussures ou le bas de leurs robes... A l'entrée de Guilhem, on cessa un instant de plaisanter, tant son air était dur. On invita pourtant le Templier, mais il refusa, transmit son message et s'en fut – on ne l'avait pas reconnu.

Apparences, songeait Guilhem. Illusions, simulacres.

Pourquoi donc fallait-il s'étourdir de parades et de plaisirs ? Pour conjurer le silence de Dieu ? Car Dieu se taisait. Et nul n'était plus sensible que Guilhem à ce silence-là.

Il y avait maintenant plus d'un an qu'il était entré au Temple pour reprendre Jérusalem et faire son salut. Quelques escarmouches, des corvées, des prières : ce n'était pas ainsi qu'il s'imaginait la vie d'un chevalier du Temple. La gloire ne l'attirait plus pour lui-même, mais Jérusalem ! Quand se déciderait-on à reprendre Jérusalem ? Qu'attendaient-ils, tous ces croisés qui pataugeaient dans leur propre fange ? La fin du monde ? Par quelle folie tous ces chrétiens acceptaient-ils d'avoir fait tant de chemin pour s'enterrer ici, vivants et morts ?

Guilhem poussa son cheval vers la plage. C'était un long détour, mais qui avait l'avantage de retarder le moment de rentrer au camp du Temple. L'ambiance y était lourde et compassée. Depuis la disparition de Gérard de Ridefort, le sénéchal faisait appliquer les décisions prises en chapitre – on n'avait pas, en effet, élu le nouveau Maître – et comme toujours en l'absence des chefs, la discipline des sous-chefs était intransigeante et sourcilleuse.

C'est ainsi que les chevaliers n'étaient pas, contrairement à l'usage en campagne, dispensés de matines : ils devaient se lever chaque nuit, malgré les gardes, les alertes, les veillées, pour réciter leurs heures. Au matin, après l'office de prime, il fallait entendre la messe et s'abstenir de toute nourriture avant d'avoir dit soixante patenôtres, trente pour les morts et trente pour les vivants.

Espérandieu avait été menacé d'exclusion et condamné à trois jours de jeûne pour avoir raccourci la sous-ventrière de Passavant sans autorisation. Guilhem, ayant demandé à prendre la sanction sur lui, fut repris en chapitre pour orgueil : condamné à quinze coups de ceinture, il dut en outre se contenter pendant une semaine du pain de la tristesse et de l'eau de la tribulation[34].

Un autre frère, pour s'être amusé un jour à imiter la

grimace du sergent drapier quand on lui rapportait un trousseau sali, avait pour manque de charité été condamné à manger par terre durant un an et un jour. Les chevaliers savaient l'avantage d'une discipline rigoureuse mais supportaient mal qu'elle fût appliquée sans discernement. Elle n'aboutissait qu'à briser les uns et révolter les autres.

Guilhem, sans doute, reconnaissait toute la valeur de l'organisation templière dans le soin donné à tenir « bellement » le camp, à prendre soin des hommes, des chevaux, des armes, des harnais. Les navires de l'Ordre livraient régulièrement de la nourriture en quantités suffisantes et les frères cuisiniers élevaient même des porcs et des poules. Mais c'était au nom des mêmes principes que le frère drapier se rendait odieux en répétant ses réprimandes au déplier des trousseaux – il est vrai qu'il avait, lui, le talent singulier de marcher dans la boue sans en garder trace.

Mais ce n'était pas le plus grave. Des rumeurs circulaient sur la personnalité de Gérard de Ridefort. Un chevalier poulain, rescapé d'Hattin et entré depuis au Temple, racontait en effet comment Ridefort avait été le seul des Templiers à avoir la vie sauve. Avait-il trahi Dieu et le Temple ? Et pourquoi Saladin l'avait-il libéré, sinon pour pervertir la Maison, y introduire une mauvaise règle ? Personne n'en parlait, mais chacun se demandait si Gérard de Ridefort avait été un mauvais maître. Guilhem, pour sa part, ne pouvait oublier que ce même Gérard de Ridefort lui avait fait renier l'homme sur la croix...

Guilhem longea le cimetière Saint-Nicolas, où gisaient tant et tant de chrétiens. Les tombes, innombrables, se confondaient et les corps, déjà, retournaient à la boue. Là-bas, par-delà l'horizon de la mer, combien de familles attendraient en vain...

Mouille, rouille, souille. Tout s'enlisait, le siège, le ciel et la vie même. Guilhem avança encore sur la grève, poussant son cheval jusqu'à la première vague grise où flottaient des immondices. Il ferma les yeux et laissa la pluie lui battre les paupières. Il entendait le cri des vautours et, par lambeaux, la musique du mariage. Il imagina un feu dans une cheminée et dit, à haute voix, la prière des chevaliers du Temple au moment de leur détresse :

« Marie, étoile des mers, conduis-nous au port du salut... »

VIII

LA BALLADE DE LA TOUR MAUDITE

Ces rois ! Il leur avait fallu deux ans pour se décider à prendre la croix, un an de plus pour se préparer, dix mois encore pour arriver en Terre sainte, où toute la chrétienté leur avait donné rendez-vous. Et là, à peine débarqués, ils se comportaient comme s'ils n'avaient jamais eu d'autre but que de reprendre sous un ciel nouveau leur querelle de famille.

A dire vrai, ils n'avaient pas cessé de se chamailler. A Messine, où ils avaient passé l'hiver, Richard avait définitivement renoncé à épouser la sœur du roi de France : « Je ne mettrai pas dans mon lit les restes de mon père ! » avait-il dit en parlant de la petite Alis. Philippe avait eu beau jeu de répondre qu'il y mettait pourtant n'importe qui, des juives et même des hommes – il s'en était d'ailleurs confessé publiquement. On pouvait alors croire que seul le désœuvrement les poussait ainsi l'un contre l'autre. Mais à Acre, on vit bien qu'il s'agissait d'une hostilité irréductible, entre les rois aussi bien qu'entre les royaumes.

Le Français quitta Messine le premier et parut devant Acre le 20 avril 1191. On l'accueillit avec joie et respect : il n'attendait pas autre chose. N'étant pas homme à partir à l'assaut sans calculer son élan, il fit monter ses machines de siège – dont la gigantesque Malvoisine, qui projetait ses boulets à la vitesse d'un clerc débitant ses patenôtres – et entreprit de pilonner, jour et nuit, les murs de la Tour maudite. Sérieux, attentif à tout, il fit savoir qu'il jugeait Conrad de Montferrat plus digne de la couronne de Jérusalem que Guy de Lusignan. Ralliant du même coup les Poulains et les Hospitaliers, il restaura la confiance de la plupart des chrétiens. Mais l'enthousiasme qui emporte les victoires, c'est Richard, trois semaines plus tard, qui le fit se lever.

Trois semaines : il ne lui avait pas fallu plus pour se marier en route – il avait épousé Bérengère de Navarre, que lui avait choisie et amenée Aliénor – et conquérir au passage l'île de Chypre pour une mauvaise manière que lui avaient faite les Grecs de là-bas.

Son arrivée fut un grand spectacle. Il fit déployer son escadre où claquaient oriflammes et bannières. Sur les voiles gonflées se mêlaient les lions d'or et les croix de sang. La mer, le ciel, tout semblait concourir à célébrer Richard. Et lui, sûr d'être aimé, s'avançait dans sa gloire sans se soucier de rien, mystérieux et beau comme un fauve qui passe.

Il prit terre avec sa jeune femme et sa sœur Jeanne, veuve du roi de Sicile, qu'il gardait auprès de lui depuis qu'il avait vu le grand effet qu'elle produisait sur Philippe Auguste. Dès le rivage, les rois s'embrassèrent et, côte à côte comme à Vézelay, traversèrent sous le tonnerre des vivats le camp encharogné où la poussière maintenant remplaçait la boue de l'hiver. Richard et Philippe allèrent défier la Tour maudite et firent distribuer du vin dans tout le camp.

Nuit folle. Chants, danses, fanfares. On alluma tout ce qui pouvait donner de la lumière, cierges, torches, lampes à huile, résine, planches trempées de naphte. Les quelques dizaines de Danois qui restaient de la grande croisade scandinave mirent le feu à leur dernier bateau et le regardèrent éclairer la mer; ils étaient très tristes et très soûls. On trinquait à la santé du roi Richard, mais on ne pouvait oublier qu'on dansait sur un charnier. Les nouveaux venus cherchaient à fuir cette odeur obsédante qui imprégnait tout, et ceux qui avaient passé l'hiver à Acre voulaient oublier que c'étaient les corps de leurs compagnons qui puaient ainsi la mort. Délire inouï, démence où tout se mêlait, rires et pleurs, éclats de busines sonnant des charges d'ivrognes, cris de cochons lâchés dans le camp, prières au Saint-Sépulcre... Plus rien ne comptait que cet étourdissement. Il fallait conjurer la mort : au matin, il serait temps de l'accepter au nom de Dieu.

Et le matin vint vite. L'appel aigre des muezzins[35] d'alentour l'annonça aux chrétiens hébétés.

Richard demanda aux Templiers de recevoir parmi eux l'un de ses amiraux, Robert de Sablé, chevalier pieux et brave. Non seulement ils le reçurent, mais ils en firent aussitôt leur Grand-Maître, le onzième de l'histoire de l'Ordre, le successeur de Gérard de Ridefort. L'intérêt de Richard était évident. Celui du Temple l'était moins, mais sans doute le chapitre joua-t-il alors Richard et Lusignan contre Philippe et Montferrat. En tout cas, le roi d'Angleterre vendit au Temple, pour cent mille besants, l'île de Chypre qu'il venait de conquérir.

Alors, à la tête de ce trésor, il demanda combien le roi de France soldait les chevaliers combattant sous sa bannière : trois besants par mois, lui répondit-on. Il en offrit quatre. Une foule de chevaliers le rejoignit, et même Henri de Champagne, qui changea de camp avec tous ses Champenois.

C'était un mauvais coup porté à Philippe, et personne ne s'y trompa. Les Français ajoutèrent un couplet à la Ballade de la Tour maudite, l'interminable chanson qu'improvisaient les soldats sur les événements du siège. Ils y parlaient du roi *Trichard...*

Quant à Philippe, il invoqua les accords de Vézelay, qui lui donnaient droit à la moitié des conquêtes de Richard, et donc à la moitié de Chypre, pour demander cinquante mille besants. Richard réclama en retour la moitié des biens du comte de Flandres, mort quelques jours plus tôt. Philippe proposa de partager le bagage du comte mais évita de parler du message qu'il avait fait tenir à Paris : « Emparez-vous du fief, nous verrons plus tard à nous démêler. » Comme disait Espérandieu : « Il n'y a pas place dans le même taillis pour deux sangliers mâles. »

Saladin entretenait savamment la discorde en faisant dire qu'il négociait secrètement avec les uns et avec les autres. Français et Anglais s'entre-accusaient de vénalité et de trahison, des soldats en vinrent même à se battre entre eux. En unissant leurs forces, les deux partis auraient enlevé Acre sans grand-peine : Karakoush et ses mameluks étaient épuisés. Mais Richard et Philippe, espérant chacun l'emporter seul, gaspillaient leur temps et leurs hommes à attaquer à tour de rôle.

Guilhem restait désenchanté. Une ou deux fois, au combat, il s'était surpris à s'exposer plus qu'il n'était nécessaire. Toutes ces intrigues le décourageaient. Il lui arrivait de se demander, contemplant les cadavres des chrétiens dont on se servait pour combler les fossés d'Acre, si Dieu voulait vraiment que l'on mourût ainsi pour sa plus grande gloire.

Il dut se confesser. Il s'accusa d'amertume et de désespérance. On comprit qu'il avait besoin de repos : il était à Acre depuis le premier jour du siège. Il fut désigné pour faire partie du contingent de Templiers qui partait tenir garnison à Chypre.

Villages de maisons blanches bien rangées, forêts de chênes et de pins, jardins d'orangers, fleurs, fontaines, chants de cloches, jeux d'enfants : en un jour et une nuit de bateau, ils changèrent de monde. Laissant derrière eux le grouillement du siège, ils découvraient la paix des cèdres et des jours. Ils allaient le nez en l'air, comme des chiens qui quêtent les odeurs — la terre ici sentait la terre, la mer sentait la mer, l'herbe sentait l'herbe.

Un Templier austère à la bouche tombante et à la barbe grise, frère Arnaud Bouchart, commandait la petite troupe : quinze chevaliers en manteau blanc, trente sergents, soixante-quinze écuyers et turcopoles. Ils venaient prendre possession de l'île.

Ils s'installèrent tout d'abord à Limassol pour assurer l'approvisionnement d'Acre en vivres frais, viandes, légumes, fruits. Il leur fallait se faire connaître, prendre langue avec les notables des bourgs et les dignitaires de l'Eglise locale; ces chrétiens-là ne croyaient pas à l'autorité du pape et faisaient le signe de croix à l'envers. Ils durent en outre dresser une carte des chemins, des rivières, des montagnes, des villages, établir la liste des revenus possibles, et commencer à les percevoir. Chacun des Templiers avait beaucoup de travail, et le temps passait vite.

D'Acre, les nouvelles arrivaient régulièrement. Les rois avaient été malades, comme la plupart des croisés, Richard voyant la peau de ses membres partir en lambeaux, Philippe perdant ses ongles et presque tous ses cheveux. Mieux nourris que les autres, mieux soignés, ils avaient guéri, mais beaucoup des leurs étaient morts, et Saladin avait dû reculer son camp pour échapper à la pestilence.

La forteresse, enfin, s'était rendue le 12 juillet. Karakoush avait tenu aussi longtemps qu'il avait pu se faire obéir et les chrétiens firent aux défenseurs musulmans l'honneur d'une ovation. Contre la sauvegarde de la garnison d'Acre, Karakoush promit la restitution de la Vraie Croix, le versement d'une rançon de 200000 dinars et la libération de 2600 prisonniers chrétiens de Saladin. Il n'y eut ni pillage ni butin : les rois entrèrent dans la ville et se la partagèrent.

On compta que le siège d'Acre avait en deux ans coûté aux chrétiens quarante comtes et cinquante mille chevaliers, sergents et pèlerins – peut-être plus.

A ce total, il fallut ajouter un patriarche. Héraclius était couché depuis près de deux ans, le corps miné par la maladie, l'esprit rongé par la douleur : il ne s'était jamais remis du choc qu'il avait subi quand la belle Pâque de Riveri, sa maîtresse des temps heureux, s'était enfuie avec sa fille et ses richesses. On l'avait vu perdre ses dents, ses cheveux, ses ongles, sa peau même. Tremblant de fièvre, secoué de vomissements, il était resté des semaines sans manger. N'importe qui à sa place fût mort, d'inanition ou de souffrance. Mais lui, défiguré, aveugle, grisâtre, s'était accroché avec un acharnement de chat sauvage à ce qui lui restait de vie. La volonté de retourner à Jérusalem le soutenait plus sûrement que les médecines de ses chanoines. Son seul rêve était de réintégrer son palais, de se parer d'or, de bénir et de prêcher – alors tout recommencerait, et Pâque reviendrait. Dans le camp, on ne le plaignait guère : ceux qui ont volé les pauvres ont volé Dieu. Pour plus de douleur encore, il était mort après la chute d'Acre, alors que rien n'empêchait plus les chrétiens de marcher sur Jérusalem.

Guilhem, parcourant Chypre de long en large, attendait qu'on le rappelle. Il avait été chargé, avec quelques autres, d'aller à la rencontre des gens de l'endroit, tâcher de gagner leur confiance. Mais il comprit vite qu'on l'évitait. Il avait beau saluer courtoisement ceux qu'il rencontrait, proposer son aide, au hasard des rencontres, à un berger ou à un bûcheron, on le remerciait avec une politesse distante et on s'éloignait. Parfois, pour respecter les coutumes d'hospitalité, on l'invitait à se reposer à l'ombre, on lui offrait des raisins ou des figues, on donnait de l'eau à son cheval. « *Kopiasté, kopiasté* », disait-on, prenez la peine... Mais on n'ajoutait rien, et les regards étaient comme des murs.

Après deux siècles de liberté, les habitants de l'île acceptaient mal l'autorité de ces Templiers qui se disaient moines mais qui portaient l'épée et levaient l'impôt comme des seigneurs. Ils s'installaient, déformaient déjà le nom des villes : de Leucosia, ils avaient fait Nicosie, ils disaient Famagouste pour Ammochostos et Limassol pour Lémésos. Ils se comportaient comme s'ils avaient conquis l'île eux-mêmes, alors qu'ils n'avaient fait que l'acheter, avec ses montagnes, ses récoltes à venir et ses femmes enceintes. Mais le droit du plus riche n'est pas le droit du plus fort, et il n'était pas un de ces Grégeois sourcilleux et malins qui acceptât d'avoir été acheté comme un esclave ou un mulet.

Ils résistaient à leur manière. Leurs armes étaient la patience et le silence. Arnaud Bouchart, pour s'imposer, demanda des renforts. D'Acre, on lui répondit que le Temple avait d'autre soucis.

Philippe Auguste, à la surprise de tous, avait déjà abandonné la croisade pour rentrer en France. Par couardise, raillait Richard. Parce que le roi d'Angleterre voulait attenter à sa vie, répondait-on chez les Français. Peut-être simplement Paris lui manquait-il. Il avait remis au marquis de Montferrat tout ce qu'il possédait dans Acre et laissé son armée au duc de Bourgogne. Il était convenu que Conrad deviendrait roi à la mort de Guy de Lusignan.

Richard alors se livra à l'une de ces folies d'Angevin qui le faisaient ressembler à son père – il devenait pâle, ses yeux gris s'obscurcissaient. Comme l'exécution du traité avec Saladin traînait en longueur, il perdit patience et fit un matin sortir d'Acre les 2800 prisonniers musulmans qu'il gardait en otages. Puis il ordonna qu'on abattît « toute cette chiennaille ». Ce qui fut fait. Au nom de Dieu et du roi d'Angleterre, les bourreaux abaissèrent deux mille huit cents fois leurs haches, deux mille huit cents têtes roulèrent dans le sable – et cela ne prit même pas la journée.

Les chrétiens eux-mêmes en furent indignés. Dans le couplet qu'ils ajoutèrent à la Ballade de la Tour maudite, ils parlaient du roi des bouchers. Quant à Saladin, il renvoya la Vraie Croix à Damas, où on la jeta dans un garde-meubles, et distribua entre ses émirs l'argent de la rançon. On le pressait de se venger sur ses prisonniers, mais il sut ne pas le faire. Il était comme un oncle qui donne une leçon à un jeune homme – et peut-être en effet l'Islam donna-t-il alors une leçon à cet Occident impétueux qui sortait à peine de cinq siècles de barbarie.

A Chypre, les Templiers quittèrent Limassol et s'établirent à Nicosie, une ville de l'intérieur, blanche parmi les vergers. C'est à ce moment qu'on découvrit que l'un des frères, le sergent Raoul d'Ibos, était lépreux. L'ancien commandeur de la voûte d'Acre était chargé d'organiser le mouvement des ports. Taciturne, la tête de plus en plus penchée sur l'épaule, il faisait son travail avec conscience mais ne se livrait guère. Guilhem était sans doute le seul à savoir – depuis qu'ils avaient été emprisonnés ensemble – combien le vieux sergent regrettait ses Pyrénées natales.

Lépreux ! La règle prévoyait le cas. On fit venir Raoul devant le chapitre assemblé. On brûla son trousseau et son fourniment, on le vêtit d'une robe de bure et le chapelain prononça les formules rituelles :

« Je te défends de sortir désormais sans ton habit de ladre, je te défends d'aller nu-pieds, je te défends de passer par les ruelles étroites... »

Raoul d'Ibos, à genoux, jetait des regards furtifs aux frères qui l'entouraient.

« Je te défends de parler à qui serait sous le vent, je te défends d'aller en aucune église, en aucune foire, je te défends de boire et de te laver en aucune rivière, à aucune fontaine... »

Guilhem avait pitié du sergent. Il se rappelait avec quelle sollicitude la bonne tête ronde s'était penchée sur lui quand, au fond du cachot sarrasin, il avait cru mourir de sa blessure. Mais que peut-on pour un lépreux ?

« Je te défends de manier une marchandise avant de l'avoir achetée, je te défends de toucher des enfants et de leur donner aucune chose, je te défends de jamais approcher une femme... »

Le chapelain tendit au lépreux son pied à baiser. Puis il prit une pelle et lui versa de la terre sur la tête : Raoul d'Ibos n'était plus qu'un mort parmi les vivants.

Guilhem demanda au chapitre la faveur d'accompagner frère Raoul jusqu'à Stavrovouni, la Montagne de la Croix; c'était un couvent perché au sommet d'un piton rocheux, et l'on y conservait un morceau de la Vraie Croix, don de sainte Hélène :

« Ces chrétiens ne sont pas comme nous, plaida-t-il, mais cette croix est celle où est mort Jésus... Il n'y a rien d'impie à implorer sa miséricorde... »

Après une longue délibération, l'autorisation lui fut accordée. Ils partirent aussitôt. Guilhem allait à pied au côté de Raoul d'Ibos, et Espérandieu suivait avec les chevaux.

A Stavrovouni, on ne les laissa pas entrer. Guilhem, dans son manteau de Templier, était reconnaissable de loin, et on avait eu le temps de fermer la porte. Alors qu'ils redescendaient, il leur semblait voir toute l'île — la mer, les forêts, les montagnes, à la fois proches et lointaines. Un éclair de détresse passa dans le regard de Raoul d'Ibos.

Guilhem décida alors de traverser l'île et de l'emmener jusqu'à Paphos, où les suppliants se rendaient en foule prier un ermite, Néophyte le Reclus, qui vivait enfermé depuis trente-deux ans dans une caverne et passait pour faire des miracles. Mais les disciples de Néophyte ne laissèrent pas s'approcher les Templiers.

« Et encore, maugréait Espérandieu, ils ne savent pas que le sergent est lépreux ! »

Alors vint pour Guilhem le moment de laisser Raoul d'Ibos à son sort – en faisant le chemin de Paphos, il avait déjà outrepassé le congé du chapitre.

Tandis qu'Espérandieu s'occupait des chevaux, ils s'assirent au bord d'un promontoire qui dominait la mer. Le vieux sergent regardait au loin, plongé dans un monde inaccessible. Puis il prit un caillou et commença à jouer avec, peut-être pour s'assurer que ses doigts lui obéissaient encore, que sa chair vivait. A son poignet, on voyait une tache brune.

Guilhem ne savait pas comment le quitter.

« Beau et doux frère, dit alors Raoul d'Ibos, je dois vous confier un secret... »

Et, torturant le caillou entre ses doigts comme s'il s'agissait du secret lui-même, il expliqua comment, quatre ans plus tôt, étant l'un des treize qui avaient élu le maître du Temple, il avait vendu sa voix à Gérard de Ridefort contre la promesse de retourner dans sa commanderie des Pyrénées.

Il cherchait ses mots, hésitait avant de les dire, les reprenait déchiré entre la terreur de formuler les choses et l'indicible soulagement qu'il éprouvait à se débarrasser de ce péché jamais confessé. Et voilà, dit-il encore, que Dieu l'avait puni. Maintenant, tout était en règle.

Il jeta son galet à la mer, le vit disparaître et fondit soudain en larmes, son bon visage rond et gris convulsé comme celui d'un enfant à son premier cri.

Ce fut un hiver interminable. Là-bas, en Terre sainte, Richard alternait les prouesses et les bévues. Combattant incomparable, il était piètre stratège. Guerrier d'instinct, il avait besoin de voir l'ennemi autour de lui pour le vaincre. Alors, la contagion de son gai courage était telle que, derrière lui, l'ost était prête à conquérir le monde.

Saladin comprit bien le danger qu'il y avait à laisser ce diable de Cœur de Lion combattre à sa manière. Les émirs et leurs hommes étaient fatigués. Habitués à la victoire, ils avaient mal supporté la défaite d'Acre. La mort dans l'âme, le sultan se résigna à refuser le combat. Il fit ce qu'il n'avait jamais fait, se retira en rasant les villes – Césarée, Jaffa, Ascalon –, en abattant les arbres fruitiers, en empoisonnant les puits. L'armée des chrétiens ne trouvait devant elle que terre morte et désolation.

Saladin avouait ainsi sa faiblesse du moment. Mais Richard, déconcerté de ne trouver personne au bout de son épée, n'osa pas risquer une marche sur Jérusalem, alors à peine défendue. Refusant d'écouter les conseils pressants de Conrad de Montferrat, il choisit de reconstruire Jaffa. Et quand, deux mois plus tard, il s'avança enfin vers Jérusalem, Saladin avait eu le temps de renforcer les murailles de la ville et d'y installer une puissante garnison.

Les chrétiens passèrent à Bètenoble ce Noël-là : ils étaient à une journée de marche de Jérusalem. Il faisait froid, la pluie avait gâté les vivres, le pays d'alentour était inhabitable. Richard fit demi-tour et rejoignit la côte. Quand il entreprit de reconstruire Ascalon, les croisés allemands et français désertèrent. Ils n'étaient, disaient-ils, « ni maçons ni charpentiers ». Ils rejoignirent Tyr où Conrad de Montferrat, hautain et patient, attendait qu'il fût l'heure de jeter la patte sur la couronne de Guy de Lusignan.

La querelle des deux prétendants avait pris des proportions telles que Richard dut réunir, au printemps, tous les chefs de la croisade, comtes, évêques et barons. Qui, leur demanda-t-il, était le plus digne du trône de Jérusalem ? On ne compta que trois voix pour Guy de Lusignan : celles de ses deux frères et celle d'Onfroi de Toron. Richard s'inclina et assura de son soutien Conrad de Montferrat. C'était la promesse de toutes les victoires. Mais qu'allait-on faire des Lusignan ? Guy, l'œil battu, la fossette tremblante, restait seul. Bientôt sans couronne, il était déjà sans espoir.

A Chypre, où les nouvelles parvenaient avec quelque retard, la garnison templière vivait de plus en plus repliée sur elle-même, comme coupée du monde. L'hostilité sourde de la population grégeoise était devenue une haine déclarée. Dans les rues, on crachait sur le passage des chevaliers. Le sergent barbier chargé de ramasser des herbes pour ses potions avait été lapidé par des paysans et laissé mort au bord d'un chemin. On ne sortait plus sans escorte.

Tous les frères avaient été regroupés au château de Nicosie. Là, ils s'occupaient à prier et à fourbir leurs armes. D'Acre, où le Temple avait établi ses quartiers, on leur avait demandé un peu de patience en attendant qu'une décision fût prise. Ils attendaient donc.

Guilhem, l'esprit tourmenté par la révélation de Raoul d'Ibos, avait demandé la faveur de rejoindre la Terre sainte : il voulait faire part au nouveau Maître de son terrible soupçon sur Gérard de Ridefort. Mais Arnaud Bouchart l'avait rappelé à l'humilité et à l'obéissance : ses désirs, quels qu'ils fussent, comptaient pour rien.

Une foule plus nombreuse chaque jour avait pris l'habitude de s'amasser devant le château des Templiers. Les hommes grondaient, les femmes criaient des insultes. Le 5 avril, dimanche de Pâques, les Grégeois apportèrent un bélier et entreprirent de défoncer le portail. Arnaud Bouchart réunit alors dans le réfectoire les chevaliers, sergents et écuyers. A mots lents, de sa bouche aux coins tombants, il dit aux frères qu'ils allaient tous mourir et qu'autant valait que Dieu y trouvât son compte. Il ordonna qu'on s'arme. On entendait, dehors, la foule accompagner, comme une vague, les battements du bélier. Les Templiers se comptèrent. Ils étaient, avec le chapelain et le cuisinier, cent dix-sept.

Ils sortirent par les jardins et, prenant les assiégeants à revers, ils chargèrent.

Aucun d'entre eux n'aima se rappeler ce jour-là — tant ils tuèrent. Les Grégeois n'avaient que le courage des foules et ne savaient pas se battre. La ville fut bientôt aux Templiers.

Ils envoyèrent alors un émissaire au Grand-Maître et retournèrent au château attendre la réponse. Dix jours plus tard, ils reçurent enfin l'ordre de quitter Chypre et de rejoindre Tyr. Guy de Lusignan, ajouta le messager, avait acheté l'île.

Les Templiers quittèrent Nicosie le 20 avril. Le printemps était superbe. Les grands cyprès semblaient veiller la floraison des cyclamens et des anémones. Espérandieu ne comprit pas pourquoi Guilhem le pressait tant de faire le bagage.

IX

OC E NO

ROBERT DE SABLÉ ne s'asseyait jamais. Long et voûté, maigre comme un assiégé, le nouveau maître des Templiers ne supportait pas de rester immobile, sauf à la chapelle, où il prenait des poses pétrifiées de statue.

Dans la salle capitulaire de la maison que le Temple possédait à Tyr, Guilhem fasciné le regardait aller et venir en silence, le visage fermé – dix pas d'un mur à l'autre. On attendait frère Clément, le conseiller du Maître pour les choses du couvent. Il arriva enfin, épais de corps, rouge de teint, le regard baissé : tout le contraire de Robert de Sablé.

« Répétez ce que vous m'avez dit », ordonna le Maître à Guilhem.

Guilhem répéta donc ce que lui avait avoué le lépreux Raoul d'Ibos pour soulager son âme : Gérard de Ridefort avait acheté son élection. Et comme on pouvait tout attendre d'un Maître élu par simonie, il doutait d'avoir été reçu au Temple dans des conditions régulières.

« On vous a bien demandé de renier l'homme sur la croix ? insista Robert de Sablé.

– Oui, sire Maître, par trois fois.

– Puis de cracher sur la croix ?

– Oui, sire Maître, par trois fois, sous peine de perdre la Maison. »

Robert de Sablé se tourna vers frère Clément qui, fermant les yeux, se signa d'un geste vif et rond – il faisait penser à un gros chat.

« Le frère, demanda-t-il, en a-t-il parlé à quelqu'un d'autre ?

– Non, dit Guilhem.

— Le frère sait-il si d'autres frères ont eu la même... réception ?

— Je l'ignore, dit Guilhem. Tous les frères sont tenus au secret sous peine de péché grave.

— Le frère a renié l'homme sur la croix, mais l'a-t-il fait des lèvres ou bien du cœur ?

— Seulement des lèvres », répondit Guilhem.

La paupière presque close, la voix onctueuse, frère Clément évitait de regarder Guilhem. Ses questions, il les posait ostensiblement au Maître.

« Le frère peut-il nous dire qui assistait à la... cérémonie ?

— Seulement le Maître et son chapelain.

— Le frère connaît-il le nom du chapelain ? Sinon, pourrait-il le reconnaître ?

— Je ne connais pas son nom, dit Guilhem, et je ne l'ai jamais revu durant tout le temps que j'ai passé à Acre... Mais je le reconnaîtrai toujours à sa bouche...

— Le frère peut-il nous dire comment était la bouche du chapelain ?

— Elle était... Elle était grosse... De grosses lèvres... »

Frère Clément se signa une nouvelle fois. Guilhem se laissait peu à peu envahir par une étrange sensation de malaise.

« Le frère peut-il nous dire si la... cérémonie s'est tenue de jour, ou bien de nuit ?

— La nuit était tombée », dit Guilhem.

Il lui semblait avouer un crime particulièrement honteux. Frère Clément se tut.

« Alors ? demanda Robert de Sablé.

— Nous devrons enquêter, sire maître, répondit frère Clément... Il nous faudra rechercher ce chapelain, interroger les confesseurs...

— Mais quel peut être le sens de ces rites ?

— Je n'en ai jamais entendu parler en Angleterre, dit frère Clément... Mais peut-être voulait-on par cette... initiation fortifier l'âme du frère contre toutes les peurs, et même celle de l'enfer... Peut-être voulait-on montrer jusqu'où peut aller le serment d'obéissance... peut-être encore s'agissait-il d'un exorcisme : ce que le frère faisait là, il ne le referait plus jamais... »

Il se tut. Sur son ventre, ses mains croisées se soulevaient au rythme de sa respiration. Guilhem, agacé par tant de cautèle, dit alors que des rumeurs mauvaises avaient couru sur Gérard de Ridefort, libéré par Saladin quand tous les autres chevaliers du Temple avaient été décapités.

Frère Clément se tourna pour la première fois vers Guilhem et coula sous ses paupières un regard luisant :

« Il faut être bien orgueilleux pour accuser un Maître du Temple... Comment saurons-nous que vous agissez loyalement ? »

Guilhem resta sans voix. Robert de Sablé s'interrompit un instant dans ses allées et venues :

« Nous ne faisons pas le procès de frère Guilhem, dit-il... Cherchons plutôt la vérité... »

Le ton était sec. L'ancien amiral de Richard était connu pour sa sévérité mais aussi pour sa justice. En mer, il donnait toujours à l'accusé une chance de prouver son innocence. C'est seulement s'il n'y parvenait pas que le meurtrier était jeté à la vague lié au corps de sa victime, que le voleur avait la tête plongée dans de la poix bouillante et couverte de plumes avant d'être abandonné au prochain rivage.

Mais si, dans l'escadre qu'il commandait, il était le maître après Dieu, il devait au Temple se soumettre à la Règle et au chapitre. Or il ne circulait plus, à l'usage des dignitaires et des commandeurs, que des copies partielles de la Règle. La Règle complète, la Règle originale, celle dont seul le Grand-Maître avait connaissance, était restée à Jérusalem quand les derniers Templiers avaient quitté la maison chevetaine. Frère Thierry, qui avait organisé l'évacuation, avait en effet jugé prudent de ne pas exposer les biens les plus sacrés de l'Ordre aux risques d'une fouille de soldats ou d'une attaque de brigands.

En attendant de reconquérir Jérusalem, Robert de Sablé décida de convoquer le chapitre et de nommer des enquêteurs. Guilhem était prié de rester à la disposition du chapitre et tenu évidemment de garder le secret.

Tyr était en fête. Guilhem, qui n'y était pas venu depuis le temps des chevaliers du large, près de cinq ans plus tôt, ne reconnut pas la ville tremblante qu'il avait laissée pour rejoindre Guy de Lusignan. Aujourd'hui opulente et impudique, elle célébrait celui à qui elle s'était alors donnée, Conrad de Montferrat. Elu roi de Jérusalem, le marquis n'avait plus qu'à se faire sacrer. Ralliant alors les Poulains, les Français et les Allemands, il rejoindrait à Ascalon les armées de Richard – d'Ascalon, Jérusalem n'était pas loin.

Balian d'Ibelin jubilait. Il n'oubliait pas que, Jérusalem reconquise, la croisade rembarquée, le royaume latin de Syrie resterait livré à lui-même. Ce Montferrat serait un roi comme il en fallait un. Se moquant d'être aimé pourvu qu'on le respectât, il avait les moyens de sa haute ambition. Naturellement porté à commander, il ne manquait ni du courage ni du cynisme qui font les grands rois. Et il importait peu à Balian que ce fût moins le Saint-Sépulcre qu'un trône qui attirât Conrad à Jérusalem.

Le mardi 28 avril, à la nuit tombée, un homme sort de chez lui. Il est de mauvaise humeur. Il devait dîner chez l'évêque de Beauvais, mais sa femme traîne au bain. Il a attendu longtemps, puis a décidé de partir seul. Dans la ville, tout le monde le craint sauf elle, qui joue à le contrarier. Il arrive chez l'évêque de Beauvais, mais il est trop tard : on a déjà desservi. Il rentre chez lui, maudissant sa femme. En bas de la rue des Changeurs, une silhouette silencieuse sort de l'ombre et lui tend un parchemin. L'homme reconnaît l'un de ses protégés :

« Donne ! » dit-il de sa voix cassante.

Il avance la main. On lui plonge alors dans le flanc un poignard à lame courbe. Un complice surgit, frappe à son tour. Des marins accourent, s'emparent de l'un des meurtriers, portent la victime dans une église proche. Un prêtre passe son étole et s'agenouille dans le sang. L'homme n'a pas perdu connaissance. Il commence à se confesser. Alors revient celui des agresseurs qu'on avait cru enfui. Il se jette en criant sur le corps du blessé et le frappe, et le frappe, comme un chasseur continue de tuer, longtemps après qu'il est mort, le sanglier dont il a eu peur.

L'homme cette fois ne bouge plus. C'était Conrad de Montferrat. Roi de Jérusalem, il n'en portera jamais la couronne.

Les deux fedayin – volontaires de la mort – ont facilement avoué avoir été envoyés par le Vieux de la Montagne[36]. Ils étaient fiers et heureux : ayant accompli leur mission, ils gagnaient le paradis. Mais pour le compte de qui le Vieux de la Montagne avait-il fait tuer le marquis de Montferrat ? Ecorchés vifs, arrosés de naphte enflammée, les assassins n'ont plus rien dit.

Qui avait commandé ce régicide ? Guy de Lusignan pour se venger d'avoir perdu sa couronne ? Onfroi de Toron pour retrouver sa femme ? Isabelle elle-même pour briser le mariage auquel elle répugnait ? Richard Cœur de Lion pour éliminer un rival en prestige ? Saladin pour enlever aux Francs un chef dangereux et qui, contrairement à Richard, resterait en Palestine ? Ou bien le Vieux de la Montagne avait-il décidé le crime pour son propre compte ?

On ne sut jamais. Ce n'était en tout cas pas celui à qui le crime profita : Henri de Champagne, qui hérita la couronne et la femme de la victime, était bien le seul en effet à ne vouloir ni de l'une ni de l'autre. Ce bon jeune homme assez peu soucieux de gloire se languissait des forêts et des foires de son pays et il n'eût pas pour un royaume, fût-il de Jérusalem, donné Troyes, Lagny et Provins. Quant à Isabelle, qui avait déjà été mariée deux fois et qui, de plus, était enceinte, il lui aurait préféré, dit-il, « quelque demoiselle un peu plus neuve ».

Mais il se trouvait être le neveu à la fois de Richard roi d'Angleterre et de Philippe roi de France, c'est-à-dire que pour son infortune il était le seul à pouvoir encore unir les deux partis. On le mena à l'autel avant de l'avoir tout à fait convaincu et, une semaine jour pour jour après la mort de Conrad, il épousa sa veuve.

(Le matin même du mariage solennel, Onfroi de Toron était arrivé à bride abattue, blanc de poussière, et avait pu se faire introduire dans la chambre d'Isabelle. Il s'était jeté à genoux :

« Il vous a fallu bien du temps, dit-elle...

– Le roi Richard m'avait envoyé en mission... J'ai fait au plus vite... Je ne pouvais pas savoir...

– Vous ne saviez pas?... Vous n'êtes donc pas le meurtrier de mon mari?...

– Mais... »

Interdit, Onfroi contemplait cette reine au ventre rond et revoyait la petite mariée du krak, son amie, sa sœur, sa femme, celle qui l'aimait envers et contre tous. Il ne comprenait pas.

« Allez-vous, demanda-t-il... Allez-vous épouser aussi celui-ci? »

Isabelle, songeuse, regardait Onfroi, son chevalier. Il paraissait plus fragile que jamais. La fatigue lui faisait de grands cernes sous les yeux. Quand avait-elle cessé de l'aimer?

« Onfroi, mon ami, dit-elle, peut-être auriez-vous dû boire ce sang de taureau que vous ordonnait le prince Renaud... Allez, je dois me préparer... »

Et, puisqu'on le lui ordonnait, Onfroi de Toron était sorti.

Acre offrit à Henri la fête prévue pour Conrad. Il n'y avait pas une seule des mille terrasses qui ne fût décorée, pas un des habitants qui ne fût dans les rues à applaudir le nouveau seigneur du royaume de Jérusalem. Mais Henri gardait la tête froide. Il manquait d'ambition, pas de bon sens. Ce royaume, il n'en possédait que le rivage. Si on l'applaudissait tant, c'était pour l'encourager à conquérir le reste.

Au Temple, Robert de Sablé surveillait de près les progrès de l'enquête qu'il avait ordonnée. On n'avait pas retrouvé le chapelain de Gérard de Ridefort : peut-être était-il mort au début du siège d'Acre. Frère Ivo, par contre, confirmait avoir conduit Guilhem à la chapelle sur l'injonction du Grand-Maître, mais disait ignorer pourquoi. Par les confesseurs, on avait appris que quelques frères – leurs noms restaient secrets – s'étaient accusés d'avoir renié l'homme sur la croix lors de leur admission dans l'Ordre, mais les uns étaient morts, les autres étaient dispersés dans les différentes garnisons, certains même repartis en Occident.

Enfin, on avait fait venir de Tortose, où il commandait maintenant, l'ancien gouverneur de la maison chevetaine de Jérusalem, frère Thierry. Il était l'un des rares survivants d'Hattin – il s'était enfui avec Balian d'Ibelin – et avait assisté à l'élection de Gérard de Ridefort. Il se rappelait fort bien que le gouverneur de l'élection était lui aussi un Flamand, un chevalier à qui il manquait une oreille. Il se rappelait aussi que l'élection avait été difficile et que Gérard de Ridefort ne l'avait emporté sur Gilbert Erail qu'au quatrième vote et par un seul suffrage. Par ailleurs, frère Thierry confirma avoir laissé à Jérusalem certains trésors – la liste qu'il en avait dressée devait se trouver dans les archives – ainsi que le coffre du Grand-Maître dont il ignorait le contenu. Le tout était bien caché.

Près de Gaza, Richard Cœur de Lion avait réuni le grand conseil sous sa tente. Ecartant les tapis, il avait demandé qu'on figurât dans le sable le plan de Jérusalem. Par extraordinaire, ce chercheur d'aventures était le seul des croisés qui ne fût pas transporté de joie à l'idée de reprendre aux païens la cité de Dieu. Il prenait prétexte de tout pour retarder le moment de donner l'ordre du départ :

« Jambedieu, disait-il en tournant autour de sa Jérusalem de cailloux et de brindilles, vous voyez bien que cette vallée... Comment l'appelez-vous ?

– La vallée de Josaphat, sire.

– Vous voyez bien que la vallée de Josaphat est trop profonde pour nos machines !

– Nous attaquerons de l'autre côté ! disait Hugues de Bourgogne.

— Et l'eau ? L'eau, où la prendrons-nous ?
— A Siloé, sire. »

A ce moment, un écuyer vint porter un message au duc de Bourgogne. Il crut comprendre que les barons préparaient l'attaque de Jérusalem et sortit aussitôt l'annoncer à son bivouac.

Jamais une rumeur ne se propagea aussi vite. Le camp entier résonna bientôt de cris et de prières. Anglais, Français, Poulains, Allemands, Italiens, Espagnols, Scandinaves, toutes nations unies, la chrétienté levait ses bannières. La vraie croisade commençait.

Richard sortit de sa tente. L'immense voix s'enflait sans cesse, joyeuse et grave à la fois, pleine d'une ferveur à donner le frisson. Il comprit qu'il n'y avait pas à résister et donna l'ordre qu'on se prépare. Puis il rentra et se coucha.

L'ost s'ébranla le 7 juin, avec un tel enthousiasme, une telle piété qu'on vit des seigneurs laisser leurs chevaux aux pauvres et marcher à leurs côtés. Blanche-Garde, Latroun, Chastel-Arnaud, Betenoble : le 11 juin, on campa à une journée de Jérusalem, là même où l'on s'était arrêté l'hiver précédent.

Guilhem, qui ne connaissait de la Palestine que Tyr et Acre, découvrait des horizons différents : grandes palmeraies et dunes de sable blond du côté de Gaza, collines boisées de Latroun qui lui rappelaient Chypre. Mais Saladin avait saccagé les vergers, brûlé les champs d'orge et de blé noir, empoisonné les puits — la Judée retournait au désert.

Un matin, Guilhem faisait partie de l'escorte légère qui accompagnait Richard quand le roi surprit des éclaireurs musulmans et les poursuivit jusqu'au lieu nommé Emmaüs. Ils s'avancèrent encore un peu et virent soudain, là-bas, à contre-jour dans la lumière blanche, les contours d'une ville. Jérusalem ! Richard le premier, ils tombèrent tous à genoux, comme l'avaient fait, près d'un siècle plus tôt, les croisés de Godefroi de Bouillon — ils avaient nommé l'endroit Montjoie.

Richard, pourtant, ne se décidait pas à donner l'ordre du siège ou de l'assaut. Ce guerrier flamboyant était un roi indécis que les Français commencèrent à chansonner. Les Provençaux le surnommèrent « Oc e no » – oui et non. Tous les jours ou presque, il quittait sa tente pour aller défraîchir la cavalerie ennemie. On le voyait, l'épée haute, s'enfoncer dans les rangs sarrasins, s'y tailler son chemin avant de revenir, superbe et sanglant, un chapelet de têtes à son arçon. A la fin de juin, il alla même jusque dans le Négueb surprendre et piller la plus longue et la plus riche caravane dont les chrétiens eussent jamais entendu parler – quatre mille chameaux ! Mais le butin, énorme, n'apaisa pas les croisés. C'est Jérusalem qu'ils voulaient.

Or Richard prit l'avis de ceux qu'il savait hostiles à l'idée d'un nouveau siège et, le 4 juillet, ordonna la retraite. Il y avait cinq ans exactement que le royaume latin de Syrie s'était anéanti dans la plaine d'Hattin – Saint-Martin-le-Bouillant, décidément, portait malheur à Jérusalem. Consternée, indignée, l'immense armée faillit se soulever contre son héros qui la trahissait. « Misère de nous ! y entendait-on. Qui sauvera le Saint-Sépulcre si nous ne le faisons pas ? Dieu nous maudira d'être venus de si loin pour lui tourner le dos... Misère de nous ! Honte sur nous ! »

Guilhem demanda à être reçu par le Maître du Temple. Quand il fut introduit sous la vaste tente ronde, les écuyers, tout autour, rangeaient les fourniments et pliaient les bagages.

Robert de Sablé tournait autour du pilier central, les mains derrière le dos. A l'entrée de Guilhem, il haussa le sourcil :

« Ah ! Encore quelqu'un pour qui nous devrions attaquer ! Sans eau et sans vivres ! »

Guilhem était interloqué.

« Songez, continuait le Maître, que si nous prenions Jérusalem aujourd'hui, le roi Richard repartirait demain avec la croisade et que dès après-demain nous serions seuls contre les armées du sultan ! »

Puis, de sa voix brusque de soldat, il demanda à Guilhem :

« Que voulez-vous ?

– Avec votre permission, sire Maître, aller à Jérusalem. »

Le Maître bloqua net sa course.

« Aller à Jérusalem ?

– Chercher les documents secrets du Temple, sire Maître.

– Seul ?

– Seul, sire Maître, avec votre permission. »

X

L'ENFANT AU TAMBOUR

Dès qu'il eut passé la porte Saint-Etienne – Dieu sait comment ces païens la nommaient maintenant – Guilhem déboucha sur une petite place grouillante, chercha parmi les quatre rues qui en partaient celle qu'il devrait suivre puis plongea dans la foule.

L'odeur le surprit : Jérusalem sentait le musc et le suint. Une incroyable cohue de soldats, de réfugiés, de badauds, de femmes voilées coulait et roulait d'un bord à l'autre de l'étroite rue pavée. A l'affût derrière leurs étals surélevés ou postés devant la bouche sombre des boutiques, les marchands, comme depuis les bords d'une rivière, interpellaient les passants, criaient des prix, brandissaient des coupons de tissus, des cuirs coloriés, des lampes de cuivre, des colliers. Leurs cris et leurs appels montaient sous la voûte de pierre, s'y brisaient et s'y confondaient en une rumeur diffuse : la voix de la rue.

Guilhem prit le premier passage sur sa gauche. Il lui faudrait encore tourner une fois sur sa gauche, puis une fois sur sa droite. Là, entre deux hammams – il ne pouvait pas se tromper – il trouverait l'échoppe d'un marchand syrien prétendument jacobite qui, avait assuré le vieux frère Thierry, n'avait rien à refuser au Temple. L'homme pourrait l'héberger et, si besoin en était, l'aiderait à sortir de la ville son précieux butin.

La veille, Robert de Sablé avait convoqué Guilhem et, avec sa sévérité habituelle, lui avait souhaité bonne chance. S'il ne pouvait tout emporter, avait-il répété, qu'il prenne au moins la Règle originale de l'Ordre – mais qu'il se contente de la lire et la replace dans la cache s'il n'est pas certain de pouvoir échapper aux Sarrasins. Il était convenu que Guilhem, sa mission remplie, rejoindrait le couvent à Jaffa. Il avait regardé l'armée des chrétiens accablés faire demi-tour et, avec un pincement au cœur, avait pris, seul, le chemin contraire. La nuit, il avait dormi quelques heures dans un creux de rocher près d'Emmaüs et s'était mis en route avant l'aube, de façon à arriver pour l'ouverture des portes de la ville. Il n'avait eu aucune peine à se mêler à la foule des réfugiés qui, à nouveau, montait vers Jérusalem. C'étaient, cette fois, les musulmans et les chrétiens des Eglises d'Orient. Guilhem comprit, stupéfait, qu'ils croyaient les Francs sur le point de les attaquer. S'ils avaient su !

On se bousculait bien avant d'arriver aux portes. Tous les puits ayant été empoisonnés, bergers et paysans poussaient leurs troupeaux devant eux. Une horde bêlante de moutons et de chèvres entourait la ville sainte qu'elle semblait assiéger. Soldats, ouvriers et esclaves s'affairaient fébrilement à renforcer les défenses, démolissant une tour pour épaissir un rempart, démontant une grande pierrière pour en tirer deux petites. Guilhem reconnut la hâte et les gestes de la peur. Saladin avait peur ! Ne savait-il donc pas que les Francs avaient pris le chemin de la mer ? Ah ! si le roi Richard n'avait pas renoncé à Jérusalem ! Il lui aurait suffi de paraître pour que cette foule s'égaille et que la ville s'abandonne...

Quand, de loin, Guilhem avait vu, par-delà les murailles, la forêt des dômes et des clochers, une émotion inconnue de lui l'avait envahi. Après si longtemps d'attente et de désir, il aurait voulu pouvoir se laisser aller à la joie violente qui le faisait trembler... Embrasser ce sol où Jésus avait marché... Et prier, prier pour son père dont il tenait enfin le serment, prier pour son frère Milan, dont il ne savait même pas où il était enseveli... Mais il lui était interdit de se jeter à genoux sous peine de se trahir... Et les mots le fuyaient, comme s'il était devenu lui-même une prière, un élan de chair et d'os, un cri muet – gloire, gloire à Dieu fait homme, gloire à Madame Sainte Marie...

Toutes les portes de la ville avaient été murées sauf une. La presse y était telle que les soldats chargés des contrôles avaient été emportés par le flot. Guilhem était entré sans presque toucher terre, porté par un essaim de Bédouines glapissantes qui sentaient le lait caillé – eût-il à ce moment-là décidé de faire demi-tour qu'il ne l'aurait pas pu.

Maintenant qu'il avait quitté la rue de la porte Saint-Etienne, le courant était moins fort. Il aurait voulu prendre le temps de s'orienter dans ce dédale, chercher à reconnaître les lieux que lui avait vingt fois décrits frère Thierry. Mais des mendiants le harcelaient, des enfants aux yeux bordés de mouches le tiraient par la manche, lui proposant il ne savait quoi pour un dirham – un souvenir, du haschisch ou leur grande sœur. Guilhem se démenait, pressait le pas, cherchait toujours la rue qu'il devait prendre. Le chemin était plus long que ne l'avait dit frère Thierry.

Soudain, il lui sembla être déjà passé à ce même endroit, reconnaître cette mosquée... Et ce vieux, un chapelet de grains d'ambre courant entre ses doigts jaunes, il en avait déjà croisé le regard... Ce changeur aux dents de lapin... Cette taverne où les joueurs de chechbech faisaient claquer leurs jetons... Il eut la certitude d'être tombé dans un piège. Tout le monde l'épiait.

Il se força à se raisonner, à se persuader qu'il était un anonyme dans la foule anonyme, que tout était normal, les palabres des vendeurs, l'insistance des mendiants, la curiosité des assis pour tout ce qui passe. N'empêche, il sentait dans son dos le poids de tous ces regards et, parce qu'il craignait d'y répondre, ils lui paraissaient hostiles. Il raidit la nuque et affecta encore plus d'indifférence.

Son déguisement était à dessein banal, sans rien de particulier. Il portait un vague turban et avait coupé sa barbe de façon à paraître mal rasé. Sa robe brune n'était ni trop neuve ni trop usée. A ses sandales poussiéreuses, à son modeste balluchon, on pouvait s'imaginer qu'il fuyait lui aussi les armées latines. Sans doute ses yeux étaient-ils trop clairs, mais sa peau était devenue brune, et rien n'étonnait à Jérusalem. Le prenaient-ils pour un Grec ? Pour un maronite ? Il ne s'était jamais autant soucié de sa propre apparence que depuis qu'il s'était transformé en n'importe qui. Habitué que son manteau blanc de Templier le désigne aux regards, il passait sa main sur ses joues glabres et n'en revenait pas de ne plus être lui.

Il s'était bel et bien égaré. Peut-être, après cinq ans, frère Thierry avait-il confondu une rue avec une autre. Ou peut-être la ville avait-elle changé – les villes sont toujours pressées d'effacer les traces de leurs vainqueurs d'hier.

Le matin même, il avait espéré le moment où il pourrait se fondre dans la foule, y noyer sa crainte et sa solitude. Il n'avait alors que son ombre pour l'accompagner. L'absence d'Espérandieu le tourmentait comme une blessure à vif, Espérandieu toujours à portée de voix, toujours prêt à l'aider, d'un geste ou d'un mot, bougonnant, souriant, avec ses cheveux crépus et ses proverbes du causse, témoin et complice, autre partie de lui-même... D'autant qu'il n'avait pas l'habitude d'aller à pied, et que, sans le mouvement de la chevauchée, sans le cliquetis des armes entrecognées, il ne trouvait pas sa place dans ces collines dorées : le marcheur et le cavalier ne voient pas le même paysage. Comme il s'était senti seul...

Mais il comprenait seulement maintenant que la vraie solitude est d'être étranger dans une foule. Il était obligé de fuir les saluts, de se fermer aux regards. Les quelques mots de grec qu'il avait appris à Chypre ne lui seraient pas d'un grand secours – merci, bonjour, comment allez-vous ?

Il essaya de revenir sur ses pas et s'égara complètement. Alors il décida qu'il se passerait de l'aide de ce Syrien dont rien ne disait après tout qu'il était prêt à l'aider, ni même qu'il vivait encore. Il s'orienta et, allant vers le soleil, trouva bientôt l'esplanade du Temple : il évita de s'y faire voir, repérant seulement le chemin qu'il devait prendre pour retourner à la porte Saint-Etienne. Il avait résolu d'entrer aujourd'hui même dans l'ancienne église des Templiers, d'ouvrir la cache et de s'en retourner.

Seulement, il voulait auparavant aller prier au Saint-Sépulcre. Il n'en avait pas demandé la permission au Grand-Maître, mais un chrétien ne vient pas à Jérusalem sans prier au Saint-Sépulcre. N'est-ce pas là que Jésus est mort ? N'est-ce pas là aussi que la vie a triomphé de la mort ?

Il traversa la rue des Boucheries, remonta la Malcuisine, reconnut le change syrien à la description qu'en avait faite frère Thierry, prit sur sa gauche et déboucha sur le parvis du sanctuaire qui abritait le Nombril du monde. De chaque côté du porche principal, les mendiants accroupis au pied des murs composaient une étrange fresque d'estropiés et d'aveugles; bourdonnant leur éternelle complainte, ils semblaient de leurs mains tendues peser à gestes lents le poids de leur malheur.

Au moment d'entrer, Guilhem vit qu'un gardien, sous le porche, percevait un droit de visite et saluait les arrivants. Craignant de devoir parler, il s'arrêta, indécis. A ses pieds, un enfant le fixait d'un regard indéchiffrable, un de ces gosses en guenilles qui se postent dans les encoignures et frappent sans fin sur leur tambourin pour qu'on leur fasse la charité. Guilhem, se croyant deviné, ou pour échapper à ce regard, s'engouffra dans un étroit passage à la droite du porche.

Aussitôt, il fut saisi, dans une pénombre lourde d'encens, par l'étrangeté des chants qu'il entendait. Il s'avança entre deux rangées d'icônes sombres, des coffres et des châsses, monta quelques marches. Alors qu'il s'attendait à accéder au Saint-Sépulcre lui-même, il surgit entre deux autels, en pleine cérémonie. Il bondit en arrière. Il avait eu le temps de voir, d'un côté, des prêtres habillés d'or, aux larges barbes carrées, de l'autre, des moines à chignon, courbés vers le sol. Il ne savait quels Syriaques ou quels Arméniens disaient là leurs offices concurrents, mêlant leurs liturgies discordantes[37], mais il ne pouvait traverser la chapelle qu'ils se partageaient. Comprenant qu'il était entré par une sacristie, il ressortit sur le parvis et s'éloigna comme un voleur.

La marche de la veille lui tirait les muscles des jambes, la fatigue commençait à lui peser. Il n'osait pourtant s'arrêter, comme si le mouvement garantissait sa sauvegarde. Il rejoignit la Malcuisine. En venant, il y avait vu les queux, derrière d'immenses chaudrons, servir à pleines louches leurs sauces fumantes. Il prit place dans une file et, à son tour, reçut contre une piécette une écuellée de ragout noir. Les épices cachaient le goût de la viande, mais peut-être cela valait-il mieux. Il aurait donné cher pour un morceau de pain.

Il avait presque terminé quand, levant les yeux, il vit, là, en face, sur un seuil, battant d'une main son tambourin, l'enfant du Sépulcre qui le regardait. Sa première réaction fut de s'enfuir mais il se domina.

Il rendit son écuelle au marchand de soupe et, comme si de rien n'était, s'enfonça dans une allée transversale. Il eut le temps de voir l'enfant se lever pour le suivre. Sans doute possédait-il déjà cet instinct des bons mendiants, ceux qui savent deviner la conscience des gens et qui en jouent pour leur tirer de l'argent.

Marchés, cours obscures, terrasses : Guilhem ne s'arrêta que lorsqu'il fut certain d'avoir perdu l'enfant au tambour. Alors il se dirigea vers le Temple.

Venant de la rue des Tanneries, il monta quelques marches et, débouchant sur l'esplanade, resta interdit par la beauté de l'endroit – frère Thierry ne l'avait pas prévenu. Sur sa gauche s'élevait, resplendissante sous le soleil de midi, la coupole du Rocher, là même où, avait dit Mahomet, une prière en valait mille ailleurs. Il suivit ceux qui se dirigeaient dans l'autre direction, vers El Aqsa. Comme eux, il se lava les mains à l'eau de la fontaine. Il les laissa entrer dans ce qui avait été le logis des chevaliers du Temple et qui était redevenu mosquée. Il longea l'édifice : tout contre devait s'élever l'église où il allait.

Soudain, il se figea, glacé de sueur. Notre-Dame de Latran n'était plus qu'un chantier. Il n'en restait guère que les murs : la voûte avait été démolie, les vitraux déposés. Et sans doute les ouvriers ne s'étaient-ils interrompus que parce qu'il leur avait fallu aller renforcer les défenses de la ville. L'entrée sans portail avait été murée à la hâte.

Guilhem contourna le chevet. Sur le côté opposé à la

mosquée, il parvint à se hisser jusqu'à une fenêtre du chœur et à sauter dans les gravats. Il n'eut pas besoin d'aller jusqu'à l'autel Saint-Georges pour distinguer, béante, l'entrée de la cache où frère Thierry avait laissé, en quittant Jérusalem, ce qu'il n'avait pu emporter des trésors du Temple. Les deux pierres qu'il fallait faire basculer avaient été soigneusement écartées. Guilhem descendit les douze marches qui menaient à la petite salle ménagée sous l'autel : elle était vide.

Il remonta, s'assit sur un fût de colonne renversée. Seul, parmi les blocs de pierre de cette église dévastée, il regardait sans les voir les peintures vives du chœur. Le ciel semblait posé sur ce qui restait des piliers et des murs, bleu, vide. Il resta longtemps ainsi, à désespérer. La vanité de toutes ces choses l'accablait. Il n'en comprenait pas le sens.

Alors, par quelque chemin détourné, lui revint en mémoire une scène oubliée de son enfance. Il venait de prendre son service au château d'Algue – il avait alors sept ans, il y avait près de vingt ans de cela. Un jour qu'il avait été injustement repris et qu'il se retenait de pleurer, un vieux baron aux sourcils blancs l'avait tiré à lui, près du feu :

« Pleurez, bel enfant, pleurez donc... Il ne faut pas avoir honte de ses larmes quand on découvre la solitude et l'amertume... Le chemin du chevalier est pavé de plus de misères que de prouesses... Pleurez donc, mais ne vous résignez jamais... »

La solitude, l'amertume...

Guilhem s'agenouilla dans la poussière blanche et pria. Puis le silence le prit. Il restait immobile, pétrifié – ailleurs. Comme au bord de sa vie, il regardait se former lentement et disparaître des images lointaines : Aveline, Milan, Jean sans Terre, frère Ivo... Pourquoi, mon Dieu, pourquoi ?

Il frissonna et se releva. Il lui fallait rejoindre Jaffa au plus vite pour alerter le Maître : la Règle avait disparu. Comment saurait-on si Gérard de Ridefort avait ou non introduit une mauvaise coutume ?

Il prit son élan, accrocha les bords de la fenêtre et, s'assurant que la voie était libre, sauta à l'extérieur. Il faillit tomber sur l'enfant au tambour, assoupi dans l'ombre du mur, juste sous la fenêtre.

L'enfant cria d'effroi. Ce fut comme s'il donnait l'alarme. Dans quelques secondes, l'esplanade allait fourmiller de curieux, l'enfant dénoncerait Guilhem. Il prit sa course, bouscula au passage des fidèles qui sortaient de la mosquée : ils l'interpellèrent, le poursuivirent. A la porte des Chaînes, des gardes barraient le chemin. Guilhem fonça, renversa un grand soldat en dolman jaune, se battit autant qu'il put – ah ! tout pour un cheval et une épée !

La foule s'était assemblée autour du prisonnier, pas hostile encore. On ne savait pas qui il était. Ceux qu'il avait bousculés vinrent témoigner : ils parlaient vite et fort, tous à la fois, avec excitation. Puis on amena l'enfant au tambour. Guilhem, le corps douloureux, le visage tuméfié, se retint de jurer : l'enfant était aveugle, ce n'était pas le mendiant du Saint-Sépulcre !

XI

SAISONS

« MÈRE ! Mère ! Le chevalier de Noël ! »

Guillou bouscula sa sœur en haut de l'escalier et déboucha en courant dans la grande salle. Devant le feu, Aveline et les servantes bavardaient. La petite Aelis arriva à son tour et les deux enfants, se prenant les mains, se mirent à danser une ronde :

« Le chevalier de Noël ! Le chevalier de Noël ! »

Aveline d'Encausse sortit sur le perron. Le ciel était bas, comme duveteux. Dans la cour, près du puits, Jean des Douzes descendait de cheval, tendait la bride à un valet et levait les yeux.

La première fois qu'il était venu – à pied, maigre, noir de soleil et de vent – il arrivait de Terre sainte pour annoncer que Guilhem était entré au Temple. Il avait remis une lettre et un coffret de bois précieux.

On l'avait prié à rester. C'était Noël, et il avait passé toutes les fêtes à Roquelongue – pauvres fêtes. Cent fois, il avait dû répéter les mêmes histoires : les remparts de Tyr, le roi Guy, le siège d'Acre; et comment ils s'étaient battus, Guilhem et lui, dos à dos, au milieu d'une mer d'Infidèles, comment Guilhem avait été blessé, fait prisonnier, libéré par le sultan... On ne se lassait pas de lui demander des détails sur l'air qu'il avait et sur la vie là-bas. Y voyait-on les mêmes étoiles qu'ici ? demandait Bertram, l'intendant borgne. Y avait-il des lions ? interrogeait Guillou.

Jean des Douzes se comportait avec courtoisie et discrétion. Il comprenait qu'en le retenant, c'est Guilhem qu'Aveline retenait. Il n'en montrait aucune impatience.

Contemplant cette jeune femme aux lourdes tresses couleur de miel, le regard grave, la bouche tendre, la regardant vivre dans ce château qui paraissait vide d'être sans homme, il se sentait inutile et amer. Il y avait là quelque chose d'injuste : un chevalier ne peut-il servir la gloire de Dieu en rendant sa famille heureuse ? Pourquoi doit-il courir au bout du monde réciter des neuvaines et risquer la mort ? Confusément, il en voulait à Guilhem d'avoir abandonné Roquelongue.

Un jour, Aveline se persuada que Jean des Douzes restait par charité. Elle eut honte. Montrer qu'on a faim, c'est déjà mendier. Quand il partit, elle pleura. C'était un soir, elle écoutait le feu. Elle pleura plus de larmes qu'elle n'eût cru possible d'en pleurer jamais, elle pleura comme quelqu'un qui ne pleurerait plus. Avec Jean des Douzes, Guilhem partait une deuxième fois.

Jean revint pour le Noël suivant, et encore pour le suivant. C'était maintenant une tradition. Il allait passer son quatrième Noël à Roquelongue, et Guillou le reconnaissait d'une fois à l'autre. Dame Ricarde elle-même, qui perdait un peu le souvenir, le prenait pour l'un de ses fils.

Cela faisait six ans que Guilhem d'Encausse avait quitté Roquelongue.

Il était parti au printemps. L'année avait été dure, l'été trop sec, sans récoltes ou presque — que des noisettes. Année de noisettes, année de disette, année de fillettes : le dicton n'avait pas menti et une fille était née pour la Saint-Michel. On l'avait baptisée Aelis en l'honneur d'Adelaïs de Roquefeuil, qui comblait toujours Aveline d'attentions.

Les deux premières années, Aveline avait attendu comme attendent les épouses des croisés, gérant les terres, entretenant le château, mêlant les prières et les magies pour qu'il n'arrivât rien à son chevalier. Avec la femme d'Espérandieu, elles comptaient les jours, puisque chaque jour qui passait les rapprochait du retour.

Et puis Jean des Douzes était venu, avec la lettre et le

coffret. En entrant au Temple, Guilhem s'était à jamais coupé de Roquelongue. Attendre était désormais inutile, aussi inutile que s'il était mort.

Les saisons coulaient, comme une eau noire et silencieuse. Aveline regardait grandir ses enfants. Il arrivait, pour quelque chose de rien, l'odeur d'un linge au soleil, des moutons dans un pli du paysage, le sifflement d'une bûche dans l'âtre, que le cœur lui manquât soudain. Alors elle faisait seller son cheval et courait à Nant acheter des épices, ou sortait son faucon et partait chasser. Il lui fallait ainsi se raccrocher aux gestes, aux habitudes. Elle finit par apprivoiser le temps — seulement elle n'avait plus de joie à rien.

Chaque matin, pourtant, elle tressait ses cheveux et sortait des nappes blanches, car elle ne pouvait s'empêcher d'attendre malgré tout.

Aveline accueillit Jean des Douzes sur le perron. Il la regarda avec une émotion qu'elle ne parut pas remarquer. Les enfants dansaient autour d'eux. Dame Ricarde y allait de sa larme.

Il allait être temps de sortir de son coffret la rose de Jéricho et de la mettre dans l'eau — elle s'ouvrait tous les ans pour Noël.

XII

LE TEMPLIER DE JÉRUSALEM

« IMAGINE-TOI un renard, commence le Juif... Le renard arrive devant une vigne, une vigne superbe, mais clôturée de tous côtés... À force d'en faire le tour, malin et gourmand comme il est, il finit par découvrir un trou dans la clôture. Malheureusement, le trou est trop petit. Alors le renard jeûne trois jours de suite et, quand il a assez maigri, il peut enfin entrer... Une fois dans la vigne, il mange tout ce qu'il peut et même plus... Tant et tant de beaux fruits...

— Il va grossir ! interrompt Guilhem. Comment pourra-t-il ressortir ?

— Tu fais des progrès, remarqua le Juif... Pour sortir, il jeûne à nouveau pendant trois jours et peut retraverser la clôture. Alors, il s'assied et il dit : « Vigne, tu « es bonne et belle, tes fruits sont savoureux, mais à « quoi cela sert-il s'il faut s'en repartir comme on est « venu ? »

— Alors ? demanda Guilhem.

— Alors tel est le monde », répond le Juif, et il hoche sa vieille tête d'un air sentencieux.

Depuis tout le temps qu'ils sont ensemble dans ce cul-de-basse-fosse, le Juif raconte des histoires. Puisqu'on lui a retiré ses livres, a-t-il expliqué, sa mémoire est devenue son bien le plus précieux. Il doit s'exercer à ne rien oublier de ce qu'il a appris. Il récite périodiquement de longs passages des Ecritures. Quand il se lance ainsi, les yeux clos, se balançant d'avant en arrière comme pour marquer un rythme mystérieux, cela prend des heures. Guilhem sait maintenant reconnaître Isaïe ou l'Ecclésiaste à la musique étrange de l'hébreu

– *Evel haavalim, hakol evel,* vanité des vanités, tout est vanité...

Au début de son emprisonnement, Guilhem avait été très affecté de devoir partager le cachot d'un Juif – les Juifs avaient tué le Christ et, depuis, Dieu les haïssait. Plutôt le silence et les rats.

Celui-là avait pourtant su obliger Guilhem à lui répondre – surtout parce qu'il parlait l'occitan : il était né en Italie et avait passé sa vie à Béziers. Il était arrivé en Terre sainte un an plus tôt quand Saladin avait invité tous les Juifs dispersés à revenir à Jérusalem.

« Que faisais-tu à Béziers ? » demanda Guilhem.

Le Juif se tut longtemps. Puis il dit :

« Quelqu'un marchait sur une route lorsqu'il aperçut une bande de chiens et il en eut peur, aussi s'assit-il parmi eux... »

Ainsi parlait le Juif ! Les premiers temps, Guilhem ne comprenait jamais ce qu'il voulait dire, ni même pourquoi il disait des choses comme celles-là.

« Veux-tu dire, demandait-il avec colère, que les chrétiens sont des chiens ?

– Je veux dire ce que j'ai dit ! »

Souvent désorienté, parfois irrité, Guilhem avait deviné que le Juif parlait pour survivre; tout lui était bon pour s'attirer des réponses, lancer d'interminables controverses.

« Décidément, constatait Guilhem, vous, les Juifs, vous n'êtes pas comme nous...

– Alors, pourquoi nous faire porter en plus des chapeaux pointus ou des rouelles jaunes ?

– Vous nous ressemblez, mais vous n'êtes pas comme nous !

– Bien sûr, que nous ne sommes pas comme vous ! Mais quand nous le disons nous-mêmes, vous nous accusez d'imposture et de sorcellerie, vous nous jetez sur vos bûchers...

– Mais comment pouvez-vous manger de ce pain de Pâques que vous faites avec du sang d'enfant ?

– Celui qui croit cela, qu'il reçoive cinq cents malédictions ! »

Après tout, le temps passait plus vite.

Quand Guilhem s'était fait prendre sur l'esplanade du Temple, la foule avait fini par découvrir qu'il était d'Occident : elle avait alors entrepris de l'écharper. Il était déjà à demi nu quand le capitaine des gardes avait reconnu, nouée à sa taille, la cordelette que les chevaliers du Temple portent à même la peau pour toujours se rappeler le vœu de chasteté.

Le capitaine, un grand Nubien noir comme le péché, avait entendu dire que le sultan rachetait les Templiers pour les faire décapiter par ses dévots. Il arracha Guilhem à la foule, le vendit à un émir, qui le vendit à son tour à Malek al-Afdal, le fils aîné de Saladin.

Le jeune prince l'interrogea longuement lui-même. Il voulait savoir pourquoi le Maître des Templiers avait envoyé à Jérusalem un chevalier déguisé. Etait-il un espion? Les chrétiens préféraient d'habitude payer des musulmans que de risquer leurs hommes. Etait-il venu pour son propre compte? Cherchait-il quelque chose? Guilhem répondit qu'il ne parlerait qu'au sultan. Il avait compris qu'on le laisserait en vie tant que Saladin n'aurait pas ordonné lui-même sa mort. Et peut-être, s'il voyait le sultan, en apprendrait-il qui détenait la Règle et devinerait-il enfin quel pacte secret avait signé Ridefort avec les Infidèles.

Malek al-Afdal fit jeter Guilhem en prison en attendant que son père trouve le temps de l'interroger.

Il y avait des mois de cela. On approchait de l'hiver et les nuits étaient plus froides. La barbe de Guilhem avait repoussé. Il se forçait à marcher, d'un mur à l'autre, avec autant de persévérance que le Juif en mettait à parler.

« L'important, disait le Juif, ce ne sont pas les réponses, ce sont les questions... » Parfois, il cherchait la complicité de discussions sans fin qu'il farcissait de fables, d'énigmes, de paraboles, de proverbes. Quand il voyait Guilhem indifférent, il n'hésitait pas à le provoquer :

« Vous autres chrétiens, dit-il un jour, vous êtes vraiment curieux... Votre dieu a des bras et des jambes, il vit et meurt comme un enfant de femme... Il aime le sang, celui de vos martyrs et celui de vos victimes... En vérité, vous l'avez créé à votre image... Car c'est vous qui aimez le sang... Vos ennemis, vous n'essayez pas de les connaître ni de les convaincre, vous les coupez en deux! Vous êtes intolérants, incultes, gloutons, vous confondez la gloire et la valeur... Vous brandissez des croix comme des machines de guerre, vous adorez des reliques... Pour vous, la beauté est toujours violente... Vous êtes des barbares... Vous vivez le temps de la barbarie... »

Guilhem était suffoqué. Tout cela était à la fois vrai et faux, et il ne savait que répondre. Alors il revit la calme voussure de Notre-Dame de Paris, les hauts piliers de pierre blanche.

« Si nous étions des barbares, dit-il, je t'aurais déjà tué! Notre temps, c'est celui des cathédrales...

— Ecoute! Vous nous méprisez parce que nous ne savons pas nous battre... Vous croyez que l'histoire appartient aux guerriers, mais regardez donc où sont nos vainqueurs d'hier!... Il n'y a plus que des pierres pour nous parler de Rome et de Babylone... Et vous, combien de temps avez-vous été maîtres à Jérusalem? Quatre-vingt-huit ans. Qu'en reste-t-il? Des murs et des tombes. Ce pays est ravagé par la guerre, la Judée retourne au désert...

« Ecoute-moi sans colère.

« D'abord, vous avez semé la ruine et le deuil tout au long de votre route. Vous avez brûlé les Juifs pour vous porter chance. Vous étiez si impatients, si... effrayants, que vous avez uni contre vous les Turcs, les Arabes et les Kurdes, vous avez rallumé dans l'Islam l'esprit de la Guerre sainte. Vous avez creusé par votre orgueil le fossé qui sépare les chrétiens de Rome et les chrétiens de Byzance au point qu'aujourd'hui les Byzantins sont vos ennemis...

« La première fois, vous veniez à Jérusalem pour y voir la fin des temps — je ne dis rien. La deuxième fois, pour y accomplir la pénitence d'un roi. Cette fois-ci, parce que vos rois ne pouvaient faire autrement. S'il doit y avoir une autre fois, ce sera pour des épices... Seuls les marchands y trouveront leur compte...

« Ecoute-moi. Parmi vous, vous avez suscité de nouvelles rivalités, entre peuples, entre rois, entre Poulains et croisés, entre pauvres et chevaliers, et même entre le Temple et l'Hôpital... Tous ensemble, vous avez crié « Dieu le veult ! » mais, au nom de Dieu, béni soit-Il, vous vous livriez justement à ce que Dieu, béni soit-Il, ne veut pas... Sais-tu ce qu'a coûté le royaume à l'Occident, en hommes et en or ? Et encore, ce qu'on peut compter n'est rien... Vos rois, en s'en retournant, laissent derrière eux un rêve englouti dans la boue d'Acre et le sable d'Ascalon... Jérusalem, vous n'en rêverez plus... Vous n'y viendrez plus que par pénitence, un par un... Jérusalem, c'est *notre* rêve...

– Moi, dit Guilhem, je rêverai toujours de Jérusalem.

– Un rêve est un rêve, et le poisson n'est pas la viande ! Libre à toi d'y venir prier, si tu crois que Dieu a eu un enfant et que cet enfant est né ici, libre à toi de venir prier là où ton Dieu est né et est mort...

– Dieu n'est pas mort ! » s'impatiente Guilhem.

Ce Juif lui tourne la tête, tous ces mots le soûlent.

« Paix sur toi ! dit le Juif. Paix sur celui qui est loin comme sur celui qui est proche ! Comprends seulement que de vouloir faire l'Occident en Orient, c'est comme de demander des pommes à un dattier... Pendant quatre-vingt-huit ans, les chrétiens ont fait la loi ici, avec leurs rois, leurs barons, leurs chevaliers, leurs évêques... Le résultat ? Toi, le chrétien, tu pourris en prison ! »

L'assurance du Juif, cette certitude qu'il semble avoir d'être seul à détenir la vérité, irritent profondément Guilhem. Il tourne le dos.

« Tu sais, dit le Juif, c'est seulement quand on comprend que les Juifs ont raison qu'on commence à les frapper... »

En novembre, les prisonniers de la Tour de David entendent, le long des murs de la ville, monter des cantiques chrétiens. Guilhem, les larmes aux yeux, dressé vers le soupirail, chanterait aussi s'il ne préférait écouter.

A l'heure de l'écuelle, le Juif interroge le gardien. Ils apprennent ainsi que le roi Richard est reparti pour l'Angleterre, où le roi de France pousse Jean sans Terre contre son frère... Richard et Saladin ont signé une trêve de trois ans, trois mois et trois jours... Henri de Champagne règne sur les villes de la côte et les chrétiens peuvent venir, sans armes, prier au Saint-Sépulcre, à l'exclusion des chevaliers du Temple et de l'Hôpital.

« Il n'y a que les guerriers pour savoir faire la paix », commente le Juif.

Noël. Guilhem a beau prier de tout son cœur, Noël n'est pas Noël. Il se demande si Saladin ne l'a pas oublié. Où trouver l'espoir? Il comprend seulement maintenant l'importance qu'il y a de pouvoir parler avec quelqu'un.

« Pourquoi es-tu en prison? demande-t-il au Juif.

– Tout est dans la main de Dieu, dit le Juif, sauf la crainte de Dieu.

– Pourquoi ne dis-tu pas « Parce que j'ai volé des fruits dans un verger » ou « Parce que j'ai insulté un émir »? Pourquoi réponds-tu de façon que je ne comprenne pas?

– Que celui qui a des oreilles pour entendre entende! »

Guilhem s'échauffe soudain :

« Qui êtes-vous donc, pour qui vous prenez-vous pour toujours donner des leçons au monde?

– Nous ne donnons pas de leçons, dit le Juif. Nous sommes des témoins. Nous sommes les plus pauvres des pauvres, puisqu'on nous exile, qu'on nous chasse, qu'on nous humilie... Nous commande-t-on de partir? Nous partons. De revenir? Nous revenons... Loin de Jérusalem, nous sommes comme un cèdre dans le désert, comme un vieillard implorant sur les seuils, comme l'âme d'un oiseau dans la main d'un enfant... Par notre pauvreté, nous faisons la gloire de Dieu, béni soit Son nom!

– Vous n'êtes pauvres que quand on vous y oblige!

— Si je me convertissais à Jésus, je serais chrétien ?
— Bien sûr, si tu le faisais du fond du cœur.
— Si je me convertissais à Mahomet, je serais musulman ?
— Bien sûr !
— Si j'étais chrétien ou musulman, on ne m'humilierait plus, on ne me forcerait plus à porter la rouelle ?
— Il n'y aurait pas de raison de le faire, dit Guilhem.
— Alors, pourquoi est-ce que je ne me convertis pas ? demande le Juif. Parce que je sais que la souffrance des Juifs est dans le plan de Dieu, bénit soit-Il et béni soit Son nom ! Ma souffrance fait le salut des hommes et rapproche le temps où Israël régnera à Jérusalem...
— Alors, dit Guilhem, si tout est bien, ne te plains pas ! »

Il est ravi, pour une fois, de garder le dernier mot. Il commence à prendre ce Juif en affection. C'est peut-être pourquoi il ne lui révèle pas ce que savent tous les chrétiens : quand tombera le soir du monde, à la fin des fins, les Juifs se convertiront.

Saladin est mort au printemps. Il n'a jamais trouvé le temps d'accomplir son pèlerinage à La Mecque. Il laisse à ses dix-sept fils un empire et quarante-sept pièces d'or.

Une angoisse tourmente maintenant Guilhem : peut-être l'a-t-on oublié ? Où est ce prince qui l'avait interrogé ?

« Ne doute pas, dit le Juif. Il ne faut pas douter. Même au plus profond de toi... Dieu n'aime pas qu'on doute, et on ne peut rien lui cacher... Tu sais comment disent les Egyptiens ? Dans la nuit noire, sur une table de marbre noir, une fourmi noire, Dieu la voit !... Ne doute pas... »

Espérandieu, pense Guilhem, a dû repartir pour Roquelongue. Roquelongue... Livré à lui-même, sans les contraintes continuelles de la vie templière, Guilhem éprouve parfois jusqu'au malaise le sentiment qu'il n'était peut-être pas nécessaire de tout laisser derrière soi pour sombrer dans le gâchis de cette croisade perdue.

Depuis combien de temps est-il parti ? Marseille, l'auberge du Papegaïe, Mal-Couronne le pèlerin... Conrad de Montferrat, les remparts de Tyr, Guy de Lusignan... Acre... Chypre... Un an, deux ans, quatre ans... Il se perd dans ses comptes... Le temps, il s'y noie et pourtant c'est sa vie... Cela a fait six ans pour l'Ascension qu'il a quitté le causse... Le petit Guillou doit avoir bien grandi... A qui ressemble-t-il ? Il aimerait lui offrir une médaille, un cheval, n'importe quoi, un de ces cadeaux que font les pères à leurs fils... Mais c'est là un rêve interdit aux Templiers... Et puis, à Roquelongue, on ne l'attend plus...

Robert de Sablé meurt au début de l'automne. Le Temple, une fois de plus, va se chercher un maître.

A Jérusalem, dans le cachot du Juif, un prisonnier chrétien marche d'un mur à l'autre, sans fin, comme un animal qui ne se résigne pas. Il a pris goût aux questions et arrive à l'âge des premiers regrets. Chaque fois qu'il entend, dehors, chanter des pèlerins, il se fige soudain et fait taire son compagnon – écoute ! Il n'a pas perdu l'impatience.

Mais qui le sait ? Qui se soucie encore de Guilhem d'Encausse ?

ANNEXES

ROIS CHRÉTIENS DE JÉRUSALEM

(Dynastie de Boulogne-Ardenne-Anjou)

1099-1100 : *Godefroi de Bouillon,* avoué du Saint-Sépulcre.
1100-1118 : *Baudouin Ier de Boulogne,* frère de Godefroi.
1118-1131 : *Baudouin II du Bourg,* cousin du précédent.
1131-1144 : *Foulques V comte d'Anjou,* époux de Mélisende, fille de Baudouin II et de Morfia d'Arménie.
1144-1162 : *Baudouin III,* fils aîné de Foulques V et de Mélisende.
1162-1173 : *Amaury Ier*, frère du précédent.
1173-1185 : *Baudouin IV le lépreux,* fils d'Amaury Ier et d'Agnès de Courtenay.
1185 : *Baudouin V* dit Baudouinet, fils de Sibylle, sœur de Baudouin IV et de Guillaume Longue-Epée marquis de Montferrat.
1186-1192 : *Guy de Lusignan,* époux en secondes noces de Sibylle. Dernier roi chrétien résidant à Jérusalem.
1192-1197 : *Henri comte de Champagne,* troisième époux d'Isabelle de Jérusalem, fille d'Amaury Ier et de Marie Comnène, demi-sœur de Baudouin IV et de Sybille. Résidant à Acre.
1197-1205 : *Amaury de Lusignan,* quatrième époux d'Isabelle de Jérusalem et frère de Guy de Lusignan. Résidant à Chypre.

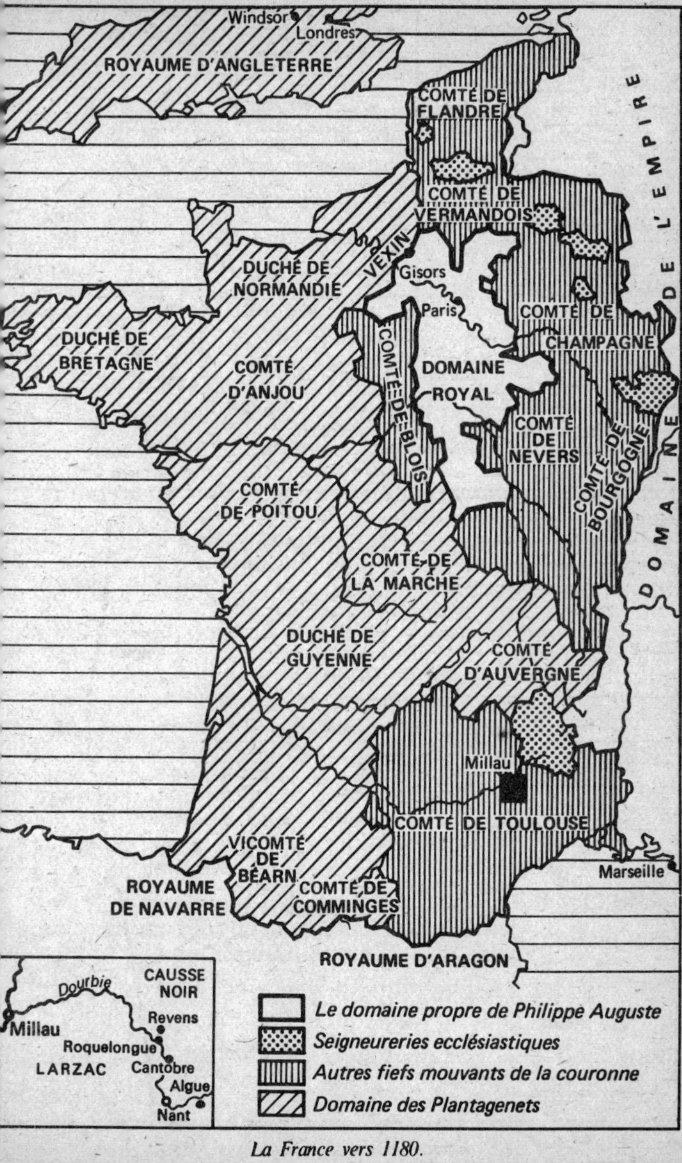

La France vers 1180.

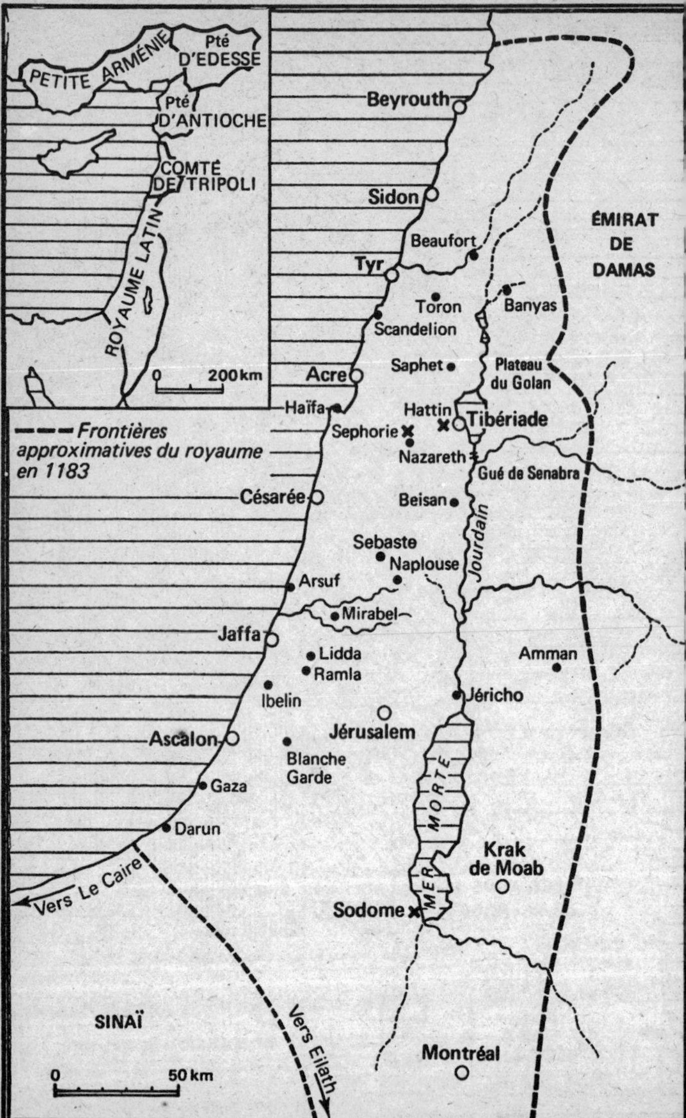

Le royaume latin de Jérusalem vers 1183.

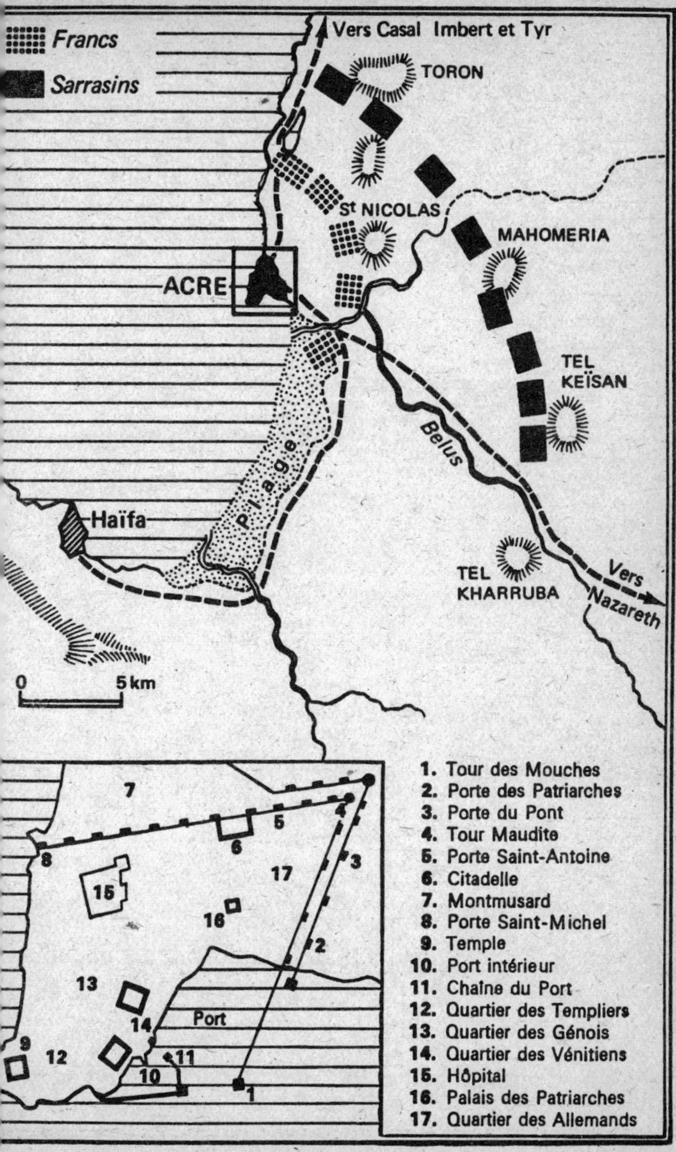

Le siège d'Acre.

NOTES HISTORIQUES

1. Le mangonneau, comme le trébuchet, est une catapulte de siège mue par un contrepoids, alors que les pierrières sont mues par la tension de cordes, de nerfs ou de ressorts. La verge d'un mangonneau mesure de huit à douze mètres, son contrepoids pèse vingt tonnes et plus : il faut vingt tendeurs pour l'armer. On l'utilise pour projeter de grosses pierres, des paquets de cailloux, des matières enflammées ou des amas de charognes. Précision satisfaisante une fois le tir réglé.

Dans les sièges, on utilise aussi les arbalètes à tour (pour lancer de gros javelots ou des barres de fer rougies au feu), les béliers couverts, les chats et vignes (galeries couvertes mobiles), les tours et beffrois roulants.

Armement individuel à la fin du XIIe siècle : l'*épée* devient plus longue et plus lourde. La *lance* en bois de frêne, au fer losangé, est droite, sans poignée ni contrepoids. Les *masses* et *marteaux,* interdits par l'Eglise, méprisés par la chevalerie, sont utilisés par les hommes de pied et les Sarrasins. L'*arc* à la mode est la tzangra en bois d'if, apportée aux Anglais par les Vikings; les flèches (90 cm) sont en pin ou en frêne; un bon archer en tire 12 à la minute. Le *haubert,* grande robe de mailles, s'est un peu raccourci : il tombe aux genoux, couvre les doigts et le cou; les mailles sont doublées ou triplées aux endroits les plus vulnérables. Le *heaume,* d'abord conique et à nasal, devient plus enveloppant vers 1190; il couvrira tout le visage vers 1210. L'*écu,* ou bouclier des Francs, est triangulaire et bombé (1,30 m x 0,50); il est fait de planches couvertes de cuir à l'extérieur, matelassées à l'intérieur; peint et décoré bien avant l'apparition des armoiries, les fers de renfort qui se croisent en son centre sont à l'origine des quartiers du blason; l'*écuyer* tient son nom de ce qu'il porte l'écu hors du champ de bataille.

2. L'entreprise de Renaud de Châtillon préfigure celle réali-

sée par les Israéliens en 1956 puis en 1973 lorsqu'ils démontèrent à Ascalon (Méditerranée) des navires de guerre qu'ils transportèrent à travers le désert du Néguev jusqu'à Eilat (mer Rouge) plutôt que de devoir faire le tour de l'Afrique. Eilat et l'île de Graye, conquis par Baudouin Ier en 1116, avaient été repris par Saladin en 1170.

3. La journée, au XIIe siècle, est réglée par la marche du soleil. Les cloches sonnent les heures canoniales, grandes divisions du jour : matines (vers 0 heure), laudes (3 heures) prime (6 heures), tierce (9 heures), sixte (12 heures), none (15 heures), vêpres (18 heures), complies (21 heures).

L'heure de sixte a donné son nom au petit repos (*sieste*) du milieu du jour. Dans plusieurs pays, l'heure de sixtè fut avancée à la fin de la matinée et l'heure de none coïncida alors avec le milieu du jour – midi se dit *noon* en anglais, *noen* en hollandais, *non* en norvégien.

Malgré la clepsydre à eau offerte à Charlemagne par Haroun al-Rashid, on n'utilise guère en Occident que le cadran solaire et le sablier. On mesure aussi le temps en chandelles (trois pour une nuit) ou en patenôtres.

L'année légale débute à Pâques en France, le 25 mars en Angleterre, le jour de Noël en Allemagne.

Toutes les dates ont été ici rétablies en calendrier moderne en utilisant les tables de conversion de « L'art de vérifier les dates « (édition de 1750).

4. L'adoubement est une cérémonie d'origine germanique, déjà mentionnée par Tacite, qui confère la chevalerie au terme d'un rituel symbolique. La chevalerie est un statut privilégié, non héréditaire. En principe, tout homme, sauf s'il est infirme ou excommunié, peut être armé chevalier; mais en fait le coût de l'adoubement (écuyer, équipement, chevaux) et la tradition le réservent aux jeunes nobles. Tout chevalier peut faire des chevaliers. Le plus souvent, le postulant est adoubé par son père ou par son seigneur direct.

Au XIVe et XVe siècles, l'Eglise « récupéra » le rituel de l'adoubement pour contrôler la chevalerie. De ce temps date l'usage du coup de plat d'épée sur l'épaule pour remplacer l'ancienne colée.

5. C'est Pierre le Vénérable, grand abbé de Cluny, qui introduisit vers 1140 des incantations à la Vierge dans la prière chantée. Cette version du « Je vous salue Marie » citée par Georges Duby utilise les images symboliques qu'il avait composées. Esprit universel, Pierre le Vénérable fit traduire le

Coran : il était le premier à se soucier de connaître ceux qu'il devait combattre. Particulièrement tolérant, il recueillit à Cluny le philosophe Abélard, le réconcilia avec le Saint-Siège et annonça lui-même sa mort à Héloïse.

6. Le Moyen Age est la plus belle conquête du cheval. On distinguait :

– le *destrier :* ainsi nommé parce que l'écuyer le mène à sa droite, c'est le cheval de guerre, fort, endurant, dressé à supporter sans broncher le vacarme des combats. On ne le monte pas hors du champ de bataille. Les destriers les plus recherchés viennent d'Aragon, de Castille et de Gascogne.

– le *palefroi :* cheval de parade;

– le *roncin :* cheval de labour,

– le *sommier :* cheval de charge;

– les *juments* et *haquenées* (du village anglais de Hackney) : réservées (comme les mules) aux femmes et aux ecclésiastiques; dressées à marcher l'amble; monter une haquenée est un déshonneur pour un chevalier.

Plus petits et plus légers, les chevaux d'Orient ne peuvent charger avec un chevalier tout armé sur le dos (50 kg d'équipement); aussi les croisés doivent-ils emmener leurs montures dans des bateaux spécialement aménagés – les chevaux, pris dans des sangles de chanvre, supportent généralement mal la traversée.

Les charges de chevalerie, lourdes et puissantes, s'apparentent aux percées de nos blindés. C'est à l'arrêt que le chevalier est le plus vulnérable : on cherche à le désarçonner. Le cheval est le butin le plus précieux.

Le harnachement se singularise par l'absence de croupière et la présence d'une forte sangle de poitrail destinée à résister à la poussée de la lance au moment du choc.

« Enfourcher son cheval de bataille », « monter sur ses grands chevaux » sont des expressions de l'époque.

7. Très tôt le Temple accepte des dépôts d'argent, de bijoux, d'objets précieux ou de titres, ouvre des comptes courants, consent des avances, sert de séquestre, paie des rentes, signe des lettres de change. Mais, hors des donations, ce sont les prêts hypothécaires qui l'enrichissent le plus : pour tourner l'interdiction du prêt à intérêt formulée par l'Eglise – on ne saurait vendre du temps, puisque le temps n'appartient qu'à Dieu – le Temple déguise ses prêts hypothécaires en deux prêts simultanés consentis « par charité » : le croisé en partance prête «par charité » son domaine au Temple qui en perçoit l'usufruit en son absence; le Temple prête, toujours « par

charité », une somme au croisé. Au retour du croisé, on échange à nouveau, mais l'usufruit pendant l'absence constitue un véritable intérêt; si le croisé ne revient pas, le domaine reste au Temple.

Le domaine remis en gage du prêt est dit « mort gage » – en anglais moderne, *mortgage* signifie hypothèque.

Rois et papes furent parmi les clients du Temple. Sous le règne de Philippe Auguste, le trésorier du Temple de Paris gère les finances royales.

En terre d'Islam, l'interdiction religieuse du prêt à intérêt est encore plus théorique : il suffit que l'intérêt ne soit pas de même nature que le prêt. C'est ainsi qu'il est licite à cette époque de recevoir en pièces d'argent l'intérêt d'un prêt consenti en pièces d'or. Le taux courant est de 30 p. 100.

8. Pour la clarté du récit, nous avons donné aux personnages les surnoms que leur a conservés l'Histoire, même lorsque cet usage est postérieur aux événements rapportés ici. Richard et Frédéric furent surnommés « Cœur de Lion » et « Barberousse » de leur vivant, mais Philippe ne fut surnommé « Auguste » par son biographe Rigord que pour flatter sa mémoire et parce qu'il était né au mois d'août. Le premier surnom de Philippe fut « Dieu-donné », car, cinquième enfant et seul hériter mâle de Louis VII, on ne l'attendait plus. Son deuxième surnom, « Maupigné » (mal coiffé) ne resta pas au vainqueur de Bouvines, rentré presque chauve de croisade.

Pour les mêmes raisons de commodité, nous avons conservé aux maisons du Temple l'appellation de « commanderies », consacrée par l'usage. Il s'agit pourtant d'un anachronisme : ce n'est qu'au XIVe siècle que les Hospitaliers, héritiers des « préceptoreries » du Temple, en firent des commanderies.

Enfin, nous avons pris le parti d'appeler Acre la ville aujourd'hui connue en France, sous le nom de Saint-Jean-d'Acre mais que les chrétiens du Moyen Age connaissaient sous le nom de Ptolémaïs, et qui était, pour les Orientaux, Akko.

9. L'affrontement permanent des empereurs et des papes (querelle des investitures au XIe, querelle du sacerdoce et de l'Empire au XIIe) a favorisé le développement autonome des villes d'Italie, singulièrement des ports :

– Pise, qui a soutenu un moment Frédéric Barberousse contre le pape, est gouvernée par les représentants des armateurs; elle domine la Sardaigne et entretient des colonies à Constantinople, Tyr et Acre; signe d'opulence, elle a achevé sa cathédrale mais doit déjà (en 1190) consolider les fondations du campanile, qui penche dangereusement... De Palestine, son archevêque Ubaldo, légat du pape au siège d'Acre, rapporte un plein bateau de terre pour le cimetière de Campo Santo;

– Gênes, qui contrôle la côte jusqu'à Monaco, domine la Corse, dispose aussi de fondouks en Orient, possède la première flotte de transport pour croisés et pèlerins : se taille la meilleure part dans l'importation lucrative des épices;

– Venise, en principe sujette de Byzance, voit son pouvoir grandir à mesure que s'affaiblit celui des basiléus. Après la brouille de 1171 et la paix de 1189, ce transfert progressif de puissance aboutira le 12 avril 1204 à la prise de Constantinople par des croisés débiteurs de Venise. La ville est gouvernée par une oligarchie marchande et la fonction de doge n'est pas héréditaire. Symbole de cette vocation maritime et commerciale : la cérémonie annuelle des épousailles du doge et de la mer.

10. Le Châtelet, siège de la prévôté et prison laïque, contrôle l'accès au Grand-Pont (rive droite), le Petit-Châtelet celui du Petit-Pont (rive gauche). Les deux seuls ponts de Paris à la fin du XIIe ne sont donc pas dans le même axe et la traversée de la ville du nord au sud (rue Saint-Denis, Cité, rue Saint-Jacques) exige un crochet dans l'île de la Cité.

La rive droite affirme déjà sa vocation de quartier de commerce et d'affaires : les ports les plus actifs des marchands de l'eau sont à Mibray et à la Grève, les changeurs et les meuniers occupent le Grand-Pont et Philippe Auguste vient d'installer aux Champeaux les Halles de Paris – elles y resteront huit cents ans. La rive gauche est celle des étudiants, qui occupent les abords de Notre-Dame, les maisons du Petit-Pont et les rues voisines du Petit-Châtelet; leurs fournisseurs, libraires et parcheminiers, les suivent rue Neuve-Notre-Dame et rue Saint-Séverin. Les pentes de la montagne Sainte-Geneviève sont couvertes de vignes.

L'enceinte de Philippe Auguste commence à s'édifier, en 1190, par la rive droite. Elle renfermera environ 100000 habitants sur 273 ha. Les plus importants des établissements situés hors les murs sont ceux du Temple (actuel square du Temple) à 300 mètres du gibet de Montfaucon et l'abbaye de Saint-Germain, dont le village compte 120 maisons en 1180. Le Louvre, dont le roi Philippe entreprend de construire le gros donjon, ferme l'enceinte à l'ouest, en bordure des cultures et des forêts. Dans les clairières, une ceinture de petits villages assurent l'approvisionnement de Paris : Saint-Marcel, Belleville, Saint-Lazare, Montmartre, Clichy, Courcelles, Chaillot, Auteuil.

La Bièvre, qui se jette dans la Seine en face de l'île aux Vaches (extrémité de l'île Saint-Louis) est si polluée que le roi réglemente l'activité des mégissiers et des tanneurs. Au nord de Paris, un bras presque mort de la Seine fait une large boucle autour d'un « marais » (de la Bastille à l'Alma par République, Château d'eau, Haussmann, Marbœuf).

Le samedi, jour de foire, il faut payer le péage au Petit-Pont pour les animaux et les marchandises. Seul y échappe le montreur de singe savant s'il fait exécuter le numéro de l'animal au bénéfice du préposé : c'est là première façon de s'acquitter en « monnaie de singe ».

11. On considère au Moyen Age que les Juifs appartiennent à une race bannie de Judée en raison du meurtre du Christ et dispersée par vengeance divine. Depuis qu'ils ont été déclarés incapables de toute fonction civile par le Concile de Paris (615), les Juifs sont traités en France comme des étrangers admis à séjourner temporairement à des conditions strictes :

– le roi ou le seigneur du lieu de leur résidence conserve la nue-propriété de leurs biens et les récupère en totalité s'ils s'en vont (de gré ou de force);

– ils sont imposables à volonté, ce qui incite certains princes à les attirer sur leurs domaines; on peut céder à un tiers le droit de les imposer, ou donner des Juifs en dot à sa fille;

– leur statut est particulier : leur condition n'est pas celle des serfs, mais des bourgeois, ils ont leurs propres juges et sont exempts de guet, ce qui les fait détester par les artisans;

– les métiers manuels leur sont interdits, sauf à Narbonne : ils ont en revanche le monopole du prêt à intérêt que l'Eglise interdit aux chrétiens. Philippe Auguste fixe le plafond du taux d'usure autorisé à deux deniers par livre et par semaine (soit 43 % l'an) mais bien des prêts ne sont pas remboursés et le roi annule périodiquement (comme Philippe Auguste en 1182) les dettes à l'égard des Juifs – sans oublier cependant d'en transférer le cinquième à son profit;

– il leur est interdit d'employer des chrétiens à leur service, ce que laissent faire les seigneurs occitans, donnant ainsi un prétexte supplémentaire à la croisade contre les Albigeois;

– il leur est interdit de sortir de chez eux du Jeudi saint au jour de Pâques, ce qui, à l'époque où les chrétiens commémorent la mort du Christ, peut être considéré comme une mesure de protection;

– le concile de Béziers (1246) imposera aux Juifs le port de la rouelle jaune, déjà en usage, ainsi que le chapeau pointu jaune. Saint Louis sera le premier à risquer une timide tentative d'assimilation (en ordonnant tout de même de brûler le Talmud);

– en dehors des départs de croisade, les grandes persécutions sont précédées de rumeurs de crucifixions d'enfants chrétiens, d'envoûtements, de profanations d'hosties, etc.

12. Dès le xe siècle, les musulmans ont traduit Aristote, Platon, Euclide, Ptolémée, développé la chimie et l'algèbre (de aldjebr, réduction). Textes traduits de l'arabe (à Tolède) en latin, puis en langue romane, peut-être à l'usage des bâtisseurs. Les connaissances transmises par les Arabes, en même temps que leurs méthodes d'observation et d'expérimentation, sont à l'origine de bien des progrès techniques de l'Occident au XIIe siècle.

13. En 1699, un vandale détruisit ce maître-autel, le jubé, les stalles, les bas-reliefs de l'abside, les tombeaux de pierre : il s'appelait Mansard. Il est singulier que la mémoire publique lui voue une admiration sans réserve alors qu'elle condamne l'ensemble des travaux et des recherches passionnés d'un Viollet-le-Duc.

14. Instauré au début du VIIIe siècle, le système monométalliste basé sur le *denier* est encore en vigueur à la fin du XIIe. Grands barons et évêques détiennent le droit monétaire et l'exercent au nom du roi. Sous Philippe Auguste, le denier parisis est une pièce d'un gramme environ qui contient 50 % d'argent pur. Après le parisis, le denier le plus répandu est le tournois (frappé à Tours). Vers 1190, 3 parisis valent 4 tournois. Les multiples du denier sont le *sou* (12 deniers) et la *livre* (20 sous). On retrouve ces trois initiales dans la monnaie anglaise actuelle (L, s, d,).

En Rouergue, on trouve les deniers de Rodez, de Melgueil, de Lodève (monnayage des évêques confirmé en 1188), d'Anduze, de Roquefeuil et des ramondins ou deniers d'Albi. En Terre sainte, les deniers des rois de Jérusalem pèsent environ 0,90 g (35 p. 100 seulement de teneur en argent). Le *besant* (monnaie de Byzance) circule moins en France que le *dinar* d'or frappé par les sultans en Espagne.

Les unités de poids fréquemment utilisées pour les paiements en métaux précieux sont des divisions de la livre (489 g) : 1 *livre* poids vaut 2 *marcs* (d'où l'expression « au marc le franc », c'est-à-dire d'une manière proportionnelle), 1 marc vaut 8 *onces* (l'once actuelle anglaise vaut 28,35 g), 1 once vaut 8 *gros,* 1 gros vaut 3 *scrupules,* 1 scrupule vaut 24 *grains.*

Quelques prix relevés dans les chartes de l'époque : coût d'un chevalier pour une journée : 7 sous 3 deniers; un sergent à cheval : 3 sous; un homme de pied : 8 deniers. L'entretien d'un chevalier coûte donc environ le prix de dix hommes de pied. Un tailleur de pierre ou un maçon gagne 2 sous par jour, un manœuvre 7 deniers.

Loyer annuel d'une belle maison : 20 livres. Gages d'un valet pour un an : 10 sous. Un palefroi coûte de 18 à 35 L; un destrier exceptionnel : 80 L. Une robe d'homme ou de femme : 1 L 15 s; une chemise de femme : 1 s 8 d. Un pain : de 1 obole (1/2 denier) à 2 selon la taille. Pour se baigner : 4 d; pour s'étuver : 2 d.

La monnaie est restée stable durant tout le règne de Philippe Auguste (1179-1223), période de progression du pouvoir d'achat et de développement démographique.

15. La loge est une petite baraque de chantier, en bois ou en pierre, souvent appuyée au bâtiment en construction. Les ouvriers y mangent, y font la sieste, y rangent leurs outils. Les tailleurs de pierre s'y abritent durant les intempéries. Peu à peu, elle devient l'endroit où se retrouvent les ouvriers pour parler métier. A l'origine des loges maçonniques, mais le terme de franc-maçon est inconnu de la France du Moyen Age. La première loge possédant ses statuts n'apparaît à York qu'en 1352.

16. Le prévôt est le préposé d'un seigneur pour l'administration d'un grand domaine. Officier des finances, juge et administrateur, il perçoit tous les revenus de sa circonscription. Sa charge est affermée aux enchères, généralement pour trois ans. Il règle la ferme par tiers à la Saint-Rémi (le 1er octobre), à la Chandeleur et à l'Ascension (testament de Philippe Auguste). Son intérêt personnel à maximiser la perception des tailles, redevances, amendes, droit de gîte et de péage en fait un personnage unanimement détesté. Beaucoup de communes cherchent à échapper à son autorité en rachetant au roi leur prévôté. Pour limiter les abus des prévôts, Philippe Auguste institue les baillis, qui les coiffent et les contrôlent.

Le plaid est le tribunal du prévôt qui juge les roturiers. Les assises sont le tribunal du bailli qui juge les nobles.

17. L'esterlin, étalon monétaire d'Henri II en Angleterre, est un denier pesant le poids de 32 grains de blé. Le nom a auparavant désigné les marchands des villes de la Hanse dont la monnaie, sur le port de Londres, était réputée « de bon aloi » — de bon alliage. L'appellation *sterling* est restée à l'unité monétaire du Royaume-Uni.

Le tapis divisé en cases sur lequel s'effectuaient, au moyen de jetons, les comptes du Trésor royal anglais, portait le nom d'Echiquier. Le chancelier de l'Echiquier – titre resté attaché à la fonction du ministre des Finances – était l'officier en charge du sceau.

18. L'usage des figures du blason est antérieur aux croisades. Le tombeau de Robert, duc de Normandie, mort en 996, porte un lion sculpté sur fond rouge. Les signes individuels marquant le heaume et l'écu, utiles pour se faire reconnaître dans la bataille, commencent à se transmettre vers la fin du XIIe siècle. Les lionceaux mal copiés de Geoffroy d'Anjou deviennent les léopards d'Angleterre. Mais c'est seulement à la fin du XIIIe que les armoiries sont codifiées et héréditaires.

Le vocabulaire du blason doit en revanche beaucoup aux croisades et à l'Orient. « Gueules » vient du persan ghul qui signifie rouge; « azur » est un mot arabe qui signifie bleu : « sable » (de la martre sabelline ou sibérienne) veut dire noir en anglais, « sinople » (vert) vient de la ville de Sinop en Cappadoce.

Dès 1190 s'implante l'usage de la brisure dans les armoiries des cadets. Des femmes, des évêques, des villes se choisissent des emblèmes. Chez les nobles, les armoiries apparaissent non seulement sur les armes – écus, heaumes, cottes, bannières – mais aussi sur les sceaux, monnaies, meubles, etc.

19. Après la première croisade, les rois chrétiens de Jérusalem firent venir par pleins bateaux des femmes d'Occident, et notamment des Pouilles, pour convaincre les croisés de rester en Terre sainte, d'où le nom de *Poulains* qu'on donne à leurs enfants. Le terme s'étendit aux enfants d'un croisé et d'une femme indigène et, plus généralement, à tous les descendants des croisés nés en Orient.

L'histoire du Royaume latin de Jérusalem oppose constamment l'attitude des Poulains, soucieux d'établir de bonnes relations avec le monde musulman, à celle des nouveaux croisés, plus préoccupés de chercher leur intérêt immédiat que de ménager l'avenir.

20. Quand sonne le dernier coup de l'Angelus, on ferme boutique dans toutes les rues de Paris. Il est interdit aux artisans de travailler à la chandelle : l'ouvrage serait médiocre; sans doute veut-on aussi éviter autant que possible les incendies toujours catastrophiques dans cette forêt de maisons de bois. C'est la raison d'être du « couvre-feu ». Comme l'éclairage coûte cher, on se couche tôt. La nuit est le royaume du diable et de la peur. Le guet, fourni par les bourgeois, veille aux portes et parcourt les ruelles – rude corvée pour ceux qui n'en

sont pas exemptés, comme les tailleurs de pierre. Pour décourager les malfaiteurs, les ordonnances prévoient des sanctions particulièrement sévères pour les crimes et délits commis entre le coucher et le lever du soleil.

21. Nous sommes encore à vingt ans du déclenchement de la grande croisade anticathare. Au début du règne de Philippe Auguste, le catharisme se développe et organise son Eglise, notamment dans le midi de la France où de nombreux seigneurs sont loin d'y être hostiles.

En 1145, saint Bernard est venu en vain prêcher contre l'hérésie. En 1167 s'est tenu près de Toulouse, à Saint-Félix de Caraman, un véritable concile cathare à l'occasion de la venue de Nicétas, le grand dignitaire bogomile. Dans la ligne des disciples de Manès (les manichéens) et de ceux du pope bulgare Bogomil, les « parfaits » cathares attribuent la création du monde à un principe mauvais (Satan) tout aussi éternel que Dieu. Ils récusent les dogmes de l'Eglise de Rome et tiennent ses représentants pour des incarnations du mal.

Les Vaudois, disciples de Pierre Valdo, fondateur des « Pauvres de Lyon », mettent, eux, l'accent sur la nécessité de la pauvreté évangélique. Leur mouvement est également condamné par le pape. Mais, à l'inverse des Cathares, beaucoup de Vaudois se soumettront au jugement de Rome.

A cette époque, les uns et les autres sont fréquemment appelés *bougres* – par corruption de *Bulgares* –, ce qui est alors synonyme d'hérétiques.

22. Un vent trop faible ou soufflant dans la mauvaise direction suffisait à faire reporter un départ pendant des semaines : au XIIe, on ne sait guère naviguer que par vent arrière, ce que traduit l'expression *avoir le vent en poupe.*

Les boussoles, très rudimentaires, ne sont que peu utilisées et le gouvernail d'étambot n'apparaîtra que vers 1220. On se dirige encore avec une sorte de long aviron, à large pelle, placé sur le côté à l'arrière du bateau. C'est un instrument de maniement difficile et peu efficace. Les pilotes reconnaissent les fonds à la couleur des eaux et savent estimer leur dérive. Deux grands types de bateaux : les galères, héritées d'Athènes, de Rome et de Byzance, navires guerriers rapides mais de faible capacité; les naves, rondes, à un puis deux mâts, plus adaptées au transport des marchandises. En Méditerranée, les naves sont dotées de voiles latines; en mer du Nord et dans la Manche, de voiles carrées. Les bateaux huissiers, équipés d'une porte abattante – huis – analogue à celle de nos grosses péniches de débarquement, servent surtout au transport des chevaux vers la Terre sainte.

Deux origines et deux influences marquent la marine de l'époque – on les retrouve dans le vocabulaire de la mer. La tradition gréco-romaine a laissé les mots dérivés du latin : *nef, coque, voile, ancre, rame.* La tradition viking se manifeste par quantité de termes techniques : *vague* (de vagr, mer), *haler* (de hala, tirer), *hune* (de hunn), *vergue* (de breghta, mouvoir), *tillac* (de thilja, plancher), *tribord* (de stjônbordhi), etc.

23. En dépit des anathèmes de l'Eglise et des règlements locaux, la prostitution est très répandue. Les filles follieuses; ou femmes folles, tiennent leurs bordeaux ou clapiers dans un grand nombre de rues au centre de Paris et des grandes villes. La chose est si notoire et l'époque si dénuée de fausse pudeur qu'on trouve par exemple la rue du Val-d'Amour (devenue rue de Glatigny), la rue du Poil-de-Con (du Pélican), la rue Tirevit (Tireboudin), la rue Grattecon (des Deux-Portes), la rue Trousse-Putain (Transnonain), etc.

Les infractions à la réglementation sont punies du fouet, de la prison, du brûlage de cheveux. Au moment où Philippe Auguste crée à Paris la maison de Saint-Antoine-des-Champs pour les femmes publiques repenties, elles se sont déjà organisées en une corporation aux coutumes codifiées; elles célèbrent sainte Madeleine leur patronne par une procession solennelle : elles se cotisent, comme d'autres métiers, pour offrir un vitrail à Notre-Dame – mais Maurice de Sully refuse l'offrande.

Louis VIII tentera de protéger la réputation des honnêtes femmes en leur réservant l'usage de la ceinture dorée, alors à la mode. En vain. Les prostituées ne respectant pas l'interdit, il faudra s'en remettre à la réputation : « Bonne renommée vaut mieux que ceinture dorée. »

24. Les unités de longueur et de surface utilisées à la fin du XIIe siècle se réfèrent à des mensurations-étalons qui sont celles de Charlemagne : le *pied* (32,4 cm) et le *van,* distance qui sépare l'extrémité du pouce et de l'auriculaire d'une main écartée (24,8 cm). De ces deux unités on déduit : le *mille,* qui vaut mille pas de cinq pieds, soit 1 620 mètres; la *toise* qui vaut six pieds; le pied vaut 12 *pouces,* le pouce vaut 12 *lignes,* la ligne vaut 12 *points* (la ligne et le point sont encore utilisés en typographie); la *perche* est un carré de 18 pieds de côté; un *arpent* vaut 100 perches, soit 34 ares.

En Rouergue, on utilise aussi la *canne,* qui vaut 8 pans, et la *sétérée* (506 cannes carrées) définie comme la surface que peut ensemencer un laboureur avec un setier de blé. Le setier local vaut 64 litres de blé et la sétérée environ 20 ares.

La *lieue,* d'origine gauloise, utilisée jusqu'au siècle dernier, vaut environ 4 km.

Dans les pays musulmans du Proche-Orient, l'unité légale de longueur est, à cette époque, la *coudée* (distance du coude à l'extrémité du majeur) de 24 doigts; le *doigt* équivaut à la largeur de 6 *grains* d'orge placés l'un à côté de l'autre; le grain d'orge a la largeur de 6 *crins* de la queue d'un mulet placés l'un contre l'autre. La coudée d'Islam, comme la coudée d'Occident, équivaut au bout du compte à environ 50 cm.

25. Bernuncio, juron poitevin encore utilisé, est une forme corrompue de la formule rituelle *Ab renuncio,* je renonce (à Satan, à ses pompes et à ses œuvres).

Une fameuse colère d'Innocent III dit bien ce que sont la fréquence et la grossièreté des « jurements criminels et horribles des Français » : ils n'hésitent pas, s'indigne le pape, à jurer « par les membres les plus secrets du Christ et des saints ». Dans les cas bénins, on jure « *par la langue Dieu* », « *par le ventre Dieu* », ou « *par le poitron du Dieu sanglant* ». La sévérité de la répression, notamment par saint Louis, entraînera la déformation progressive de Dieu en Di ou Bleu — comme dans *pardi, morbleu, ventrebleu.*

26. Les turcopoles sont des cavaliers syriens servant dans l'armée franque de Terre sainte. Vêtus et armés à la légère, comme les Sarrasins, ils sont utilisés en éclaireurs ou servent d'avant-garde à la chevalerie. Ces chrétiens indigènes sont généralement d'anciens musulmans : leur apostasie explique les exécutions sommaires dont ils sont le plus souvent victimes en cas de capture... s'ils n'ont pas le temps d'abjurer à nouveau pour se sauver.

27. La tradition attribue à sainte Hélène, mère de l'empereur Constantin, la découverte, en l'an 326, de la « Sainte Croix ». Voyageant en Palestine, elle fut, dit-on, guidée par un vieillard juif sur les lieux de la Crucifixion; faisant creuser, elle mit au jour trois croix — celle du Christ et celles des deux larrons — le morceau de bois portant l'inscription qui désignait le Christ et les clous. La « Vraie Croix » aurait été désignée par un miracle : la guérison d'une malade qui s'était étendue dessus.

Emportée par les Perses en 614, la croix revient en 629 à Jérusalem où les croisés la trouvent. Plus exactement, il s'agit alors d'un morceau de la croix trouvée par sainte Hélène enchâssé dans un bois revêtu d'or et incrusté de joyaux : la Vraie Croix. Le patriarche de Jérusalem est chargé de la porter au milieu des combats. Perdue par les chrétiens à Hattin, elle est d'abord envoyée à Damas par Saladin, objet d'une négociation avortée avec Richard Cœur de Lion et finalement rapportée en 1192 par le sultan à Jérusalem, où l'on perd sa trace.

De nombreux « morceaux de la Vraie Croix » sont aujourd'hui vénérés de par le monde. Quant aux « saints clous », ils se sont multipliés : de 4 à l'origine, dont un jeté à la mer par sainte Hélène pour conjurer une tempête, ils sont maintenant plus de 30 – dont un à Saint-Denis et un à Carpentras.

A l'endroit de la découverte de sainte Hélène s'élève la chapelle dite de l'Invention de la Sainte Croix, à l'intérieur de la basilique du Saint Sépulcre. Le monastère de la Sainte Croix, à Jérusalem, tenu par les Géorgiens du Caucase, a été fondé à l'endroit « où poussa l'arbre dont on tira la croix du Christ ».

28. Les dignitaires de l'armée musulmane ne manquent jamais de glace, même en campagne : des caravanes partent régulièrement en chercher au sommet du mont Hermon (massif de l'anti-Liban, 2760 m). On la conserve quelques jours dans des tranchées, isolée par de la paille.

Toutes les villes d'Orient sont constamment approvisionnées en glace. En hiver, on laisse geler l'eau de vastes piscines puis, à la hache, on en découpe la glace en gros blocs que l'on stocke dans de profondes caves. Si elle vient malgré tout à manquer, on va en chercher dans les glaciers de Perse ou d'Afghanistan. Les âniers l'achètent en gros et la revendent au détail sous forme de pains ou de neige finement pilée qui sert à préparer les sorbets et à glacer les boissons.

Ce n'est que l'un des signes de l'extrême raffinement de la civilisation musulmane au XIIe siècle, qui s'exprime particulièrement au niveau de l'urbanisme (tout-à-l'égout), de l'organisation des services publics (postes, transmissions urgentes par pigeons voyageurs), du confort individuel (maisons climatisées), etc.

29. L'échalote doit son nom à la ville où la découvrirent les croisés : Ashkalon, ou Ascalon, ou Escalon. Bien d'autres mots d'origine arabe passèrent à l'époque dans la langue : *alcôve* (de al-koubba, petite chambre), *hasard* (de az-zahr, le dé), *algarade* (de al-ghara, l'attaque à main armée), *arsenal* (de dar-sanà), etc.

30. Le nom de Karakoush a été donné par la tradition égyp-

tienne à un personnage comique du théâtre de marionnettes. Bossu et grossier, c'est le cousin de notre Polichinelle.

31. Vézelay est le point de départ de l'un des quatre grands itinéraires du pèlerinage à Saint-Jacques de Compostelle, par Nevers ou La Charité, Neuvy-Saint-Sépulcre, Limoges, Périgueux, Ostabat, Roncevaux, Puenta la Reina, Burgos et Leon. Le chemin de Paris (par Tours, Poitiers, Bordeaux) et celui du Puy (par Conques, Cahors et Moissac) se confondent au-delà d'Ostabat avec celui de Vézelay. Le quatrième, le chemin d'Arles, franchit les Pyrénées au Somport après avoir touché Saint-Gilles, Saint-Guilhem et Toulouse.

Au XIIe, les chemins de Saint-Jacques sont jalonnés par un grand nombre d'hospices où les pèlerins sont hébergés et nourris, et dont les responsables veillent à l'entretien de la chaussée et des ponts.

Si Compostelle est le pèlerinage par excellence, on va aussi prier à Saint-Michel-au-Péril-de-la-Mer, à Saint-Martin-de-Tours, à Rocamadour (Henri II y est allé deux fois) et, plus loin, à Rome ou à Jérusalem (dont la route est fréquentée bien avant les croisades).

On est pèlerin par dévotion ou par pénitence. On peut se faire remplacer par un professionnel de la pérégrination, moyennant dédommagement. La preuve de l'accomplissement du pèlerinage est constituée par des certificats apposés aux étapes sur une sorte de passeport et par des souvenirs symboliques : la coquille Saint-Jacques pour ceux de Compostelle, la palme du Jourdain pour ceux de Terre sainte.

32. On a peine aujourd'hui à imaginer l'importance des reliques au Moyen Age. Par leur intermédiaire s'exerce l'intervention de Dieu dans les affaires humaines. On prête serment sur des reliques, et autour de reliques s'assemblent les conciles. Les pèlerins se pressent aux monastères ou aux églises dont les reliques sont plus généreuses en miracles.

La ferveur et l'intérêt commercial justifient tous les moyens de se procurer de « bonnes » reliques. On voit le chevalier Dalmate voler pour le compte de Cluny, en la détachant du corps, la tête de saint Clément, au monastère grec de Trentafolia. Un moine de Conques se fait accepter au monastère d'Agen qui possède les reliques de sainte Foy, attend dix ans l'occasion de les voler et les rapporte alors à Conques. Considéré comme saint de son vivant, Louis IX fait l'objet de manifestations particulièrement ferventes : on lui amène des enfants à bénir, on arrache les fils de ses habits, on gratte la terre où il s'est assis.

Mais il y a relique et relique. Un os d'apôtre vaut beaucoup plus qu'un morceau de la robe d'un saint abbé. On compense donc au besoin le défaut de la qualité par la variété. Dans un seul monastère français, on trouve, parmi plus de trente souvenirs vénérables : une des pierres avec lesquelles saint Etienne fut lapidé, deux dents du prophète Amos, des cheveux de saint Bernard, un fragment de la Crèche, un morceau d'un soulier de la Vierge, un peu de l'encens des rois mages...

Il ne vient à personne l'idée de mettre en doute l'authenticité de ces reliques, même lorsque des « doublons » créent des situations embarrassantes. Les bénéficiaires de cette ferveur sont surtout les Byzantins, qui ont compris les premiers l'importance du marché. Richard Cœur de Lion et saint Louis furent des clients exceptionnels : saint Louis acheta même des langes de l'enfant Jésus et du lait de la Vierge. Les reliques destinées à la Sainte-Chapelle lui coûtèrent deux fois et demi le prix de l'église elle-même.

De nos jours, on expose encore à Notre-Dame – les dimanches de carême et le Vendredi saint seulement – un morceau de la Vraie Croix, un saint clou et la couronne d'épines – une des trois « vraies couronnes d'épines » en circulation, celle qui avait été mise en gage par Baudouin de Flandres et rachetée par saint Louis.

33. Les Chinois sont sans doute les inventeurs du feu grégeois, mais Byzance le perfectionna et protégea comme un secret d'Etat le mystère de sa fabrication : les composants sont les mêmes que dans la poudre à canon, seules les proportions diffèrent. Profitant de l'effet propulseur de la combustion, les Grecs l'utilisaient parfois dans des tubes de cuivre.

Avant de retrouver la formule du feu grégeois, les musulmans utilisaient – comme à Acre – un mélange de naphte additionnée de résine, de soufre et de salpêtre. Contre ces mélanges enflammés, les Francs utilisaient le sable (efficace), l'urine et le vinaigre (qui ne semblent pas avoir de vertus supérieures à celles de l'eau).

34. La Règle du Temple classe en sept catégories les sanctions que peut infliger le chapitre en fonction de la gravité de la faute commise par un frère :

– Jeûne d'un vendredi, pénitence minimum infligée à la moindre infraction ou défaillance;
– un jour de jeûne par semaine, sans corvées;
– deux jours de jeûne par semaine et des corvées;
– trois jours de jeûne par semaine et des corvées;
– l'habit « laissé pour Dieu » : le condamné doit manger

par terre, jeûner trois jours par semaine, passer son temps à de basses besognes; il perd la garde de ses chevaux et de ses armes;

– la perte de l'habit pour un maximum d'un an et un jour; le frère est assimilé aux laboureurs esclaves (peine prononcée notamment dans les cas de désobéissance);

– la perte de la Maison; radié et chassé à jamais, le coupable doit tenter de se faire admettre dans un Ordre plus sévère (chez les cisterciens par exemple); cette sanction infamante ne peut être infligée que dans l'un des cas expressément prévus : simonie, violation du secret du chapitre, sortie non autorisée, conspiration, trahison, hérésie, sodomie, fuite du champ de bataille, meurtre d'un chrétien.

La plupart des pénitences s'accompagnent de séances de discipline administrée au moyen de verges ou d'un ceinturon.

35. L'Islam célèbre – comme aujourd'hui – cinq offices par jour; le premier est annoncé avant le lever du soleil. Le muezzin, qui appelle les fidèles du haut du « minaret » (phare) est souvent choisi aveugle pour qu'il ne puisse voir les femmes dévoilées qui vaquent dans les cours. La plupart des mosquées abritent des pendules hydrauliques de grande précision.

36. Le légendaire « Vieux de la Montagne » est le chef d'une secte de fanatiques ismaéliens, les Assassins (peut-être déformation de *haschischin,* utilisateurs de haschisch). Il s'agit d'un ordre initiatique dont la hiérarchie et la rigueur rappellent celles du Temple. Fanatisés par l'espérance d'un paradis réservé aux martyrs, les Assassins sont de véritables volontaires de la mort (*fedayin*)

Le maître des Assassins en fit la démonstration à Henri de Champagne a l'occasion d'une visite du roi de Jérusalem. Sur un simple signe, deux hommes se jetèrent de la plus haute tour du château. Il se tourna alors vers Henri de Champagne et lui proposa de faire sauter qui il désignerait; Henri se récusa, mais, à son départ, le Vieux lui offrit, parmi d'autres cadeaux, de faire tuer tout homme dont il aurait plaisir à se débarrasser, où qu'il soit et quel que soit son rang. Un des successeurs de cet obligeant maître des Assassins envoya à Paris deux fedayin chargés d'« assassiner » saint Louis. Ayant changé d'avis, il alerta le roi de France et dépêcha deux autres de ses fidèles pour intercepter les deux premiers.

37. Chrétiens abyssins, arméniens, coptes, grecs, latins et syriens se partagent très rigoureusement aujourd'hui la jouissance du Saint-Sépulcre. Coexistence difficile de communautés

turbulentes qui donna lieu au cours des siècles à de multiples incidents dont l'un, entre la France et la Russie, ne fut réglé que par la guerre de Crimée.

A noter qu'un pèlerinage au Saint-Sépulcre vaut encore une indulgence partielle aux pénitents.

NOTES BIOGRAPHIQUES

Agnès de France (1171-ap. 1240). Deuxième sœur de Philippe Auguste. Epouse successivement : En 1180, Alexis Comnène (1167-1183), empereur de Constantinople; en 1183, Andronic Comnène (v. 1120-1185), empereur de Constantinople et meurtrier du précédent, assassiné à son tour en 1185; en 1204-1205, Théodore Branas, un seigneur d'Andrinople.

Al-Adil Malik (?-1218). Frère de Saladin. Roi de Transjordanie – il occupe le krak de Moab en 1188 – puis roi de Damas à la mort d'Al-Afdal, roi d'Egypte à la mort d'un deuxième fils de Saladin, Al-Aziz Othman (1199), il régnera comme sultan suprême de 1199 à 1218. Richard Cœur de Lion avait, en 1192, envisagé de lui donner sa sœur Jeanne en mariage.

Aliénor d'Aquitaine (v. 1122-1204). Fille du duc d'Aquitaine, elle épouse le roi de France Louis VII en 1137, lui apportant en dot tout le Sud-Ouest de la France, du Poitou et du Limousin à la Guyenne et à la Gascogne. Répudiée en 1152, Aliénor épouse aussitôt Henri II Plantagenet, déjà duc de Normandie et comte d'Anjou, bientôt roi d'Angleterre. Alliance fructueuse jusqu'à ce qu'Aliénor prenne le parti de ses fils contre leur père : Henri la fait emprisonner. Libérée à la mort du roi, elle finira ses jours à Fontevrault.

Elle a donné deux filles à Louis VII : Marie, qui épousera le comte de Champagne Henri Ier, et Alix, qui épousera le comte de Blois Thibaud V. D'Henri II, elle a eu quatre fils : Henri le Jeune, mort en 1183; Richard Cœur de Lion; Geoffroy, mort en 1186, père d'Arthur de Bretagne; Jean sans Terre. Et trois filles : Mathilde, qui épousera Henri le Lion, duc de Saxe; Eleanor, qui épousera Alphonse de Castille et dont la fille, Blanche, sera la mère de saint Louis; Jeanne, qui épousera Guillaume de Sicile puis le comte de Toulouse Raymond VI.

Alis de France (v. 1170-?). Sœur de Philippe Auguste. Promise dès l'enfance à Richard d'Angleterre, élevée à la cour des Plantagenets, elle semble être devenue dès l'adolescence la maîtresse d'Henri II. Refusée par Richard à la mort de son père, elle épouse finalement en 1195 Guillaume II comte de Ponthieu et de Montreuil.

Baudouin IV le lépreux (1161-1185). Septième roi de Jérusalem. Fils d'Amaury Ier et d'Agnès de Courtenay, il succède à son père en 1174. Meurt de la lèpre à 24 ans.

Baudouin V, dit Baudouinet (1178-1186). Fils de Sybille de Jérusalem et de son premier mari Guillaume de Montferrat, dit Guillaume Longue-Epée. Enfant chétif associé au trône de Jérusalem en 1183, il est confié à la garde de Jocelyn d'Edesse à la mort du roi lépreux. Certains attribuent la mort de Baudouinet, en 1186, à sa propre mère, pressée de voir régner son nouvel époux Guy de Lusignan.

Bourgogne (Hugues III, duc de) (v. 1150-1193). Fils de Eudes et de Marie de Champagne, chef de la maison de Bourgogne et pair de France. Après un premier voyage en 1170, il retourne en Terre sainte avec Philippe Auguste en 1191 et devient le chef de l'armée française après le départ du roi. Mourra à la Croisade.

Cantobre (Aveline de) (née en 1169). Fille du seigneur de Cantobre, dont le château dominait la Dourbie et le Trévezel. Promise à Milan d'Encausse, épouse son frère Guilhem en 1184. Deux enfants : Guilhem, né en 1185, et Aélis, née en 1187.

Champagne (Guillaume de), dit Guillaume aux Blanches-Mains (1135-1202). Archevêque de Reims, légat permanent du pape, est chancelier du royaume de France avant que son neveu Philippe Auguste ne l'en nomme régent (associé à sa sœur Adèle) à son départ pour la croisade.

Champagne (Henri, comte de). Petit-fils d'Aliénor d'Aquitaine par sa mère Marie, il est cousin à la fois des rois de France et d'Angleterre. Unanimement désigné comme chef du royaume de Jérusalem à la mort de Conrad de Montferrat (1192), il doit épouser sa veuve, Isabelle de Jérusalem. Il meurt en 1197 en tombant d'une fenêtre du château d'Acre, la barre d'appui s'étant rompue alors qu'il urinait disent les uns, qu'il regardait un défilé militaire affirment les autres.

Châtillon (Renaud de), Prince d'Antioche puis seigneur d'Outre-Jourdain (vers 1125-1187). Cadet de petite noblesse – il est sans doute frère du comte de Gien – Renaud de Châtillon est arrivé en Terre sainte avec les troupes de Raymond de Poitiers dont il a épousé la veuve, Constance d'Antioche, en 1153. Fait prisonnier par Nur ed-Din en 1159, il reste seize ans en captivité à Alep. Libéré en 1175 il épouse Stéphanie de Milly en 1177 et devient maître du krak de Moab. Décapité par Saladin lui-même au soir de la bataille de Hattin (4 juillet).

Comnène Marie. Fille du protosébaste Jean Comnène, neveu de l'empereur byzantin Manuel Comnène. Epouse en 1167 Amaury Ier de Jérusalem et lui donne une fille, Isabelle. Veuve en 1174, elle reçoit Naplouse en douaire et l'apporte en dot à Balian d'Ibelin. Leur fille Helvis épouse Renaud de Sidon puis Guy de Montfort; leur fille Marguerite, Hugues de Tibériade puis Gautier de Césarée.

Courtenay (Agnès de) (v. 1134-v. 1185). Fille du comte d'Edesse, elle épouse successivement Renaud, seigneur de Marash (mort en 1149); Amaury Ier de Jérusalem, qui la répudie en 1162 pour épouser Marie Comnène; Hugues d'Ibelin (v. 1164); Renaud de Sidon (v. 1174). Mère de Baudouin IV le lépreux et de Sibylle de Jérusalem.

Courtenay (Jocelyn de) (v. 1130-v. 1190). Comte titulaire d'Edesse, sire de Chastel-Neuf, sénéchal du royaume de Jérusalem. Après la bataille d'Hattin, livre la ville d'Acre à Saladin malgré les émeutes de protestation des habitants (juillet 1187).

Dreux (Philippe de). Evêque de Beauvais et pair de France (?-1217). Fils de Robert Ier comte de Dreux et de Perche, neveu de Louis VII. Particulièrement belliqueux, il est fait prisonnier en 1178 par les musulmans en Terre sainte, puis par Richard Cœur de Lion en 1197. Délivré en 1199, il participera encore à la croisade contre les Albigeois et à la bataille de Bouvines.

Encausse (Guilhem d'). Seigneur de Roquelongue (né en 1166). Fils de Ricarde et de Raymond d'Encausse. En 1183, il hérite le fief à la mort de son père et de son frère aîné Milan. Hommager des barons de Roquefeuil, il épouse Aveline de Cantobre en 1184. Père de Guilhem (1185) et d'Aelis (1187), il entre au Temple en 1189.

Erail Gilbert (?-1201). Trésorier du Temple avant 1184, il est l'adversaire malheureux de Gérard de Ridefort lors de la dernière élection du grand-maître à Jérusalem (1185). Maître en Provence et en Espagne jusqu'en 1189 puis maître en Occident jusqu'en 1193, Gilbert Erail est rappelé en Terre sainte à la mort de Robert de Sablé (1193) pour assumer la direction du couvent. Parrain de Guilhem d'Encausse.

Frédéric Barberousse (Frédéric de Hohenstaufen, dit). Empereur germanique (1122-1190). Accédant au pouvoir en 1152, il s'oppose au pape Alexandre III à l'occasion de la guerre contre la ligue lombarde et fait élire l'antipape Victor IV. Après la paix de Venise (1183), il participe à la croisade des rois et meurt noyé dans un torrent de Cilicie. Son fils aîné Henri, devenu roi des Deux-Siciles par son mariage avec Constance, lui succède. Son autre fils, Philippe de Souabe, sera élu à son tour empereur en 1198 et mourra assassiné en 1258.

Henri II Plantagenet (1133-1189). Roi d'Angleterre. Fils de Geoffroy V Plantagenet et de Mathilde, duc de Normandie (1150), comte d'Anjou (1151) et duc d'Aquitaine par son mariage avec Aliénor (1152). Accusé d'être l'instigateur du meurtre de son ami l'archevêque Thomas Becket. Dut affronter ses fils, dont la révolte était encouragée par Aliénor et par le roi de France Philippe Auguste. (Pour sa descendance légitime, voir Aliénor.) De sa maîtresse Rosamund, il a trois fils : Geoffroy, archevêque d'York, Morgan et Guillaume comte de Salisbury.

Héraclius(?-v. 1191). Patriarche de Jérusalem. Modeste clerc originaire du Gévaudan, peu instruit et de mœurs douteuses mais séduisant et ambitieux, il doit à l'influence de la mère du roi lépreux d'être élu au patriarcat de Jérusalem contre Guillaume de Tyr (1180), qu'il est soupçonné d'avoir fait assassiner en 1184. Frère de sainte Bone.

Ibelin (Balian d') (v. 140-ap. 1193). La maison d'Ibelin, issue de Balian le Français de la famille des vicomtes de Chartres, est représentée à la fin du XIIe par trois frères : Hugues d'Ibelin (mort av. 1174) qui a épousé en 1164 Agnès de Courtenay, femme répudiée d'Amaury roi de Jérusalem; Baudoin de Ramla, prétendant de Sibylle, époux de Richilde de Bethsan, exilé volontaire à Antioche en 1186, père d'Eschive qui épousera Amaury de Lusignan; Balian II d'Ibelin qui épouse Marie Comnène la reine douairière.

Isabelle de Jérusalem (1171-v. 1208). Fille d'Amaury Ier, roi de Jérusalem, et de Marie Comnène; demi-sœur de Baudouin IV le lépreux et de Sibylle. Elle épouse successivement : 1) Le 23 novembre 1183, au krak de Moab, Onfroi IV de Toron, fils de Stéphanie de Milly. Ils sont séparés contre leur gré en novembre 1190. 2) Le 24 novembre 1190, Conrad de Montferrat, reconnu héritier du royaume. Le marquis est assassiné le 28 avril 1192. Elle en aura une fille posthume, Marie qui deviendra reine de Jérusalem. 3) Le 5 mai 1192, Henri II, comte de Champagne, qui devient seigneur du royaume de Jérusalem. Il meurt accidentellement le

10 septembre 1197, lui laissant trois filles, fiancées aux trois fils d'Amaury de Lusignan. 4) En 1197, Amaury de Lusignan, roi de Chypre depuis 1194, puis roi de Jérusalem de 1197 à 1205.

Jean sans Terre (1167-1216). Quatrième fils et plus jeune enfant de Henri II et d'Aliénor. Sera roi d'Angleterre à la mort de son frère Richard contre lequel il a fait alliance avec Philippe Auguste.

Lusignan (Amaury de) (v. 1145-1205). Connétable du royaume de Jérusalem, amant d'Agnès de Courtenay, il prend en main les destinées de son frère Guy : il en fera un roi. Il lui succédera sur le trône de Chypre (1194). Veuf d'Eschive, il épousera Isabelle, veuve d'Henri de Champagne, et deviendra du même coup roi de Jérusalem (1197).

Lusignan (Guy de) (?-1194). Aurait été banni d'Angleterre en 1168 pour avoir tué un comte de Salisbury. Epouse, sur les instigations de son frère Amaury, une des héritières du trône de Jérusalem (1180), Sibylle, qui le couronne en 1186. Ecarté de la direction du royaume au profit de Conrad de Montferrat (1192), il devient le premier roi franc de Chypre. Son frère Amaury lui succédera à sa mort.

Marguerite de France, comtesse de Vexin (1158-1197). Fille de Louis VII et de Constance de Castille, demi-sœur de Philippe Auguste, elle épouse (1172) Henri le Jeune, fils d'Henri II Plantagenet et d'Aliénor d'Aquitaine. A la mort de son époux, la dot de Marguerite (le Vexin) devient objet de litige entre la France et l'Angleterre. Epouse en secondes noces (1186) le roi de Hongrie Béla III.

Milly (Stéphanie ou Etiennette de) (av. 1153-ap. 1189). Fille de Philippe de Milly, descendant d'une famille picarde établie en Syrie après la première croisade et devenu Grand-Maître du Temple en 1169. Héritière de la principauté d'Outre-Jourdain, elle épouse successivement : vers 1163, Onfroi II de Toron, fils du connétable Onfroi III, dont elle aura Onfroi IV (futur mari d'Isabelle de Jérusalem) et une fille (qui épousera Roupen III d'Arménie); vers 1172, Milon de Plancy, sénéchal du royaume, assassiné à Acre en 1174; en 1177, Renaud de Châtillon.

Modaffer Taki ed-Dîn Omar, dit le Loup Bleu (?-1191). Prince de Haran et d'Edesse, fils du frère de Saladin Nur ed-Dîn. Grand chef de guerre, il meurt au combat en tentant de retarder la marche de Richard Cœur de Lion vers Ascalon après la prise d'Acre.

Molins (Roger de) (?-1187). Elu Prieur de l'Hôpital, ou Ordre des Chevaliers de Saint-Jean de Jérusalem, en 1177, il est le maître de toutes les langues (provinces) du couvent. Les intérêts de l'Hôpital dans le comté de Tripoli, le souci du respect des engagements et l'hostilité au Temple le conduisent à s'opposer aux Lusignan et à leurs alliés. Ses successeurs, Gautier d'Arsuf et Ermengard d'Aps continueront sa politique.

Montferrat (Conrad de) (?-1192). Fils de Guillaume de Montferrat, il est mêlé aux querelles dynastiques de Constantinople avant d'arriver en Terre sainte (1187), Maître de Tyr, il s'oppose à Guy de Lusignan avec le concours de Philippe Auguste. Héritier désigné du royaume après son mariage avec Isabelle, il est assassiné en 1192 au moment où les croisés le reconnaissent pour chef des armées de la reconquête.

Philippe II Auguste (1165-1223), roi de France en 1180. Fils de Louis VII et d'Adèle de Champagne. Il épouse successivement : Isabelle de Hainaut (1170-1190) dont il a Louis VIII le Lion qui sera roi de France en 1223, époux de Blanche de Castille; Ingeburge de Danemark (1176-1236), répudiée le jour de ses noces et reprise en 1200 après condamnation du divorce par le pape; Agnès de Méranie épousée en 1196, répudiée en 1200. De sa liaison avec sa maîtresse d'Arras, Philippe Auguste a un fils, l'évêque Charlot.

*Richard I*er *Cœur de Lion* (1157-1199). Troisième fils d'Henri II Plantagenêt et d'Aliénor d'Aquitaine, comte de Poitiers puis roi d'Angleterre à la mort de son père (1189). Il épouse en 1191 Bérengère de Navarre dont il n'aura pas d'enfant.

Ridefort (Gérard de) (?-1189). Chevalier flamand sans fortune, arrivé dans le comté de Tripoli vers 1175. Nommé maréchal du royaume sur intervention de Raymond de Tripoli. Mais celui-ci lui préfère le Pisan Plivain pour marier l'héritière de Botron. Malade de déception, Gérard de Ridefort, soigné à l'infirmerie du Temple, se fait admettre dans l'Ordre. Candidat malheureux contre Arnaud de Torroge en 1180, il devient sénéchal et se fait élire Grand-Maître contre Gilbert Erail en 1185. Fait prisonnier à Hattin (1187), il est le seul Templier qu'épargne Saladin. Libéré l'année suivante, il disparaît selon certains, trouve la mort selon d'autres lors de la bataille du 4 octobre 1189 devant Acre.

Roquefeuil (Adelaïs de) (v. 1110-?). Fille de Geoffroy de Roquefeuil, seule héritière du nom et de la baronnie, épouse en 1129 Bernard d'Anduze, seigneur d'Alais, sous la condition que leurs enfants porteront à perpétuité le nom de Roquefeuil. Bernard d'Anduze meurt vers 1165, après avoir pris l'habit religieux, laissant trois enfants nés d'Adelais : Bernard, baron d'Anduze; Raymond de Roquefeuil, qui épouse

Guillemette de Montpellier; Vierne, qui épouse Pierre, seigneur de Gange.

Saladin (Al-Nâsir Salâh al-Din Yûsuf, dit) (1134-1193). Lieutenant et disciple de Nur ed-Din, il est vizir puis roi d'Egypte (1174), roi de Damas (1174) et d'Alep (1183). Kurde, il parvient à unifier les forces de l'Islam au nom de la Guerre Sainte *(Djihad)* contre les Francs. Son immense empire, que se disputeront son frère et ses dix-sept fils, ne lui survivra pas.

Sibylle de Jérusalem (?-1190). Fille d'Amaury Ier roi de Jérusalem et d'Agnès de Courtenay sœur du roi lépreux, elle épouse Guillaume Longue-Epée, marquis de Montferrat, dont elle a un fils, Baudouinet. Devenue veuve, elle se remarie avec Guy de Lusignan, dont elle aura deux filles. Aelis et Marie, mortes comme elle durant le siège d'Acre en 1190.

Sidon (Renaud de), seigneur de Beaufort. Il épouse Agnès de Courtenay, veuve d'Hugues d'Ibelin (v. 1174); Helvis, fille de Balian d'Ibelin et de Marie Comnène. Fin lettré, parlant couramment arabe, il trompe Saladin en 1187 pour sauver son château de Beaufort. Prisonnier puis libéré, il se rallie à Conrad de Montferrat à qui il servira d'ambassadeur.

Sully (Maurice de) (1120-1196). Fils de paysans pauvres, il quitte Sully-sur-Loire en 1137 pour étudier à Paris. Elu évêque de Paris en 1160, il entreprend en 1163 la construction de Notre-Dame avec le soutien de Louis VII et de Suger. A sa mort la nef est presque achevée.

Toron (Onfroi de) (1169-1198). Fils d'Onfroi III de Toron et de Stéphanie de Milly, épouse Isabelle de Jérusalem en 1183. Prisonnier à Hattin (1187), libéré après la reddition du krak de Moab, il est séparé de sa femme en 1190 par les partisans de Conrad de Montferrat. Richard Cœur de Lion en fait l'un de ses négociateurs avec les Sarrasins en raison de sa parfaite connaissance de l'arabe.

Tripoli (Raymond de) (1139-1187). Héritier et descendant de Raymond de Saint-Gilles, comte de Toulouse, comte de Tripoli après la première croisade. Cousin du roi Amaury Ier par sa mère, régent du royaume de Jérusalem en 1174 et à la mort de Baudouin le lépreux (1185), Raymond de Tripoli est aussi prince de Tibériade par sa femme Eschive. Prisonnier des Sarrasins de 1164 à 1172, il a été libéré contre une rançon de 80000 besants prêtée par les Hospitaliers. Mort sans héritier, il lègue son comté à son filleul Raymond d'Antioche.

Tyr (Guillaume de) (?-1184). Erudit et polyglotte, il est sans doute, en dépit d'une certaine hostilité au Temple, le meilleur historien témoin des croisades. Précepteur de Baudouin IV, chancelier du royaume, ambassadeur auprès de Byzance, archevêque de Tyr, il est l'adversaire malheureux d'Héraclius lors de l'élection du patriarche de Jérusalem en 1180. Cesse avec tristesse en 1183 de tenir la chronique d'un royaume qui sombre. Aurait été assassiné sur l'instigation d'Héraclius.

TABLE DES MATIÈRES

Prologue 7

PREMIÈRE PARTIE

LE ROYAUME LÉPREUX

I. La forteresse assiégée 13
II. Adelaïs tient sa promesse 26
III. Les mangonneaux de Saladin 34
IV. L'envoûtée des racle-pierres 42
V. Le roi lépreux 54
VI. Partir 68
VII. La maison du peuple 74
VIII. Un ange venu du ciel 82
IX. 50000 marcs d'argent 95
X. Rendez-vous à Windsor 105
XI. Le maître du Temple 117

DEUXIÈME PARTIE

JÉRUSALEM ! JÉRUSALEM !

I. A mourir pour mourir 135
II. La troisième clef 144
III. La caravane du Hedjaz 158
IV. Chèvrefeuille 160
V. L'armure d'obéissance 170

VI. Mal-Couronne 179
VII. La Saint-Martin-de-Sang 194
VIII. Un sorbet à la pistache 213
IX. L'otage 221
X. La fiancée de l'Islam 232

TROISIÈME PARTIE

LA CROISADE DES ROIS

I. Le serment du champ sacré 245
II. La guette 252
III. L'orme de Gisors 260
IV. Derrière la montagne 266
V. « Crache sur la croix ! » 280
VI. Le bourdon brisé 289
VII. L'enlisement 294
VIII. La ballade de la Tour maudite 305
IX. Oc e no 317
X. L'enfant au tambour 327
XI. Saisons 335
XII. Le Templier de Jérusalem 338

Cartes 349
Notes historiques 353
Notes biographiques 371

« Composition réalisée en ordinateur par IOTA »

IMPRIMÉ EN FRANCE PAR BRODARD ET TAUPIN
7, bd Romain-Rolland - Montrouge - Usine de La Flèche.
LE LIVRE DE POCHE - 12, rue François Ier - Paris.
ISBN : 2 - 253 - 02655 - 7

30/5485/5